Giuseppe Tomasi, duc de Palma, prince de Lampedusa, a vécu jusqu'à soixante ans la vie d'un aristocrate sicilien de haute culture européenne. Un jour de 1955, il se mit à écrire un livre auquel il pensait depuis toujours. Le livre achevé, il mourut. C'était au printemps de 1957. En novembre 1958 paraissait *Le Guépard*, aujourd'hui traduit dans toutes les langues et partout avec un succès sans précédent. Visconti a adapté le roman au cinéma, et le film, Palme d'or au festival de Cannes, est l'un des sommets de son œuvre.

DU MÊME AUTEUR

Le Professeur et la sirène
Seuil, 1962
et « Points », n° P975

Byron
Allia, 1999

Shakespeare
Allia, 2000

Stendhal
Allia, 2002

Voyage en Europe
Seuil, « Réflexion », 2002 et 2007

Giuseppe Tomasi Di Lampedusa

LE GUÉPARD

ROMAN

Traduit de l'italien
par Jean-Paul Manganaro

Nouvelle édition et postface
de Gioacchino Lanza Tomasi

Éditions du Seuil

Ce livre a été publié avec l'aide du ministère des Affaires étrangères.

TEXTE INTÉGRAL

TITRE ORIGINAL
Il Gattopardo
ÉDITEUR ORIGINAL
Feltrinelli

ISBN original : 88-07-81028-X
1958 : 1re édition de Giorgio Bassani
1969 : édition conforme au manuscrit de 1957

1re édition dans la collection « Le Comete », mai 2006,
87e édition dans « Universale Economica »

ISBN 978-2-7578-1908-1
(ISBN 978-2-7578-0643-2, 1re publication poche)

PREMIÈRE PARTIE

Mai 1860

"*Nunc et in hora mortis nostræ. Amen.*"

La récitation quotidienne du Rosaire était finie. Pendant une demi-heure la voix paisible du Prince avait rappelé les Mystères Douloureux ; pendant une demi-heure d'autres voix, entremêlées, avaient tissé un bruissement ondoyant d'où s'étaient détachées les fleurs d'or de mots inaccoutumés : amour, virginité, mort ; et pendant que durait ce bruissement le salon rococo semblait avoir changé d'aspect ; même les perroquets qui déployaient leurs ailes irisées sur la soie de la tenture avaient paru intimidés ; même la Marie Madeleine, entre les deux fenêtres, ressemblait davantage à une pénitente qu'à une belle grande blonde, perdue dans on ne sait quels rêves, comme on la voyait toujours.

À présent, la voix s'était tue, tout rentrait dans l'ordre, dans le désordre, habituel. Par la porte qu'avaient passée les domestiques pour sortir, le danois Bendicò, attristé de son exclusion, entra et remua la queue. Les femmes se levaient lentement, et les oscillations de leurs jupes en se retirant laissaient peu à peu découvertes les nudités mythologiques qui se dessinaient sur le fond laiteux du carrelage. Seule une Andromède resta cachée par la soutane du Père Pirrone, qui s'était attardé dans ses oraisons supplémentaires ; elle l'empêcha un bon moment de revoir le Persée argenté qui, survolant les flots, se hâtait à son secours et vers le baiser.

Sur la fresque du plafond, les divinités se réveillèrent. Les cortèges de Tritons et de Dryades s'élançant depuis montagnes et mers dans des nuages framboise et cyclamen vers une Conque d'Or transfigurée, pour exalter la gloire de la maison Salina, étaient apparus comblés d'une si grande allégresse qu'ils en négligeaient les règles les plus élémentaires de la perspective ; et les plus grands Dieux, les Princes parmi les Dieux, Jupiter foudroyant, Mars sévère, Vénus langoureuse, qui avaient précédé les foules de divinités mineures, soutenaient de bon gré le blason azur au Guépard. Ils savaient que, pendant vingt-trois heures et demie, ils allaient maintenant reprendre leur empire sur la villa. Les singes, sur les murs, recommencèrent à faire des grimaces aux cacatoès.

Au-dessous de cet Olympe palermitain, les mortels de la maison Salina descendaient à la hâte, eux aussi, des sphères mystiques. Les jeunes filles arrangeaient les plis de leurs robes, échangeaient des coups d'œil azurés et des bavardages de pensionnaires ; depuis plus d'un mois, depuis le jour des « mouvements » du Quatre Avril, on les avait fait revenir, par prudence, du couvent, et elles regrettaient les dortoirs à baldaquin et l'intimité collective du Saint-Sauveur. Les garçons se querellaient pour la possession d'une image de saint François de Paule ; l'aîné, l'héritier, le duc Paolo, avait déjà envie de fumer et, craignant de le faire en présence de ses parents, il palpait à travers sa poche la paille tressée de son porte-cigares ; une mélancolie métaphysique se montrait sur son visage émacié : la journée avait été mauvaise : Guiscardo, l'alezan irlandais, ne lui avait pas paru très en forme, et Fanny n'avait pas trouvé le moyen (ou l'envie ?) de lui faire parvenir l'habituel petit billet couleur parme. À quoi servait alors que le Rédempteur se soit incarné ? L'orgueil anxieux de la Princesse laissa tomber sèchement le chapelet dans son sac brodé de jais, tandis que ses beaux yeux inquiets regardaient du coin de l'œil ses enfants esclaves et son mari tyran vers lequel son corps minuscule s'élançait dans une impatience vaine de possession amoureuse.

Lui, le Prince, pendant ce temps, se levait : le heurt de son poids de géant faisait trembler le plancher et dans ses yeux très clairs se refléta, un instant, l'orgueil de la confirmation éphémère de sa domination sur les hommes et les édifices. Il posait à présent l'énorme Missel rouge sur la chaise qui se trouvait devant lui pendant la récitation du Rosaire, rangeait le mouchoir sur lequel il avait posé son genou, et un peu de mauvaise humeur brouilla son regard quand il revit la petite tache de café qui depuis le matin avait eu l'impertinence de rompre l'étendue blanche de son gilet.

Non qu'il fût gros : il n'était qu'immense et très fort ; sa tête effleurait (dans les maisons habitées par le commun des mortels) les lustres ; ses doigts pouvaient froisser comme du papier vélin les pièces d'un ducat ; et entre la villa Salina et l'atelier d'un orfèvre le va-et-vient était fréquent pour la réparation de fourchettes et de cuillères que ses colères contenues, à table, lui faisaient souvent tordre en cercle. Ces doigts, cependant, savaient aussi avoir un toucher très délicat quand ils tâtaient et caressaient, et Maria Stella, sa femme, en avait des souvenirs à ses dépens ; de même les vis, les manchons, les boutons dépolis des télescopes et des lunettes astronomiques, et autres « chercheurs de comètes » qui là-haut, au faîte de la villa, encombraient son observatoire privé, demeuraient intacts sous ses effleurements légers. Les rayons du soleil couchant de cet après-midi de Mai illuminaient le teint rosé, les poils couleur de miel du Prince ; ils dénonçaient l'origine allemande de sa mère, cette princesse Caroline dont l'orgueil hautain avait glacé, trente ans auparavant, la cour négligée des Deux-Siciles. Mais dans son sang d'autres essences germaniques fermentaient, bien plus fâcheuses pour cet aristocrate sicilien en cette année 1860, que l'attrait de la peau très blanche et des cheveux blonds au milieu de gens olivâtres et aux cheveux de jais : un tempérament autoritaire, une certaine rigidité morale, une propension aux idées abstraites qui dans la mollesse de l'habitat de la société palermitaine s'étaient transformés en arrogance capricieuse, en scrupules moraux perpétuels et en mépris pour ses parents et ses amis qui lui semblaient aller à la dérive dans les lenteurs pragmatiques du fleuve sicilien.

Premier (et dernier) d'une lignée qui au cours des siècles n'avait jamais su faire l'addition de ses dépenses ni la soustraction de ses dettes, il avait de réelles et fortes inclinations pour les mathématiques ; il les avait appliquées à l'astronomie et en avait tiré des reconnaissances publiques suffisantes et des joies personnelles très savoureuses. Il suffit de dire que chez lui l'orgueil et l'analyse mathématique s'étaient à tel point associés qu'ils pouvaient lui donner l'illusion que les astres obéissaient à ses calculs (comme, de fait, ils semblaient le faire) et que les deux petites planètes qu'il avait découvertes (il les avait appelées Salina et Svelto, comme son fief et un de ses chiens de chasse, un braque qu'il n'avait pas oublié) propageaient la renommée de sa maison au milieu des espaces stériles entre Mars et Jupiter et que les fresques de la villa avaient été, par conséquent, plutôt une prophétie qu'une adulation.

Sollicité d'un côté par l'orgueil et l'intellectualisme maternel, de l'autre par la sensualité et le laisser-aller de son père, le pauvre Prince Fabrizio vivait dans un mécontentement perpétuel, malgré son regard jupitérien courroucé, et il contemplait la ruine de sa classe et de son patrimoine sans rien faire pour y porter remède ni en avoir la moindre envie.

Cette demi-heure entre le Rosaire et le dîner était un des moments les moins irritants de la journée, et il en savourait des heures à l'avance le calme pourtant douteux.

Précédé d'un Bendicò très excité, il descendit le court escalier qui menait au jardin. Enfermé entre trois murs et un côté de la villa, sa réclusion lui conférait un aspect sépulcral accentué par les monticules parallèles qui délimitaient les petits canaux d'irrigation et qui ressemblaient à des tumulus de géants élancés. Sur le sol rougeâtre, les plantes croissaient dans un désordre touffu, les fleurs poussaient où Dieu voulait et les haies de myrte semblaient avoir été placées pour entraver plus que pour diriger les pas. Au fond, une Flore marbrée de lichen jaune et noir exhibait avec résignation ses charmes plus que séculaires ; à ses côtés, deux bancs soutenaient des coussins roulés et brodés, eux aussi en marbre gris, et dans un coin l'or d'un cassier interposait son allégresse intempestive. De chaque motte de terre émanait la sensation d'un désir de beauté vite brisé par la paresse.

Mais le jardin, resserré et macérant entre ses clôtures, exhalait des parfums onctueux, charnels et légèrement putrides comme les liquides de décomposition aromatiques distillés par les reliques de certaines saintes ; les petits œillets superposaient leur odeur poivrée à celle, protocolaire, des roses et, huileuse, des magnolias qui s'alourdissaient dans les coins ; tout en dessous, on percevait aussi le parfum de la menthe mêlé à celui, enfantin, du cassier et à celui, confit, du myrte et, par-delà le mur, la senteur d'alcôve des premières fleurs d'oranger débordait de la plantation d'agrumes.

C'était un jardin pour aveugles : la vue était constamment offensée mais l'odorat pouvait en tirer un fort plaisir quoique sans délicatesse. Les roses *Paul Neyron* dont il avait lui-même acheté les plants à Paris avaient dégénéré : stimulées d'abord, puis ramollies par les sèves vigoureuses et indolentes de la terre sicilienne, brûlées par des juillets d'apocalypse, elles s'étaient transformées en une sorte de choux couleur chair, obscènes, mais distillant un arôme dense et presque ignoble qu'aucun horticulteur français n'eût osé espérer. Le Prince en porta une à son nez et il lui sembla sentir la cuisse d'une danseuse de l'Opéra. Bendicò, à qui la fleur fut aussi offerte, s'écarta écœuré et s'empressa de chercher des sensations plus salubres parmi le fumier et quelques petits lézards morts.

Pour le Prince, pourtant, le jardin parfumé fut la cause de sombres associations d'idées. « Aujourd'hui ça sent bon, mais il y a un mois… »

Il se souvenait du dégoût que les relents douceâtres avaient diffusé dans toute la villa avant que la cause en fût éloignée : le cadavre d'un jeune soldat du 5e bataillon de Chasseurs qui, blessé dans la mêlée de San Lorenzo contre les escouades des rebelles, était venu mourir, seul, sous un citronnier. On l'avait trouvé la face contre le sol dans le trèfle épais, le visage enfoncé dans le sang et les vomissures, les ongles plantés dans la terre, couvert de grosses fourmis ; et, en dessous des bandoulières, les intestins violacés avaient formé une flaque. C'était Russo, le surintendant, qui avait trouvé cette chose brisée, qui l'avait retournée, avait caché le visage de son grand mouchoir rouge, avait renfoncé les viscères avec une petite branche dans la déchirure du ventre, et avait recouvert ensuite la blessure avec les pans verts de la capote ; en crachant sans arrêt de dégoût, pas vraiment sur la dépouille, mais assez près. Le tout avec une inquiétante habileté. « La puanteur de ces charognes ne cesse pas, même quand ils sont morts », disait-il. C'était tout ce qui avait commémoré cette mort abandonnée. Ensuite, quand ses compagnons d'armes, émus, l'eurent emporté (et, oui, ils l'avaient traîné par les épaules jusqu'à la charrette si bien que l'étoupe du pantin était ressortie de nouveau) on ajouta au Rosaire du soir un *De Profundis* pour l'âme de l'inconnu ; et on n'en parla plus, la conscience des femmes de la maison s'étant déclarée satisfaite.

Don Fabrizio alla gratter un peu de lichen sur les pieds de la statue de Flore et commença à se promener en long et en large. Le soleil bas projetait son ombre immense sur les plates-bandes funèbres. On n'avait plus parlé du mort, en effet ; au bout du compte, les soldats sont des soldats justement pour mourir en défendant le Roi. Mais l'image de ce corps éventré réapparaissait souvent dans ses souvenirs comme si elle demandait qu'on lui donne la paix de la seule manière possible pour le Prince : en dépassant et en justifiant son extrême souffrance par une nécessité générale. Parce que mourir pour quelqu'un ou pour quelque chose, d'accord, c'est dans l'ordre des choses ; il faut pourtant savoir ou, du moins, être certain que quelqu'un sache pour qui ou pour quoi on est mort ; c'est cela que demandait ce visage abîmé ; et c'est là que, justement, commençait le brouillard.

« Mais il est mort pour le Roi, mon cher Fabrizio, c'est clair », lui aurait répondu son beau-frère Màlvica si Don Fabrizio l'eût interrogé, ce même Màlvica toujours choisi comme porte-parole de la foule de ses amis. « Pour le Roi, qui représente l'ordre, la continuité, la décence, le droit, l'honneur ; pour le Roi qui, seul, défend l'Église, qui, seul, empêche l'écroulement de la propriété, but ultime de la "secte". »

C'étaient de très belles paroles, qui indiquaient tout ce qui était cher au Prince, jusqu'aux racines de son cœur. Quelque chose, pourtant, grinçait encore. Le Roi, d'accord. Le Roi, il le connaissait bien, du moins celui qui était mort depuis peu ; le Roi actuel n'était qu'un séminariste habillé en général. Et, à vrai dire, il ne valait pas grand-chose. « Mais ce n'est pas un raisonnement, Fabrizio », répliquait Màlvica, « un souverain pris individuellement peut ne pas être à la hauteur, mais l'idée monarchique reste ce qu'elle est ; elle est détachée des personnes. » « Cela aussi est vrai ; mais les Rois qui incarnent une idée ne peuvent pas, ne doivent pas descendre d'une génération à l'autre au-dessous d'un certain niveau ; sinon, mon cher beau-frère, l'idée elle-même en pâtit. »

Assis sur un banc, il restait inerte à contempler les dévastations que Bendicò opérait dans les plates-bandes ; de temps à autre, le chien tournait vers lui ses yeux innocents comme pour être loué du travail accompli : quatorze œillets brisés, la moitié d'une haie arrachée, un petit canal obstrué. On aurait vraiment dit un humain. « C'est bon, Bendicò, viens là. » Et la bête accourait, posait son museau terreux sur la main, anxieuse de lui montrer que la grossière interruption d'un travail si bien accompli lui était pardonnée.

Les audiences, les nombreuses audiences que le Roi Ferdinand lui avait accordées à Caserte, à Naples, à Capodimonte, à Portici, au diable vauvert...

À côté du chambellan de service qui le guidait en bavardant, son bicorne sous le bras et les dernières grossièretés napolitaines à la bouche, on parcourait les salles interminables d'une architecture magnifique et au mobilier écœurant (exactement comme la monarchie bourbonienne), on enfilait des corridors malpropres et des petits escaliers mal tenus et on débouchait dans une antichambre où beaucoup de gens attendaient : des visages fermés de sbires, des visages avides de quémandeurs recommandés. Le chambellan s'excusait, permettait de dépasser l'obstacle de cette canaille, et vous pilotait vers une autre antichambre, celle réservée aux gens de Cour : une petite pièce azur et argent ; au bout d'une courte attente, un domestique grattait à la porte et on était admis devant la Présence Auguste.

Le cabinet privé était petit et artificiellement simple : sur les murs blanchis un portrait du Roi François Ier et celui de la Reine actuelle, l'air aigri ; au-dessus de la cheminée une Madone d'Andrea del Sarto semblait étonnée de se trouver entourée de lithographies colorées représentant des saints de troisième ordre et des sanctuaires napolitains ; sur une console, un Enfant Jésus de cire et devant lui une veilleuse allumée ; et sur l'immense bureau, des papiers blancs, des papiers jaunes, des papiers bleus : toute l'administration du Royaume parvenue à sa phase finale, celle de la signature de Sa Majesté (D. G.).

Derrière ce barrage de paperasses, le Roi. Déjà debout pour ne pas être obligé de montrer qu'il se levait : le Roi avec sa grande face blême entre des favoris blondasses, et sa veste militaire de drap grossier d'où jaillissait la cataracte violacée des pantalons tombants. Il faisait un pas en avant avec la main droite déjà tendue pour le baisemain qu'il allait refuser. « Oh, Salina ! Heureux les yeux qui te voient ! » Son accent napolitain dépassait de loin en saveur celui du chambellan. « Je prie Sa Majesté le Roi de bien vouloir m'excuser si je ne porte pas la tenue de Cour ; je ne suis que de passage à Naples et je ne voulais pas omettre de présenter mes respects à Votre Personne. » « Salina, tu es fou ; tu sais bien qu'à Caserte tu es comme chez toi. Comme chez toi, évidemment », répétait-il en s'asseyant derrière son bureau et tardant un instant à faire asseoir son hôte.

« Et les petites, que font-elles ? » Le Prince comprenait qu'à cet instant il fallait placer l'équivoque en même temps salace et bigote. « Les petites, Majesté ? à mon âge et dans les liens sacrés du mariage ? » La bouche du Roi riait tandis que ses mains mettaient rageusement de l'ordre dans les papiers. « Je ne me serais jamais permis, Salina. Je parlais de tes petiotes, des petites Princesses. Concetta, notre chère filleule, doit se faire grande maintenant, une demoiselle. »

De la famille on passa à la science. « Toi, Salina, tu fais honneur non seulement à toi-même, mais à tout le Royaume ! La science est une bien belle chose quand elle ne se met pas en tête d'attaquer la religion ! » Ensuite, cependant, le masque de l'amitié était mis de côté pour assumer celui du Souverain Sévère. « Et dis-moi, Salina, que dit-on en Sicile de Castelcicala ? » Don Fabrizio se défendait : il avait entendu pis que pendre tant du côté royaliste que du côté libéral, mais il ne voulait pas trahir son ami, il restait dans les généralités. « Un grand seigneur, une blessure glorieuse, peut-être un peu âgé pour les fatigues de la Lieutenance. » Le Roi s'assombrissait : Salina ne voulait pas faire le mouchard, Salina ne valait donc rien pour lui. Appuyant ses mains sur le bureau, il se préparait à le congédier. « J'ai tant de travail ; tout le Royaume repose sur ces épaules. » Il était temps de dorer la pilule ; le masque de l'amitié ressortit du tiroir : « Quand tu repasses par Naples, Salina, viens montrer Concetta à la Reine. Je sais, elle est trop jeune pour être présentée à la Cour, mais personne ne peut empêcher un petit déjeuner privé. Macaronis et belles filles, comme on dit. Au revoir, Salina, porte-toi bien.»

Une fois, pourtant, le congé avait été méchant. Don Fabrizio avait déjà fait sa seconde révérence à reculons lorsque le Roi le rappela: «Salina, écoute-moi bien. On m'a dit qu'à Palerme tu as de mauvaises fréquentations. Ce neveu à toi, Falconeri... pourquoi ne le refais-tu pas marcher droit?» «Majesté, mais Tancredi ne s'occupe que de femmes et de jeux.» Le Roi perdit patience. «Salina, Salina, tu deviens fou. Le responsable, c'est toi, son tuteur. Dis-lui de surveiller son cou. Porte-toi bien.»

En parcourant de nouveau l'itinéraire fastueusement médiocre pour aller signer le registre de la Reine, il se sentait envahi par le découragement. La cordialité plébéienne l'avait déprimé autant que le rictus policier. Heureux tous ses amis qui voulaient interpréter la familiarité comme de l'amitié, la menace comme de la puissance royale. Lui, il ne pouvait pas. Et tandis qu'il échangeait des commérages avec l'impeccable chambellan, il se demandait qui était destiné à succéder à cette monarchie qui portait les signes de la mort sur son visage. Le Piémontais, celui qu'on appelait le «Galantuomo», l'«Honnête Homme» qui faisait tant de vacarme dans sa petite capitale perdue? Ne serait-ce pas la même chose? Le dialecte turinois à la place du napolitain; rien d'autre.

On était arrivé au registre. Il signait: Fabrizio Corbera, Prince de Salina.

Ou bien la République de don Peppino Mazzini? «Merci bien. Je deviendrais monsieur Corbera.»

Et le long trajet du retour ne le calma pas. Même le rendez-vous déjà pris avec Cora Danòlo ne put le consoler.

Les choses étant ce qu'elles étaient, que restait-il à

faire ? S'accrocher à ce qui est là sans faire de sauts dans le vide ? Il y fallait alors les coups de feu secs des tirs, comme il en avait retenti quelque temps plus tôt sur une place désolée de Palerme ; mais les coups de fusil, eux aussi, à quoi servaient-ils ? « On n'aboutit à rien avec les "poum poum" ! N'est-ce pas, Bendicò ? »

« Ding, ding, ding ! » sonnait alors de son côté la cloche qui annonçait le dîner. Bendicò courait l'eau à la bouche, savourant à l'avance son repas. « Un vrai Piémontais ! », pensait Salina en remontant l'escalier.

Le dîner à la villa Salina était servi avec le faste ébréché qui était alors le style du Royaume des Deux-Siciles. Le nombre des convives (ils étaient quatorze, entre maîtres de maison, enfants, gouvernantes et précepteurs) suffisait à lui seul à conférer un caractère imposant à la table. Recouverte d'une nappe très fine, reprisée, elle resplendissait sous la lumière d'une puissante lampe carcel suspendue de façon précaire sous la « nymphe », sous le lustre de Murano. Par les fenêtres la lumière entrait encore mais les silhouettes blanches sur le fond sombre des cimaises au-dessus des portes, imitant des bas-reliefs, se perdaient déjà dans l'ombre. L'argenterie était massive et les magnifiques verres bosselés de Bohême portaient sur un médaillon lisse le chiffre *F.D.* (*Ferdinandus dedit*) en souvenir d'une largesse royale, mais les assiettes, marquées chacune d'un monogramme illustre, n'étaient que les survivantes des hécatombes accomplies par les garçons de cuisine et provenaient de services disparates. Celles de plus grande taille, un très beau capodimonte à large bordure vert amande décorée de petites ancres dorées, étaient réservées au Prince qui aimait avoir autour de lui toute chose à son échelle, hormis sa femme. Quand il entra dans la salle à manger ils étaient déjà tous réunis, seule la Princesse était assise, les autres debout derrière leur chaise. Devant sa place, à côté d'une pile d'assiettes, s'élargissaient les rondeurs argentées d'une soupière énorme au couvercle surmonté du Guépard dansant. Le Prince versait lui-même la soupe, une tâche agréable, symbole des fonctions nourricières du *pater familias*. Ce soir-là, toutefois, et cela n'était pas arrivé depuis longtemps, on entendit le tintement menaçant de la louche contre les bords de la soupière : signe d'une grande colère encore contenue, l'un des bruits les plus épouvantables qui pouvaient exister, comme le disait encore quarante ans plus tard un des fils survivants ; le Prince s'était rendu compte que Francesco Paolo, son fils de seize ans, n'était pas à sa place. Le jeune garçon entra en se hâtant (« pardonnez-moi, papa ») et s'assit. Il ne subit pas de reproches, mais le Père Pirrone, qui avait plus ou moins les fonctions d'un chien de berger, inclina la tête et se recommanda à Dieu. La bombe n'avait pas explosé mais le vent de son passage avait glacé la table et le dîner était quand même gâché. Tandis que l'on mangeait en silence, les yeux bleus du Prince, un peu rétrécis entre ses paupières mi-closes, fixaient ses enfants les uns après les autres et les rendaient muets de crainte.

En fait il pensait : « C'est une belle famille ! » Les filles rondelettes, à la santé florissante, avec leurs fossettes malicieuses et, entre le front et le nez, ce froncement sévère particulier, cette marque atavique des Salina. Les garçons minces mais vigoureux maniaient les couverts avec une violence mesurée. L'un d'eux, Giovanni, le deuxième, le plus aimé, le plus boudeur, était absent depuis deux ans. Un beau jour il avait disparu de la maison et on n'avait plus eu de ses nouvelles pendant deux mois. Jusqu'au moment où arriva de Londres une lettre respectueuse et froide dans laquelle il présentait ses excuses pour les inquiétudes qu'il avait causées, il rassurait sur sa santé et affirmait, étrangement, qu'il préférait la modeste vie de commis dans une maison de commerce de charbon à l'existence « trop choyée » (lire : enchaînée) au milieu de l'aisance palermitaine. Le souvenir, l'anxiété pour le jeune homme errant dans le brouillard enfumé de cette ville hérétique, pincèrent cruellement le cœur du Prince qui souffrit beaucoup. Il s'assombrit encore davantage.

Il s'assombrit tant que la Princesse, assise près de lui, tendit sa main enfantine et caressa la puissante grosse patte qui reposait sur la nappe. Geste imprudent qui déchaîna une série de sensations : l'irritation d'être plaint, la sensualité réveillée mais qui ne se dirigeait plus vers celle qui l'avait ranimée. En un éclair apparut au Prince l'image de Mariannina, la tête enfoncée dans l'oreiller. Il éleva sèchement la voix : « Domenico », dit-il à un serviteur, « va dire à don Antonino d'atteler les bais au *coupé** ; je descends à Palerme aussitôt après dîner. » En voyant les yeux de sa femme qui étaient devenus vitreux il se repentit de ce qu'il avait ordonné, mais puisqu'il était impensable de revenir sur une disposition désormais prise, il insista, ajoutant même la raillerie à la cruauté : « Père Pirrone, venez avec moi, nous serons de retour à onze heures ; vous pourrez passer deux heures à la Maison Professe avec vos amis. »

Aller à Palerme le soir, et par ces temps de désordres, apparaissait manifestement sans raison, hormis celle d'une aventure galante de bas étage : prendre ensuite comme compagnon l'ecclésiastique de la maison était d'une arrogance offensante. C'est ainsi du moins que le

* Les mots en italique suivis d'un astérisque sont en français dans le texte. *(NdT)*

ressentit le Père Pirrone, et il en fut offensé ; mais, naturellement, il céda.

La dernière nèfle venait juste d'être avalée qu'on entendait déjà rouler la voiture sous le porche ; pendant que dans la salle un domestique tendait son haut-de-forme à Don Fabrizio et son tricorne au Jésuite, la Princesse, qui avait maintenant les larmes aux yeux, fit une dernière tentative, tout aussi vaine : « Mais Fabrizio, par les temps qui courent… avec les rues pleines de soldats, pleines de malandrins… un accident peut arriver. » Il ricana. « Sottises, Stella, sottises ; que veux-tu qu'il arrive ? Tout le monde me connaît : des hommes de ma taille, il y en a peu à Palerme. Adieu. » Et il embrassa hâtivement le front encore lisse qui lui arrivait à hauteur du menton. Pourtant, soit que l'odeur de la peau de la Princesse eût évoqué de tendres souvenirs, soit que derrière lui l'allure de pénitent du Père Pirrone eût éveillé quelque pieuse admonition, quand il arriva devant le *coupé* il se trouva de nouveau sur le point de décommander cette sortie. À ce moment-là, tandis qu'il ouvrait la bouche pour dire de regagner les écuries, un cri imprévu « Fabrizio, mon Fabrizio ! » parvint de la fenêtre au-dessus, suivi de cris très aigus. La Princesse avait une de ses crises d'hystérie. « En avant ! », dit-il au cocher, qui se tenait sur le siège avec le fouet en diagonale sur le ventre. « En avant, allons à Palerme laisser le Révérend à la Maison Professe. » Et il claqua la portière avant que le domestique eût pu la refermer.

Il ne faisait pas encore complètement nuit et la route s'allongeait très blanche, encaissée entre les hauts murs. Dès que l'on était sorti de la propriété Salina, on apercevait à gauche la villa à moitié en ruine des Falconeri, qui appartenait à Tancredi, son neveu et pupille. Un père prodigue, mari de la sœur du Prince, avait dissipé tout son patrimoine, puis il était mort. Cela avait été une de ces ruines totales au cours desquelles on fait fondre jusqu'aux fils en argent des galons des livrées ; et, à la mort de sa mère, le Roi avait confié la tutelle de l'orphelin, alors âgé de quatorze ans, à son oncle Salina. L'enfant, d'abord presque ignoré, était vite devenu très cher au Prince irascible qui remarquait en lui une gaieté querelleuse, un tempérament frivole parfois contredit par de soudaines crises de sérieux. Sans se l'avouer, il eût préféré l'avoir comme fils aîné, plutôt que ce bon nigaud de Paolo. À présent, Tancredi, à l'âge de vingt ans, se donnait du bon temps avec l'argent que son tuteur ne lui faisait pas manquer, en allant jusqu'à y mettre de sa poche. « Qui sait ce qu'il est en train de trafiquer en ce moment, ce garnement », pensait le Prince tandis qu'ils rasaient la villa Falconeri à laquelle l'énorme bougainvillier qui laissait déborder au-delà de la grille ses cascades de soie épiscopale conférait dans l'obscurité un aspect abusif de faste.

« Qui sait ce qu'il est encore en train de trafiquer. » Car le Roi Ferdinand, lorsqu'il avait parlé des mauvaises fréquentations du jeune homme, avait eu tort de le dire mais, dans les faits, avait eu raison. Pris dans un réseau d'amis joueurs, d'amies, comme on disait, « à la mauvaise conduite » dominées par son charme frêle, Tancredi en était arrivé à avoir des sympathies pour les « sectes », des relations avec le Comité national secret ; peut-être prenait-il aussi de l'argent de là, comme il en prenait, par ailleurs, de la Cassette Royale. Et il avait fallu la croix et la bannière, il avait fallu des visites chez un Castelcicala sceptique et un Maniscalco trop courtois pour éviter au garçon de sérieux ennuis après le Quatre Avril. Tout cela n'était pas bien ; d'autre part, Tancredi, pour son oncle, ne pouvait jamais avoir tort, et donc la véritable faute était due à l'époque, à cette époque incohérente au cours de laquelle un jeune homme de bonne famille n'était pas libre de jouer une partie de « pharaon » sans tomber dans des amitiés compromettantes. Triste époque.

« Triste époque, Excellence ! » La voix du Père Pirrone résonna comme un écho de ses pensées. Écrasé dans un coin du *coupé*, comprimé par la masse du Prince, pliant sous l'orgueil hautain du Prince, le Jésuite souffrait dans son corps et dans sa conscience et, en homme sans médiocrité, il transférait aussitôt ses propres peines éphémères dans le monde durable de l'histoire. « Regardez, Excellence », et il indiquait les montagnes abruptes de la Conque d'Or, encore claires dans cette fin de crépuscule. Sur leurs pentes et à leurs sommets brûlaient des dizaines de feux, les feux que les « escouades » rebelles allumaient chaque nuit, menace silencieuse pour la ville royale et conventuelle. Ils ressemblaient à ces lampes que l'on voit brûler dans les chambres des grands malades pendant les ultimes nuits.

« Je vois, mon père, je vois », et il pensait que Tancredi était peut-être autour d'un de ces méchants feux en train d'attiser de ses mains d'aristocrate les braises qui brûlaient justement pour discréditer de telles mains. « Je fais vraiment un beau tuteur, avec un pupille qui fait toutes les bêtises qui lui passent par la tête. »

La route était maintenant légèrement en pente et on voyait Palerme très proche dans l'obscurité la plus complète. Ses maisons basses et serrées étaient accablées par la masse démesurée des couvents ; de ceux-là, il y en avait des dizaines, tous immenses, souvent associés par groupes de deux ou trois, couvents d'hommes et de femmes, couvents riches et couvents pauvres, couvents nobles et couvents plébéiens, couvents de Jésuites, de Bénédictins, de Franciscains, de Capucins, de Carmes, de Rédemptoristes, d'Augustiniens... Des coupoles émaciées, aux courbes incertaines, pareilles à des seins vidés de leur lait, se dressaient encore plus haut, mais c'étaient ces couvents qui conféraient à la ville son air sombre et son caractère, son décorum joint au sentiment de mort que même la frénétique lumière sicilienne ne parvenait jamais à dissiper. À cette heure-là, en outre, la nuit presque tombée, ils devenaient les despotes du panorama. Et c'était contre eux, en réalité, que les feux sur les montagnes étaient allumés, attisés d'ailleurs par des hommes entièrement semblables à ceux qui vivaient dans les couvents, tout aussi fanatiques, tout aussi fermés, tout aussi avides de pouvoir, c'est-à-dire, comme de coutume, d'oisiveté.

Voilà ce que pensait le Prince, tandis que les chevaux bais avançaient au pas dans la descente ; des pensées en désaccord avec sa véritable nature, engendrées par l'anxiété sur le sort de Tancredi et par l'impulsion sensuelle qui l'amenait à se révolter contre les rigueurs que les couvents incarnaient.

À présent, en effet, la route traversait les orangeraies fleuries et l'arôme nuptial des fleurs d'oranger annulait toute chose comme la pleine lune annule un paysage : l'odeur de transpiration des chevaux, l'odeur de cuir des capitonnages, l'odeur du Prince et l'odeur du Jésuite, tout était effacé par cette odeur islamique évoquant houris et outre-tombe charnels.

Le Père Pirrone en fut touché lui aussi. « Quel beau pays ce serait, Excellence, si... » « S'il n'y avait pas tant de Jésuites », pensa le Prince dont les plus doux présages avaient été interrompus par la voix du prêtre. Il se repentit aussitôt de la goujaterie qu'il n'avait pas achevée, et de sa grosse main il assena une tape sur le tricorne de son vieil ami.

À l'entrée des faubourgs de la ville, près de la villa

Airoldi, une patrouille arrêta la voiture. Des voix des Pouilles, des voix napolitaines intimèrent « Halte ! », des baïonnettes démesurées lancèrent des éclairs à la lumière oscillante d'une lanterne ; mais un sous-officier reconnut vite Don Fabrizio qui se tenait avec son haut-de-forme sur les genoux. « Toutes nos excuses, Excellence, passez. » Et il fit même monter un soldat sur le siège du cocher pour qu'il ne fût pas ennuyé aux autres postes de contrôle. Le *coupé* alourdi avança plus lentement, contourna la villa Ranchibile, dépassa Terrerosse et les jardins de Villafranca, entra dans la ville par la Porta Maqueda. Au café Romeres, aux Quattro Canti di Campagna, les officiers des détachements de garde plaisantaient et dégustaient des granités énormes. Mais ce fut le seul signe de vie de la ville : les rues étaient désertes, ne résonnant que du pas cadencé des rondes qui passaient avec leurs bandoulières blanches croisées sur la poitrine. Sur les côtés, la basse continue des couvents, l'Abbaye du Mont, les Stigmates, les Porte-Croix, les Théatins, pachydermiques, noirs comme de la poix, plongés dans un sommeil qui ressemblait au néant.

« Dans deux heures, je repasserai vous prendre, mon père. Priez bien. »

Et le pauvre Père Pirrone frappa tout confus à la porte du couvent, tandis que le *coupé* s'éloignait à travers les ruelles.

Ayant laissé sa voiture au palais, le Prince se dirigea à pied là où il avait décidé d'aller. Le trajet était court, mais le quartier mal famé. Des soldats en équipement complet, si bien que l'on comprenait tout de suite qu'ils s'étaient éloignés furtivement des détachements bivouaquant sur les places, sortaient avec des regards éteints des petites maisons basses dont les frêles balcons portaient un pot de basilic qui trahissait la facilité avec laquelle ils étaient entrés. Des garnements sinistres aux larges pantalons se disputaient dans les tonalités graves des Siciliens en colère. De loin parvenait le bruit de coups de fusil qui avaient échappé à des sentinelles nerveuses. Ce quartier dépassé, la rue longea la Cala : dans le vieux port de pêche les barques à moitié pourries se balançaient, avec l'aspect désolé des chiens galeux.

« Je suis un pécheur, je le sais, doublement pécheur, devant la loi divine et devant l'attachement humain de Stella. Cela ne fait pas de doute et je me confesserai demain au Père Pirrone. » Il sourit en lui-même en pensant que ce serait peut-être superflu, tant le Jésuite devait être certain de ses errements d'aujourd'hui ; l'esprit ergoteur du Prince prit ensuite le dessus : « Je pèche, c'est vrai, mais je pèche pour ne plus pécher, pour arracher de moi cette épine charnelle, pour ne pas être entraîné dans de plus grands ennuis. Cela le Seigneur le sait. » Il fut submergé d'attendrissement envers lui-même : mentalement, il pleurnichait. « Je suis un pauvre homme faible », pensait-il alors que son pas puissant pressait le pavé sale, « je suis faible et je ne suis soutenu par personne. Stella ! c'est vite dit ! le Seigneur sait combien je l'ai aimée : nous nous sommes mariés à vingt ans. Mais elle est maintenant trop tyrannique, trop âgée aussi. » Son sentiment de faiblesse était passé. « Je suis encore un homme vigoureux ; et comment faire pour me contenter d'une femme qui, au lit, se signe avant chaque étreinte et qui, après, dans les moments de plus grande émotion, ne sait dire que : "Jésus-Marie !" Quand nous nous sommes mariés tout cela m'exaltait ; mais à présent… j'ai eu sept enfants avec elle, sept ; et je n'ai jamais vu son nombril. Est-ce que cela est juste ? » Il criait presque, dans l'excitation de son angoisse extravagante. « Est-ce que c'est juste ? C'est à vous tous que je le demande ! » Et il s'adressait au portique de la Catena. « La vraie pécheresse, c'est elle ! »

Cette découverte rassurante le réconforta et il frappa avec décision à la porte de Mariannina.

Deux heures plus tard il était déjà dans le *coupé* sur le chemin du retour en compagnie du Père Pirrone. Ce dernier était dans l'émoi : ses confrères l'avaient mis au courant de la situation politique qui était beaucoup plus tendue qu'elle ne le paraissait dans la tranquillité détachée de la villa Salina. On craignait un débarquement des Piémontais dans le sud de l'île, du côté de Sciacca ; et les autorités avaient remarqué parmi le peuple une agitation muette : la racaille de la ville attendait les premiers signes d'affaiblissement du pouvoir, elle voulait se jeter dans le pillage et le stupre. Les Pères s'étaient alarmés et les trois plus âgés d'entre eux avaient déjà été envoyés à Naples, par le bateau postal de l'après-midi, emportant les papiers de la Maison. « Que le Seigneur nous protège et épargne ce très saint Royaume. »

Don Fabrizio l'écoutait à peine, plongé dans une sérénité assouvie maculée de répugnance. Mariannina l'avait regardé de ses yeux opaques de paysanne, ne s'était refusée à rien, elle s'était montrée humble et obligeante. Une sorte de Bendicò en jupon de soie. Dans un instant de pâmoison particulière il lui était même arrivé de s'exclamer : « *Principone !* Mon gros Prince ! » Il en souriait encore, satisfait. C'était mieux, certes, que les « *mon chat** » ou les « *mon singe blond** » que révélaient les mêmes moments chez Sarah, la petite cocotte parisienne qu'il avait fréquentée trois ans plus tôt, lorsque à l'occasion du Congrès d'astronomie on lui avait remis à la Sorbonne une médaille d'argent. C'était mieux que « *mon singe blond** », sans aucun doute ; beaucoup mieux en somme que « Jésus-Marie » ; il n'y avait pas de sacrilège, au moins. C'était une brave fille, Mariannina : il lui apporterait trois aunes de soie ponceau, la prochaine fois.

Mais quelle tristesse, aussi : cette chair jeune trop tripotée, cette impudeur résignée ; et lui-même, qu'est-ce qu'il était ? un porc, et rien d'autre. Un vers qu'il avait lu par hasard dans une librairie de Paris, en feuilletant un volume, lui revint à l'esprit, il ne savait plus de qui, un de cette fournée de poètes que la France produit et oublie chaque semaine. Il revoyait la pile jaune citron des exemplaires invendus, la page, une page au chiffre pair, et réentendait les vers qui servaient à conclure une poésie farfelue :

Seigneur, donnez-moi la force et le courage
*De regarder mon cœur et mon corps sans dégoût !**

Et tandis que le Père Pirrone continuait à s'occuper d'un certain La Farina et d'un certain Crispi, le « gros Prince » s'endormit, dans une sorte d'euphorie désespérée, bercé par le trot des chevaux sur les fessiers gras desquels les lanternes de la voiture faisaient osciller la lumière. Il se réveilla au tournant devant la villa Falconeri. « Celui-là aussi, il attise les braises qui vont le dévorer ! »

Quand il se retrouva dans la chambre conjugale, il fut ému et attendri de voir la pauvre Stella dormir et soupirer, les cheveux bien en ordre sous son bonnet, dans le très grand et très haut lit de cuivre. « Elle m'a donné sept enfants, elle n'a été qu'à moi. » Une odeur de valériane flottait dans la chambre, dernier vestige de la crise hystérique. « Ma pauvre petite Stella », se désolait-il en escaladant le lit. Les heures passèrent sans qu'il arrivât à s'endormir : Dieu, de sa main puissante, brassait dans ses pensées trois feux : celui des caresses de Mariannina, celui des vers de l'inconnu, celui de la colère des bûchers sur les montagnes.

Vers l'aube, pourtant, la Princesse eut l'occasion de se signer.

Le lendemain matin le soleil illumina un Prince ragaillardi. Il avait pris son café et en robe de chambre rouge fleurie de noir il se faisait la barbe devant le miroir. Bendicò posait sa grosse et lourde tête sur une de ses pantoufles. Tandis qu'il se rasait la joue droite, il vit dans le miroir, derrière lui, le visage d'un jeune homme, un visage maigre, distingué, avec une expression de moquerie craintive. Il ne se retourna pas et continua à se raser. « Tancredi, qu'est-ce que tu as fabriqué la nuit dernière ? » « Bonjour, mon oncle. Ce que j'ai fabriqué ? Rien de rien : j'étais avec mes amis. Une nuit bénie. Pas comme d'autres personnes de ma connaissance qui sont allées s'amuser à Palerme. » Don Fabrizio s'appliqua à bien raser cette étendue de peau pleine de difficultés entre la lèvre et le menton. La voix légèrement nasale du jeune homme était tellement chargée de vivacité juvénile qu'il était impossible de se fâcher ; cependant, il était permis, peut-être, de s'en étonner. Il se retourna et, la serviette sous le menton, il regarda son neveu. Celui-ci était en tenue de chasse, veste ajustée et grandes guêtres. « Et peut-on savoir qui étaient ces connaissances ? » « Toi, mon oncle, toi. Je t'ai vu de mes yeux au poste de contrôle de la villa Airoldi quand tu parlais avec le sergent. C'est du beau, à ton âge ! et en compagnie d'un très Révérend Père ! Des ruines libertines ! » Il était vraiment trop insolent et croyait pouvoir tout se permettre. À travers les fentes étroites des paupières les yeux d'un bleu trouble, les yeux de sa mère, ses propres yeux, le fixaient rieurs. Le Prince se sentait offensé : en voilà un qui, vraiment, ne savait pas à quel moment s'arrêter, mais il n'avait pas le courage de lui faire des reproches ; d'ailleurs, c'était lui qui avait raison. « Mais pourquoi es-tu habillé ainsi ? Qu'est-ce qu'il y a ? Un bal masqué le matin ? » Le jeune homme se fit sérieux : son visage triangulaire prit une expression virile inattendue. « Je pars, mon oncle, je pars dans une demi-heure. Je suis venu te dire au revoir. » Le pauvre Salina sentit son cœur se serrer. « Un duel ? » « Un grand duel, mon oncle. Contre Franceschiello, Dieu le garde. Je vais dans les montagnes, à Corleone ; ne le dis à personne, surtout pas à Paolo. De grandes choses se préparent, mon oncle, et je ne veux pas rester à la maison, où, d'ailleurs, si j'y restais, on m'attraperait aussitôt. » Le Prince eut une de ses visions soudaines : une scène cruelle de guérilla, des coups de fusil dans les bois, et son Tancredi par terre, éventré comme ce malheureux soldat. « Tu es fou, mon enfant ! Aller se mettre avec ces gens-là ! Ce sont tous des mafieux et des coquins. Un Falconeri doit être avec nous, pour le Roi. » Les yeux recommencèrent à sourire. « Pour le Roi, certes, mais pour quel Roi ? » Le jeune homme eut une de ses crises de sérieux qui le rendaient impénétrable et si cher. « Si nous ne sommes pas là nous non plus, ils vont nous arranger la république. Si nous voulons que tout reste tel que c'est, il faut que tout change. Est-ce clair ? » Il embrassa son oncle un peu ému. « Au revoir, à bientôt. Je reviendrai avec le tricolore. » La rhétorique de ses amis avait un peu déteint aussi sur son neveu ; et pourtant, non. Dans cette voix nasale il y avait un accent qui démentait l'emphase. Quel enfant ! Les sottises et en même temps la dénégation des sottises. Et son Paolo, qui en ce moment était certainement en train de surveiller la digestion de Guiscardo ! C'était lui, son fils, le vrai. Don Fabrizio se leva en hâte, arracha la serviette de son cou, fouilla dans un tiroir. « Tancredi, Tancredi, attends », et il courut derrière son neveu, glissa dans sa poche un petit rouleau d'onces d'or, lui pressa l'épaule. L'autre riait : « Tu subventionnes la révolution, maintenant ! Mais merci, mon oncle, à bientôt ; embrasse bien ma tante. » Et il se lança dans l'escalier.

On rappela Bendicò qui poursuivait son ami en remplissant la villa de hurlements joyeux, le rasage fut achevé, le visage lavé. Le valet de chambre vint habiller et chausser le Prince. « Le tricolore ! Bravo, le tricolore ! Ils en ont plein la bouche de ce mot, les vauriens. Et que signifie cet emblème géométrique, cette singerie des Français, si laid en comparaison de notre drapeau tout blanc avec l'or fleurdelisé du blason ? Et que peut leur faire espérer ce ramassis de couleurs si criardes ? » C'était le moment d'enrouler autour de son cou la monumentale cravate en satin noir. Une opération difficile pendant laquelle il valait mieux suspendre les pensées politiques. Un tour, deux tours, trois tours. Les gros doigts délicats ajustaient les plis, aplatissaient les bouillons, piquaient sur la soie la petite tête de Méduse aux yeux de rubis. « Un gilet propre. Ne vois-tu pas que celui-ci est taché ? » Le valet de chambre se mit sur la pointe des pieds pour lui passer la *redingote** de drap marron ; il lui tendit le mouchoir parfumé avec les trois gouttes de bergamote. Les clés, la montre et sa chaîne, le porte-monnaie, il les mit lui-même dans sa poche. Il se regarda dans la glace : il n'y avait pas à dire, c'était encore un bel homme. « "Ruine libertine !" Il plaisante lourdement, quelle canaille ! Je voudrais le voir à mon âge, ce paquet d'os ! »

Ses pas vigoureux faisaient tinter les vitres des salons qu'il traversait. La maison était sereine, lumineuse et bien décorée ; surtout, c'était la sienne. En descendant l'escalier, il comprit. « Si nous voulons que tout reste tel que c'est... » Tancredi était un grand homme : il l'avait toujours pensé.

Les pièces de l'Administration étaient encore désertes, éclairées silencieusement par le soleil à travers les persiennes closes. Bien que ce fût l'endroit de la villa où s'accomplissaient les plus grandes futilités, son aspect était d'une sévère austérité. Du haut des murs passés à la chaux se reflétaient sur le dallage ciré les énormes tableaux représentant les fiefs de la maison Salina : ressortant en couleurs vives à l'intérieur des cadres noir et or, on voyait Salina, l'île aux montagnes jumelles, entourées d'une mer en dentelles d'écume sur laquelle caracolaient des galères pavoisées ; Querceta, avec ses maisons basses autour de l'Église Mère vers laquelle s'avançaient des groupes de pèlerins bleuâtres ; Ragattisi, enserré entre les gorges des montagnes ; Argivocale, minuscule dans la démesure de la plaine de blé parsemée de paysans au travail ; Donnafugata, avec son palais baroque, but de voitures écarlates, de voitures d'un vert tendre, de voitures dorées, chargées, d'après ce qu'il semblait, de femmes, de bouteilles et de violons ; beaucoup d'autres encore, toutes protégées sous le ciel limpide et rassurant par le Guépard souriant dans ses longues moustaches. Chacun en fête, chacun désireux d'exalter la domination éclairée aussi bien « mixte » que « pure et simple » de la maison Salina. Des chefs-d'œuvre naïfs d'art rustique du siècle passé ; impropres, pourtant, à la délimitation des frontières, à la définition des surfaces, des revenus ; toutes choses qui, en effet, restaient inconnues. La richesse, au cours de ses nombreux siècles d'existence, s'était transformée en ornement, en luxe, en plaisirs ; en cela seulement ; l'abolition des droits féodaux avait décapité les obligations en même temps que les privilèges, la richesse, telle un vin vieux, avait laissé tomber au fond du tonneau la lie de la cupidité, des soins, même celle de la prudence, pour ne garder que l'ardeur et la couleur. Aussi finissait-elle par s'annihiler elle-même : cette richesse qui avait réalisé sa propre fin n'était composée que d'huiles essentielles et, comme les huiles essentielles, elle s'évaporait vite. Déjà certains de ces fiefs si joyeux dans les tableaux avaient pris leur vol et ne restaient plus que sur les toiles bariolées et dans leurs noms. D'autres ressemblaient à ces hirondelles de septembre encore présentes mais déjà réunies en poussant des cris aigus sur les arbres, prêtes à partir. Mais il y en avait tellement ; il semblait qu'on ne pourrait jamais en voir la fin.

Malgré cette dernière considération, la sensation que le Prince éprouva en entrant dans son bureau fut, comme toujours, désagréable. Au milieu de la pièce trônait un secrétaire avec des dizaines de tiroirs, de niches, de cavités, de cachettes et de tablettes inclinées : sa masse de bois jaune et noir était creusée et truquée comme une scène de théâtre, pleine de trappes, de plans à glissières, de dispositifs secrets que personne ne savait plus faire fonctionner hormis les voleurs. Il était couvert de papiers et, bien que la prévoyance du Prince eût pris soin qu'une bonne partie d'entre eux se référât aux régions ataraxiques dominées par l'astronomie, ce qui restait suffisait à remplir son cœur de malaise. Il lui revint tout à coup à l'esprit le bureau du Roi Ferdinand à Caserte, lui aussi encombré de dossiers et de décisions à prendre grâce auxquelles on pouvait se figurer influencer le torrent des destinées qui, tout au contraire, débordait pour son compte dans une autre vallée.

Don Fabrizio pensa à un remède découvert depuis peu aux États-Unis d'Amérique qui permettait de ne pas souffrir pendant les opérations les plus douloureuses, de rester sereins dans les malheurs. On avait appelé morphine ce grossier substitut chimique du stoïcisme païen, de la résignation chrétienne. Pour le pauvre Roi, l'administration fantomatique tenait lieu de morphine ; lui, Salina, en avait une à la composition plus noble : l'astronomie. En chassant les images de Ragattisi perdu et d'Argivocale chancelant, il se plongea dans la lecture du plus récent numéro du *Journal des Savants*. « *Les dernières observations de l'Observatoire de Greenwich présentent un intérêt tout particulier…** »

Il dut pourtant vite s'exiler de ces sereins royaumes stellaires. Don Ciccio Ferrara, le comptable, entra. C'était un petit homme sec qui cachait l'âme pleine d'illusions et rapace d'un libéral derrière des lunettes rassurantes et des nœuds papillons immaculés. Ce matin-là il était plus guilleret que d'habitude ; il était clair que les nouvelles qui avaient déprimé le Père Pirrone avaient agi sur lui comme un cordial. « Triste époque, Excellence ! », dit-il après les hommages rituels, « il va arriver de gros ennuis, mais après un peu de remue-ménage et quelques fusillades tout ira pour le mieux, et de nouveaux temps glorieux viendront pour notre Sicile ; si ce n'était que tant de braves garçons vont y laisser leur peau, nous ne pourrions qu'être contents. » Le Prince maugréait sans exprimer d'opinion. « Don Ciccio », dit-il ensuite, « il faut mettre de l'ordre dans le recouvrement des redevances de Querceta ; cela fait deux ans qu'on ne voit plus un sou venir de là. » « La comptabilité est en règle, Excellence. » C'était la phrase magique. « Il faut simplement écrire à don Angelo Mazza pour qu'il exécute les procédures ; je soumettrai aujourd'hui même la lettre à votre signature », et il s'en alla fouiller dans les registres énormes où, avec deux ans de retard, tous les comptes de la maison Salina étaient minutieusement calligraphiés, sauf ceux qui étaient vraiment importants.

Resté seul, Don Fabrizio différa sa plongée dans les nébuleuses. Il était irrité non pas certes contre les événements qui se préparaient mais contre la stupidité de Ferrara en qui il avait tout à coup identifié l'une des classes qui allaient devenir dirigeantes. « Ce que dit ce bonhomme est exactement l'opposé de la vérité. Il plaint les braves garçons qui vont crever et ces derniers vont être au contraire très peu nombreux, si je connais le caractère des deux adversaires ; vraiment pas un de plus qu'il ne sera nécessaire à la rédaction d'un bulletin de victoire à Naples ou à Turin, ce qui est d'ailleurs la même chose. Au lieu de cela, il croit aux "temps glorieux pour notre Sicile", comme il dit ; ce qui nous a été promis à l'occasion de chaque débarquement, une centaine depuis Nicias, et qui n'est jamais arrivé. Et d'ailleurs, pourquoi cela devrait-il arriver ? Des négociations ponctuées par des coups de fusil presque inoffensifs et, après, tout sera pareil tandis que tout aura changé. » Les mots ambigus de Tancrède lui étaient revenus à l'esprit et maintenant il les comprenait parfaitement. Il se rassura et négligea de feuilleter la revue. Il regardait les flancs du mont Pellegrino, brûlés, creusés et éternels comme la misère.

Peu après arriva Russo, le surintendant, l'homme que le Prince trouvait le plus significatif parmi ses gens. Élancé, enveloppé non sans élégance dans sa « *bunaca* », sa veste de chasse en velours côtelé, les yeux avides sous un front sans remords, il était pour lui l'expression parfaite d'une couche sociale en ascension. Respectueux d'ailleurs, et presque sincèrement dévoué puisqu'il accomplissait ses larcins en étant convaincu d'exercer un droit. « J'imagine combien Votre Excellence doit être ennuyée par le départ de monsieur Tancredi ; mais son absence ne durera pas longtemps, j'en suis sûr, et tout finira bien. » Encore une fois le Prince se retrouva face à une des énigmes siciliennes. Dans cette île secrète où les maisons sont barricadées et où les paysans disent ignorer le chemin pour aller dans le village où ils vivent et que l'on voit là, sur le coteau, à dix minutes de route, dans cette île, malgré le luxe affiché de mystère, la réserve est un mythe.

Il fit signe à Russo de s'asseoir, le regarda fixement dans les yeux : « Pietro, parlons d'homme à homme, toi aussi, tu es mêlé à ces histoires ? » Mêlé, il ne l'était pas, répondit-il, il était père de famille et ces risques sont faits pour des jeunes gens comme monsieur Tancredi. « Vous imaginez que je cacherais quelque chose à Votre Excellence qui est comme mon père ! » (En attendant, trois mois auparavant, il avait caché dans ses entrepôts cent cinquante paniers de citrons du Prince et il savait que le Prince le savait.) « Mais je dois dire que mon cœur est avec eux, avec ces garçons intrépides. » Il se leva pour laisser entrer Bendicò qui faisait trembler la porte dans son ardeur amicale. Il se rassit. « Votre Excellence le sait ; on n'en peut plus : perquisitions, interrogatoires, paperasseries pour n'importe quoi, un sbire à tous les coins de rue ; un honnête homme n'est pas libre de s'occuper de ses affaires. Après, au contraire, nous aurons la liberté, la sécurité, des impôts plus légers, des facilités, le commerce. Tout le monde se trouvera mieux : il n'y a que les prêtres qui vont y perdre. Le Seigneur protège les pauvres gens comme moi, pas eux. » Don Fabrizio souriait : il savait que c'était justement lui qui, par personne interposée, souhaitait acheter Argivocale. « Il y aura des journées de coups de fusil et de désordre, mais la villa Salina sera aussi sûre qu'une forteresse ; Votre Excellence est notre père, et moi, j'ai tant d'amis, ici. Les Piémontais n'entreront qu'avec le chapeau à la main pour révérer Vos Excellences. Et puis, l'oncle et le tuteur de don Tancredi ! » Le Prince se sentit humilié ; il se voyait à présent déchu au rang de protégé des amis de Russo ; son seul mérite, d'après ce qu'il semblait, était d'être l'oncle de ce morveux de Tancredi. « Si ça continue, dans une semaine j'aurai la vie sauve parce que j'ai Bendicò chez moi. » Il frottait une oreille du chien entre ses doigts avec tant de vigueur que la pauvre bête jappait, honorée, sans doute, mais souffrant.

Peu après, quelques mots de Russo lui apportèrent un soulagement. « Tout ira mieux, croyez-moi, Excellence. Les hommes honnêtes et habiles pourront se mettre en valeur. Le reste sera comme avant. » Ces gens, ces petits libéraux de campagne voulaient seulement avoir les moyens d'en profiter plus facilement. Un point c'est tout. Les hirondelles prendraient leur vol plus tôt. Un point, c'est tout. D'ailleurs il en restait encore tant dans le nid.

« C'est peut-être toi qui as raison. Qui sait ? » À présent il avait pénétré tous les sens cachés : les paroles énigmatiques de Tancredi, celles emphatiques de Ferrara, celles fausses mais révélatrices de Russo, avaient livré leur secret rassurant. Beaucoup de choses se passeraient, mais tout serait une comédie, une comédie bruyante, romantique, avec quelques taches de sang sur son habit de bouffon. C'était le pays des accommodements, il n'y avait pas la furie française ; en France aussi, d'ailleurs, si l'on excepte le mois de Juin de Quarante-huit, était-il jamais arrivé quelque chose de sérieux ? Il avait envie de dire à Russo, mais sa courtoisie innée le retint : « J'ai très bien compris : vous ne voulez pas nous détruire, nous, vos "pères" ; vous voulez seulement prendre notre place. Avec douceur, avec les formes, en mettant peut-être même quelques milliers de ducats dans nos poches. C'est ça ? Ton neveu, mon cher

Russo, croira sincèrement être baron ; et toi, tu deviendras, que sais-je, le descendant d'un boyard de Moscovie, grâce à ton nom, au lieu d'être le fils d'un rustaud au poil roux, comme précisément ton nom le révèle. Ta fille aura déjà épousé auparavant l'un de nous, peut-être ce même Tancredi, avec ses yeux bleus et ses mains aux gestes nonchalants. Du reste elle est belle, et dès qu'elle aura appris à se laver… "Pour que tout reste tel que c'est." Comme c'est, au fond : rien qu'une lente substitution de classes. Mes clés dorées de gentilhomme de chambre, le cordon cerise de l'Ordre de Saint-Janvier devront rester dans le tiroir, puis ils finiront dans une vitrine du fils de Paolo, mais les Salina resteront les Salina ; et ils auront même quelques compensations : le Sénat de Sardaigne, le ruban pistache de l'Ordre de Saint-Maurice. Breloques les unes, breloques les autres. »

Il se leva : « Pietro, parle à tes amis. Ici, il y a beaucoup de jeunes filles, il ne faut pas qu'elles soient effrayées. » « J'en étais convaincu, Excellence ; j'ai déjà parlé : la villa Salina sera aussi tranquille qu'une abbaye. » Et il sourit, affectueusement ironique.

Don Fabrizio, suivi de Bendicò, sortit ; il voulait monter voir le Père Pirrone mais le regard implorant du chien l'obligea, au lieu de cela, à aller dans le jardin : en effet, Bendicò gardait des souvenirs exaltés du beau travail du soir précédent et il voulait l'achever selon les règles de l'art. Le jardin embaumait encore plus que la veille, mais sous le soleil du matin l'or du cassier était moins étourdissant. « Mais les Souverains, nos Souverains ? Et la légitimité, que va-t-elle devenir ? » Cette pensée le troubla un moment, elle ne pouvait pas être éludée ; un instant, il fut comme Màlvica. Ces Ferdinand, ces François si méprisés, lui apparurent comme des frères aînés, confiants, affectueux, justes, de vrais rois. Mais les forces de défense de son calme intérieur, si vigilantes chez le Prince, accouraient déjà à son aide, avec la mousqueterie du droit, avec l'artillerie de l'histoire. « Et la France ? Napoléon III, n'est-il pas illégitime ? Et les Français, ne vivent-ils peut-être pas heureux sous cet Empereur éclairé qui va certainement les conduire aux plus hautes destinées ? D'ailleurs, entendons-nous bien. Charles III était-il, lui, parfaitement en règle ? Même la bataille de Bitonto fut une sorte de bataille semblable à celles de Corleone ou de Bisacquino, ou que sais-je encore, au cours de laquelle les Piémontais infligeront des coups aux nôtres ; une de ces batailles livrées afin que tout reste tel que c'est. Et d'ailleurs, même Jupiter n'était pas le roi légitime de l'Olympe. »

Il était évident que le coup d'État de Jupiter contre Saturne devait rappeler les étoiles à sa mémoire.

Il laissa Bendicò essoufflé par son propre dynamisme, remonta l'escalier, traversa les salons dans lesquels ses filles parlaient de leurs amies de Saint-Sauveur (à son passage la soie de leurs jupes bruissa tandis qu'elles se levaient), gravit un long et étroit escalier et déboucha dans la grande lumière bleue de l'Observatoire. Le Père Pirrone, avec l'aspect serein du prêtre qui a dit sa messe et pris un bon café avec des biscuits de Monreale, était assis, absorbé par ses formules algébriques. Les deux télescopes et les trois longues-vues, aveuglés par le soleil, se tenaient couchés bien sagement, le bouchon noir sur l'oculaire, comme des bêtes bien habituées et qui savaient qu'on ne leur donnerait leur repas que le soir.

La vue du Prince arracha le Père à ses calculs et ramena à son esprit la mauvaise impression du soir précédent. Il se leva, salua obséquieusement mais ne put s'empêcher de dire : « Votre Excellence vient se confesser ? » Don Fabrizio, à qui le sommeil et les conversations de la matinée avaient fait oublier l'épisode nocturne, s'étonna. « Me confesser ? Mais nous ne sommes pas Samedi, aujourd'hui. » Puis il se souvint et sourit : « À vrai dire, mon Père, ce ne sera même pas nécessaire. Vous savez déjà tout. » Cette insistance sur une complicité imposée irrita le Jésuite. « Excellence, l'efficacité de la Confession ne consiste pas seulement dans le récit des fautes, mais dans le repentir de ce que l'on a commis de mal ; et tant que vous ne l'aurez pas fait et que vous ne me l'aurez pas démontré vous resterez en état de péché mortel, que je connaisse vos actions, ou non. » Il souffla méticuleusement pour ôter un petit poil de sa manche et se replongea dans ses abstractions.

La quiétude que les découvertes politiques de la matinée avaient instaurée dans l'âme du Prince était telle qu'il ne fit que sourire de ce qui, à un autre moment, lui aurait paru de l'insolence. Il ouvrit une des fenêtres de la petite tour. Le paysage étalait toutes ses beautés. Sous le ferment du soleil puissant chaque chose semblait dépourvue de poids : la mer, dans le fond, était une tache de couleur pure, les montagnes qui la nuit avaient paru redoutables, pleines de guets-apens, semblaient des amas de vapeur sur le point de se dissoudre, et même la menaçante Palerme s'étendait apaisée autour de ses couvents, comme un troupeau aux pieds des bergers. Dans la rade, les bateaux étrangers à l'ancre, envoyés en prévision de troubles, ne parvenaient pas à introduire un sentiment de crainte dans le calme plein de stupeur. Le soleil, qui était cependant bien loin en ce matin du 13 mai de sa plus grande ardeur, se révélait comme le souverain authentique de la Sicile : le soleil violent et impudent, le soleil faisant l'effet, aussi, d'un narcotique, qui annihilait les volontés individuelles et maintenait toute chose dans une immobilité servile, bercée en des rêves violents, en des violences qui tenaient de l'arbitraire des rêves.

« Il en faudra des Victor-Emmanuel pour changer cette potion magique qui nous est toujours versée ! »

Le Père Pirrone s'était levé, il avait rajusté sa ceinture, et s'était dirigé vers le Prince, la main tendue : « Excellence, j'ai été trop brusque ; gardez-moi votre bienveillance, mais suivez mes conseils, confessez-vous. »

La glace était rompue et le Prince put informer le Père Pirrone de ses intuitions politiques. Mais le Jésuite était bien loin de partager son soulagement, il redevint même piquant. « En quelques mots, vous, les seigneurs, vous vous mettez d'accord avec les libéraux, que dis-je les libéraux ! même avec les francs-maçons à nos dépens, aux dépens de l'Église. Parce qu'il est clair que nos biens, ces biens qui sont le patrimoine des pauvres, vont être saisis et mal partagés entre les meneurs les plus impudents ; et qui va rassasier, ensuite, les multitudes de malheureux que, aujourd'hui encore, l'Église sustente et guide ? » Le Prince restait muet. « Comment fera-t-on alors pour apaiser ces foules désespérées ? Je vais vous le dire tout de suite, Excellence. On leur jettera en pâture d'abord une première part, puis une deuxième et à la fin la totalité de vos terres. Ainsi Dieu aura-t-il accompli Sa Justice, fût-ce par l'intermédiaire des francs-maçons. Le Seigneur guérissait les aveugles de corps ; mais les aveugles d'esprit, que deviendront-ils ? »

Le malheureux Père était essoufflé : une douleur sincère à l'idée du gaspillage prévu du patrimoine de l'Église s'unissait chez lui au remords de s'être de nouveau laissé emporter, et à la crainte d'offenser le Prince qu'il aimait et dont il avait expérimenté la colère bruyante mais aussi la bonté indifférente. Il restait donc assis sur ses gardes et lorgnait à la dérobée Don Fabrizio qui nettoyait, à l'aide d'une petite brosse, les rouages d'une lunette astronomique et semblait absorbé dans son activité méticuleuse ; au bout d'un moment, il se leva, se frotta longuement les mains avec un petit chiffon : son visage était privé de toute expression, ses yeux clairs semblaient uniquement appliqués à repérer quelques petites traces de graisse qui se seraient réfugiées à la racine de ses ongles. En bas, autour de la villa, le silence lumineux était profond, seigneurial à l'extrême ; souligné plus que troublé par un très lointain aboiement de Bendicò qui injuriait le chien du jardinier au fond de la plantation d'agrumes, et par le battement rythmique et sourd du coutelas d'un cuisinier qui, là-bas, dans la cuisine, hachait de la viande sur sa planche pour le repas qui n'allait pas tarder. Le grand soleil avait absorbé la turbulence des hommes autant que l'âpreté de la terre. Don Fabrizio s'approcha ensuite de la table du Père, s'assit et se mit à dessiner des lys bourboniens pointus avec le crayon bien taillé que le Jésuite, dans sa colère, avait abandonné. Il avait l'air sérieux mais à tel point serein que toute inquiétude s'évanouit chez le Père Pirrone.

« Nous ne sommes pas aveugles, mon cher Père, nous ne sommes que des hommes. Nous vivons dans une réalité mobile à laquelle nous cherchons à nous adapter comme les algues se courbent sous la poussée de la mer. L'immortalité a été promise à la Sainte Église ; à nous, en tant que classe sociale, non. Pour nous, un palliatif qui promet de durer cent ans équivaut à l'éternité. Nous pourrons tout au plus nous faire du souci pour nos enfants, peut-être pour nos petits-enfants ; mais au-delà de ce que nous pouvons espérer caresser avec ces mains-ci, nous n'avons pas d'obligations ; et moi, je ne peux pas me préoccuper de ce que seront mes descendants éventuels en 1960. L'Église, oui, elle doit s'en soucier, parce qu'elle est destinée à ne pas mourir. Dans son désespoir, le réconfort est implicite. Et croyez-vous que, si elle pouvait aujourd'hui ou dans l'avenir se sauver elle-même par notre sacrifice, elle ne le ferait pas ? Bien sûr qu'elle le ferait, et elle ferait bien. »

Le Père Pirrone était si content de ne pas avoir offensé le Prince qu'il ne s'offensa pas lui non plus. L'expression « désespoir » en relation avec l'Église était inadmissible, mais la longue habitude du confessionnal le rendait capable d'apprécier l'humour sans illusion de Don Fabrizio. Il ne fallait pas pourtant laisser triompher son interlocuteur. « Vous aurez deux péchés à me confesser, samedi, Excellence : un péché de la chair, hier, un de l'esprit, aujourd'hui. Souvenez-vous-en. »

Tous les deux apaisés, ils discutèrent alors d'un rapport qu'il fallait vite envoyer à un observatoire étranger, celui d'Arcetri. Soutenus, guidés, semblait-il, par les nombres, invisibles à ces heures-là, mais présents, les astres rayaient l'éther de leurs trajectoires exactes. Fidèles au rendez-vous, les comètes s'étaient habituées à se présenter ponctuellement, et absolument à la seconde, devant celui qui les observait. Et elles n'étaient pas messagères de catastrophes comme le croyait Stella : leur apparition prévue était au contraire le triomphe de la raison humaine qui se projetait et prenait part à la normalité sublime des cieux. « Laissons ici-bas les Bendicò poursuivre leurs proies rustiques et que le coutelas du cuisinier hache la chair de bestioles innocentes. À la hauteur de cet observatoire, les fanfaronnades de l'un, l'aspect sanglant de l'autre se fondent en une tranquille harmonie. Le vrai problème, l'unique, est de pouvoir continuer à vivre cette vie de l'esprit dans ses moments les plus abstraits, les plus ressemblants à la mort. »

C'est ainsi que raisonnait le Prince, oubliant ses lubies

de toujours, ses caprices charnels d'hier. Et à travers ces moments d'abstraction il fut, sans doute, plus intimement absous, c'est-à-dire rattaché à l'univers, que n'aurait pu le faire la formule du Père Pirrone. Pendant une demi-heure ce matin-là les dieux du plafond et les singes de la tapisserie furent de nouveau rendus silencieux. Mais dans le salon, personne ne s'en aperçut.

Quand la cloche du déjeuner les rappela en bas, tous les deux étaient rassérénés, aussi bien par la compréhension de la conjoncture politique que par le dépassement de cette même compréhension, et une atmosphère de détente inhabituelle se répandit dans la villa. Le repas de midi était le plus important et il se passa, grâce à Dieu, sans difficultés. Il arriva, par exemple, qu'une des boucles qui encadraient le visage de Carolina, la fille de vingt ans, tenue par une épingle à cheveux apparemment mal fixée, glissa et alla finir dans son assiette. L'incident, qui un autre jour aurait pu être fâcheux, ne fit cette fois qu'augmenter leur gaieté ; et lorsque l'un des frères assis près de la jeune fille prit la boucle et l'épingla à son cou, si bien qu'elle pendait là comme un scapulaire, même Don Fabrizio consentit à sourire. Le départ, la destination, les buts de Tancredi étaient désormais connus de tous et chacun en parlait hormis Paolo qui mangeait en silence. Personne d'ailleurs n'était préoccupé, sauf le Prince qui cachait son anxiété sans gravité dans les profondeurs de son cœur, et Concetta qui était la seule à garder une ombre sur son beau front. « La jeune fille doit nourrir quelque sentiment pour ce garnement. Ils feraient un beau couple, mais je crains que Tancredi ne vise plus haut, je veux dire plus bas. » Aujourd'hui, puisque l'apaisement politique avait fait fuir les brumes qui en général l'obscurcissaient, la bonhomie foncière de Don Fabrizio refaisait surface. Pour rassurer sa fille il se mit à expliquer la faible efficacité des fusils de l'armée royale : il parla du manque de rainurage dans les canons de ces énormes fusils et de la force de pénétration réduite dont étaient dotés les projectiles qui en sortaient ; des explications techniques, données de mauvaise foi au surplus, que peu comprirent et dont personne ne fut convaincu mais qui consolèrent tout le monde parce qu'elles avaient réussi à transformer la guerre en un clair diagramme de forces au lieu du chaos extrêmement concret et hideux qu'elle est en réalité.

À la fin du déjeuner on servit la gelée au rhum. C'était le dessert préféré de Don Fabrizio, et la Princesse, reconnaissante des consolations reçues, avait eu soin de le commander le matin de bonne heure. Elle se présentait menaçante, avec sa forme de grande tour soutenue par des bastions et des talus, aux parois lisses et glissantes impossibles à escalader, présidée par une garnison rouge et verte de cerises et de pistaches ; elle était cependant transparente et tremblotante et la cuillère s'y enfonçait avec une aisance étonnante. Quand la forteresse ambrée parvint à Francesco Paolo, le fils de seize ans servi en dernier, elle ne consistait plus qu'en des glacis détruits à coups de canon et des blocs arrachés. Égayé par l'arôme de la liqueur et par le goût délicat de la garnison multicolore, le Prince s'était réjoui d'assister au démantèlement de la sombre forteresse sous l'assaut des appétits. Un de ses verres était resté à moitié plein de marsala ; il le leva, promena son regard sur sa famille en s'arrêtant plus longuement sur les yeux bleus de Concetta et « À la santé de notre cher Tancredi », dit-il. Il but le vin d'un seul trait. Le chiffre F. D., qui s'était auparavant détaché avec netteté sur la couleur dorée du verre plein, ne fut plus visible.

Dans le bureau de l'Administration où Don Fabrizio descendit de nouveau après le déjeuner la lumière entrait maintenant de biais, et il n'eut pas de reproche à subir des tableaux de ses fiefs, à présent dans l'ombre. « Que Votre Excellence nous bénisse », murmurèrent Pastorello et Lo Nigro, les deux fermiers qui avaient apporté les « carnages », cette partie de la redevance qu'on payait en nature. Ils se tenaient là, bien droits, avec des yeux étonnés dans leurs visages parfaitement rasés et brûlés par le soleil. Ils répandaient une odeur de troupeau. Le Prince leur parla cordialement, dans son dialecte très stylisé, il s'enquit de leurs familles, de l'état du bétail, des prévisions pour les récoltes. Puis il demanda : « Vous avez apporté quelque chose ? », et pendant que les deux autres acquiesçaient disant que tout était dans la pièce voisine, le Prince se sentit un peu honteux quand il se rendit compte que leur entrevue avait été une répétition des audiences du Roi Ferdinand. « Attendez cinq minutes et Ferrara vous donnera les reçus. » Il leur mit dans la main deux ducats chacun, ce qui était sans doute plus que la valeur de ce qu'ils avaient apporté. « Buvez un verre à notre santé. » Et il alla regarder les « carnages » : il y avait par terre quatre fromages « premier-sel » de douze « rouleaux », de dix kilos chacun ; il les observa avec indifférence : il détestait ce fromage ; il y avait six petits agneaux, les derniers de l'année, les têtes pathétiquement abandonnées au-dessus de la large plaie d'où quelques heures auparavant leur vie était sortie ; leurs ventres aussi avaient été écartelés et les boyaux irisés pendaient au-dehors. « Le Seigneur ait son âme », pensa-t-il, en se souvenant du soldat éventré un mois plus tôt. Quatre couples de poules attachées par les pattes, effrayées, se débattaient sous le museau inquisiteur de Bendicò. « Voilà encore un exemple de crainte inutile », pensait-il, « le chien ne représente pour elles aucun danger ; il n'en mangera même pas un os, parce que cela lui ferait mal au ventre. » Le spectacle de sang et de terreur, pourtant, le dégoûta. « Toi, Pastorello, va porter les poules au poulailler, pour le moment il n'en faut pas à l'office, et les agneaux, la prochaine fois, apporte-les directement à la cuisine ; ici, ils salissent. Et toi, Lo Nigro, va dire à Salvatore de venir nettoyer et emporter ces fromages. Et ouvre la fenêtre pour faire sortir l'odeur. »

Puis Ferrara entra avec les reçus.

Lorsque Don Fabrizio remonta, il trouva Paolo, son fils aîné, duc de Querceta, qui l'attendait dans le bureau où il avait l'habitude de faire sa sieste sur le divan rouge. Le jeune homme avait rassemblé tout son courage et souhaitait lui parler. Petit, mince, de teint olivâtre, il semblait plus âgé que lui. « Je voulais te demander, papa, comment nous devrons nous comporter avec Tancredi quand nous le reverrons. » Le père comprit tout de suite et commença à s'irriter. « Que veux-tu dire ? Qu'y a-t-il de changé ? » « Mais papa, tu ne peux certainement pas approuver : il est allé se joindre à ces canailles qui maintiennent la Sicile dans l'agitation ; ce sont des choses qui ne se font pas. »

La jalousie personnelle, le ressentiment du bigot contre le cousin sans préjugés, du nigaud contre le jeune homme plein d'esprit, s'étaient déguisés en argumentation politique. Don Fabrizio en fut tellement indigné qu'il ne fit même pas asseoir son fils : « Il vaut mieux faire des bêtises que rester toute la journée à regarder le crottin des chevaux ! Tancredi m'est plus cher qu'avant. Et puis, ce ne sont pas des bêtises. Si tu vas pouvoir faire graver tes cartes de visite avec “Duc de Querceta” dessus, et si, quand je m’en irai, tu hérites de quelques sous, c’est à Tancredi que tu le devras et aux autres comme lui. Va-t’en, je ne te permets plus de m’en parler ! Ici, c’est moi seul qui commande. » Puis il se calma et remplaça la colère par l’ironie. « Va, mon fils, je veux dormir. Va parler de politique avec Guiscardo, vous vous entendrez bien. » Et tandis que Paolo, glacé, refermait la porte, Don Fabrizio ôta sa *redingote** et ses bottines, fit gémir le divan sous son poids et s’endormit tranquillement.

Quand il se réveilla, son valet de chambre lui apporta sur un plateau un journal et un billet. Son beau-frère Màlvica les lui avait envoyés de Palerme portés par un serviteur à cheval. Encore un peu engourdi, le Prince ouvrit la lettre : « Cher Fabrizio, au moment même où je t’écris, je suis dans un état de prostration extrême. Lis les terribles nouvelles qui sont dans le journal. Les Piémontais ont débarqué. Nous sommes tous perdus. Ce soir même, moi et toute ma famille nous nous réfugierons sur les navires anglais. Tu vas vouloir certainement faire la même chose ; si tu le souhaites, je te ferai réserver quelques places. Que le Seigneur sauve encore notre Roi bien-aimé. Je t’embrasse. Ton Ciccio. »

Il replia le billet, le mit dans sa poche et commença à rire très fort. Ce Màlvica ! Il avait toujours été une poule mouillée. Il n’avait rien compris, et maintenant il tremblait. Et il laissait son palais à la merci de ses domestiques : cette fois oui, il le retrouverait vide ! « À propos, il faut que Paolo aille habiter à Palerme ; les maisons désertées, en ces moments, sont des maisons perdues. Je lui en parlerai au dîner. »

Il ouvrit le journal. « Un acte de piraterie flagrante a eu

lieu le 11 Mai avec le débarquement de gens armés sur la côte de Marsala. Des rapports ont établi ensuite que la bande débarquée était d'environ huit cents hommes et commandée par Garibaldi. Après que ces flibustiers eurent débarqué, ils évitèrent soigneusement d'affronter les troupes royales, en se dirigeant, d'après nos informations, vers Castelvetrano, en menaçant les citoyens pacifiques et n'évitant pas les pillages et les dévastations… etc.»

Le nom de Garibaldi le troubla un peu. Cet aventurier tout en cheveux et en barbe était un pur mazzinien. Il allait faire des malheurs. «Mais si le Roi "Galantuomo" l'a envoyé jusqu'ici, cela veut dire qu'il est sûr de lui. Ils le freineront.»

Il se rassura, se peigna, se fit remettre ses chaussures et sa *redingote**. Il enfonça le journal dans un tiroir. C'était presque l'heure du Rosaire, mais le salon était encore vide. Il s'assit sur un divan et pendant qu'il attendait il remarqua que le Vulcain du plafond ressemblait un peu aux lithographies de Garibaldi qu'il avait vues à Turin. Il sourit. «Un cocu.»

La famille commençait à se réunir. La soie des jupes bruissait. Les plus jeunes plaisantaient encore entre eux. On entendit derrière la porte l'écho habituel de la dispute entre les serviteurs et Bendicò qui voulait à tout prix participer. Un rayon de soleil chargé de fine poussière éclaira les singes malins.

Il s'agenouilla: «*Salve Regina, Mater misericordiæ…*»

DEUXIÈME PARTIE

Août 1860

« Les arbres ! Voilà les arbres ! »

Ce cri, parti de la première voiture, parcourut à rebours la file des quatre autres presque invisibles dans le nuage de poussière blanche, et à chaque portière des visages en sueur exprimèrent une satisfaction lasse.

Les arbres, à vrai dire, n'étaient que trois, des eucalyptus, les fils les plus bancals de notre Mère Nature ; et ils étaient aussi les premiers qu'on apercevait depuis qu'à six heures du matin la famille Salina avait quitté Bisacquino. Il était maintenant onze heures et pendant ces cinq heures on n'avait vu que des flancs engourdis de collines d'un jaune flamboyant sous le soleil. Le trot sur les parcours plats avait brièvement alterné avec les longues, lentes et pénibles avancées des montées et le pas prudent des descentes ; le pas et le trot, du reste, également fondus dans le flot constant des sonnailles que l'on ne percevait désormais plus sinon comme manifestation sonore de l'ambiance incandescente. On avait traversé des villages peints d'un bleu tendre, effarés ; au-dessus de ponts d'une étrange magnificence on avait franchi des torrents complètement à sec ; on avait côtoyé des escarpements désespérés que les sagines et les genêts n'arrivaient pas à réconforter. Jamais un arbre, jamais une goutte d'eau : soleil et nuages de poussière. À l'intérieur des voitures, fermées justement en raison du soleil et de la poussière, la température avait certainement atteint les cinquante degrés. Ces arbres assoiffés qui s'agitaient sur le ciel blême annonçaient plusieurs choses : qu'on était arrivé à moins de deux heures de la fin du voyage ; qu'on entrait sur les terres de la maison Salina ; que l'on pouvait faire collation et peut-être même se laver le visage avec l'eau d'un puits pleine de vers.

Dix minutes plus tard on était arrivé à la ferme de Rampinzeri : un bâtiment énorme, habité seulement un mois par an par des journaliers, des mules et autre bétail qu'on y rassemblait pour la récolte. Sur la porte très solide mais enfoncée dansait un Guépard de pierre bien qu'un coup de pierre justement lui eût tronqué les pattes ; près du bâtiment, un puits profond, veillé par les eucalyptus, offrait muettement les différents services dont il était capable : il pouvait servir de piscine, d'abreuvoir, de prison, de cimetière. Il étanchait la soif, propageait le typhus, gardait des gens séquestrés, cachait les charognes de bêtes et d'hommes jusqu'à ce qu'elles soient réduites à de lisses squelettes anonymes.

Toute la famille Salina descendit des voitures. Le Prince, réjoui par la perspective d'atteindre vite sa Donnafugata bien-aimée, la Princesse irritée en même temps qu'inerte, réconfortée pourtant par la sérénité de son mari ; les jeunes filles fatiguées ; les jeunes garçons excités par la nouveauté et qui n'avaient pu être domptés par la chaleur ; mademoiselle Dombreuil, la gouvernante française, entièrement défaite, qui, se souvenant des années passées en Algérie auprès de la famille du maréchal Bugeaud, ne cessait de gémir : « *Mon Dieu, mon Dieu, c'est pire qu'en Afrique !** » tout en essuyant son petit nez retroussé ; le Père Pirrone chez lequel le commencement de la lecture du bréviaire avait provoqué un sommeil qui lui avait fait paraître le trajet court, était le plus alerte de tous ; une femme de chambre et deux valets, des gens de la ville irrités par les aspects inhabituels de la campagne ; puis Bendicò qui, s'élançant de la dernière voiture, s'emportait contre les suggestions lugubres des corneilles qui tournoyaient bas dans la lumière.

Ils étaient tous blancs de poussière jusque sur les cils, les lèvres ou la queue ; de petits nuages blanchâtres se levaient autour des personnes qui, arrivées à l'étape, s'aidaient les unes les autres à ôter cette poussière.

Dans cette saleté l'élégance correcte de Tancredi éclatait d'autant plus. Il avait voyagé à cheval et, parvenu à la ferme une demi-heure avant la caravane, il avait eu le temps d'enlever la poussière de ses vêtements, de se laver et de changer sa cravate blanche. Quand il avait tiré l'eau du puits aux nombreux usages il s'était regardé un moment dans le miroir du seau et il s'était trouvé comme il fallait, avec ce bandeau noir sur l'œil droit qui servait désormais à rappeler plus qu'à soigner la blessure au sourcil reçue trois mois auparavant au cours des combats de Palerme ; avec son autre œil bleu qui semblait avoir pris en charge l'expression de la malice du premier, temporairement éclipsé ; et le filet écarlate au-dessus de la cravate faisant discrètement allusion à la chemise rouge qu'il avait portée. Il aida la Princesse à descendre de la voiture, épousseta de sa manche le haut-de-forme du Prince, distribua des bonbons à ses cousines et des mots d'esprit à ses petits cousins, il fit presque une génuflexion devant le Jésuite, répondit aux élans passionnés de Bendicò, consola mademoiselle Dombreuil, les taquina tous et les enchanta tous.

Les cochers faisaient se promener lentement les chevaux en rond pour qu'ils se rafraîchissent avant de s'abreuver, les domestiques étalaient les nappes sur la paille qui était restée du dernier battage, dans le petit rectangle d'ombre projeté par la ferme. Près de ce puits aimable la collation commença. À l'entour la campagne funèbre ondulait, jaune de chaumes, noire de barbes d'épis brûlées ; la plainte des cigales remplissait le ciel ; c'était comme le râle de la Sicile calcinée qui à la fin d'Août attend vainement la pluie.

Une heure plus tard tout le monde, réconforté, se remit en route. Bien que les chevaux, fatigués, avançassent encore plus lentement, la dernière partie du trajet semblait courte ; le paysage, qui n'était plus inconnu, avait atténué ses aspects sinistres. On retrouvait au fur et à mesure des endroits familiers, buts arides de promenades passées et de collations au cours des années précédentes ; le ravin de la Dragonara, le carrefour de Misilbesi ; on allait arriver bientôt à la Madone des Grâces qui, depuis Donnafugata, était le terme des plus longues promenades à pied. La Princesse s'était endormie, Don Fabrizio, seul avec elle dans la vaste voiture, était heureux. Il n'avait jamais été aussi content d'aller passer trois mois à Donnafugata qu'il l'était maintenant en cette fin d'Août 1860. Non seulement parce qu'il aimait la maison et les gens de Donnafugata, le sentiment de possession féodale qui y avait survécu, mais aussi parce que, à la différence des autres fois, il n'avait aucun regret des soirées paisibles passées dans son observatoire, des visites occasionnelles à Mariannina. En toute sincérité, le spectacle que Palerme avait offert les trois derniers mois l'avait un peu écœuré. Il aurait aimé avoir l'orgueil d'être le seul à comprendre la situation et à avoir bien accueilli le « *hou-hou* », l'épouvantail en chemise rouge ; mais il avait dû se rendre compte que la clairvoyance n'était pas le monopole de la maison Salina. Tous les Palermitains semblaient heureux : tous, sauf une poignée d'imbéciles : Màlvica, son beau-frère, qui s'était fait attraper par la police du Dictateur et qui était resté dix jours à l'ombre ; son fils Paolo, tout aussi mécontent, mais plus prudent, et qu'il avait laissé à Palerme empêtré dans on ne sait quels complots puérils. Tous les autres affichaient leur joie, portaient à la ronde des cocardes tricolores sur leurs cols, faisaient des cortèges du matin au soir et, surtout, parlaient, péroraient, déclamaient ; et si les tout premiers jours de l'occupation ce grand vacarme avait peut-être un certain sens à cause des acclamations pour saluer les rares blessés qui passaient dans les rues principales et des gémissements des « moutons », des agents de la police défaite qui étaient torturés dans les venelles, maintenant que les blessés étaient guéris et que les « moutons » survivants s'étaient enrôlés dans la nouvelle police, ces mascarades, dont il reconnaissait cependant l'inévitable nécessité, lui semblaient sottes et niaises. Il devait pourtant admettre que tout cela n'était qu'une manifestation superficielle de mauvaise éducation ; le fond des choses, le développement économique et social, était satisfaisant, exactement tel qu'il l'avait prévu. Don Pietro Russo avait tenu ses promesses et près de la villa Salina on n'avait jamais entendu un seul coup de fusil ; et si, dans le palais de Palerme, un grand service en porcelaine chinoise avait été dérobé, cela était dû simplement à la balourdise de Paolo qui l'avait fait emballer dans deux paniers laissés ensuite dans la cour pendant le bombardement, véritable invitation aux emballeurs eux-mêmes pour qu'ils viennent les faire disparaître.

Les Piémontais (c'est ainsi que le Prince continuait à les appeler pour se rassurer, de même que d'autres les appelaient Garibaldiens pour les exalter ou Garibaldesques pour les injurier), les Piémontais s'étaient présentés à lui sinon le chapeau à la main, comme on l'avait annoncé, du moins la main à la visière de leurs affreux képis rouges aussi fripés et froissés que ceux des officiers bourboniens.

Annoncé vingt-quatre heures avant par Tancredi, un général en jaquette rouge et brandebourgs noirs s'était présenté vers le vingt Juin à la villa Salina. Suivi de son officier d'ordonnance, il avait courtoisement demandé à être admis pour admirer les fresques des plafonds. Il fut satisfait sans problème car le préavis avait été suffisant pour éloigner d'un salon un portrait du roi Ferdinand II en grande pompe et pour le remplacer par une plus neutre « Piscine probatique », une opération qui unissait les avantages esthétiques aux avantages politiques.

Le général était un Toscan très vif d'une trentaine d'années, bavard et quelque peu fanfaron ; bien élevé, par ailleurs, et sympathique, il s'était comporté avec le respect voulu, allant jusqu'à donner de l'« Excellence » à Don Fabrizio, en contradiction nette avec l'un des premiers décrets du Dictateur ; l'officier d'ordonnance, un novice de dix-neuf ans, était un comte milanais qui fascina les jeunes filles avec ses bottes brillantes et ses « r » à la française.

Ils étaient arrivés accompagnés de Tancredi qui avait été promu, ou plutôt institué, capitaine sur le terrain ; souffrant et un peu affaibli à cause des douleurs que sa blessure provoquait, il se tenait là, habillé de rouge et irrésistible dans la démonstration de son intimité avec les vainqueurs ; une intimité à base de « tu » et de « mon vaillant ami » réciproques que les « continentaux » prodiguaient avec une ferveur puérile et renvoyés en retour par Tancredi, mais nasalisés et exprimant, selon Don Fabrizio, une ironie sous-entendue. Le Prince les avait accueillis du haut de son inexpugnable courtoisie, mais il avait été vraiment amusé et parfaitement rassuré par eux, si bien que trois jours plus tard les deux « Piémontais » avaient été invités à dîner ; et cela avait été un beau spectacle que celui de Carolina, assise au piano, accompagnant le chant du général qui, en hommage à la Sicile, s'était risqué à chanter « *Vi ravviso o luoghi ameni* », tandis que Tancredi, avec componction, tournait les pages de la partition comme si les fausses notes n'existaient pas en ce bas monde. Le petit comte milanais, pendant ce temps, penché sur un sofa, parlait de fleurs d'oranger à Concetta et lui révélait l'existence d'Aleardo Aleardi ; elle faisait semblant d'écouter et s'attristait de la mauvaise mine de son cousin que les bougies du piano faisaient apparaître plus languissant qu'il ne l'était réellement.

La soirée avait été parfaitement idyllique et elle fut suivie d'autres tout aussi cordiales ; au cours de l'une d'elles on sollicita le général afin qu'il parvienne à empêcher que l'ordre d'expulsion des Jésuites fût appliqué au Père Pirrone que l'on dépeignit comme chargé d'années et malade ; le général, qui s'était pris de sympathie pour l'excellent prêtre, fit semblant de croire à son état déplorable, intrigua, parla avec ses amis politiques et le Père Pirrone resta. Ce qui fut pour Don Fabrizio une nouvelle confirmation de l'exactitude de ses prévisions.

Le général fut encore très utile pour la question des laissez-passer nécessaires dans ces journées agitées pour qui voulait se déplacer ; c'est en grande partie grâce à lui que la famille Salina, même dans cette année de révolution, put jouir encore de sa villégiature. Le jeune capitaine, lui aussi, obtint une permission d'un mois et eut la possibilité de partir avec son oncle et sa tante. À part les laissez-passer, les préparatifs pour le départ avaient été longs et compliqués. Il avait fallu mener, en effet, des négociations elliptiques dans les administrations avec les hommes de confiance des « personnes influentes » de Girgenti, négociations qui, présidées par Pietro Russo, se conclurent par des sourires, des poignées de main et des tintements de monnaie. On avait obtenu un second laissez-passer plus sûr ; mais cela n'était pas une nouveauté. Il fallut rassembler des montagnes de bagages et de provisions et expédier trois jours avant une partie des cuisiniers et des serviteurs ; il fallut emballer un télescope et permettre à Paolo de rester à Palerme ; après quoi, on put partir. Le général et le petit sous-lieutenant étaient venus apporter des vœux de bon voyage et des fleurs ; et quand les voitures quittèrent la villa Salina deux bras rouges s'agitèrent longuement, le haut-de-forme du Prince apparut à la portière, mais la petite main gantée de dentelle que le jeune comte avait espéré voir resta sur les genoux de Concetta.

Le voyage avait duré trois jours et avait été horrible. Les routes, les fameuses routes siciliennes à cause desquelles le prince de Satriano avait perdu la Lieutenance, n'étaient que de vagues traces toutes trouées et pleines de poussière. La première nuit à Marineo chez un ami notaire avait encore été supportable ; mais la deuxième dans une mauvaise auberge de Prizzi s'était passée péniblement, couchés à trois sur un même lit, menacés par une faune repoussante. La troisième à Bisacquino. Il n'y avait pas de punaises mais en revanche Don Fabrizio avait trouvé treize mouches dans son verre de granité ; une lourde odeur d'excréments s'exhalait aussi bien des rues que de la « salle des pots de chambre » contiguë, ce qui avait suscité chez le Prince des rêves pénibles ; s'étant réveillé aux premières lueurs du jour, plongé dans la sueur et la puanteur, il n'avait pu s'empêcher de comparer ce voyage répugnant à sa propre vie, qui s'était d'abord déroulée dans des plaines riantes, avait grimpé ensuite sur des montagnes abruptes, s'était glissée à travers des gorges menaçantes pour déboucher enfin sur d'interminables ondulations d'une même couleur, aussi désertes que le désespoir. Ces images du premier matin étaient ce qu'il pouvait arriver de pire à un homme mûr ; et bien que Don Fabrizio sût qu'elles étaient destinées à s'évanouir avec l'activité du jour il en souffrait de façon aiguë parce qu'il avait désormais assez d'expérience pour savoir qu'elles laissaient au fond de l'âme un sédiment de deuil qui, s'accumulant jour après jour, finirait par être la véritable cause de sa mort.

Ces monstres, au lever du soleil, s'étaient terrés dans des zones non conscientes ; Donnafugata était désormais proche, avec son palais, ses eaux jaillissantes, les souvenirs des saints ancêtres, et l'impression qu'elle donnait de pérennité de l'enfance ; les gens aussi y étaient sympathiques, dévoués et simples. Mais c'est alors qu'une pensée s'insinua en lui : qui sait si après les derniers événements les gens seraient encore aussi dévoués qu'avant. « On verra. »

Maintenant ils étaient vraiment presque arrivés. Le visage fin et vif de Tancredi apparut à la portière. « Ma chère tante, mon cher oncle, préparez-vous, nous y serons dans cinq minutes. » Tancredi avait trop de tact pour précéder le Prince dans le village. Il mit son cheval au pas et avança, très réservé, à côté de la première voiture.

Au-delà du petit pont les autorités étaient en train d'attendre, entourées par quelques dizaines de paysans. Dès que les carrosses s'engagèrent sur le pont la fanfare municipale attaqua avec une fougue frénétique « *Noi siamo zingarelle* », premier salut étrange et affectueux que depuis quelques années Donnafugata présentait à son Prince ; et aussitôt après les cloches de l'Église Mère et du Couvent du Saint-Esprit, averties par quelque gamin faisant le guet, emplirent l'air d'un vacarme de fête. « Grâce à Dieu, il me semble que tout est comme d'habitude », pensa le Prince en descendant du carrosse. Il y avait là don Calogero Sedàra, le maire, les hanches ceintes d'une écharpe tricolore flambant neuve comme sa charge ; monseigneur Trottolino, l'archiprêtre, avec son gros visage bruni ; don Ciccio Ginestra, le notaire, qui était venu, couvert de rosettes et de plumets, en qualité de capitaine de la Garde Nationale ; il y avait Totò Giambono, le médecin, et la petite Nunzia Giarritta qui offrit à la Princesse un bouquet de fleurs en désordre cueillies, d'ailleurs, une demi-heure plus tôt dans le jardin du palais. Il y avait Ciccio Tumeo, l'organiste de la Cathédrale qui, à strictement parler, n'avait pas un rang suffisant pour se placer parmi les autorités, mais qui était venu quand même en tant qu'ami et compagnon de chasse, et avait eu la bonne idée d'amener avec lui, pour faire plaisir au Prince, Teresina, la chienne braque couleur feu avec deux petites marques noisette au-dessus des yeux, et il fut récompensé de sa hardiesse par un sourire tout particulier de Don Fabrizio. Ce dernier était d'excellente humeur et sincèrement affable ; il était descendu du carrosse avec sa femme pour remercier et, sous le déchaînement de la musique de Verdi et le vacarme des cloches, il embrassa le Maire et serra la main de tous les autres. La foule des paysans était muette mais de ces regards immobiles transparaissait une curiosité qui n'était pas hostile, parce que les paysans de Donnafugata n'avaient rien contre leur tolérant seigneur, qui oubliait si souvent d'exiger les redevances et les petits loyers ; et puis, habitués à voir le Guépard moustachu danser sur la façade du palais, sur le fronton des églises, en haut des fontaines, sur les carrelages de maïolique des maisons, ils étaient curieux de voir maintenant l'authentique Guépard en pantalon de *piqué** distribuer à tous des coups de patte amicaux et sourire de son visage de félin courtois. « Il n'y a rien à dire, tout est comme avant, mieux qu'avant, même. » Tancredi, lui aussi, faisait l'objet d'une grande curiosité : tout le monde le connaissait depuis longtemps, mais il apparaissait à présent comme transfiguré : on ne voyait plus en lui le jeune homme désinvolte mais l'aristocrate libéral, le compagnon de Rosolino Pilo, le blessé glorieux des combats de Palerme. Et il nageait comme un poisson dans l'eau au milieu de cette admiration bruyante ; ces admirateurs campagnards étaient un véritable divertissement ; il leur parlait en dialecte, il plaisantait, se moquait de lui-même et de sa blessure. Mais quand il disait « le général Garibaldi », sa voix baissait d'un ton et il prenait l'air absorbé d'un enfant de chœur devant l'ostensoir ; et à don Calogero Sedàra, dont il avait vaguement entendu dire qu'il s'était beaucoup démené pendant les journées de la libération, il dit d'une voix sonore : « Don Calogero, Crispi m'a dit grand bien de vous. » Après quoi, il offrit son bras à sa cousine Concetta et s'en alla laissant tout le monde aux anges.

Les carrosses avec les serviteurs, les enfants et Bendicò allèrent directement au palais, mais, comme le voulait une très ancienne tradition, tous les autres, avant de rentrer, devaient assister à un *Te Deum* dans l'Église Mère. Celle-ci se trouvait d'ailleurs à deux pas et l'on s'y dirigea en cortège, les nouveaux arrivés poussiéreux mais imposants, les autorités étincelantes mais humbles. Don Ciccio Ginestra avançait en tête et avec le prestige de son uniforme écartait les passants ; suivait le Prince donnant le bras à sa femme et ressemblant à un lion repu et paisible ; derrière, Tancredi avec à sa droite Concetta à qui cette marche vers une église à côté de son cousin procurait un grand trouble et une très douce envie de pleurer ; cet état d'âme n'était point allégé par une forte pression que le jeune homme prévenant exerçait sur son bras, dans le seul but, hélas, de lui faire éviter les trous et les épluchures qui constellaient la rue. Derrière encore, en désordre, les autres. L'organiste s'était échappé hâtivement pour avoir le temps de laisser Teresina chez lui et de se trouver à sa place retentissante au moment de l'entrée à l'église. Les cloches sévissaient toujours, et sur les murs des maisons les inscriptions de « Vive Gari*bb*aldi », « Vive le Roi Victor » et « Mort au Roi Bourbon » qu'un pinceau maladroit avait tracées deux mois auparavant pâlissaient et semblaient vouloir être absorbées dans le mur. Les pétards crépitaient tandis qu'on gravissait l'escalier monumental et, lorsque le petit cortège entra dans l'église, don Ciccio Tumeo, hors d'haleine mais à temps, attaqua passionnément « *Amami Alfredo* ».

La Cathédrale était bondée de gens curieux entre les colonnes trapues de marbre rouge ; la famille Salina s'assit dans le chœur et pendant la brève cérémonie Don Fabrizio, superbe, se montra à la foule ; la Princesse était sur le point de s'évanouir à cause de la chaleur et de la fatigue, et Tancredi, sous prétexte de chasser les mouches, effleura plus d'une fois la tête blonde de Concetta. Tout était en ordre et, après le sermon de monseigneur Trottolino, tous s'inclinèrent devant l'autel, se dirigèrent vers la porte et sortirent sur la place abrutie par le soleil.

Au bas de l'escalier les autorités prirent congé et la Princesse à qui on avait chuchoté pendant la cérémonie quelques dispositions invita au dîner de ce même soir le Maire, l'Archiprêtre et le Notaire. L'Archiprêtre était célibataire par profession et le Notaire par vocation, ainsi la question des épouses ne pouvait se poser pour eux ; l'invitation au Maire fut mollement étendue à sa femme : c'était une sorte de paysanne, très belle, mais jugée sous plusieurs aspects imprésentable par son mari lui-même ; personne ne fut donc surpris lorsqu'il dit qu'elle était souffrante ; mais l'étonnement fut grand lorsqu'il ajouta : « Si Leurs Excellences le permettent je viendrai avec ma fille, Angelica, qui ne parle depuis un mois que du plaisir qu'elle aurait à être connue de vous, maintenant qu'elle est grande. » La permission, naturellement, lui fut donnée ; et Don Fabrizio qui avait vu Tumeo regarder à la dérobée par-dessus l'épaule des autres, lui cria : « Et vous aussi, bien entendu, don Ciccio, et venez avec Teresina. » Et s'adressant aux autres il ajouta : « Et après le dîner, à neuf heures et demie, nous serons heureux de voir tous nos amis. » Donnafugata commenta longuement ces derniers mots. Le Prince, qui avait trouvé le village inchangé, fut en revanche trouvé très changé, lui qui n'aurait jamais auparavant utilisé des mots si cordiaux ; et à partir de ce moment commença, invisible, le déclin de son prestige.

Le palais Salina était contigu à l'Église Mère. Sa courte façade avec sept balcons sur la place ne permettait pas de supposer l'immensité qui s'étendait par-derrière sur deux cents mètres : c'étaient des édifices de styles différents, harmonieusement réunis cependant autour de trois grandes cours qui se terminaient en un vaste jardin entièrement clôturé. À l'entrée principale sur la place les voyageurs furent soumis à de nouvelles manifestations de bienvenue. Don Onofrio Rotolo, l'administrateur du lieu, n'avait pas participé, et ne participait jamais, à l'accueil officiel à l'entrée du village. Formé à l'école très rigide de la princesse Carolina, il considérait le *vulgus* comme inexistant et le Prince comme résidant à l'étranger tant qu'il ne franchissait pas le seuil de son palais ; il restait donc là, à deux pas devant le portail, très petit, très vieux, très barbu, flanqué de sa femme beaucoup plus jeune que lui et vigoureuse, escorté par les serviteurs et les huit gardes, le Guépard d'or sur la casquette et, dans les mains, huit fusils dont l'innocuité n'était pas constante. « Je suis heureux de donner la bienvenue à Leurs Excellences dans leur demeure. Je remets le palais dans l'état exact où il a été laissé. »

Don Onofrio était l'une des rares personnes que le Prince estimait et peut-être la seule qui ne l'eût jamais volé. Son honnêteté confinait à la manie et l'on racontait à ce sujet des épisodes spectaculaires comme celui du petit verre de rossolis que la Princesse avait laissé à moitié plein au moment d'un départ et retrouvé un an plus tard à la même place, son contenu évaporé et réduit à l'état de dépôt sucré, mais sans qu'on l'eût touché. « Car ceci est une partie infinitésimale du patrimoine du Prince et ne doit pas être gaspillé. »

Les civilités avec don Onofrio et donna Maria achevées, la Princesse qui ne tenait désormais que sur ses nerfs, alla de suite se coucher, les jeunes filles et Tancredi coururent vers les ombres chaudes du jardin, Don Fabrizio et l'administrateur firent le tour du grand appartement. Tout était dans un ordre parfait : les tableaux dans leurs cadres imposants étaient époussetés, les dorures des reliures anciennes renvoyaient leur feu discret, le soleil haut faisait briller les marbres gris autour de chaque porte. Toute chose était dans le même état où elle se trouvait depuis cinquante ans. Sorti du tourbillon bruyant des dissensions civiles, Don Fabrizio se sentit ragaillardi, plein d'une assurance sereine et regarda presque tendrement don Onofrio qui trottinait à côté de lui. « Don 'Nofrio, vous êtes vraiment un de ces gnomes qui gardent les trésors ; la reconnaissance que nous vous devons est grande. » Les autres années le sentiment avait été le même, mais les mots n'étaient pas montés jusqu'à ses lèvres ; don 'Nofrio le regarda plein de gratitude et de surprise. « C'est mon devoir, Excellence, mon devoir » ; et pour cacher son émotion il se grattait une oreille avec l'ongle démesuré de son petit doigt gauche.

Ensuite, l'administrateur fut soumis à la torture du thé. Don Fabrizio en fit venir deux tasses et don 'Nofrio, la mort dans l'âme, dut en avaler une ; puis il commença à raconter la chronique de Donnafugata : deux semaines auparavant il avait renouvelé le loyer du fief d'Aquila à des conditions un peu moins bonnes qu'avant ; il avait dû faire face à des dépenses pour la réparation des planchers des chambres des hôtes de passage ; mais il y avait en caisse, à la disposition de Son Excellence, trois mille deux cent soixante-quinze onces nettes de tout frais, d'impôts et de son propre salaire.

Puis vinrent les nouvelles privées qui tournaient toutes autour de la grande affaire de l'année : l'ascension rapide et continue de don Calogero Sedàra : six mois plus tôt le prêt accordé au baron Tumino était échu et il en avait confisqué les terres : grâce à mille onces prêtées il possédait à présent une nouvelle propriété qui en rendait cinq cents par an ; en Avril il avait pu acquérir deux « *salme* » de terrain pour une bouchée de pain, et dans cette petite propriété il y avait une carrière de pierre très recherchée qu'il se proposait d'exploiter ; il avait conclu des ventes de blé très avantageuses au moment des troubles et de la disette qui avaient suivi le débarquement. La voix de don 'Nofrio se remplit de rancœur : « J'ai fait les comptes par le menu : les rentes de don Calogero égaleront dans peu de temps celles de Votre Excellence ici à Donnafugata ; et celle qui est dans le village est la plus petite de ses propriétés. »

En même temps que sa richesse croissait aussi son influence politique ; à Donnafugata ainsi que dans les bourgs voisins il était devenu le chef des libéraux ; quand les élections auraient lieu, il était sûr d'être envoyé comme député à Turin. « Et les airs qu'ils se donnent ! pas lui qui est trop intelligent pour le faire, mais sa fille, par exemple, qui est revenue du pensionnat de Florence, elle se promène en ville avec des jupes gonflées et des rubans de velours qui pendent de son chapeau. »

Le Prince se taisait : la fille, oui, cette Angelica qui viendrait ce soir pour le dîner ; il était curieux de voir cette petite bergère pomponnée ; il n'était pas vrai que rien n'avait changé ; don Calogero aussi riche que lui ! Mais ces choses, au fond, étaient prévues, c'était le prix à payer.

Le silence du Prince troubla don 'Nofrio ; il s'imaginait qu'il l'avait fâché en lui racontant les commérages du village. « Excellence, j'ai pensé à vous faire préparer un bain ; il doit être prêt maintenant. » Don Fabrizio se rendit compte soudainement qu'il était fatigué : il était presque trois heures et cela faisait neuf heures qu'il n'avait pas arrêté de se déplacer sous un soleil torride, et après une nuit pareille ; il sentait son corps plein de poussière jusque dans ses replis les plus secrets. « Merci, don 'Nofrio, d'y avoir pensé ; et pour tout le reste aussi. Nous nous reverrons ce soir au dîner. »

Il monta l'escalier intérieur ; il passa par le salon des tapisseries, par le salon bleu pâle, par le salon jaune ; les persiennes baissées filtraient la lumière, dans son bureau l'horloge de Boulle battait doucement. « Quelle paix, mon Dieu, quelle paix ! » Il entra dans la salle de bains : petite, blanchie à la chaux, avec un dallage de briques rugueuses au centre duquel se trouvait l'orifice pour l'écoulement des eaux. La baignoire était une sorte de bassin ovale, immense, en fine tôle vernie en jaune à l'extérieur et blanche à l'intérieur, hissé sur quatre robustes pieds de bois. Par la fenêtre non protégée le soleil entrait brutalement[1].

Don Fabrizio appela : deux domestiques entrèrent portant chacun deux seaux clapotants, l'un d'eau froide, l'autre d'eau bouillante ; ils firent le va-et-vient plusieurs fois, le bassin fut rempli ; il en essaya la température avec la main : cela allait. Il fit sortir les domestiques, se déshabilla, s'enfonça dans l'eau. Sous sa masse démesurée l'eau fut sur le point de déborder. Il se savonna, s'étrilla : la tiédeur lui faisait du bien, le détendait. Il allait presque s'endormir lorsqu'on frappa à la porte : Domenico, le domestique, entra, avec crainte. « Le Père Pirrone demande à voir tout de suite Votre Excellence. Il attend là à côté que Votre Excellence sorte du bain. » Le Prince fut surpris ; si un malheur était arrivé il valait mieux le savoir tout de suite. « Pas du tout ; faites-le entrer maintenant. »

Don Fabrizio s'était inquiété de la hâte du Jésuite ; un peu pour cette raison, un peu par respect pour l'habit

1. Ajouté dans l'exemplaire dactylographié : « Suspendu à un clou du mur un peignoir ; sur une chaise de corde le linge de rechange ; sur une autre un costume qui portait encore les plis pris dans la malle. Près de la baignoire un gros morceau de savon rose, une grosse brosse, un mouchoir noué contenant du son qui trempé dans l'eau dégagerait un lait odorant, une éponge énorme, une de celles que lui envoyait l'administrateur de Salina. » *(Note de Gioacchino Lanza Tomasi)*

sacerdotal, il s'empressa de sortir de la baignoire : il comptait pouvoir passer son peignoir avant que le Père Pirrone entrât ; mais il n'y parvint pas, et le prêtre entra juste à l'instant où, n'étant plus voilé par l'eau savonneuse, non encore revêtu de son éphémère suaire, il se dressait entièrement nu, comme l'Hercule Farnèse, et, de plus, fumant, tandis que l'eau lui ruisselait du cou, des bras, de l'estomac, des cuisses comme le Rhône, le Rhin et le Danube traversent et baignent les chaînes des Alpes. Le panorama du beau gros Prince à l'état adamique était inédit pour le Père Pirrone. Préparé par le sacrement de la Pénitence à la nudité des âmes, il l'était beaucoup moins à celle des corps ; et lui, qui n'aurait pas sourcillé en écoutant la confession, supposons, d'une intrigue incestueuse, se troubla à la vue de cette innocente nudité de Titan. Il balbutia une excuse et esquissa un retour en arrière ; mais Don Fabrizio, irrité de n'avoir pu se couvrir à temps, retourna naturellement contre lui son irritation : « Mon Père, ne soyez pas sot, donnez-moi plutôt le peignoir et, si cela ne vous dérange pas, aidez-moi à m'essuyer. » Aussitôt après, une prise de bec passée lui revint à l'esprit. « Et suivez mon conseil, mon Père, prenez un bain vous aussi. » Satisfait d'avoir pu adresser une admonestation d'hygiène à celui qui lui distribuait tant de leçons de morale, il se rasséréna. Avec le pan supérieur du drap de bain, enfin obtenu, il s'essuyait les cheveux, les favoris et le cou, tandis qu'avec le pan inférieur le Père Pirrone, humilié, lui frottait les pieds. Quand le sommet et les versants de la montagne furent essuyés : « Maintenant, asseyez-vous, mon Père, et dites-moi pourquoi vous vouliez me parler avec tant de hâte. » Pendant que le Jésuite s'asseyait, il commença pour son compte certains assèchements plus intimes. « Voilà, Excellence : j'ai été chargé d'une mission délicate. Une personne qui vous est immensément chère a voulu m'ouvrir son âme et me confier la charge de faire connaître ses sentiments, assurée, peut-être à tort, que l'estime dont je suis honoré... » Les hésitations du Père Pirrone étaient délayées dans des phrases interminables. Don Fabrizio perdit patience : « En somme, mon Père, de qui s'agit-il ? De la Princesse ? » Et le bras levé, il semblait menacer ; en fait, il s'essuyait une aisselle.

« La Princesse est fatiguée ; elle dort et je ne l'ai pas vue. Il s'agit de mademoiselle Concetta. » Une pause. « Elle est amoureuse. » Un homme de quarante-cinq ans peut se croire encore jeune jusqu'au moment où il se rend compte qu'il a des enfants en âge d'aimer. Le Prince se sentit vieillir d'un seul coup ; il oublia les mille lieues qu'il parcourait en chassant, les « Jésus-Marie » qu'il savait provoquer, son actuelle fraîcheur au terme d'un voyage long et pénible ; il se vit brusquement comme un vieux chenu qui accompagne une bande de petits-enfants chevaucher les chèvres de la villa Giulia.

« Et cette sotte pourquoi est-elle allée vous raconter ces choses à vous ? Pourquoi n'est-elle pas venue me voir ? » Il ne demanda même pas de qui Concetta était amoureuse : c'était superflu. « Votre Excellence cache trop bien son cœur de père sous l'autorité du maître ; il est alors naturel que la pauvre jeune fille soit intimidée et qu'elle ait recours au dévouement du prêtre de la maison. »

Don Fabrizio enfilait ses longs caleçons et soufflait : il prévoyait de longs entretiens, des larmes, des ennuis sans limites ; cette mijaurée lui gâchait son premier jour à Donnafugata.

« Je vois bien, mon Père, je vois bien. Chez moi, personne ne me comprend. C'est mon malheur. » Il restait assis sur un tabouret avec la toison blonde de sa poitrine emperlée de gouttelettes. De petits ruisseaux d'eau serpentaient sur les briques, la pièce était chargée de l'odeur laiteuse du son, de l'odeur d'amande du savon. « Et que devrais-je dire, moi, selon vous ? » Le Jésuite transpirait dans cette chaleur d'étuve et, maintenant que la confidence avait été transmise, il aurait voulu s'en aller ; mais le sentiment de sa responsabilité le retint. « Le désir de fonder une famille chrétienne est très agréable aux yeux de l'Église. La présence du Seigneur aux noces de Cana… » « Ne divaguons pas. Moi, je veux parler de ce mariage, non du mariage en général. Tancredi a-t-il fait des propositions précises ? et quand ? »

Pendant cinq ans le Père Pirrone avait essayé d'enseigner le latin au jeune homme ; pendant sept ans il en avait subi les caprices et les farces ; comme tous les autres il en avait ressenti le charme ; mais les récentes attitudes politiques de Tancredi l'avaient offensé ; la vieille affection luttait en lui avec le nouveau ressentiment. À présent il ne savait que dire. « De véritables propositions, non. Mais mademoiselle Concetta n'a pas de doutes : les attentions, les regards, les mots couverts de celui-ci, toutes choses qui deviennent de plus en plus fréquentes, ont convaincu cette âme sainte ; elle est sûre d'être aimée ; mais, en fille respectueuse et obéissante, elle voulait vous demander, par mon intermédiaire, ce qu'elle devra répondre quand ces propositions arriveront. Elle sent qu'elles sont imminentes. »

Don Fabrizio fut un peu rassuré : où donc cette enfant aurait-elle pu puiser une expérience qui lui permette de voir clair dans les intentions d'un jeune homme ? et d'un jeune homme comme Tancredi, qui plus est ! Il s'agissait probablement de simples rêveries, un de ces « beaux rêves » qui mettaient les oreillers des pensionnats sens dessus dessous. Le danger n'était pas proche.

Le danger. Ce mot résonna dans son esprit avec tant de netteté qu'il en fut surpris. Le danger. Mais danger pour qui ? Il aimait beaucoup Concetta : en elle, il aimait la soumission perpétuelle, la placidité avec laquelle elle se pliait à toute manifestation exagérée de la volonté paternelle ; soumission et placidité, du reste, qu'il surestimait. La tendance naturelle qui était la sienne à refouler toute menace à sa tranquillité lui avait fait négliger d'observer la lueur d'acier qui traversait les yeux de la jeune fille quand les lubies auxquelles elle obéissait étaient vraiment trop vexantes. Le Prince aimait beaucoup sa fille ; mais il aimait encore plus Tancredi. Conquis depuis toujours par l'affection moqueuse du jeune homme, il avait commencé depuis quelques mois à peine à admirer aussi son intelligence : sa faculté d'adaptation rapide, sa pénétration mondaine, son art inné des nuances qui lui permettait de parler le langage démagogique à la mode tout en faisant comprendre aux initiés qu'il ne s'agissait là que d'un passe-temps auquel lui, le Prince de Falconeri, s'abandonnait pour un moment, toutes ces choses l'avaient amusé ; et pour les personnes du caractère et de la classe de Don Fabrizio la possibilité d'être amusées constitue les quatre cinquièmes de l'affection. Tancredi avait devant lui, à son avis, un grand avenir ; il aurait pu être le porte-drapeau d'une contre-attaque que la noblesse, ayant changé d'uniforme, pouvait mener contre le nouvel ordre politique. Pour le faire il ne lui manquait qu'une seule chose : l'argent ; et Tancredi n'en avait pas, du tout. Pour avancer en politique, maintenant que le nom comptait moins, il fallait beaucoup d'argent : de l'argent pour acheter des voix, de l'argent pour faire des faveurs aux électeurs, de l'argent pour un train de maison capable d'éblouir. Un train de maison... et Concetta avec toutes ses vertus passives serait-elle capable d'aider un mari ambitieux et brillant à gravir les marches glissantes de la nouvelle société ? Timide, réservée, renfermée comme elle l'était ? Elle resterait toujours la belle pensionnaire qu'elle était à présent, c'est-à-dire un boulet de plomb au pied de son mari.

« Vous, mon Père, vous voyez Concetta ambassadrice à Vienne ou à Saint-Pétersbourg ? » La tête du Père Pirrone fut déconcertée par cette question. « Mais qu'est-ce que cela a à voir ? Je ne comprends pas. » Don Fabrizio ne se soucia pas d'expliquer et se replia dans ses pensées. De l'argent ? Concetta aurait une dot, certes. Mais la fortune de la maison Salina devait être divisée en huit parties, en parties inégales, dont celles des jeunes filles seraient les plus maigres. Et alors ? Tancredi avait besoin de bien autre chose : de Maria Santa Pau, par exemple, avec les quatre fiefs qui lui appartenaient déjà et tous ses oncles prêtres et parcimonieux ; d'une des filles Sutèra, si laides mais si riches. L'amour. Certes, l'amour. Feu et flammes pendant un an, cendres pendant trente. Il le savait, lui, ce qu'était l'amour… Et Tancredi, par ailleurs, devant lequel les femmes tomberaient comme des poires mûres…

Tout à coup il eut froid. L'eau qui était sur lui s'évaporait, et la peau de ses bras était glacée. Les bouts de ses doigts se ridaient. Et quelle quantité de conversations pénibles en vue ! Il fallait éviter… « Maintenant je dois aller m'habiller, mon Père. Dites à Concetta, je vous en prie, que je ne suis pas du tout fâché mais que nous reparlerons de tout cela quand nous serons sûrs qu'il ne s'agit pas seulement des rêveries d'une jeune fille romantique. À bientôt, mon père. »

Il se leva et passa dans le cabinet de toilette. De l'Église Mère voisine arrivaient les tintements lugubres d'un « *mortorio* », d'un glas. Quelqu'un était mort à Donnafugata, quelque corps fatigué, qui n'avait pas résisté au grand deuil de l'été sicilien et à qui avait manqué la force d'attendre la pluie. « Quelle chance pour lui ! », pensa le Prince tout en passant une lotion sur ses favoris. « Quelle chance pour lui, il s'en contrefiche maintenant de ses filles, des dots et des carrières politiques ! » Cette identification éphémère avec un défunt inconnu suffit à le calmer : « Tant qu'il y a de la mort il y a de l'espoir », pensa-t-il ; puis il se trouva ridicule de s'être mis dans un tel état d'agitation parce que l'une de ses filles voulait se marier. « *Ce sont leurs affaires, après tout** », pensa-t-il en français comme il le faisait quand ses cogitations s'efforçaient d'être espiègles. Il s'assit dans un fauteuil et s'assoupit.

Une heure après il se réveilla rafraîchi et descendit dans le jardin. Le soleil baissait déjà et ses rayons, leur violence ayant cessé, éclairaient d'une lumière courtoise les araucarias, les pins, les robustes chênes verts qui faisaient la gloire de l'endroit. L'allée principale descendait doucement entre de grandes haies de lauriers qui encadraient des bustes anonymes de déesses sans nez ; et venant du fond on entendait la douce pluie des jets d'eau qui retombaient dans la fontaine d'Amphitrite. Il s'y dirigea, rapidement, impatient de la revoir. Les eaux, soufflées par les conques des Tritons, les coquilles des Naïades, les narines des monstres marins, jaillissaient en minces filaments, piquetaient avec un vif bruissement la surface verdâtre du bassin, suscitaient des rebondissements, bulles, écumes, ondulations, frémissements, tourbillons riants ; de la fontaine entière, des eaux tièdes, des pierres revêtues de mousses veloutées émanait la promesse d'un plaisir qui ne se muerait jamais en douleur. Sur un îlot au centre du bassin rond, modelé par un ciseau inexpérimenté mais sensuel, un Neptune prompt et souriant saisissait une Amphitrite pleine de désir : son nombril mouillé par les éclaboussures brillait au soleil et serait le nid, dans quelques instants, de baisers cachés dans l'ombre sous les eaux. Don Fabrizio s'arrêta, regarda, se souvint, regretta. Il resta longtemps.

« Mon oncle, viens regarder les pêches étrangères. Elles ont très bien poussé ; et laisse ces indécences qui ne sont pas faites pour des hommes de ton âge. »

La malice affectueuse de la voix de Tancredi le détacha de son engourdissement voluptueux. Il ne l'avait pas entendu venir, il était comme un chat. Pour la première fois il eut l'impression qu'un sentiment de rancœur le piquait à la vue du jeune homme ; ce joli cœur à la taille fine sous son habit bleu foncé avait été la cause, deux heures plus tôt, de ses pensées si âpres sur la mort. Puis il se rendit compte que ce n'était pas de la rancœur, mais seulement un déguisement de sa crainte : il avait peur qu'il lui parle de Concetta. Mais l'abord et le ton de son neveu n'étaient pas ceux de quelqu'un qui se prépare à faire des confidences amoureuses à un homme comme lui. Il se calma : l'œil de son neveu le regardait avec l'affection ironique que la jeunesse accorde aux personnes âgées. « Ils peuvent se permettre d'être assez gentils avec nous, puisqu'ils sont sûrs que le jour suivant nos funérailles ils seront libres. » Ils allèrent regarder les « pêches étrangères ». La greffe des rejetons allemands, faite deux ans plus tôt, avait parfaitement réussi ; les pêches n'étaient pas nombreuses, une douzaine sur deux arbres greffés, mais elles étaient grosses, veloutées et parfumées ; un peu jaunes avec deux nuances de rose sur les joues, elles ressemblaient à de jolies têtes de petites Chinoises pudiques. Le Prince les palpa avec la célèbre délicatesse du bout de ses doigts. « Il me semble qu'elles sont vraiment mûres à point. Dommage qu'il n'y en ait pas assez pour les servir ce soir. Nous les ferons cueillir demain et nous verrons comment elles sont. » « Tu vois ! c'est comme ça que je t'aime, mon oncle ; comme ça, dans le rôle de l'*agricola pius* qui apprécie et savoure à l'avance les fruits de son travail ; et non comme je t'ai trouvé tout à l'heure quand tu contemplais des nudités scandaleuses. » « Et pourtant, Tancredi, ces pêches aussi sont le produit d'amours, grâce à des accouplements. » « Certes, mais des amours légales, organisées par toi, le maître, et par le jardinier, le notaire ; des amours arrangées, fructueuses. Quant aux autres, là-bas », dit-il, et il faisait allusion à la fontaine dont on percevait le frémissement au-delà d'un rideau de chênes verts, « crois-tu vraiment qu'ils sont passés devant le curé ? » La conversation prenait un tour dangereux et Don Fabrizio s'empressa d'en changer le cours.

En remontant vers la maison, Tancredi raconta ce qu'il avait appris de la chronique galante de Donnafugata : Menica, la fille du garde-champêtre Saverio, s'était fait engrosser par son fiancé ; le mariage devait maintenant avoir lieu en toute hâte. Colicchio, lui, avait échappé d'un cheveu au coup de fusil d'un mari mécontent. « Mais comment fais-tu pour savoir tout cela ? » « Je le sais, mon oncle, je le sais. On me raconte tout, à moi ; ils savent que je les comprends. »

Parvenus en haut de l'escalier qui en courbes douces et longs paliers montait du jardin au palais, ils virent l'horizon du soir au-delà des arbres : du côté de la mer d'immenses nuages couleur d'encre escaladaient le ciel. Peut-être la colère de Dieu s'était-elle assouvie, et la malédiction annuelle de la Sicile avait-elle trouvé son terme ? En ce moment ces gros nuages chargés de soulagement étaient regardés par des milliers d'autres yeux, ressentis par des milliards de graines au sein de la terre. « Espérons que l'été est fini, que la pluie va enfin venir », dit Don Fabrizio ; et par ces mots le gentilhomme hautain que, personnellement, les pluies ne feraient qu'importuner, se révélait être le frère de ses paysans frustes.

Le Prince avait toujours tenu à ce que le premier dîner à Donnafugata eût un caractère solennel : les enfants au-dessous de quinze ans étaient exclus de la table, on servait des vins français, il y avait le punch à la romaine avant le rôti ; et les domestiques étaient poudrés et en culotte. Il ne transigeait que sur un seul détail : il ne mettait pas d'habit de soirée pour ne pas embarrasser ses hôtes qui, évidemment, n'en possédaient pas. Ce soir-là, dans le salon dit « de Leopoldo », la famille Salina attendait les derniers invités. Sous les abat-jour de dentelle les lampes à pétrole répandaient un cercle de lumière jaune ; les portraits équestres, démesurés, des Salina défunts n'étaient que des images aussi imposantes et vagues que leur souvenir. Don Onofrio était déjà arrivé avec sa femme de même que l'Archiprêtre qui, avec sa petite cape plissée lui retombant des épaules en signe de grande toilette, parlait avec la Princesse des querelles du Collège de Marie. Don Ciccio, l'organiste, était arrivé lui aussi (Teresina avait déjà été attachée au pied d'une table dans l'office) et évoquait avec le Prince les tirs fabuleux qu'ils avaient réussis dans les gorges de la Dragonara. Tout était paisible et comme à l'accoutumée, lorsque Francesco Paolo, le fils de seize ans, fit une irruption scandaleuse dans le salon : « Papa, don Calogero est en train de monter l'escalier. Il est en frac ! »

Tancredi évalua l'importance de la nouvelle une seconde avant les autres ; il était occupé à ensorceler la femme de don Onofrio, mais quand il entendit le mot fatal, il ne put se retenir et éclata d'un rire convulsif. Le Prince au contraire ne rit pas, lui à qui, il faut le dire, la nouvelle fit plus d'effet que le bulletin du débarquement à Marsala. Ce dernier avait été non seulement un événement prévu, mais aussi lointain et invisible. À présent, sensible comme il l'était aux présages et aux symboles, il contemplait la Révolution en personne dans ce nœud papillon blanc et cette queue-de-pie noire qui montaient l'escalier de sa maison. Non seulement, lui, le Prince, avait cessé d'être le plus grand propriétaire de Donnafugata, mais il se voyait aussi contraint de recevoir en costume d'après-midi un invité qui se présentait, à bon droit, en habit de soirée.

Son abattement fut grand et durait encore tandis qu'il avançait mécaniquement vers la porte pour recevoir l'invité. Mais quand il le vit, ses souffrances furent plutôt allégées. Parfaitement adéquat en tant que manifestation politique, on pouvait cependant affirmer que, quant à la réussite de sa confection, le frac de don Calogero était une catastrophe. Le tissu était très fin, le modèle récent, mais la coupe était tout simplement monstrueuse. Le Verbe londonien s'était très maladroitement incarné en un artisan de Girgenti auquel l'avarice tenace de don Calogero s'était adressée. Les pointes des deux pans se relevaient vers le ciel en une supplication muette, le grand col était informe et, quoique ce soit pénible, il faut bien le dire, les pieds du maire étaient chaussés de petites bottes à boutons.

Don Calogero s'avançait la main gantée et tendue vers la Princesse : « Ma fille vous demande pardon ; elle n'était pas encore tout à fait prête. Votre Excellence sait comment sont les bonnes femmes dans ces occasions », ajouta-t-il en exprimant en des termes quasiment vernaculaires une pensée d'une légèreté parisienne. « Mais elle sera là dans un instant ; notre maison est à deux pas, comme vous le savez. »

L'instant dura cinq minutes ; puis la porte s'ouvrit et Angelica entra. La première impression fut de surprise éblouie. Les Salina restèrent le souffle coupé ; Tancredi sentit même battre les veines de ses tempes. Devant l'impétuosité de sa beauté les hommes furent incapables d'en remarquer, en les analysant, les défauts qui n'étaient pas rares ; et nombreuses devaient être les personnes qui ne seraient jamais capables de cette élaboration critique. Elle était grande et bien faite, sur la base de critères généreux ; sa carnation devait posséder la saveur de la crème fraîche à laquelle elle ressemblait, sa bouche enfantine celle des fraises. Sous la masse des cheveux couleur de nuit enroulés en d'exquises ondulations, il y avait l'aube de ses yeux verts, immobiles comme ceux des statues et, comme eux, un peu cruels. Elle avançait lentement, en faisant tournoyer sa large jupe blanche et portait sur sa personne la sérénité, l'invincibilité de la femme sûre de sa beauté. Ce n'est que bien des mois plus tard que l'on sut qu'au moment de son entrée triomphale elle avait été sur le point de s'évanouir d'anxiété.

Elle ne se soucia pas de Don Fabrizio qui accourait vers elle, dépassa Tancredi qui souriait rêveur ; devant le fauteuil de la Princesse sa croupe magnifique esquissa une légère révérence et cette forme d'hommage inhabituelle en Sicile lui conféra un instant le charme de l'exotisme rajouté à celui de la beauté paysanne. « Mon Angelica, je ne t'ai pas vue depuis si longtemps. Tu as beaucoup changé ; et ce n'est pas en mal. » La Princesse n'en croyait pas ses yeux : elle se souvenait de la petite fille de treize ans, quatre ans plus tôt, assez laide et mal soignée, et elle ne parvenait pas à faire correspondre son image avec celle de l'adolescente voluptueuse qui se tenait devant elle. Le Prince n'avait pas de souvenirs à mettre en ordre ; il n'avait que des prévisions à renverser ; le coup porté à son orgueil par le frac du père se répétait maintenant dans l'aspect de la fille ; et cette fois, il ne s'agissait pas de tissu noir mais d'une peau laiteuse et mate ; bien taillée, et comment ! En vieux cheval de bataille qu'il était, l'appel de la grâce féminine le trouva prêt et il s'adressa à la jeune fille avec la grâce respectueuse qu'il aurait utilisée en parlant à la duchesse de Bovino ou à la princesse de Lampedusa. « C'est un bonheur pour nous, mademoiselle Angelica, d'avoir accueilli une si belle fleur dans notre maison ; et j'espère que nous aurons le plaisir de l'y revoir souvent. » « Merci, Prince ; je vois que votre bonté pour moi est égale à celle que vous avez toujours montrée envers mon cher papa. » Sa voix était belle, d'une tonalité grave, un peu trop surveillée peut-être ; le pensionnat florentin avait effacé ce qu'il y avait de traînant dans l'accent de Girgenti ; dans les mots, ne restait de sicilien que la dureté des consonnes qui s'harmonisait d'ailleurs très bien avec sa vénusté claire mais lourde. À Florence on lui avait appris aussi à omettre l'« Excellence ».

Il est regrettable de ne pouvoir presque rien dire de Tancredi : après s'être fait présenter par don Calogero, après avoir résisté avec peine au désir de baiser la main d'Angelica, après avoir fait manœuvrer le phare de son regard bleu, il était resté à bavarder avec madame Rotolo, et il ne comprenait rien de ce qu'il entendait. Le Père Pirrone dans un coin sombre était en train de méditer et pensait aux Saintes Écritures qui ce soir-là ne se présentaient à lui que comme une suite de Dalilas, de Judiths et d'Esthers.

La porte centrale du salon s'ouvrit et « Dîn… serv… » déclama le maître d'hôtel ; des sons mystérieux par lesquels on annonçait que le dîner était servi ; et le groupe hétérogène se dirigea vers la salle à manger.

Le Prince avait trop d'expérience pour offrir à des invités siciliens d'un village de l'intérieur un dîner qui commençât par un *potage**, et il enfreignait d'autant plus facilement les règles de la grande cuisine que cela correspondait à ses propres goûts. Mais les informations sur l'usage étranger barbare de servir une lavasse comme premier plat étaient parvenues avec trop d'insistance auprès des notables de Donnafugata pour qu'un reste de crainte ne palpitât en eux au début de chacun de ces dîners solennels. Aussi, quand trois domestiques en vert, or et poudre entrèrent portant chacun un plat démesuré en argent contenant une timbale de macaronis en forme de tour, seules quatre personnes sur vingt s'abstinrent de manifester une joyeuse surprise : le Prince et la Princesse parce qu'ils s'y attendaient, Angelica par affectation et Concetta par manque d'appétit. Tous les autres (y compris Tancredi, il est regrettable de le dire) manifestèrent leur soulagement de différentes manières, allant des grognements extatiques et flûtés du notaire au petit cri aigu de Francesco Paolo. Le regard circulaire menaçant du maître de maison coupa court d'ailleurs tout de suite à ces manifestations inconvenantes.

Bonnes manières à part, cependant, l'aspect de ces gratins babéliens était bien digne d'appeler des frémissements d'admiration. L'or bruni qui les enveloppait, le parfum de sucre et de cannelle qui s'en dégageait n'étaient que le prélude de la sensation de délices qui émanait de l'intérieur quand le couteau déchirait la croûte : il en jaillissait d'abord une vapeur chargée d'arômes, on découvrait ensuite les foies de volaille, les œufs durs, les émincés de jambon, de poulet et de truffes pris dans la masse onctueuse, très chaude, des petits macaronis auxquels le fumet de viande conférait une précieuse couleur chamois.

Le début du repas fut, comme il arrive toujours en province, recueilli. L'Archiprêtre se signa et se rua tête baissée sans dire un mot; l'organiste absorbait la succulence du mets les yeux fermés: il était reconnaissant envers le Créateur que son habileté à foudroyer lièvres et bécasses lui procurât parfois de pareilles extases, et pensait que rien qu'avec le prix d'une de ces timbales, lui et Teresina auraient pu vivre un mois; Angelica, la belle Angelica, oubliant ses crêpes toscanes de mil et une partie de ses bonnes manières, dévorait avec l'appétit de ses dix-sept ans et la vigueur que lui conférait la fourchette empoignée par le milieu du manche. Tancredi, essayant d'unir la galanterie et la gourmandise, cherchait à imaginer la saveur des baisers d'Angelica, sa voisine, dans le goût de chaque bouchée aromatisée, mais il se rendit compte que cette expérience était dégoûtante et la suspendit, se réservant de ressusciter ces rêveries au moment du gâteau; Don Fabrizio, quoique charmé par la contemplation d'Angelica qui était en face de lui, parvint à remarquer, le seul de la table, que la *demi-glace** était trop corsée et se proposa de le dire au cuisinier le lendemain; les autres mangeaient sans penser à rien et ne savaient pas que le plat leur semblait si exquis aussi parce qu'une aura sensuelle avait pénétré dans la maison.

Tous étaient tranquilles et contents. Tous, sauf Concetta. Elle avait bien sûr embrassé et serré dans ses bras Angelica, elle avait même refusé le « vous » que l'autre lui donnait et prétendu au « tu » de leur enfance, mais là, sous son corsage bleu pâle, son cœur était tenaillé; en elle se réveillait le sang violent des Salina et sous son front lisse s'ourdissaient des rêves d'empoisonnement. Tancredi était assis entre elle et Angelica et avec la politesse pointilleuse de celui qui se sent en faute il partageait équitablement regards, compliments et facéties entre ses deux voisines; mais Concetta sentait, elle le sentait animalement, le courant de désir qui passait de son cousin vers l'intruse, et son petit air courroucé entre le front et le nez s'exacerbait ; elle désirait autant tuer qu'elle désirait mourir. Parce qu'elle était femme, elle se cramponnait aux détails : elle remarquait la grâce vulgaire du petit doigt de la main droite d'Angelica levé vers le haut quand elle tenait son verre ; elle remarquait un grain de beauté rougeâtre sur la peau du cou, elle remarquait la tentative retenue à moitié d'enlever avec la main un petit morceau de nourriture resté entre les dents très blanches ; elle remarquait encore plus vivement une certaine dureté d'esprit ; et elle s'accrochait à ces détails en réalité insignifiants parce qu'ils étaient réduits en fumée par le charme sensuel, confiante et désespérée comme un maçon qui tombe s'accroche à une gouttière de plomb ; elle espérait que Tancredi les remarquerait lui aussi et serait dégoûté devant ces traces évidentes de la différence d'éducation. Mais Tancredi les avait déjà remarqués et, hélas ! sans aucun résultat. Il se laissait entraîner par la stimulation physique que cette très belle femelle procurait à sa jeunesse ardente et par l'excitation, disons, comptable, que la jeune fille riche suscitait dans son cerveau d'homme ambitieux et pauvre.

À la fin du dîner, la conversation était générale : don Calogero racontait dans une très mauvaise langue mais avec une intuition sagace les dessous de la conquête garibaldienne de la province ; le notaire parlait à la Princesse de la petite villa « en dehors de la ville » (c'est-à-dire à cent mètres de Donnafugata) qu'il se faisait construire ; Angelica excitée par les lumières, la nourriture, le *chablis**, par l'approbation évidente qu'elle trouvait chez tous les mâles autour de la table, avait demandé à Tancredi de lui raconter quelques épisodes des « glorieux faits d'armes » de Palerme ; elle avait posé un coude sur la nappe et appuyé sa joue sur sa main ; le sang affluait à ses pommettes et elle était dangereusement agréable à regarder ; l'arabesque dessinée par l'avant-bras, le coude, les doigts et par le gant blanc qui pendait parut exquise à Tancredi et dégoûtante à Concetta. Le jeune homme, tout en continuant à admirer, racontait la guerre en faisant tout apparaître léger et sans importance : la marche nocturne sur Gibilrossa, la scène entre Bixio et La Masa, l'assaut à Porta de Termini. « Je n'avais pas encore cet emplâtre sur l'œil et je me suis beaucoup amusé, mademoiselle, croyez-moi. Nos plus grands rires nous les avons eus le soir du 28 Mai, quelques minutes avant que je sois blessé. Le Général avait besoin d'un poste de guet en haut du Monastère de l'Origlione : on frappe, on refrappe, on jure, personne n'ouvre ; c'était un couvent de religieuses cloîtrées. Tassoni, Aldrighetti, moi et quelques autres nous tentons d'enfoncer la porte avec la crosse de nos mousquetons. Rien. Nous courons alors prendre une poutre dans une maison bombardée voisine et enfin, avec un boucan du diable, la porte tombe. Nous entrons : tout était désert ; mais on entend des cris perçants, désespérés, qui venaient d'un coin du couloir : un groupe de bonnes sœurs s'étaient réfugiées dans la chapelle et elles se tenaient là amassées près de l'autel ; qui sait ce qu'elles craignaient de cette dizaine de jeunes hommes exaspérés. C'était drôle de les voir, laides et vieilles, dans leurs robes noires, les yeux écarquillés, prêtes et disposées au... martyre. Elles jappaient comme des chiennes. Tassoni, ce drôle de type, cria : "Rien à faire, mes sœurs, nous devons nous occuper d'autres choses ; nous reviendrons quand vous nous ferez rencontrer les novices !" Et nous tous de rire à s'en rouler par terre. Et nous les avons laissées là, sur leur faim, pour aller tirer contre les royalistes depuis les balcons du haut. »

Angelica, encore accoudée, riait, en montrant toutes

ses dents de jeune louve. La plaisanterie lui semblait délicieuse ; cette possibilité de stupre la troublait, sa belle gorge palpitait. « Quels types vous deviez être ! Comme j'aurais voulu me trouver avec vous ! » Tancredi paraissait transformé : la fougue du récit, la force du souvenir, l'une et l'autre se greffant sur l'excitation que produisait en lui l'aura sensuelle de la jeune fille, le changèrent en un instant de jeune homme comme il faut qu'il était réellement en un soudard brutal.

« Si vous aviez été là, mademoiselle, nous n'aurions pas eu besoin d'attendre les novices. »

Angelica avait entendu chez elle beaucoup de mots grossiers ; mais c'était la première fois (et non la dernière) qu'elle se trouvait être l'objet d'une équivoque lascive ; la nouveauté lui plut, son rire monta d'un ton : il devint perçant.

À ce moment-là tout le monde se levait de table ; Tancredi se baissa pour ramasser l'éventail de plumes qu'Angelica avait laissé tomber ; en se relevant il vit Concetta, le visage embrasé, deux petites larmes au bord des cils : « Tancredi, ces horreurs se disent au confesseur, on ne les raconte pas aux jeunes filles, à table ; du moins, pas quand moi je suis là. » Et elle lui tourna le dos.

Avant d'aller se coucher, Don Fabrizio s'arrêta un moment sur le petit balcon de son cabinet de toilette. Le jardin dormait plongé dans l'ombre, au-dessous ; dans l'air immobile, les arbres semblaient de plomb fondu ; du clocher qui dominait parvenait le sifflement fabuleux des hiboux. Le ciel était dégagé : les nuages qui avaient salué le soir étaient partis qui sait où, vers des pays moins coupables contre lesquels la colère divine avait décrété une condamnation plus légère. Les étoiles paraissaient troubles et leurs rayons peinaient à percer la couche de chaleur étouffante.

L'âme de Don Fabrizio s'élança vers elles, vers les intangibles, les inatteignables, celles qui offrent la joie sans rien vouloir prétendre en échange, celles qui ne troquent pas ; comme tant d'autres fois il imagina pouvoir bientôt se trouver dans ces étendues glacées, pur intellect armé d'un carnet pour des calculs ; pour des calculs très difficiles mais qui tomberaient toujours justes. « Elles seules sont pures, elles seules sont comme il faut », pensa-t-il avec ses formules mondaines. « Qui songe à se faire du souci pour la dot des Pléiades, pour la carrière politique de Sirius, les dispositions dans l'alcôve de Véga ? » La journée avait été mauvaise ; il s'en rendait compte maintenant non seulement par une pression au plexus, les étoiles aussi le lui disaient : au lieu de les voir se disposer dans leurs dessins habituels, chaque fois qu'il levait les yeux il percevait là-haut un diagramme unique : deux étoiles en haut, les yeux ; une au-dessous, la pointe du menton ; le schéma moqueur d'un visage triangulaire que son âme projetait dans les constellations quand elle était bouleversée. Le frac de don Calogero, les amours de Concetta, l'engouement évident de Tancredi, sa propre pusillanimité, jusqu'à la beauté menaçante de cette Angelica. De mauvaises choses, des petites pierres qui courent et précèdent l'éboulement. Et ce Tancredi ! Il avait raison, d'accord, et même il l'aiderait ; mais on ne pouvait nier qu'il était un tantinet ignoble. Et lui-même était comme Tancredi. « Assez, allons dormir. »

Bendicò dans l'ombre lui frôlait le genou de sa grosse tête. « Tu vois, Bendicò, toi, tu es un peu comme elles, comme les étoiles : d'un bonheur incompréhensible, incapable de produire de l'angoisse. » Il souleva la tête du chien presque invisible dans la nuit. « Et puis, avec tes yeux à la même hauteur que le nez, avec ton absence de menton il est impossible que ta tête évoque dans le ciel de mauvais spectres. »

Des habitudes séculaires exigeaient que le jour suivant son arrivée, la famille Salina allât au Monastère du Saint-Esprit pour prier sur la tombe de la bienheureuse Corbera, aïeule du Prince, qui avait fondé le couvent, l'avait doté, y avait saintement vécu et y était saintement morte.

Le monastère était soumis à une règle de clôture rigide et son entrée était fermée aux hommes. Justement pour cela Don Fabrizio était particulièrement content de s'y rendre en visite, car pour lui, descendant direct de la fondatrice, l'exclusion s'annulait et il était jaloux et fier comme un enfant de ce privilège qu'il ne partageait qu'avec le Roi de Naples.

Cette faculté d'abus canonique était la cause principale mais non unique de sa prédilection pour le Monastère du Saint-Esprit. Tout lui plaisait dans ce lieu, à commencer par l'humilité fruste du parloir avec sa voûte en berceau et au centre le Guépard, sa double grille pour les conversations, le petit tourniquet de bois pour faire entrer et sortir les messages, avec la porte bien équarrie que le Roi et lui, seuls mâles au monde, pouvaient franchir licitement. Il aimait l'aspect des religieuses avec leur large guimpe de lin très blanc aux petits plis menus, qui se détachait sur la rude robe noire ; il se sentait édifié en écoutant l'Abbesse raconter pour la vingtième fois les miracles naïfs de la Bienheureuse, en voyant qu'elle lui indiquait le coin du jardin mélancolique où la sainte nonne avait arrêté, le laissant suspendu en l'air, un gros caillou que le Démon, énervé par son austérité, avait lancé contre elle ; il s'étonnait toujours de voir encadrées sur le mur d'une cellule les deux lettres fameuses et indéchiffrables, celle que la Bienheureuse Corbera avait écrite au Diable en l'exhortant au bien et la réponse de celui-ci exprimant, semble-t-il, le regret de ne pouvoir lui obéir; il aimait les gâteaux aux amandes que les nonnes confectionnaient d'après des recettes centenaires, il aimait suivre l'Office dans le chœur, et il était même content de verser à cette communauté une part non négligeable de ses propres rentes, comme le voulait l'acte de fondation.

Ce matin-là il n'y avait donc que des gens contents dans les deux voitures qui se dirigeaient vers le monastère, juste à la sortie du village. Dans la première se trouvaient le Prince avec la Princesse et leurs filles Carolina et Concetta; dans la seconde, leur fille Caterina, puis Tancredi et le Père Pirrone, lesquels, bien entendu, s'arrêteraient *extra muros* et attendraient dans le parloir pendant la visite, réconfortés par les gâteaux aux amandes qui apparaîtraient dans le tourniquet. Concetta semblait un peu distraite mais sereine, et le Prince voulut espérer que les fariboles de la veille étaient passées.

L'entrée dans un couvent de religieuses cloîtrées n'est pas quelque chose de rapide, même pour qui en possède le droit le plus sacré. Les religieuses tiennent à montrer une certaine réticence, formelle, oui, mais prolongée, qui confère d'ailleurs plus de saveur à l'admission escomptée; bien que la visite fût prévue, il fallut donc attendre un bon moment dans le parloir. Ce fut vers la fin de cette attente que Tancredi dit brusquement au Prince: «Mon oncle, ne pourrais-tu me faire entrer moi aussi? Après tout, je suis par moitié un Salina, et je n'y suis jamais entré.» Le Prince, au fond, fut content de cette demande, mais il secoua résolument la tête. «Mais, mon enfant, tu le sais, moi seul, je peux entrer ici; pour les autres, c'est impossible.» Il n'était pas facile de démonter Tancredi: «Pardonne-moi, mon oncle; j'ai relu ce matin l'acte de fondation dans la bibliothèque: "le Prince de Salina pourra entrer et avec lui deux gentilshommes de sa suite si l'Abbesse le permet." Je serai le gentilhomme à ta suite, je serai ton écuyer, je serai ce que tu voudras. Demande-le à l'Abbesse, je t'en prie.» Il parlait avec une chaleur inhabituelle; il voulait sans doute faire oublier à quelqu'un les discours inconsidérés du soir précédent. Don Fabrizio était flatté: «Si tu y tiens à ce point, mon cher, je vais voir...» Mais Concetta de son sourire le plus doux s'adressa à son cousin: «Tancredi, en passant nous avons vu une poutre par terre, devant la maison de Ginestra. Va la chercher, tu pourras entrer plus vite.» L'œil bleu de Tancredi s'assombrit et son visage devint rouge comme un coquelicot, on ne savait pas si c'était de honte ou de colère; il voulut dire quelque chose à Don Fabrizio surpris, mais Concetta intervint de nouveau, d'une voix méchante à présent, et sans sourire. «Laisse papa, il plaisante; il est déjà entré dans un couvent, et ça doit lui suffire; il n'est pas juste qu'il entre dans celui-ci qui est le nôtre.»

Avec un grand bruit de verrous que l'on tirait, la porte s'ouvrait. Dans le parloir étouffant entra la fraîcheur du cloître en même temps que les chuchotements des nonnes groupées. Il était trop tard pour discuter, et Tancredi resta à se promener devant le couvent, sous le ciel en feu.

La visite se déroula parfaitement. Don Fabrizio, par amour de la tranquillité, avait renoncé à demander à Concetta le sens de ses paroles; il devait s'agir sans doute d'un de ces enfantillages habituels entre cousins; de toute façon, la querelle entre les deux jeunes gens écartait les tracas, les conversations, les décisions à prendre, elle était donc la bienvenue. Après ces préliminaires, la tombe de la Bienheureuse Corbera fut vénérée par tous avec componction, le café léger des nonnes bu avec indulgence et les gâteaux rose et vert tendre croqués avec satisfaction ; la princesse inspecta le vestiaire, Concetta parla aux nonnes avec sa bonté coutumière, pleine de retenue, lui, le Prince, laissa sur la table du réfectoire les vingt « onces » qu'il offrait chaque fois. Il est vrai qu'à la sortie on trouva le Père Pirrone seul ; mais comme il dit que Tancredi était reparti à pied car il s'était souvenu d'une lettre urgente à écrire, personne n'y prêta attention.

Rentré au palais, le Prince monta à la bibliothèque qui se trouvait juste au centre de la façade sous l'horloge et le paratonnerre. Depuis le grand balcon fermé contre la chaleur on voyait la place de Donnafugata : vaste, ombragée de platanes poussiéreux. Les maisons d'en face étalaient quelques façades dessinées avec vivacité par un architecte du lieu ; des monstres rustiques en pierre tendre, polie par les ans, soutenaient en se tordant des balcons trop petits ; d'autres maisons, parmi lesquelles celle de don Calogero, se dissimulaient avec pudeur derrière de petites façades Empire.

Don Fabrizio se promenait de long en large dans la salle immense : de temps à autre, au passage, il jetait un coup d'œil sur la place : sur un des bancs qu'il avait lui-même offerts à la commune, trois petits vieux se rôtissaient au soleil ; une dizaine de gamins se poursuivaient en brandissant de grandes épées de bois ; quatre mulets étaient attachés à un arbre. Sous la canicule qui sévissait le spectacle ne pouvait être plus villageois. Mais, à l'un de ses passages devant la fenêtre, son regard fut attiré par une silhouette nettement citadine : droite, mince, bien habillée. Il aiguisa son regard : c'était Tancredi ; il le reconnut, bien qu'il fût un peu loin, à ses épaules tombantes, à sa taille bien serrée dans la *redingote**. Il avait changé de costume : il n'était plus en marron comme au Saint-Esprit, mais en bleu de Prusse, la « couleur de ma séduction » comme il disait lui-même. Il tenait à la main une canne au pommeau émaillé (c'était sans doute celle avec la Licorne des Falconeri et la devise *Semper purus*) et il marchait aussi légèrement qu'un chat, comme quelqu'un qui craint de salir ses chaussures dans la poussière. Dix pas derrière lui, un domestique le suivait qui portait une corbeille enrubannée contenant une dizaine de pêches d'un jaune tendre aux petites joues rouges.

Il esquiva un gamin, évita soigneusement un pissat de mulet. Il atteignit la porte des Sedàra.

TROISIÈME PARTIE

Octobre 1860

La pluie était venue, la pluie était repartie ; et le soleil était remonté sur son trône comme un roi absolu qui, éloigné durant une semaine par les barricades de ses sujets, revient régner courroucé mais réfréné par des chartes constitutionnelles. La chaleur redonnait des forces sans brûler, la lumière était autoritaire mais laissait survivre les couleurs, et de la terre la menthe et le trèfle repoussaient prudemment, sur les visages des espoirs méfiants.

Don Fabrizio en compagnie de Teresina et d'Arguto, les chiens, et de don Ciccio Tumeo, son suivant, passait de longues heures à la chasse, de l'aube à l'après-midi. La peine était hors de proportion avec les résultats, parce que même pour les meilleurs tireurs il est difficile d'atteindre une cible qui n'est presque jamais là, et c'était déjà beaucoup si le Prince en rentrant pouvait faire porter à la cuisine deux perdrix, de même que don Ciccio s'estimait heureux s'il pouvait le soir jeter sur la table un lapin sauvage, qui d'ailleurs était *ipso facto* promu au grade de lièvre, comme on fait chez nous.

Une abondance de butin eût été d'autre part pour le Prince une satisfaction secondaire ; le plaisir des jours de chasse, subdivisé en plusieurs menus épisodes, résidait ailleurs. Cela commençait par le rasage dans la chambre encore sombre, à la lumière d'une bougie qui rendait ses gestes emphatiques sur le plafond aux architectures peintes ; il s'aiguisait au moment de traverser les salons endormis, et d'éviter à la lumière vacillante les tables avec les cartes à jouer en désordre au milieu des jetons et des verres vides avant d'apercevoir parmi elles le valet d'épée qui lui adressait un salut viril. Venait ensuite la traversée du jardin immobile sous la lumière grise dans laquelle les oiseaux les plus matinaux lissaient leurs plumes pour en chasser la rosée ; le comble était enfin de se glisser par la petite porte envahie de lierre ; de fuir, en somme. Une fois sur la route, tout innocente encore aux premières lueurs, il retrouvait don Ciccio souriant sous sa moustache jaunie alors qu'il pestait affectueusement contre les chiens ; dans l'attente, leurs muscles frémissaient sous le velours du poil. Vénus brillait, chair de grain de raisin sans peau, transparente et humide, et on croyait déjà entendre le grondement du char solaire qui remontait la pente sous l'horizon ; on rencontrait bientôt les premiers troupeaux qui avançaient, engourdis, comme les flots des marées, guidés à coups de pierre par des bergers chaussés de peaux ; leurs laines devenaient soyeuses et rosissaient sous les premiers rayons ; il fallait ensuite trancher des litiges obscurs de préséance entre chiens de troupeaux et braques susceptibles, et après cet intermède assourdissant on tournait pour monter une pente et on se trouvait dans le silence immémorial de la Sicile pastorale. On était aussitôt loin de tout, dans l'espace et encore plus dans le temps. Donnafugata avec son palais et ses nouveaux riches était à deux milles à peine mais elle semblait ternie dans le souvenir comme ces paysages que l'on entrevoit parfois au débouché lointain d'un tunnel ferroviaire ; ses peines et son luxe paraissaient encore plus insignifiants que s'ils avaient appartenu au passé, car, en comparaison de l'immutabilité de ces contrées reculées, ils semblaient faire partie du futur, provenir non de la pierre et de la chair mais du tissu d'un avenir rêvé, être extraits d'une Utopie imaginée par un Platon rustique et qui, en raison du moindre accident, aurait pu se manifester sous des formes tout à fait différentes et même ne pas exister ; dépourvus ainsi du peu de charge énergétique que chaque chose passée continue à posséder, ils ne pouvaient plus causer de soucis.

Don Fabrizio avait eu beaucoup de soucis ces deux derniers mois : ils avaient débouché de toutes parts comme des fourmis à l'abordage d'un lézard mort. Certains avaient surgi des crevasses de la situation politique ; d'autres lui étaient tombés dessus à cause des passions d'autrui ; d'autres encore (et c'étaient ceux qui le rongeaient le plus) avaient germé dans son for intérieur, c'est-à-dire à partir de ses réactions irrationnelles par rapport à la politique et aux caprices de son prochain (il appelait caprices, quand il était irrité, ce qu'étant calme il désignait comme des passions) ; et ces soucis, il les passait en revue tous les jours, il leur faisait faire des manœuvres, se mettre en colonne ou se déployer en rangs sur la place d'armes de sa conscience, en espérant apercevoir dans leurs évolutions un sens quelconque de finalité qui pût le rassurer ; et il n'y parvenait pas. Les années précédentes les contrariétés étaient moins nombreuses et de toute façon le séjour à Donnafugata constituait une période de repos : les tracas déposaient leur fusil, se dispersaient dans les anfractuosités des vallées et se tenaient si tranquilles, occupés à manger leur pain et leur fromage, qu'on oubliait la bellicosité de leurs uniformes et qu'on pouvait les prendre pour d'inoffensifs paysans. Cette année, au contraire, comme des troupes mutinées qui vociféraient en brandissant les armes, ils étaient restés rassemblés et, dans sa maison même, ils suscitaient en lui le désarroi d'un colonel qui ayant dit « Rompez les rangs ! » voit ensuite le régiment plus serré et menaçant que jamais.

Fanfares, pétards, cloches, « *zingarelle* » et *Te Deum* à l'arrivée, d'accord ; mais après, la révolution bourgeoise qui montait ses escaliers dans le frac de don Calogero, la beauté d'Angelica qui mettait dans l'ombre la grâce réservée de sa Concetta, Tancredi qui hâtait les temps de l'évolution prévue et chez qui le caprice sensuel permettait même de parer de fleurs les motifs réalistes ; les scrupules et les équivoques du Plébiscite ; les mille stratagèmes auxquels il devait se plier, lui, le Guépard, qui pendant tant d'années avait balayé les difficultés d'un revers de sa patte.

Tancredi était parti depuis déjà plus d'un mois, il se trouvait maintenant à Caserte et campait dans les appartements de son Roi ; de là il envoyait de temps à autre à Don Fabrizio des lettres que celui-ci lisait en alternant sourires et grognements et qu'il plaçait ensuite dans le tiroir le plus secret de son bureau. Il n'avait jamais écrit à Concetta, mais il n'oubliait pas de demander de la saluer avec son habituelle malice affectueuse ; une fois il avait même écrit : « Je baise les mains de toutes les petites Guépardes, et surtout celles de Concetta », une phrase qui fut censurée par la prudence paternelle lorsque la lettre fut lue devant la famille. Angelica venait leur rendre visite presque tous les jours, plus séduisante que jamais, accompagnée de son père ou d'une femme de chambre aux allures de jeteuse de sorts : officiellement les visites étaient rendues à ses amies, les petites jeunes filles, mais on sentait qu'elles atteignaient leur acmé au moment où elle demandait avec indifférence : « A-t-on des nouvelles du Prince ? » « Le Prince » dans la belle bouche d'Angelica n'était pas, hélas ! le terme pour le désigner, lui, Don Fabrizio, mais celui utilisé pour évoquer le petit capitaine garibaldien ; et cela provoquait chez Salina un drôle de sentiment tissé dans le coton de son envie sexuelle et dans la soie de sa complaisance pour le succès de ce cher Tancredi ; sentiment, tout compte fait, désagréable. À cette question, c'était toujours lui qui répondait : dans une forme très méditée il relatait ce qu'il savait, en prenant cependant soin de présenter une petite plante de nouvelles bien émondée d'où ses ciseaux prudents avaient coupé aussi bien les épines (récits de promenades fréquentes à Naples, allusions très claires à la beauté des jambes d'Aurora Schwarzwald, une petite danseuse du San Carlo) que les boutons prématurés (« donne-moi des nouvelles de mademoiselle Angelica » — « dans le bureau de Ferdinand II j'ai vu une Madone d'Andrea del Sarto qui m'a rappelé mademoiselle Sedàra »). Il modelait alors une image insipide de Tancredi, assez peu véridique, mais ainsi, en même temps, on ne pouvait pas l'accuser de jouer le rôle du trouble-fête ou celui de faiseur de mariages. Ces précautions verbales correspondaient très bien à ses sentiments personnels à l'égard de la passion raisonnée de Tancredi mais l'irritaient parce qu'elles le fatiguaient ; elles n'étaient d'ailleurs qu'un échantillon des cent détours de langage et de maintien qu'il était obligé d'inventer ; il repensait avec regret à la situation d'un an auparavant quand il disait tout ce qui lui passait par la tête, certain que n'importe quelle sottise serait acceptée comme parole d'évangile, et n'importe quel manque d'à-propos comme insouciance princière. Lorsqu'il prenait la voie du regret du passé, dans ses pires moments de mauvaise humeur il descendait très bas sur cette pente dangereuse :

une fois, tandis qu'il sucrait la tasse de thé que lui tendait Angelica, il se rendit compte qu'il était en train d'envier la chance de ces Fabrizio Corbera et Tancredi Falconeri qui trois siècles plus tôt auraient satisfait leur envie de coucher avec les Angelica de leur temps sans devoir passer devant le curé, sans souci pour les dots des paysannes (qui d'ailleurs n'existaient pas) et déchargés de la nécessité de contraindre leurs oncles respectables à marcher sur des œufs pour dire ou taire ce qu'il convenait. Cette impulsion de luxure atavique (qui n'était pas du reste tout à fait de la luxure mais aussi une attitude sensuelle de la paresse) fut à tel point brutale que le gentilhomme quinquagénaire très civilisé en rougit, et son âme qui, à travers de nombreux filtres, avait fini par se teinter de scrupules à la Rousseau, eut profondément honte ; il s'ensuivit un dégoût encore plus aigu à l'égard de la conjoncture sociale dans laquelle il était tombé.

La sensation de se trouver prisonnier d'une situation qui évoluait plus rapidement que prévu était particulièrement aiguë ce matin-là. Le soir précédent, en effet, la diligence qui dans sa caisse d'un jaune délavé apportait irrégulièrement le rare courrier de Donnafugata lui avait remis une lettre de Tancredi.

Avant même d'être lue, elle avait proclamé son importance car elle était écrite sur de somptueux feuillets de papier glacé, avec une calligraphie claire et harmonieuse. Elle se révélait aussitôt être « la copie au propre » de qui sait combien de brouillons désordonnés. Le Prince n'y était pas appelé « mon oncle », appellation qui lui était devenue chère, mais « très cher oncle Fabrizio », une formule qui possédait de multiples mérites : celui d'éloigner dès le début tout soupçon de plaisanterie, celui de faire pressentir l'importance de ce qui allait ensuite être écrit, celui de permettre, si nécessaire, de montrer la lettre à n'importe qui et celui aussi de se rattacher à de très anciennes traditions religieuses qui attribuaient un pouvoir d'engagement à la précision du nom invoqué.

Le « très cher oncle Fabrizio » était donc informé que son « très affectionné et très dévoué neveu » était depuis trois mois la proie du plus violent amour et que ni « les risques de la guerre » (il fallait lire : les promenades dans le parc de Caserte) ni « les nombreuses attractions d'une grande ville » (il fallait lire : les charmes de la danseuse Schwarzwald) n'avaient réussi à éloigner de son esprit et de son cœur, ne serait-ce qu'un instant, l'image de mademoiselle Angelica Sedàra (ici, une longue procession d'adjectifs tendant à exalter la beauté, la grâce, la vertu, l'intelligence de l'objet aimé) ; à travers de brillantes fioritures d'encre et de sentiments il était dit ensuite comment Tancredi lui-même, conscient de son indignité, avait essayé d'étouffer son ardeur (« longues mais vaines ont été les heures durant lesquelles au milieu du vacarme de Naples ou de l'austérité de mes compagnons d'armes, j'ai cherché à réprimer mes sentiments »). À présent, cependant, l'amour l'avait emporté sur la retenue, et il venait prier son oncle bien-aimé de vouloir, en son nom, demander la main de mademoiselle Angelica à « son très estimable père ». « Tu sais, cher oncle, que je ne peux offrir à la jeune fille aimée rien d'autre que mon amour, mon nom et mon épée. » Après cette phrase à propos de laquelle il ne faut pas oublier qu'on se trouvait alors dans la plénitude de l'époque romantique, Tancredi s'abandonnait à de longues considérations sur l'opportunité, sur la nécessité même, d'encourager les unions entre des familles comme celles des Falconeri et des Sedàra (il allait une fois jusqu'à écrire hardiment « maison Sedàra ») pour l'apport de sang neuf qu'elles offraient aux vieilles lignées, et pour l'action de nivellement des classes qui était l'un des buts du mouvement politique actuel en Italie. Ce fut la seule partie de la lettre que Don Fabrizio lut avec plaisir, non seulement parce qu'elle confirmait ses prévisions et lui conférait les lauriers du prophète, mais aussi parce que le style, regorgeant de sous-entendus ironiques, évoquait magiquement chez lui l'image de son neveu, sa voix railleuse et nasillarde, ses yeux d'où jaillissait une malice bleutée, ses petits sarcasmes courtois. Lorsque Don Fabrizio s'aperçut ensuite que ce raccourci jacobin tenait sur une seule feuille si bien qu'il était possible, si on le voulait, de faire lire la lettre tout en soustrayant le petit chapitre révolutionnaire, son admiration pour le tact de Tancredi toucha le zénith. Après avoir brièvement narré les événements de guerre les plus récents et exprimé la conviction que dans un an on aurait atteint Rome, « auguste capitale prédestinée de l'Italie nouvelle », la lettre remerciait pour les soins et l'affection reçus dans le passé et concluait en s'excusant pour la hardiesse montrée en lui confiant, à lui, la mission « dont dépend mon bonheur futur ». Puis les salutations (pour lui seul).

La première lecture de cet extraordinaire morceau de prose donna un peu le vertige à Don Fabrizio. Il remarqua de nouveau l'accélération stupéfiante de l'histoire ; pour nous exprimer en des termes modernes, nous dirons qu'il lui arriva de se trouver dans l'état d'âme de celui qui, croyant aujourd'hui être monté à bord d'un des avions paisibles qui font la navette entre Palerme et Naples, se rend compte au contraire qu'il est enfermé dans un appareil supersonique et comprend qu'il va atteindre son but avant même d'avoir eu le temps de se signer. Une deuxième couche, affectueuse, de sa personnalité fit son chemin en lui et il se réjouit de la décision de Tancredi qui finissait par assurer aussi bien sa satisfaction charnelle, éphémère, que sa tranquillité économique, perpétuelle. Un peu plus tard il remarqua l'incroyable suffisance du jeune homme qui postulait que son propre désir était déjà accepté par Angelica ; mais à la fin toutes ces pensées furent emportées par un grand sentiment d'humiliation d'être obligé de traiter avec don Calogero de sujets si intimes et aussi par la gêne de devoir, le lendemain, entamer des tractations délicates en usant de toutes les précautions de mesure qui répugnaient à sa nature présumée léonine.

Le contenu de la lettre ne fut communiqué par Don Fabrizio qu'à sa femme, quand ils étaient déjà au lit sous la clarté bleutée de la petite lampe à huile coiffée de son abat-jour en verre. Maria Stella, tout d'abord, ne dit pas un mot mais se signa quantité de fois ; puis elle affirma qu'elle aurait dû se signer non pas de la main droite, mais de la gauche ; à la suite de cette expression de surprise extrême, les foudres de son éloquence se déchaînèrent. Elle était assise sur le lit et ses doigts froissaient le drap tandis que ses paroles striaient l'atmosphère lunaire de la chambre close, rouges comme des torches de colère. « Et moi qui avais espéré qu'il épouserait Concetta ! C'est un traître, comme tous les libéraux de son espèce ; il a d'abord trahi son Roi, maintenant il nous trahit, nous ! Lui, avec son visage faux, avec ses paroles pleines de miel et ses actes chargés de venin ! Voilà ce qui arrive quand on fait entrer chez soi des gens qui ne sont pas entièrement de votre sang ! » C'est là qu'elle laissa se déchaîner la charge des cuirassiers des scènes de ménage : « Je l'ai toujours dit ! mais personne ne m'écoute. Je n'ai jamais pu le souffrir, ce freluquet. C'est toi, seulement toi, qui as perdu la tête pour lui ! » En réalité, elle aussi avait été subjuguée par les câlineries de Tancredi ; elle aussi l'aimait encore ; mais la volupté de crier « c'est de ta faute ! » étant la plus forte dont une créature humaine puisse jouir, tous les sentiments et toutes les vérités étaient bouleversés. « Et maintenant il a encore le culot de te charger, toi, son oncle, Prince de Salina et cent fois son maître, le père de la créature qu'il a trompée, de faire ses indignes requêtes à cette canaille, père de cette catin ! Mais tu ne dois pas le faire, Fabrizio, tu ne dois pas le faire, tu ne le feras pas, tu ne dois pas le faire ! » Sa voix devenait aiguë, son corps commençait à se raidir. Don Fabrizio encore couché sur le dos regarda du coin de l'œil pour s'assurer que la valériane était sur la commode. La bouteille était là de même que la cuillère en argent posée en travers sur le bouchon ; dans la demi-obscurité glauque de la chambre elles brillaient comme un phare rassurant dressé contre les tempêtes hystériques. Un moment il voulut se lever et les prendre ; mais il se contenta de s'asseoir lui aussi ; et il récupéra ainsi une partie de son prestige. « Ma petite Stella, ne dis pas trop de sottises ; tu ne sais pas ce que tu dis. Angelica n'est pas une catin ; elle le deviendra peut-être, mais pour le moment c'est une jeune fille comme toutes les autres, plus belle sans doute que les autres et peut-être aussi un peu amoureuse de Tancredi, comme tout le monde. De l'argent, en tout cas, elle en aura ; de l'argent à nous, en grande partie, mais administré, trop bien même, par don Calogero ; et Tancredi en a un grand besoin : c'est un seigneur, il est ambitieux, c'est un panier percé. Il n'a jamais rien dit à Concetta, c'est plutôt elle qui le traitait comme un chien depuis que nous sommes arrivés ici. Et puis ce n'est pas un traître : il suit son temps, voilà tout, en politique comme dans sa vie privée, d'ailleurs c'est le plus cher garçon que je connaisse ; et tu le sais autant que moi, ma petite Stella. »

Cinq doigts énormes effleurèrent la minuscule boîte

crânienne de celle-ci. Elle sanglotait maintenant ; elle avait eu le bon sens de boire une gorgée d'eau et le feu de la colère s'était transformé en affliction. Don Fabrizio commença à espérer qu'il ne serait pas nécessaire de sortir du lit tiède, d'affronter pieds nus une traversée de la chambre déjà assez fraîche. Pour être certain du calme futur il affecta une fausse fureur : « Et puis je ne veux pas de cris dans ma maison, dans ma chambre, dans mon lit ! Pas de ces "tu feras" et "tu ne feras pas". C'est moi qui décide ; j'ai déjà décidé alors que tu n'y songeais même pas. Ça suffit ! »

Celui qui avait les cris en exécration hurlait lui-même avec tout le souffle que son torse démesuré contenait. Croyant avoir une table devant lui il frappa un grand coup de poing sur son genou, se fit mal et se calma lui aussi.

Sa femme était effrayée et gémissait tout bas comme un chiot menacé. « Maintenant, dormons. Demain je vais à la chasse et je dois me lever tôt. Ça suffit ! Ce qui est décidé est décidé. Bonne nuit, ma petite Stella. » Il embrassa sa femme, sur le front d'abord, en signe de réconciliation, sur la bouche ensuite, en signe d'amour. Il se recoucha, se tourna du côté du mur. Sur la soie de la paroi son ombre couchée se profilait comme la ligne de crête d'une montagne sur un horizon céruléen.

Sa petite Stella elle aussi se réinstalla de son côté, et tandis que sa jambe droite effleurait la jambe gauche du Prince, elle se sentit toute consolée et orgueilleuse d'avoir pour mari un homme si énergique et fier. Qu'importait Tancredi… et même Concetta…

Ces marches sur le fil du rasoir étaient tout à fait suspendues pour le moment, de même que d'autres pensées, dans l'archaïque odeur de la campagne, si l'on pouvait appeler ainsi les endroits dans lesquels il se retrouvait si souvent pour la chasse. Dans le mot « campagne » une signification de terre transformée par le travail est implicite : le maquis au contraire, accroché aux pentes d'une colline, était encore dans le même état d'enchevêtrement aromatique où l'avaient trouvé les Phéniciens, les Doriens et les Ioniens quand ils débarquèrent en Sicile, cette Amérique de l'Antiquité. Don Fabrizio et Tumeo montaient, descendaient, glissaient, étaient déchirés par les ronces comme un Archédamus ou un Philostrate quelconques avaient été fatigués et égratignés vingt-cinq siècles plus tôt ; ils voyaient les mêmes plantes, une sueur tout aussi poisseuse trempait leurs vêtements, sans arrêt le même vent indifférent, marin, agitait les myrtes et les genêts, répandait l'odeur du thym. Les arrêts, inopinés et songeurs, des chiens, leur tension pathétique en attendant la proie, rappelaient ces jours où l'on invoquait Artémis pour la chasse. La vie, réduite à ces éléments essentiels, avec son visage lavé du fard des soucis, apparaissait sous un aspect tolérable.

Un peu avant d'arriver au sommet de la colline, ce matin-là, Arguto et Teresina commencèrent la danse religieuse des chiens qui ont senti le gibier : glissements, raidissements, levers de pattes prudents, aboiements réprimés : quelques minutes après, un petit derrière de poils gris zigzagua parmi les herbes, deux coups presque simultanés mirent un terme à l'attente silencieuse ; Arguto déposa aux pieds du Prince une bestiole agonisante. C'était un lapin sauvage : son humble casaque couleur de glaise n'avait pas suffi à le sauver. Des lacérations horribles lui avaient déchiré le museau et la poitrine. Don Fabrizio se vit fixé par deux grands yeux noirs qui, envahis rapidement par un voile glauque, le regardaient sans reproche mais étaient chargés d'une douleur stupéfaite adressée à tout l'ordonnancement des choses ; les oreilles veloutées étaient déjà froides, les petites pattes vigoureuses se contractaient rythmiquement, survivant symbole d'une fuite inutile ; l'animal mourait torturé par un espoir angoissé de se sauver, imaginant encore pouvoir s'en tirer quand il était déjà pris, exactement comme tant d'hommes ; pendant que le bout des doigts compatissants caressait le pauvre museau, la bestiole eut un dernier frémissement, et mourut ; mais Don Fabrizio et Tumeo avaient eu leur passe-temps ; le premier avait même éprouvé, en plus du plaisir de tuer, celui rassurant de la pitié.

Quand les chasseurs arrivèrent au sommet, entre les rares tamaris et les chênes-lièges apparut la Sicile véritable, à l'égard de laquelle les villes baroques et les orangeraies ne sont que colifichets négligeables. L'aspect d'une aridité ondulant à l'infini, croupe après croupe, désolée et irrationnelle, dont l'esprit ne pouvait saisir les lignes principales, conçues dans une phase délirante de la création ; une mer qui se serait pétrifiée à l'instant où un changement de vent eût rendu les vagues démentes. Donnafugata se cachait blottie dans un pli sans nom du terrain, et l'on ne voyait âme qui vive : seules quelques maigres rangées de vignes dénonçaient un certain mouvement humain. Au-delà des collines, d'un côté, la tache indigo de la mer, encore plus dure et inféconde que la terre. Le vent léger passait au-dessus de tout, universalisait les odeurs d'excrément, de charogne et de sauge, effaçait, supprimait, recomposait chaque chose dans son passage insouciant ; il séchait les gouttelettes de sang qui étaient l'unique legs du lapin, beaucoup plus loin il allait agiter la chevelure de Garibaldi et plus loin encore il chassait la poussière fine dans les yeux des soldats napolitains qui renforçaient en hâte les bastions de Gaète, abusés par un espoir aussi vain que l'avait été la fuite terrassée du gibier.

Dans l'ombre limitée des chênes-lièges le Prince et l'organiste se reposèrent : ils buvaient le vin tiède de leurs gourdes en bois, ils accompagnaient un poulet rôti sorti de la gibecière de Don Fabrizio des très suaves « muffoletti », les petits pains parsemés de farine, apportés par don Ciccio ; ils dégustaient le doux « insòlia », ce raisin aussi laid à voir que bon à manger ; ils rassasièrent avec de larges tranches de pain la faim des braques qui se tenaient en face d'eux impassibles comme des huissiers concentrés dans le recouvrement de leurs créances. Sous le soleil constitutionnel Don Fabrizio et don Ciccio furent ensuite sur le point de s'endormir.

Si un coup de fusil avait tué le lapin, si les canons rayés de Cialdini décourageaient déjà les soldats napolitains, si la chaleur méridienne endormait les hommes, rien au contraire ne pouvait arrêter les fourmis. Attirées par quelques grains de raisin gâté que don Ciccio avait recrachés loin de lui, leurs troupes serrées accouraient, surexcitées par le désir de s'annexer ce peu de pourriture imprégnée de salive d'organiste. Elles avançaient pleines de hardiesse, en désordre mais résolues : des petits groupes de trois ou quatre s'arrêtaient un peu pour chuchoter et, certainement, elles exaltaient la gloire séculaire et la prospérité future de la fourmilière numéro 2 sous le chêne-liège numéro 4 au sommet de Monte Morco ; puis avec les autres elles reprenaient leur marche vers leur avenir assuré ; les dos luisants de ces insectes vibraient d'enthousiasme et, sans aucun doute, les notes d'un hymne survolaient leurs rangs.

Comme conséquence de quelques associations d'idées qu'il serait inopportun de préciser, l'affairement des fourmis empêcha le sommeil de Don Fabrizio et lui rappela les jours du Plébiscite tels qu'il les avait vécus peu de temps auparavant à Donnafugata ; au-delà d'un sentiment de surprise, ces journées lui avaient laissé plusieurs énigmes à résoudre ; à présent, devant cette nature qui, à part les fourmis, s'en fichait de toute évidence, il était sans doute possible de chercher la solution de l'une d'entre elles. Les chiens dormaient étendus et aplatis comme des découpages, le petit lapin accroché la tête en bas à une branche pendait en diagonale sous la poussée constante du vent, mais Tumeo, aidé en cela par sa pipe, parvenait encore à garder les yeux ouverts.

« Et vous, don Ciccio, comment avez-vous voté le jour du Vingt et un ? »

Le pauvre homme tressaillit. Pris au dépourvu, en un moment où il se trouvait en dehors des haies de précautions entre lesquelles il s'enfermait d'habitude comme chacun de ses concitoyens, il hésitait, ne sachant comment répondre.

Le Prince prit pour de la crainte ce qui n'était que de la surprise et s'irrita. « Voyons donc, de qui avez-vous peur ? Il n'y a ici que nous, le vent et les chiens. »

La liste des témoins rassurants n'était pas, à vrai dire, heureuse ; le vent est bavard par définition ; le Prince était à moitié sicilien. On ne pouvait avoir une confiance absolue que dans les chiens et uniquement parce qu'ils étaient dépourvus de langage articulé. Don Ciccio s'était cependant repris et son astuce paysanne lui avait suggéré la bonne réponse, c'est-à-dire rien. « Pardonnez-moi, Excellence, votre question est une question inutile. Vous savez déjà qu'à Donnafugata tout le monde a voté pour le "oui". »

Cela, en effet, Don Fabrizio le savait ; et c'est justement pour cela que la réponse ne fit que transformer une toute petite énigme en une énigme historique. Avant le vote, de nombreuses personnes étaient venues lui demander conseil ; elles avaient toutes été sincèrement invitées à voter de façon affirmative. Don Fabrizio en effet ne concevait même pas qu'on pût faire autrement, que ce soit en raison du fait accompli comme par rapport à la banalité théâtrale de l'acte, devant la nécessité historique ou en considérant les ennuis que ces humbles gens risquaient de rencontrer quand leur attitude négative serait découverte. Il s'était pourtant rendu compte que beaucoup n'avaient pas été convaincus par ses paroles. Le machiavélisme inculte des Siciliens était entré en jeu qui amenait si souvent, à cette époque, ces gens, généreux par définition, à dresser des échafaudages complexes sur des bases très fragiles. Comme des cliniciens très habiles dans les soins mais qui se fonderaient sur des analyses du sang et des urines radicalement erronées, et trop paresseux pour les faire corriger, les Siciliens finissaient par tuer le malade, c'est-à-dire eux-mêmes, en raison justement de l'astuce très raffinée qui n'était presque jamais appuyée par une connaissance réelle des problèmes ou, du moins, des interlocuteurs. Certains parmi ceux qui avaient effectué le voyage *ad limina Gattopardorum* estimaient impossible qu'un Prince de Salina pût voter en faveur de la Révolution (c'est ainsi que l'on désignait encore dans cet endroit reculé les changements récents) et interprétaient ses raisonnements comme des sorties ironiques afin d'obtenir un résultat pratique opposé à celui suggéré par ses paroles ; ces pèlerins (et c'étaient les meilleurs) étaient sortis de son bureau avec des clins d'œil, pour autant que le respect le leur permettait, fiers d'avoir pénétré le sens des paroles princières et se frottant les mains pour se féliciter de leur perspicacité juste à l'instant où elle s'était éclipsée. D'autres au contraire après l'avoir écouté s'éloignaient attristés, convaincus qu'il était un transfuge ou un pauvre fou et plus que jamais décidés à ne pas l'écouter et à obéir au contraire au proverbe millénaire qui conseille de préférer un mal déjà connu à un bien que l'on n'a pas expérimenté ; ces derniers répugnaient aussi à ratifier la nouvelle réalité nationale pour des raisons personnelles, soit par foi religieuse, soit pour avoir reçu des faveurs du régime passé et n'avoir pas su ensuite s'insérer dans le nouveau régime avec assez de promptitude ; soit enfin parce que pendant le désordre de la libération deux ou trois chapons et quelques mesures de fèves avaient disparu et qu'avaient en revanche poussé quelques paires de cornes, librement volontaires comme les troupes garibaldiennes ou par recrutement forcé comme les régiments bourboniens. Pour une dizaine de personnes au moins il avait eu l'impression pénible mais nette qu'elles voteraient « non », certainement une étroite minorité mais non négligeable dans le petit électorat de Donnafugata. Si l'on veut par ailleurs considérer que les personnes venues chez lui ne représentaient que la fine fleur du village et qu'il devait y en avoir d'autres qui n'étaient pas convaincus parmi ces centaines d'électeurs n'ayant même pas songé à se montrer au palais, le Prince avait calculé que la densité affirmative de Donnafugata serait nuancée d'une trentaine de votes négatifs.

Le jour du Plébiscite avait été venteux et couvert, et on avait vu errer dans les rues du village des petits groupes fatigués de jeunes gens avec des cartons portant un grand « oui » glissés dans le ruban du chapeau. Au milieu des papiers sales et des ordures soulevés par les tourbillons de vent, ils chantaient quelques strophes de « *La Bella Gigougìn* » transformées en cantilènes arabes, sort auquel doit se soumettre n'importe quelle alerte petite mélodie quand elle est chantée en Sicile. On avait même vu deux ou trois « visages étrangers » (c'est-à-dire de Girgenti) installés dans la taverne de *zzu* Menico où ils vantaient les « *magnifiche sorti e progressive* » d'une

Sicile rénovée, unie à l'Italie ressuscitée ; quelques paysans les écoutaient muets, abrutis, autant par un usage immodéré de la « houe » que par les nombreux jours d'oisiveté forcée et affamée. Ils graillonnaient et crachaient souvent mais se taisaient ; ils se taisaient tellement que ce fut sans doute alors (comme le raconta plus tard Don Fabrizio) que les « étrangers » décidèrent de placer, dans les arts du Quadrivium, les Mathématiques avant la Rhétorique.

Vers quatre heures de l'après-midi le Prince était allé voter accompagné à droite par le Père Pirrone, à gauche par don Onofrio Rotolo ; l'air sévère et le teint clair, il avançait prudemment vers la Mairie et souvent il se protégeait les yeux de ses mains pour empêcher que ce vent mauvais, chargé de toutes les saletés ramassées dans la rue, ne provoquât chez lui la conjonctivite à laquelle il était sujet ; et il était en train de dire au Père Pirrone que, sans vent, l'air aurait été un étang putride, mais que les coups de vent assainissants traînaient aussi derrière eux beaucoup de cochonneries. Il portait la même *redingote** noire avec laquelle trois ans auparavant il s'était rendu à Caserte pour rendre hommage à ce pauvre Roi Ferdinand qui, par bonheur pour lui, était mort à temps pour ne pas être présent lors de cette journée fouettée par un vent impur durant laquelle on mettait un sceau sur son incapacité. Mais était-ce vraiment de l'incapacité ? Autant dire alors que qui succombe au typhus meurt d'incapacité. Il se souvint de ce Roi qui s'affairait à donner suite à des fleuves de paperasses inutiles et brusquement il se rendit compte du grand appel inconscient à la miséricorde que ce visage antipathique avait manifesté. Ces pensées étaient désagréables comme toutes celles qui nous font comprendre trop tard les choses, et l'aspect du Prince, sa figure, devinrent à tel point solennels et sombres qu'il lui semblait suivre un corbillard invisible. Seule la violence avec laquelle le gravier de la rue jaillissait sous le choc rageur de ses pieds révélait ses conflits intérieurs ; il est superflu de dire que le ruban de son haut-de-forme était vierge de tout carton, mais aux yeux de ceux qui le connaissaient un « oui » et un « non » en alternance se poursuivaient sur le feutre luisant.

Arrivé dans un local de la Mairie où avait lieu le vote, il fut surpris en voyant que tous les membres du bureau se levaient lorsque sa stature remplit tout entière la hauteur de la porte ; on écarta quelques paysans arrivés avant lui et qui voulaient voter, et ainsi, sans devoir attendre, Don Fabrizio remit son « oui » dans les mains patriotiques du maire Sedàra. Le Père Pirrone au contraire ne vota pas parce qu'il avait veillé à ne pas se faire inscrire comme résident dans le village. Don 'Nofrio, lui, obéissant aux ordres du Prince, manifesta son opinion monosyllabique sur la délicate question italienne, chef-d'œuvre de concision qui fut accompli avec la bonne grâce d'un enfant qui boit son huile de ricin.

Après quoi, tout le monde fut invité à « prendre un petit verre » en haut, dans le bureau du maire ; mais le Père Pirrone et don 'Nofrio avancèrent de bonnes raisons, l'un d'abstinence, l'autre de mal de ventre, et restèrent en bas. Don Fabrizio dut affronter seul les rafraîchissements.

Derrière le bureau de don Calogero un chromo flamboyant de Garibaldi et (déjà) un de Victor-Emmanuel, heureusement placé sur la droite : le premier bel homme, le second très laid, ils fraternisaient cependant à travers la prodigieuse luxuriance de leurs poils qui réussissaient presque à les dissimuler. Sur une petite table, il y avait une assiette avec de très vieux biscuits endeuillés de noir par des défécations de mouches et douze petits verres trapus pleins de rossolis : quatre rouges, quatre verts, quatre blancs : ces derniers, au centre ; cette symbolisation naïve du nouveau drapeau veina d'un sourire le remords du Prince qui choisit la liqueur blanche car elle était probablement moins indigeste et non, comme on voulut le dire, en hommage tardif au drapeau des Bourbons. Les trois variétés de rossolis étaient d'ailleurs également sucrées, visqueuses et écœurantes. On eut le bon goût de ne pas porter de toast et de toute façon, comme le dit don Calogero, les grandes joies sont muettes. On montra à Don Fabrizio une lettre des autorités de Girgenti annonçant aux laborieux citoyens de Donnafugata l'octroi d'une contribution de deux mille lires pour les égouts, une entreprise qui serait achevée d'ici à 1961, comme l'annonça le Maire, trébuchant sur un de ces *lapsus* dont Freud expliquerait le mécanisme quelques décennies plus tard ; et la réunion se termina.

Avant le coucher du soleil, les quelque trois ou quatre filles de joie de Donnafugata (il y en avait là aussi, elles n'étaient pas regroupées mais travaillaient dans leurs commerces privés) apparurent sur la place, les chevelures ornées de rubans tricolores pour protester contre l'exclusion des femmes du vote ; les pauvres filles furent raillées et chassées même par les libéraux les plus enflammés et furent obligées de se réfugier chez elles. Cela n'empêcha pas quatre jours plus tard le *Giornale di Trinacria* de faire savoir aux Palermitains qu'à Donnafugata « quelques aimables représentantes du beau sexe ont voulu manifester leur foi inébranlable dans les brillants nouveaux destins de leur Patrie bien-aimée, et ont défilé sur la place au milieu de l'approbation générale de cette population patriotique ».

Ensuite on ferma le bureau de vote, les scrutateurs se mirent à l'œuvre et la nuit tombée on ouvrit grand le balcon central de la Mairie et don Calogero se montra avec sa ventrière tricolore et tout le reste, flanqué de deux gamins avec des candélabres allumés que le vent éteignit sans délai. À la foule invisible dans les ténèbres il annonça qu'à Donnafugata le Plébiscite avait donné les résultats suivants :

Inscrits 515 ; votants 512 ; « oui » 512 ; « non » zéro.

Depuis le fond obscur de la place montèrent vivats et applaudissements ; du petit balcon de sa maison Angelica, en compagnie de sa lugubre servante, battait de ses belles mains rapaces ; on prononça des discours : des adjectifs chargés de superlatifs et de consonnes doubles rebondissaient et se heurtaient dans la nuit d'un mur à l'autre des maisons ; au milieu des détonations des pétards on expédia des messages au Roi (le nouveau) et au Général ; quelques fusées tricolores grimpèrent du village dans le noir vers le ciel sans étoiles ; à huit heures tout était fini, et il ne resta que l'obscurité comme tous les autres soirs, depuis toujours.

Sur le sommet de Monte Morco, tout était à présent limpide sous la grande lumière ; cette nuit ténébreuse stagnait pourtant encore au fond de l'âme de Don Fabrizio. Son malaise prenait des formes d'autant plus pénibles qu'elles étaient incertaines : il ne provenait aucunement des grandes questions dont le Plébiscite avait esquissé la solution : les grands intérêts du Royaume (des Deux-Siciles), les intérêts de sa propre classe, ses avantages privés sortaient meurtris de tous ces événements mais encore pleins de vie ; étant donné les circonstances, il n'était pas permis de demander davantage ; son malaise n'était pas de nature politique et devait avoir des racines plus profondes dans un de ces motifs que nous appelons irrationnels parce que ensevelis sous des amas d'ignorance de nous-mêmes.

L'Italie était née à Donnafugata pendant cette sombre soirée ; née exactement là, dans ce village oublié, autant que dans l'inertie de Palerme et dans les agitations de Naples ; mais une méchante fée dont on ne connaissait pas le nom devait être présente ; de toute façon elle était née et il fallait espérer qu'elle pourrait vivre sous cette forme : toute autre eût été pire. D'accord. Et pourtant cette inquiétude persistante devait bien vouloir dire quelque chose ; il sentait que pendant cette trop sèche énonciation de chiffres comme pendant ces discours trop emphatiques, quelque chose, quelqu'un était mort, Dieu seul savait en quel recoin du village, dans quel repli de la conscience populaire.

La fraîcheur avait dissipé la somnolence de don Ciccio, la masse imposante du Prince avait éloigné ses craintes ; à présent, à la surface de sa conscience n'émergeait que le dépit, inutile, certes, mais non sans noblesse. Debout, il parlait en dialecte et gesticulait, pitoyable marionnette qui avait ridiculement raison.

« Moi, Excellence, j'avais voté "non". "Non", cent fois "non". Je me souvenais de ce que vous m'aviez dit : la nécessité, l'inutilité, l'unité, l'opportunité. Vous, peut-être, vous avez raison, mais moi, à la politique, j'y entends rien. Je laisse ces choses aux autres. Mais Ciccio Tumeo est un honnête homme, pauvre et misérable, aux culottes trouées (et il frappait sur ses fesses les minutieux rapiéçages de son pantalon de chasse) et il n'a pas oublié les bienfaits reçus ; et ces cochons de la Mairie engloutissent mon opinion, ils la mâchent et puis la chient transformée comme ils veulent. Moi, j'ai dit noir et eux me font dire blanc ! Pour une fois que je pouvais dire ce que je pensais, cette sangsue de Sedàra m'annule, comme si je n'avais jamais existé, comme si je n'étais rien mêlé à personne, moi qui suis Francesco Tumeo La Manna fils de feu Leonardo, organiste de l'Église Mère de Donnafugata, mille fois son maître à lui auquel j'ai même dédié une mazurka que j'ai composée quand est née cette… (et il se mordit un doigt pour se retenir) sa mijorée de fille ! »

Le calme descendit alors sur Don Fabrizio qui avait enfin résolu l'énigme ; il savait maintenant qui avait été étranglé à Donnafugata, dans cent autres lieux, au cours de cette nuit de sale vent : une nouveau-née, la bonne foi ; cette petite créature qu'il eût justement fallu soigner davantage, et dont l'affermissement aurait pu justifier d'autres vandalismes inutiles et stupides. Le vote négatif de don Ciccio, cinquante votes semblables à Donnafugata, cent mille « non » dans tout le Royaume n'auraient rien changé au résultat, ils l'auraient au contraire rendu plus significatif, et l'on aurait évité la mutilation des âmes. Six mois plus tôt on entendait la voix despotique qui disait : « Fais comme je dis moi, sinon les coups pleuvront. » On avait déjà l'impression, maintenant, que la menace était remplacée par les molles paroles de l'usurier : « Mais tu as signé toi-même ! Tu ne le vois pas ? C'est bien clair ! Tu dois faire comme nous disons nous, parce que, regarde la traite ! ta volonté est pareille à la nôtre. »

Don Ciccio tonnait encore : « Pour vous, les seigneurs, c'est une autre affaire. On peut être ingrat pour un fief de plus ; pour un bout de pain, la reconnaissance est une obligation. C'est encore une autre paire de manches pour les trafiquants comme Sedàra pour qui le profit est une loi de nature. Pour nous, les petites gens, les choses sont comme elles sont. Vous le savez, Excellence, mon pauvre père était garde-chasse du pavillon royal de Sant'Onofrio, déjà au temps de Ferdinand IV quand les Anglais étaient ici. On menait une vie dure, mais l'uniforme royal vert et la plaque d'argent conféraient de l'autorité. Ce fut la reine Isabelle, l'Espagnole, qui était alors duchesse de Calabre, qui me fit faire mes études et m'a permis d'être ce que je suis, Organiste de l'Église Mère, honoré de la bienveillance de Votre Excellence ; et dans les années de plus grand besoin, lorsque ma mère adressait une supplique à la cour, les cinq "onces" de secours arrivaient aussi sûres que la mort, parce que là, à Naples, on nous voulait du bien, ils savaient que nous étions de braves gens et des sujets fidèles. Quand le Roi venait, c'étaient des tapes sur l'épaule de mon père et : "Don Lionà, j'en vourrais tant des comm'vous, soutiens fidèles du Trône et de ma propre Personne." L'aide de camp, ensuite, distribuait les pièces d'or. Aumônes, on les appelle maintenant, ces générosités de vrais Rois ; ils disent ça pour n'avoir pas à les donner, eux, mais c'étaient de justes récompenses pour le dévouement. Et aujourd'hui si ces Rois saints et ces belles Reines regardent du Ciel, que devraient-ils dire ? "Le fils de Leonardo Tumeo nous a trahis !" Encore heureux qu'au Paradis on connaît la vérité. Je le sais, Excellence, les personnes comme vous me l'ont dit, ces choses de la part des Rois ne signifient rien, elles font partie de leur métier ! C'est peut-être vrai, c'est même vrai. Mais les cinq onces d'or étaient là, c'est un fait, et elles nous aidaient à passer l'hiver. Et maintenant que je pouvais rembourser ma dette, rien. "Tu n'existes pas." Mon "non" devient un "oui". J'étais un sujet fidèle, je suis devenu un "bourbonien répugnant". Ils sont tous savoyards aujourd'hui ! mais moi, les savoyards, je les mange avec mon café, moi ! » Et tenant entre le pouce et l'index un biscuit fictif il le trempait dans une tasse imaginaire.

Don Fabrizio avait toujours aimé don Ciccio, mais son sentiment naissait de la compassion pour tous ceux qui, jeunes, avaient cru être destinés à l'art puis, ayant vieilli et s'étant rendu compte qu'ils n'avaient pas de talent, continuaient à exercer la même activité à un échelon plus bas, après avoir fait une croix sur leurs pauvres rêves ; il avait aussi de la compassion pour sa misère discrète. Il éprouvait même pour lui à présent une sorte d'admiration et dans le fond, dans le fond vraiment, de son hautaine conscience une voix demandait si par hasard don Ciccio ne s'était pas comporté plus noblement que le Prince de Salina ; et les Sedàra, tous ces Sedàra, depuis celui minuscule qui violentait l'arithmétique à Donnafugata jusqu'aux plus grands à Palerme, à Turin, n'avaient-ils pas commis un crime en étranglant ces consciences ? Don Fabrizio ne pouvait pas le savoir alors, mais une partie de cette indolence, de cet acquiescement pour lesquels pendant les décennies qui suivraient on allait vitupérer contre les gens du Sud, eut son origine dans l'annulation stupide de la première expression de liberté qui se fût jamais présentée à ce peuple.

Don Ciccio s'était épanché ; maintenant, sa personnification authentique mais rare de « l'honnête homme austère » était remplacée par l'autre, bien plus fréquente et non moins naturelle, du « snob ». Car Tumeo appartenait à l'espèce zoologique des « snobs passifs », une espèce aujourd'hui injustement décriée. Bien entendu, le mot « snob » était inconnu en 1860 en Sicile, mais comme les tuberculeux existaient avant Koch, de même il existait déjà dans cet âge si lointain des gens pour qui obéir, imiter et surtout ne pas faire de peine à ceux que l'on estime d'un rang social supérieur au sien était une règle suprême de vie : le « snob » étant en effet le contraire de l'envieux. Alors, il se présentait sous des noms différents : il était appelé « dévoué », « attaché », « fidèle » ; et il menait une vie heureuse parce que le sourire le plus fugitif d'un noble suffisait à ensoleiller sa journée tout entière ; et, comme il se présentait lui-même avec ces appellations affectueuses, les grâces restauratrices étaient plus fréquentes qu'elles ne le sont aujourd'hui. La nature cordialement snob de don Ciccio craignit donc d'avoir ennuyé Don Fabrizio et sa sollicitude s'empressait de trouver les moyens pour dissiper les ombres qui s'étaient accumulées par sa faute, croyait-il, sur le front olympien du Prince ; le moyen le plus immédiatement efficace était de reprendre la chasse ; ce qui fut fait.

Surprises dans leur sieste de midi, quelques malheureuses bécasses et un second lapin tombèrent sous les coups des chasseurs, des coups, ce jour-là, particulièrement cruels car aussi bien Salina que Tumeo se plaisaient à identifier ces innocents animaux avec don Calogero. Mais les coups de feu, les touffes de poils ou de plumes que les tirs faisaient briller un instant au soleil ne suffisaient pas ce jour-là à rasséréner le Prince ; au fur et à mesure que les heures passaient et que le retour à Donnafugata approchait, la préoccupation, le dépit, l'humiliation de la conversation imminente avec le maire plébéien l'accablaient, et avoir appelé dans son for intérieur « don Calogero » deux bécasses et un lapin n'avait après tout servi à rien ; bien qu'il fût déjà décidé à avaler cette dégoûtante couleuvre, il sentit le besoin d'avoir de plus amples informations sur son adversaire ou, pour mieux dire, de sonder l'opinion des gens sur la démarche qu'il s'apprêtait à accomplir. C'est ainsi que pour la deuxième fois dans la journée don Ciccio fut surpris par une question à brûle-pourpoint.

« Don Ciccio, écoutez-moi. Vous qui voyez tant de gens dans le village, que pense-t-on vraiment de don Calogero à Donnafugata ? »

Tumeo, à vrai dire, croyait avoir déjà exprimé avec

suffisamment de clarté son opinion sur le maire, et c'est ainsi qu'il allait répondre lorsque lui revinrent brusquement à l'esprit les quelques bruits qu'il avait entendu murmurer sur la douceur des yeux avec lesquels don Tancredi contemplait Angelica ; et il fut alors assailli par le regret de s'être laissé emporter à des manifestations de tribun qui peut-être faisaient froncer le nez du Prince si ce que l'on supposait était vrai ; et cela en même temps que, dans un autre compartiment de son esprit, il se réjouissait de n'avoir rien affirmé contre Angelica ; et même la légère douleur qu'il ressentait encore à son index droit lui fit l'effet d'un baume.

« Après tout, Excellence, don Calogero Sedàra n'est pas pire que tant d'autres gens qui ont grimpé ces derniers mois. » L'éloge était modeste mais suffisant pour permettre à Don Fabrizio d'insister : « Parce que, voyez-vous, don Ciccio, moi, cela m'intéresse beaucoup de connaître la vérité sur don Calogero et sa famille. »

« La vérité, Excellence, c'est que don Calogero est très riche, et aussi très influent ; qu'il est avare (quand sa fille était au pensionnat lui et sa femme mangeaient un œuf au plat pour deux) mais que, s'il le faut, il sait dépenser ; et puisque chaque "*tarì*" dépensé dans le monde finit toujours dans la poche de quelqu'un, ce qui est arrivé c'est que beaucoup de gens dépendent maintenant de lui ; et puis s'il est ami, il est ami, il faut le dire ; ses terres il les donne à quatre terrages et les paysans doivent se crever à le payer, mais il y a un mois il a prêté cinquante onces à Pasquale Tripi qui l'avait aidé dans la période du débarquement ; et sans intérêts, ce qui est le plus grand miracle que l'on ait vu depuis que sainte Rosalie a fait cesser la peste à Palerme. Et du reste, intelligent comme un diable : Votre Excellence aurait dû le voir le printemps dernier : il allait et venait sur tout le territoire comme une chauve-souris, en calèche, sur sa mule, à pied, par la pluie ou le beau temps ; et là où il était passé se formaient des sociétés secrètes, la voie se préparait pour ceux qui devaient venir. Un fléau de Dieu, Excellence, un fléau de Dieu ! Et nous ne voyons encore que les débuts de sa carrière ! dans quelques mois il va être député à Turin, et dans quelques années, quand les biens de l'Église seront mis en vente, en payant quatre sous, il prendra les fiefs de Marca et de Masciddàro, et il deviendra le plus gros propriétaire de la province. C'est ça don Calogero, Excellence, l'homme nouveau comme il doit être ; mais c'est dommage qu'il doive être ainsi. »

Don Fabrizio se souvint de la conversation qu'il avait eue quelques mois plus tôt avec le Père Pirrone dans l'observatoire inondé de soleil ; ce qu'avait prédit le Jésuite se confirmait ; mais n'était-ce pas une bonne tactique que de s'insérer dans le nouveau mouvement et de le diriger, du moins en partie, en faveur de quelques individus de sa classe ? Le désagrément de la prochaine conversation avec don Calogero diminua.

« Mais les autres de sa maison, don Ciccio, les autres, comment sont-ils vraiment ? »

« Excellence, la femme de don Calogero personne ne l'a vue depuis des années, sauf moi. Elle ne sort que pour aller à la messe, à la première messe, celle de cinq heures, quand il n'y a personne. À cette heure-là, il n'y a pas d'orgues ; mais une fois je me suis tiré de mon lit de très bonne heure exprès pour la voir. Donna Bastiana est entrée accompagnée de sa femme de chambre, et moi, gêné par le confessionnal derrière lequel je m'étais caché, je ne parvenais pas à voir grand-chose ; mais à la fin de l'office la chaleur fut trop forte pour la pauvre femme et elle écarta son voile noir. Parole d'honneur, Excellence, elle est belle comme le soleil ! et on ne peut pas donner tort à don Calogero si, cloporte comme il est, il veut la garder loin des autres. Pourtant, même des maisons les mieux gardées les nouvelles finissent par filtrer; les servantes parlent; et il paraît que donna Bastiana est une espèce d'animal: elle ne sait pas lire, elle ne sait pas écrire, elle ne connaît pas l'heure, elle ne sait presque pas parler: une très belle jument, voluptueuse et fruste; elle est même incapable d'aimer sa fille; elle est bonne pour le lit et c'est tout.» Don Ciccio qui, pupille de reines et attaché aux princes, tenait beaucoup à la simplicité de ses manières qu'il estimait parfaites, souriait avec complaisance: il avait découvert la façon de prendre une petite revanche sur celui qui avait anéanti sa personnalité. «Du reste», continuait-il, «il ne pourrait pas en être autrement. Savez-vous, Excellence, savez-vous de qui donna Bastiana est la fille?» Il se retourna, il se dressa sur la pointe des pieds et il indiqua du doigt un petit groupe de maisons éloignées qui semblaient glisser le long de l'escarpement sur une colline et y rester clouées à grand-peine par un misérable clocher: un bourg crucifié. «C'est la fille d'un de vos fermiers de Runci, il s'appelait Peppe Giunta et il était si sale et si farouche que tous l'appelaient "Peppe 'Mmerda". Excusez l'expression, Excellence.» Et, satisfait, il enroulait autour de son doigt une oreille de Teresina. «Deux ans après la fuite de don Calogero avec Bastiana on l'a retrouvé mort sur le chemin de Rampinzeri, avec douze "*lupare*" dans le dos. Toujours plein de chance ce don Calogero, car l'autre devenait importun et arrogant.»

Beaucoup de ces choses étaient déjà connues de Don Fabrizio et elles avaient déjà été pesées; mais il ne connaissait pas le surnom du grand-père d'Angelica; ce dernier ouvrait une perspective historique profonde, dévoilait des abîmes en comparaison desquels don Calogero semblait une plate-bande de jardin. Il sentit vraiment la terre manquer sous ses pieds; comment ferait Tancredi pour avaler cela aussi ? et lui-même ? Sa tête se mit à calculer quel lien de parenté aurait pu réunir le Prince de Salina, oncle du marié, au grand-père de la mariée ; il n'en trouva pas ; il n'y en avait pas. Angelica était Angelica, une jeune fille en fleur, une rose à qui le surnom de son grand-père n'avait servi que d'engrais. «*Non olet*», répétait-il, «*non olet*», au contraire, «*optime fœminam ac contubernium olet.*»

« Vous m'avez parlé de tout, don Ciccio, de mères sauvages et de grands-pères fécaux, mais non de ce qui m'intéresse le plus, de mademoiselle Angelica. »

Le secret sur les intentions matrimoniales de Tancredi, quoique encore embryonnaires quelques heures plus tôt, aurait certainement été divulgué si, par hasard, il n'avait eu la chance d'être camouflé. Les fréquentes visites du jeune homme à la maison de don Calogero avaient sûrement été remarquées, de même que ses sourires ravis ; les mille petites attentions, ordinaires et insignifiantes en ville, devenaient des symptômes de violents désirs aux yeux du puritanisme de Donnafugata. Le plus grand scandale avait été le premier : les petits vieux qui se grillaient au soleil et les gamins qui se battaient en duel avaient tout vu, tout compris et tout répété ; sur les significations entremetteuses et aphrodisiaques de la douzaine de pêches on avait consulté des mégères très expertes et des livres révélateurs d'arcanes parmi lesquels, en premier, Rutilio Benincasa, l'Aristote des plèbes paysannes. Heureusement il s'était produit un phénomène relativement fréquent chez nous : le désir de la malignité avait masqué la vérité ; tous s'étaient fabriqué la marionnette d'un Tancredi libertin ayant fixé sa lascivité sur Angelica et manœuvrant pour la séduire, rien d'autre. La simple pensée d'un mariage arrangé entre un Prince de Falconeri et une petite-fille de Peppe 'Mmerda ne traversa même pas l'imagination de ces paysans qui rendaient ainsi aux maisons féodales un hommage équivalant à celui que le blasphémateur rend à Dieu. Le départ de Tancredi coupa court ensuite à ces fantaisies et on n'en parla plus. De ce point de vue Tumeo avait été pareil aux autres et il accueillit donc la question du Prince avec l'air amusé de l'homme âgé qui parlerait des friponneries d'un jeune homme.

« Sur mademoiselle, Excellence, il n'y a rien à dire : elle parle d'elle-même : ses yeux, sa peau, sa magnificence sont explicites et se font comprendre de tous. Je crois que le langage qu'ils parlent a été bien compris par don Tancredi ; ai-je mauvais esprit de le penser ? Il y a en elle toute la beauté de la mère sans l'odeur de bouc du grand-père. Et puis elle est intelligente ! Avez-vous vu comme ces quelques années à Florence ont suffi à la transformer ? Elle est devenue une vraie dame », continuait don Ciccio, insensible aux nuances, « une dame accomplie. Quand elle est revenue du pensionnat, elle m'a fait venir chez elle et elle m'a joué ma vieille mazurka : elle jouait mal mais la voir était un délice, avec ces nattes noires, ces yeux, ces jambes, cette poitrine… Ah ! C'est autre chose qu'une odeur de bouc ! ses draps doivent avoir le parfum du paradis ! »

Le Prince fut agacé : l'orgueil de classe est si jaloux, même au moment où il s'abâtardit, que ces louanges orgiastiques de sa provocante future nièce l'offensèrent ; comment don Ciccio osait-il s'exprimer avec ce lyrisme lascif à l'égard de la future Princesse de Falconeri ? Mais il était vrai que le brave homme n'en savait rien ; il fallait tout lui raconter ; du reste, dans quelques heures la nouvelle serait publique. Il se décida tout de suite et adressa à Tumeo un sourire guépardesque mais amical : « Calmez-vous, mon cher don Ciccio, calmez-vous ; j'ai chez moi une lettre de mon neveu qui me charge de demander en mariage pour lui mademoiselle Angelica ;

dorénavant vous en parlerez avec votre respect habituel. Vous êtes le premier à connaître cette nouvelle, mais vous devrez payer pour cet avantage : de retour au palais vous serez enfermé à clé avec Teresina dans la salle d'armes ; vous aurez le temps d'en nettoyer et d'en graisser plusieurs et vous ne serez remis en liberté qu'après la visite de don Calogero ; je veux que rien ne transpire avant. »

Surpris ainsi à l'improviste, les cent précautions, les cent snobismes de don Ciccio s'écroulèrent d'un seul coup comme un groupe de quilles frappé en plein centre. Seul un sentiment très ancien survécut.

« Ça, Excellence, c'est une vilenie ! Un neveu, presque l'un de vos fils ne doit pas épouser la fille de ceux qui sont vos ennemis et qui vous ont toujours tiré dans les jambes. Chercher à la séduire, comme je le croyais, c'était un acte de conquête ; ainsi, c'est une reddition sans condition. C'est la fin des Falconeri, et des Salina aussi ! »

Cela dit, il baissa la tête et désira, avec angoisse, que la terre s'ouvrît sous ses pieds. Le Prince était devenu violet, jusqu'aux oreilles, jusqu'à ses yeux qui n'étaient que sang. Il serra la masse de ses poings et fit un pas vers don Ciccio. Mais c'était un homme de science, habitué après tout à voir le pour et le contre des choses ; et puis, sous son aspect léonin, c'était un sceptique. Il avait déjà tant subi aujourd'hui : le résultat du Plébiscite, le surnom du grand-père d'Angelica, les « *lupare* » ! Et Tumeo avait raison, en lui parlait une tradition sincère. Sauf qu'il était stupide : ce mariage n'était la fin de rien mais le début de tout ; cela faisait partie des usages séculaires.

Ses poings se rouvrirent, la trace de ses ongles resta gravée dans ses paumes. « Allons à la maison, don Ciccio ; il y a certaines choses que vous ne pouvez pas comprendre. D'accord comme avant, c'est entendu ? »

Et tandis qu'ils descendaient vers la route il eût été difficile de dire lequel des deux était don Quichotte et lequel Sancho.

Lorsque, à quatre heures et demie précises, on lui annonça l'arrivée très ponctuelle de don Calogero, le Prince n'avait pas encore fini sa toilette ; il fit prier monsieur le Maire d'attendre un moment dans son bureau et il continua, placidement, à se faire beau. Il oignit ses cheveux de *lemo-liscio*, le *Lime-Juice* d'Atkinson, une dense lotion blanchâtre qui lui arrivait par caisses de Londres et qui subissait, dans son nom, la même déformation ethnique que les chansons ; il refusa la *redingote** noire et la fit remplacer par une autre d'une très légère teinte lilas qui lui semblait plus adaptée à une occasion présumée de fête, s'attarda encore un peu pour s'arracher du menton, à l'aide d'une pince, un insolent petit poil blond qui avait réussi à se tirer d'affaire le matin au cours d'un rasage hâtif ; il fit appeler le Père Pirrone ; avant de sortir il prit sur une table un extrait des *Blätter der Himmelsforschung* et avec le fascicule roulé il se signa, un geste de dévotion qui a en Sicile un sens non religieux plus fréquent qu'on ne l'imagine.

En traversant les deux pièces qui précédaient son bureau il se flatta d'être un Guépard imposant au poil lisse et parfumé qui se préparait à déchiqueter un petit chacal craintif ; mais par une de ces associations d'idées qui sont le fléau des natures comme la sienne, sa mémoire fut traversée par l'image d'un de ces tableaux historiques français dans lesquels maréchaux et généraux autrichiens, chargés de panaches et de dentelles, défilent devant un Napoléon ironique auquel ils viennent de se rendre ; ils sont plus élégants, c'est hors de doute, mais le vainqueur est le nabot dans sa modeste capote grise ; et ainsi, outragé par ces souvenirs inopportuns de Mantoue et d'Ulm, ce fut un Guépard irrité qui entra dans le bureau.

Don Calogero était là debout, tout petit, menu et imparfaitement rasé ; il aurait vraiment ressemblé à un chacal n'eût été ses petits yeux pétillants d'intelligence ; mais puisque cet esprit avait un but matériel opposé à celui, abstrait, auquel croyait tendre celui du Prince, ce fut considéré comme un signe de malignité. Dépourvu du sens d'adaptation des vêtements aux circonstances qui était, au contraire, inné chez le Prince, le maire avait cru bien faire en se mettant quasiment en habits de deuil ; il était presque aussi noir que le Père Pirrone ; mais, tandis que ce dernier s'asseyait dans un petit coin en prenant l'air d'abstraction marmoréenne des prêtres qui ne veulent pas peser sur les décisions d'autrui, le visage de don Calogero exprimait un sentiment d'attente avide presque pénible à regarder. Les escarmouches de mots insignifiants qui précèdent les grandes batailles verbales commencèrent aussitôt. Mais ce fut don Calogero qui esquissa la grande attaque :

« Excellence », demanda-t-il, « avez-vous reçu de bonnes nouvelles de don Tancredi ? » Dans les petits villages d'alors, le maire avait la possibilité de contrôler, sans que ce soit dans ses devoirs, le courrier, et l'élégance inhabituelle de la lettre de Tancredi avait peut-être éveillé son attention. Le Prince, dès que cette idée traversa son esprit, commença à s'irriter.

« Non, don Calogero, non. Mon neveu est devenu fou… »

Il existe heureusement une Déesse protectrice des Princes. Elle s'appelle Bonnes Manières, et intervient souvent pour sauver les Guépards des mauvais pas. Mais il faut lui payer un tribut important. Comme Pallas

Athéna intervient pour freiner les intempérances d'Ulysse, de même Bonnes Manières se manifesta à Don Fabrizio pour l'arrêter sur le bord de l'abîme ; mais il dut payer son salut en devenant explicite une fois dans sa vie. Avec un naturel parfait, sans un instant d'arrêt il conclut la phrase :

« ... fou d'amour pour votre fille, don Calogero ; et il me l'a écrit hier. » Le maire garda une surprenante égalité d'humeur ; il sourit et se mit à scruter le ruban de son chapeau ; le Père Pirrone avait les yeux tournés vers le plafond comme un contremaître chargé d'en éprouver la solidité. Don Fabrizio resta confus : ces deux attitudes conjointement taciturnes lui dérobaient jusqu'à la moindre satisfaction d'avoir étonné ses auditeurs. Ce fut donc avec soulagement qu'il se rendit compte que don Calogero allait parler.

« Je le savais, Excellence, je le savais. On les a vus s'embrasser Mardi 25 Septembre, la veille du départ de don Tancredi ; dans votre jardin, près de la fontaine. Les haies de laurier ne sont pas toujours aussi épaisses qu'on le croit. Pendant un mois j'ai attendu une démarche de votre neveu, et je pensais déjà venir demander à Votre Excellence quelles étaient ses intentions. »

De nombreuses guêpes piquantes assaillirent Don Fabrizio. Tout d'abord, comme il est normal chez tout homme qui n'est pas encore décrépit, celle de la jalousie charnelle : Tancredi avait savouré ce goût de fraises qui lui resterait toujours inconnu. Ensuite, un sentiment d'humiliation sociale, celui de se retrouver en accusé au lieu de messager de bonnes nouvelles. Troisièmement, un dépit personnel, celui de quelqu'un qui a nourri l'illusion de contrôler tout le monde et qui trouve au contraire que beaucoup de choses se déroulent à son insu.

« Don Calogero, ne changeons pas la donne. Rappelez-vous que c'est moi qui vous ai prié de venir ici. Je voulais vous communiquer une lettre de mon neveu qui est arrivée hier. Il y est déclaré sa passion pour mademoiselle votre fille, passion que moi… » (ici le Prince hésita un peu parce que les mensonges sont parfois difficiles à dire devant des yeux qui, comme ceux du maire, le vrillaient) « … dont moi, j'ignorais toute l'intensité ; et dans sa conclusion il m'a chargé de vous demander la main de mademoiselle Angelica. »

Don Calogero continuait à rester impassible ; le Père Pirrone, d'expert en bâtiment, s'était transformé en un santon musulman et, croisant quatre doigts de la main droite avec quatre de la gauche, faisait tourner ses pouces l'un autour de l'autre, en en inversant et changeant la direction avec un luxe d'imagination chorégraphique. Le silence dura longtemps, le Prince s'impatienta : « Maintenant, don Calogero, c'est moi qui attends que vous me déclariez vos intentions. »

Le maire qui avait gardé les yeux tournés vers la frange orangée du fauteuil du Prince les recouvrit un instant de sa main droite, puis les leva ; ils se montraient maintenant dans une sorte de candeur, pleins d'une surprise stupéfaite, comme si vraiment ce geste les avait changés.

« Excusez-moi, Prince. » (À l'omission foudroyante de l'« Excellence », Don Fabrizio comprit que tout était heureusement consommé.) « Cette belle surprise m'avait coupé la parole. Mais moi, je suis un père moderne et je ne pourrai vous donner une réponse définitive qu'après avoir interrogé l'ange qui est la consolation de notre maison. Je sais pourtant exercer aussi les droits d'un père ; je connais tout ce qui se passe dans le cœur et dans l'esprit d'Angelica, et je crois pouvoir dire que l'affection de don Tancredi, qui nous honore tous tellement, est sincèrement partagée. »

Don Fabrizio fut terrassé par une émotion sincère : la

couleuvre avait été avalée, la tête et les entrailles broyées descendaient le long de sa gorge : il ne restait plus qu'à mâcher la queue mais c'était une petite affaire par rapport au reste ; le plus gros était fait. Savourant ce sentiment de délivrance, l'affection pour Tancredi commença à faire son chemin en lui ; il imagina ses yeux bleus étroits qui scintilleraient en lisant la joyeuse réponse ; il imagina, ou se rappela plutôt, les premiers mois d'un mariage d'amour pendant lesquels les frénésies, les acrobaties des sens sont émaillées et soutenues par toutes les hiérarchies angéliques, bienveillantes quoique surprises. Plus loin encore, il entrevit la vie assurée, la possibilité de développement des talents de Tancredi à qui, sans cela, le manque d'argent eût coupé les ailes.

Le gentilhomme se leva, fit un pas vers don Calogero étonné, le souleva de son fauteuil, le serra contre sa poitrine ; les petites jambes du Maire restèrent suspendues en l'air. Dans cette pièce de la province sicilienne reculée se dessina une estampe japonaise où un gros bourdon velu pendait d'un énorme iris violacé. Quand don Calogero retoucha le sol : « Je dois absolument lui offrir quelques rasoirs anglais », pensa Don Fabrizio, « ça ne peut pas continuer comme ça. »

Le Père Pirrone bloqua le tournoiement de ses pouces, il se leva, serra la main du Prince. « Excellence, j'invoque la protection divine sur ces noces ; votre joie est devenue la mienne. » À don Calogero il tendit le bout des doigts sans parler. Puis, de son index plié il tapota un baromètre accroché au mur ; ça descendait ; mauvais temps en vue. Il se rassit, ouvrit son bréviaire.

« Don Calogero », disait le Prince, « l'amour de ces deux jeunes gens est la base de tout, l'unique fondement sur lequel peut surgir leur futur bonheur. Cela, nous le savons ; un point, c'est tout. Mais nous, hommes d'un certain âge, nous sommes obligés de nous soucier d'autres choses. Il est inutile de vous dire à quel point est illustre la famille Falconeri : venue en Sicile avec Charles d'Anjou, elle a su continuer à être florissante sous les Aragons, les Espagnols, les Rois Bourbons (s'il m'est permis de les nommer devant vous) et je suis sûr qu'elle va prospérer encore sous la nouvelle dynastie continentale. (Que Dieu nous garde.) » (Il n'était jamais possible de savoir quand Don Fabrizio était ironique ou quand il se trompait) ; « ils furent Pairs du Royaume, Grands d'Espagne, Chevaliers de Saint-Jacques, et quand il leur prend l'envie d'être chevaliers de Malte ils n'ont qu'à lever le petit doigt, et la rue Condotti leur fournit tout chaud les diplômes sans souffler mot, comme si c'étaient des brioches, du moins jusqu'à aujourd'hui. » (Cette insinuation perfide fut entièrement faite en pure perte, car don Calogero ignorait tout des statuts de l'Ordre Souverain de Saint-Jean de Jérusalem.) « Je suis sûr que votre fille avec sa rare beauté ornera encore plus l'ancienne souche des Falconeri, et qu'elle saura avec sa vertu atteindre celle des saintes Princesses, dont la dernière, ma défunte sœur, bénira certainement du ciel les époux. » Et Don Fabrizio fut de nouveau ému en évoquant sa chère Giulia dont la vie méprisée avait été un sacrifice perpétuel face aux extravagances frénétiques du père de Tancredi. « Quant au garçon, vous le connaissez ; et si vous ne le connaissiez pas, je suis là, moi, pour vous le garantir, en tout et pour tout. Il y a en lui des tonnes de bonté, et je ne suis pas le seul à le dire, n'est-ce pas, Père Pirrone ? »

L'excellent Jésuite, arraché à sa lecture, se trouva soudainement devant un dilemme pénible. Il avait été le confesseur de Tancredi, et il connaissait plus d'un de ses petits péchés : aucun n'était vraiment grave, bien entendu, mais aptes pourtant à soustraire quelques quintaux à la bonté massive dont on parlait ; et ils étaient tous, en outre, de nature à garantir une solide infidélité conjugale. Cela ne pouvait évidemment pas être dit autant pour des raisons sacramentelles que par convenance mondaine ; d'autre part il aimait bien le jeune homme et quoiqu'il désapprouvât ce mariage du fond de son cœur, il n'aurait jamais dit un mot qui eût pu, non pas en entraver mais même en gêner la facilité. Il trouva refuge dans la Prudence, la plus souple des vertus cardinales, celle dont le maniement était le plus aisé. « Le fond de bonté de notre cher Tancredi est grand, don Calogero, et s'il est soutenu par la Grâce divine et les vertus terrestres de mademoiselle Angelica, il pourra devenir un jour un bon époux chrétien. » La prophétie risquée mais prudemment conditionnée passa sans difficulté.

« Mais, don Calogero », poursuivait le Prince en mâchant les derniers cartilages de la couleuvre, « s'il est inutile de vous parler de l'ancienneté de la maison Falconeri, il est tout aussi, malheureusement, inutile de vous dire, car vous le savez déjà, que les conditions économiques actuelles de mon neveu n'égalent pas la grandeur de son nom ; le père de Tancredi, mon beau-frère Ferdinando, n'était pas ce qu'on appelle un père prévoyant ; ses magnificences de grand seigneur, aidées par la légèreté de ses administrateurs, ont gravement ébranlé le patrimoine de mon cher neveu et pupille ; les grands fiefs autour de Mazara, la plantation de pistachiers de Ravanusa, de mûriers à Olivieri, son palais de Palerme, tout cela a disparu, vous le savez, don Calogero. » Don Calogero en effet le savait : cela avait été la plus grande migration d'hirondelles dont on eût eu mémoire, et son souvenir inspirait encore de la terreur, mais non de la prudence, à toute la noblesse sicilienne, alors qu'il était source de délices justement pour tous les Sedàra. «Pendant la période de ma tutelle, je n'ai réussi à sauver que la villa, celle proche de la mienne, grâce à des subtilités légales et grâce aussi à quelques sacrifices que, d'ailleurs, j'ai faits avec joie en mémoire de ma sœur comme par affection pour ce cher garçon. C'est une belle villa: l'escalier a été dessiné par Marvuglia, les salons avaient été décorés par le Serenario; mais, pour le moment, l'appartement en meilleur état peut à peine servir d'étable pour les chèvres.»

Les derniers petits os de la couleuvre avaient été plus écœurants que prévu; mais, en fin de compte, eux aussi avaient été avalés. Il fallait maintenant se rincer la bouche par quelques phrases agréables, d'ailleurs sincères: «Mais, don Calogero, le résultat de tous ces ennuis, de toutes ces peines, a été Tancredi; nous, nous savons ces choses-là: il est peut-être impossible d'obtenir la distinction, la délicatesse, le charme d'un garçon comme lui, sans que ses aïeux n'aient dilapidé une demi-douzaine de gros patrimoines; du moins, c'est ainsi en Sicile; une sorte de loi de nature, comme celles qui règlent les tremblements de terre et les sécheresses.»

Il se tut parce qu'un domestique entrait portant sur un plateau deux lampes allumées; pendant qu'on les déposait à leur place Don Fabrizio laissa régner dans le bureau un silence plein d'une satisfaction attristée. Puis: «Tancredi n'est pas un garçon quelconque, don Calogero», poursuivit-il, «il n'est pas seulement distingué et élégant; il a appris peu de choses, mais il connaît tout ce que l'on doit connaître dans son milieu: les hommes, les femmes, les circonstances, la couleur du temps; il est ambitieux et a raison de l'être, il ira loin; et pour votre Angelica, don Calogero, ce sera un bonheur si elle veut gravir le chemin avec lui. Et puis, quand on est avec Tancredi on peut parfois être irrité, mais on ne s'ennuie jamais; et ça, c'est beaucoup.»

Il serait exagéré de dire que le maire appréciait les nuances mondaines de cette partie de la conversation du Prince ; celle-ci, en gros, ne fit que le confirmer dans sa conviction sommaire de l'astuce et de l'opportunisme de Tancredi et il avait lui-même besoin d'avoir dans sa maison un homme astucieux qui eût le sens de l'opportunité, et de rien d'autre. Il se sentait, il se croyait l'égal de n'importe qui ; il allait même jusqu'à regretter de noter chez sa fille un certain sentiment amoureux pour le jeune homme.

« Prince, je savais ces choses-là, et d'autres encore ; et cela ne m'intéresse pas. » Il se para de sentimentalité. « L'amour, Prince, l'amour est tout, et moi, j'en sais quelque chose. » Et le pauvre homme était peut-être sincère si l'on admettait sa probable définition de l'amour. « Mais je suis un homme du monde et je veux, moi aussi, jouer cartes sur table. Il serait inutile de parler de la dot de ma fille ; elle est le sang de mon cœur, le foie de mes entrailles ; je n'ai personne d'autre à qui laisser ce que je possède, et ce qui est à moi est à elle. Mais il est juste que les jeunes connaissent ce sur quoi ils peuvent compter tout de suite : dans son contrat de mariage j'accorderai à ma fille le fief de Settesoli, de six cent quarante-quatre *salme*, c'est-à-dire mille six cent quatre-vingts hectares, comme on veut les appeler aujourd'hui, tout en blé ; des terres de première qualité, aérées et fraîches, et cent quatre-vingts *salme* de vignes et d'oliviers à Gibildolce ; et le jour du mariage je remettrai à l'époux vingt sacs de toile de dix mille "onces" chacun. Moi, je resterai avec une canne dans les mains », ajouta-t-il, heureux et convaincu que personne ne le croirait, « mais une fille est une fille. Avec cela on peut refaire tous les escaliers de *Marruggia* et tous les plafonds de *Sorcionero* qui existent au monde. Angelica doit être bien logée. »

La vulgarité ignorante jaillissait de tous ses pores ; malgré cela, ses deux interlocuteurs furent abasourdis : Don Fabrizio eut besoin de tout son pouvoir de contrôle pour cacher sa surprise. Le coup de Tancredi était encore plus énorme que l'on avait pu supposer. Une sensation de dégoût allait l'envahir de nouveau, mais la beauté d'Angelica, le cynisme de l'époux parvenaient à voiler encore de poésie la brutalité du contrat. Le Père Pirrone, lui, émit un claquement de langue contre son palais ; puis, ennuyé d'avoir ainsi révélé son étonnement, il essaya de trouver une rime à ce bruit imprudent en faisant craquer sa chaise et ses chaussures, en feuilletant avec fracas son bréviaire ; il ne parvint à rien et l'impression resta.

Heureusement un manque d'à-propos de don Calogero, le seul de la conversation, tira tout le monde d'embarras : « Prince », dit-il, « je sais que ce que je vais dire n'aura aucun effet sur vous qui descendez de l'empereur Tithon et de la reine Bérénice, mais les Sedàra aussi sont nobles ; jusqu'à moi, ils ont été une race malchanceuse enterrée en province et sans lustre, mais j'ai les papiers qu'il faut dans mon tiroir, et l'on saura un jour que votre neveu a épousé la baronne Sedàra del Biscotto ; c'est un titre accordé par Sa Majesté Ferdinand IV sur les ségréages du port de Mazara. Je dois faire les démarches : il ne me manque qu'une accointance. »

Ces histoires d'« accointances » qui manquaient, de ségréages, de presque homonymies étaient, il y a cent ans, un élément important de la vie de beaucoup de Siciliens, et exaltaient et déprimaient tour à tour des milliers de personnes, qu'elles fussent bonnes ou mauvaises ; mais il s'agit là d'un sujet trop important pour être traité en passant et nous nous contenterons de dire ici que la repartie héraldique de don Calogero offrit au Prince l'incomparable jouissance artistique de voir une typologie se réaliser dans ses moindres détails et que son rire réprimé apporta un adoucissement à sa bouche, allant jusqu'à la nausée.

La conversation ensuite se perdit en mille courants inutiles : Don Fabrizio se souvint de Tumeo enfermé dans l'obscurité de la salle d'armes, déplora pour la énième fois dans sa vie la durée des visites paysannes et finit par s'enfermer dans un silence hostile ; don alogero comprit, promit de revenir le lendemain matin pour apporter le consentement certain d'Angelica et prit congé. Il fut accompagné à travers deux salons, de nouveau embrassé, et descendit l'escalier tandis que le Prince, dominant d'en haut, regardait rapetisser ce petit tas d'astuce, de vêtements mal coupés, d'or et d'ignorance qui maintenant allait presque faire partie de la famille.

Avec une chandelle à la main, il alla ensuite libérer Tumeo qui restait résigné dans le noir en fumant sa pipe. « Je suis désolé, don Ciccio, mais, vous comprenez, je devais le faire. » « Je comprends, Excellence, je comprends. Tout s'est bien passé, au moins ? » « Très bien, on n'aurait pu mieux. » Tumeo marmonna des félicitations, remit sa laisse au collier de Teresina qui dormait épuisée par la chasse, ramassa sa gibecière. « Prenez aussi mes bécasses, vous les avez méritées. Au revoir, mon cher don Ciccio, revenez vite. Et pardonnez-moi pour tout. » Une puissante tape sur l'épaule servit de signe de réconciliation et de rappel de puissance ; le dernier fidèle de la maison Salina s'en alla vers sa pauvre demeure.

Quand le Prince revint dans son bureau, il s'aperçut que le Père Pirrone s'était éclipsé pour éviter les discussions ; et il se dirigea vers la chambre de sa femme pour lui raconter les faits. Le bruit de ses pas vigoureux et rapides l'annonçait à dix mètres de distance. Il traversa la chambre de séjour des jeunes filles : Caterina et Carolina enroulaient une pelote de laine et à son passage se levèrent en souriant ; mademoiselle Dombreuil ôta en hâte ses lunettes et répondit avec componction à son salut ; Concetta avait le dos tourné ; elle brodait au tambour et, comme elle n'entendit pas passer son père, elle ne se retourna même pas.

QUATRIÈME PARTIE

Novembre 1860

Leurs contacts plus fréquents à la suite de l'accord nuptial firent naître chez Don Fabrizio une curieuse admiration pour les mérites de Sedàra. L'habitude finit par l'accoutumer aux joues mal rasées, à l'accent plébéien, aux vêtements farfelus et à l'odeur persistante de sueur, et il eut ainsi tout loisir de se rendre compte de la rare intelligence de l'homme ; bien des problèmes qui semblaient insolubles au Prince étaient démêlés en moins de deux par don Calogero ; étant affranchi des centaines d'entraves que l'honnêteté, la décence et peut-être la bonne éducation imposent aux actions de beaucoup d'autres hommes, il avançait dans la forêt de la vie avec l'assurance d'un éléphant qui, déracinant les arbres et piétinant les tanières, progresse en ligne droite, sans prêter attention aux griffures des épines ni aux gémissements des écrasés. Élevé, au contraire, dans des vallées amènes parcourues par les zéphyrs courtois des « S'il te plaît », « je te serais reconnaissant », « me ferais-tu la faveur », « tu as été très aimable », le Prince, maintenant, quand il bavardait avec don Calogero se trouvait à découvert sur une lande balayée par des vents de sécheresse et, tout en continuant à préférer en son for intérieur les anfractuosités des montagnes, il ne pouvait s'empêcher d'admirer l'impétuosité de ces courants d'air qui tiraient des chênes-lièges et des cèdres de Donnafugata des arpèges jamais entendus auparavant.

Peu à peu, sans presque s'en apercevoir, Don Fabrizio exposait à don Calogero ses affaires personnelles qui étaient nombreuses, complexes et mal connues de lui-même ; non par défaut de pénétration, mais par une sorte d'indifférence méprisante à l'égard de ce genre de choses, considérées comme infimes, et causées au fond par l'indolence et la facilité avec laquelle il s'était toujours sorti de mauvaises affaires grâce à la vente de quelques vingtaines de ses hectares parmi les milliers qu'il possédait.

Les opérations que don Calogero conseillait après avoir écouté le prince et réordonné par lui-même le récit, étaient aussi opportunes que possible et d'un effet immédiat, mais le résultat final des conseils élaborés suivant une efficacité cruelle et appliqués avec bonhomie et une mollesse craintive par Don Fabrizio, fut que les années passant la maison Salina acquit une réputation de rapacité à l'égard de ses dépendants, une réputation tout à fait imméritée en réalité, mais qui détruisit son prestige à Donnafugata et à Querceta, sans que par ailleurs l'effondrement du patrimoine s'en trouvât aucunement endigué.

Il serait injuste de taire l'effet qu'une fréquentation plus assidue du Prince avait eu aussi sur Sedàra. Jusque-là celui-ci n'avait rencontré des aristocrates qu'à des réunions d'affaires (c'est-à-dire des achats et des ventes) ou à la suite d'invitations très exceptionnelles et très longuement méditées à des fêtes, deux sortes d'éventualités au cours desquelles ces singuliers exemplaires sociaux ne se montrent guère sous leurs meilleurs aspects. À l'occasion de ces rencontres s'était formée en lui la conviction que l'aristocratie n'était constituée que d'hommes-moutons, qui n'existaient que pour abandonner la laine de leurs biens à la tonte de ses ciseaux et leur nom, illuminé d'un inexplicable prestige, à sa fille.

Mais déjà sa connaissance du Tancredi de l'époque post-garibaldienne l'avait mis face à un exemple inattendu de jeune noble, aussi sec que lui, capable de troquer très avantageusement ses sourires et ses titres pour les grâces et les richesses d'autrui, tout en sachant recouvrir ces actions « sédaresques » d'une grâce et d'un charme qu'il sentait ne pas posséder, qu'il subissait sans s'en rendre compte et sans pouvoir d'aucune manière en discerner les origines. Lorsque, ensuite, il eut appris à mieux connaître Don Fabrizio, il retrouva bien sûr, chez ce dernier, la mollesse et l'incapacité à se défendre qui étaient les caractéristiques de son noble-mouton prédéfini, mais en plus, une force d'attraction différente dans le ton mais égale en intensité à celle du jeune Falconeri ; et encore une certaine énergie qui tendait à l'abstraction, une disposition à chercher la forme de sa vie en ce qui venait de lui-même et non en ce qu'il pouvait arracher aux autres ; il fut fortement frappé par cette énergie d'abstraction bien qu'elle se présentât à lui sous une forme brute et non réductible à des mots comme on est ici tenté de le faire ; mais il s'aperçut qu'une bonne partie de ce charme provenait des bonnes manières et il se rendit compte combien un homme bien élevé est agréable, car, au fond, ce n'est que quelqu'un qui élimine les manifestations toujours déplaisantes d'une grande partie de la condition humaine et exerce une sorte d'altruisme profitable (une formule dans laquelle l'efficacité de l'adjectif lui fit tolérer l'inutilité du substantif). Lentement don Calogero comprenait qu'un repas en commun ne doit pas être nécessairement un ouragan de bruits masticatoires et de taches de graisse ;

qu'une conversation peut très bien ne pas ressembler à une querelle de chiens ; que céder le passage à une femme est un signe de force et non, comme il l'avait cru, de faiblesse ; qu'on peut obtenir davantage d'un interlocuteur si on lui dit « je me suis mal expliqué » au lieu de « tu es sourd ou quoi ? », et qu'en utilisant de pareils procédés, mets, femmes, arguments et interlocuteurs finissent par y gagner et sont aussi profitables pour celui qui les a bien traités.

Il serait hardi d'affirmer que don Calogero tira parti tout de suite de ce qu'il avait appris ; il sut, dès lors, se raser un peu mieux et être un peu moins effrayé par la quantité de savon utilisé dans la lessive, rien d'autre ; mais ce fut à partir de ce moment-là que débuta pour lui et les siens l'affinement constant d'une classe qui au cours de trois générations transforme des rustres efficaces en gentilshommes sans défense.

La première visite d'Angelica à la famille Salina en qualité de fiancée s'était déroulée suivant une mise en scène impeccable. L'attitude de la jeune fille avait été parfaite au point que chaque geste, chaque mot semblait suggéré par Tancredi ; mais les lentes communications de l'époque rendaient indéfendable cette éventualité et l'on fut obligé d'avoir recours à une hypothèse, celle de suggestions antérieures aux fiançailles officielles ; hypothèse risquée même pour ceux qui croyaient connaître le mieux la prévoyance du jeune Prince, mais qui n'était pas totalement absurde. Angelica arriva à six heures du soir, en blanc et rose ; ses souples nattes noires ombragées par un grand chapeau de paille encore estival sur lequel des grappes de raisin artificiel et des épis dorés évoquaient discrètement les vignobles de Gibildolce et les greniers de Settesoli. Dès la salle d'entrée elle abandonna son père ; dans le flottement de son ample jupe, elle gravit avec légèreté les nombreuses marches de l'escalier intérieur et se jeta dans les bras de Don Fabrizio ; elle lui donna, sur les favoris, deux grands baisers qui lui furent rendus avec une affection sincère ; le Prince s'attarda peut-être un instant de plus qu'il n'était nécessaire pour respirer l'arôme de gardénia de ces joues adolescentes. Après quoi, Angelica rougit, recula d'un demi-pas : « Je suis tellement, tellement heureuse... » Elle s'approcha de nouveau et, dressée sur la pointe de ses souliers, soupira à l'oreille du Prince : « Mon oncle ! », un *gag* très heureux de mise en scène comparable en efficacité uniquement à la voiture d'enfant d'Eisenstein, et qui, à la fois explicite et secret, ravit le cœur simple du Prince, définitivement subjugué par la belle enfant. Don Calogero entre-temps montait l'escalier et disait combien sa femme était désolée de ne pas pouvoir être là, mais la veille elle avait trébuché chez elle et s'était foulé très douloureusement le pied gauche. « Elle a le cou du pied comme une aubergine, Prince. » Don Fabrizio, rendu joyeux par la caresse verbale et, d'autre part, rassuré par les révélations de Tumeo sur l'innocuité de sa courtoisie personnelle, s'offrit le plaisir de proposer d'aller tout de suite lui-même chez madame Sedàra, proposition qui troubla don Calogero, obligé, pour la repousser, d'assener un second malaise à sa femme, une migraine cette fois, qui obligeait la malheureuse à rester dans l'obscurité.

Entre-temps le Prince donnait le bras à Angelica ; ils traversèrent plusieurs salons dans la pénombre, vaguement éclairés par de petites lampes à huile qui permettaient à peine de trouver son chemin. Au fond de la perspective des salles resplendissait au contraire le « salon de Leopoldo » où se trouvait le reste de la famille, et cette avancée dans l'obscurité déserte vers le centre clair de l'intimité avait le rythme d'une initiation maçonnique.

La famille se pressait sur le seuil. La Princesse avait retiré toutes ses réserves devant la colère maritale qui les avait, ce serait peu de dire repoussées, mais proprement foudroyées dans le néant ; elle embrassa à plusieurs reprises sa belle future nièce et la serra si fort contre elle que sur la peau de la jeune fille fut imprimé le contour du célèbre collier de rubis des Salina que Maria Stella avait tenu à porter en signe de grande fête bien qu'il fît jour. Francesco Paolo, le fils de seize ans, fut heureux d'avoir l'occasion exceptionnelle d'embrasser lui aussi Angelica sous le regard jaloux et impuissant de son père ; Concetta fut affectueuse d'une manière particulière ; sa joie était si intense qu'elle lui fit monter les larmes aux yeux ; ses sœurs se pressaient bruyamment autour d'elle, heureuses justement parce qu'elles n'étaient pas émues ; le Père Pirrone, ensuite, qui n'était pas saintement insensible au charme féminin où il se complaisait à voir une preuve irréfutable de la Bonté Divine, sentit fondre toutes ses objections devant la chaleur de la grâce (avec un g minuscule). Et il lui murmura : « *Veni, sponsa de Libano* » ; il dut ensuite lutter un peu pour ne pas laisser remonter à sa mémoire d'autres versets plus chaleureux ; mademoiselle Dombreuil, comme il convient aux gouvernantes, pleurait d'émotion, elle serrait dans ses mains désappointées les épaules florissantes de la jeune fille en disant : « *Angélica, Angélica, pensons à la joie de Tancrède*.* » Seul Bendicò, ce qui était en opposition avec sa sociabilité habituelle, grondait du fond de sa gueule, jusqu'à ce qu'il fût énergiquement remis à sa place par Francesco Paolo indigné, dont les lèvres frémissaient encore.

Sur vingt-quatre des quarante-huit bras du lustre avait été allumée une bougie et chacune de ces bougies candides et brûlantes pouvait ressembler à une vierge qui se consume d'amour ; les fleurs bicolores de Murano au bout de leurs tiges en verre recourbé regardaient vers le bas, admiraient celle qui entrait et lui adressaient un sourire frêle et changeant. La grande cheminée était allumée plus en signe d'allégresse que pour chauffer la pièce encore tiède et la lumière des flammes palpitait sur les dalles, dégageant quelques lueurs intermittentes sur les dorures pâlies du mobilier ; elle représentait vraiment le foyer domestique, le symbole de la maison, et les tisons y faisaient allusion à des scintillements de désirs, les braises à des ardeurs contenues.

La Princesse, qui possédait à un degré remarquable la faculté de réduire les émotions au plus petit commun dénominateur, commença à narrer des épisodes sublimes de l'enfance de Tancredi ; et elle insista tant sur ces derniers que l'on aurait vraiment pu croire qu'Angelica devait se trouver heureuse d'épouser un homme à tel point raisonnable à six ans qu'il s'était soumis sans faire d'histoires à de petits lavements indispensables, et tellement hardi à douze qu'il avait osé voler une poignée de cerises ; tandis qu'elle rappelait cet épisode de banditisme téméraire, Concetta se mit à rire : « C'est un défaut dont Tancredi ne s'est pas encore débarrassé », dit-elle, « tu te rappelles, papa, comment il t'a pris, il y a encore deux mois, ces pêches auxquelles tu tenais tant ? » ; puis elle s'assombrit soudainement comme si elle eût été la présidente d'une société d'arboriculteurs qui aurait été lésée.

La voix de Don Fabrizio repoussa vite dans l'ombre ces inepties ; il parla du Tancredi d'aujourd'hui, du jeune homme éveillé et attentif, toujours prêt à l'une de ses reparties, ravissant ceux qui l'aimaient et exaspérant les autres ; il raconta comment, au cours d'un séjour à Naples, il avait été présenté à la duchesse de Saintquelquechose et que celle-ci se prit d'une telle passion pour lui qu'elle souhaitait le voir chez elle le matin, l'après-midi et le soir, peu importe qu'elle se trouvât au salon ou au lit, car, disait-elle, personne ne savait comme lui raconter « *les petits riens** » ; et bien que Don Fabrizio s'empressât de préciser qu'à cette époque Tancredi n'avait pas encore seize ans et que la duchesse avait dépassé la cinquantaine, les yeux d'Angelica lancèrent des éclairs parce qu'elle possédait des informations précises sur les beaux jeunes hommes palermitains et de fortes intuitions sur le compte des duchesses napolitaines.

Si on voulait déduire à partir de cette attitude d'Angelica qu'elle aimait Tancredi, on se tromperait : elle avait trop d'orgueil et trop d'ambition pour être capable de cette annulation, provisoire, de la personnalité sans laquelle il n'y a pas d'amour ; de surcroît, son expérience juvénile et sociale limitée ne lui permettait pas d'apprécier encore les qualités réelles de celui-ci, qui étaient toutes composées de nuances subtiles ; mais, tout en ne l'aimant pas, elle était, alors, amoureuse de lui, ce qui est très différent ; ses yeux bleus, son affection gaie, certaines tonalités soudain graves de sa voix causaient en elle, même en souvenir, un trouble précis, et ces jours-là elle ne désirait qu'être soumise par ces mains ; quand elle l'aurait été, elle les oublierait et les remplacerait, comme cela, de fait, arriva, mais pour le moment elle tenait beaucoup à ce qu'il se saisisse d'elle. C'est pourquoi la révélation de cette relation galante (qui d'ailleurs était inexistante) lui causa une crise du plus absurde parmi les fléaux, celui de la jalousie rétrospective ; mais une crise vite dissipée par un examen froid des avantages érotiques et extra-érotiques qu'apportaient ses noces avec Tancredi.

Don Fabrizio continuait à exalter Tancredi ; entraîné

par l'affection il parlait de lui comme d'un Mirabeau : « Il a commencé tôt et il a bien commencé ; le chemin qu'il fera est grand. » Le front lisse d'Angelica se penchait en signe d'assentiment ; en réalité elle ne prêtait pas d'attention à l'avenir politique de Tancredi. C'était une des nombreuses jeunes filles qui considèrent les événements publics comme se déroulant dans un univers séparé et elle n'imaginait même pas qu'un discours de Cavour pût, le temps passant, à travers mille petits engrenages, influer sur sa vie et la transformer. Elle pensait en sicilien : « Nous, on a le blé, et ça nous suffit ; c'est quoi, ce chemin ! » Ingénuités juvéniles qu'elle renierait par la suite quand, les années passant, elle devint l'une des Égéries les plus vipérines de Montecitorio et de la Consulta.

« Et puis, Angelica, vous ne savez pas encore combien Tancredi est amusant ! Il sait tout, il saisit dans toute chose un aspect imprévu. Quand on est avec lui, quand il est en veine, le monde paraît plus drôle, parfois aussi plus sérieux. » Que Tancredi fût amusant, Angelica le savait ; qu'il fût capable de révéler des mondes nouveaux non seulement elle l'espérait mais elle avait raison de le soupçonner depuis la fin du mois dernier, au moment du fameux mais non unique baiser officiellement constaté qui avait été en effet quelque chose de beaucoup plus subtil et savoureux que ne l'avait été son seul autre échantillon, celui que lui avait offert le garçon jardinier de Poggio a Caiano, plus d'un an auparavant. Mais Angelica se souciait peu des traits d'esprit, et même de l'intelligence de son fiancé, de toute façon beaucoup moins que ce cher Don Fabrizio ne s'y intéressait, si cher vraiment, mais aussi tellement « intellectuel ». Elle voyait en Tancredi la possibilité d'avoir une place éminente dans le monde de la noblesse sicilienne, un monde qu'elle considérait comme plein de merveilles très différentes de celles qu'il contenait réellement et elle désirait aussi en lui un compagnon d'étreintes plein de vivacité. S'il était en plus intellectuellement supérieur, tant mieux ; mais quant à elle, elle n'y tenait pas. On pouvait toujours s'amuser. Pour l'instant, qu'il fût spirituel ou sot, elle aurait voulu qu'il fût là, pour qu'il lui chatouille au moins la nuque, sous ses nattes, comme il avait l'habitude, entre autres, de le faire.

« Mon Dieu, mon Dieu, comme je voudrais qu'il fût là, parmi nous, maintenant ! »

Ce fut une exclamation qui émut tout le monde, tant par sa sincérité évidente que par l'ignorance dans laquelle restait son motif et qui conclut sa très heureuse première visite. Peu de temps après, en effet, Angelica et son père prirent congé ; précédés d'un valet d'écurie avec une lanterne allumée qui par l'or incertain de sa lumière enflammait le rouge des feuilles tombées des platanes, le père et la fille rentrèrent dans leur maison dont l'accès avait été interdit à Peppe 'Mmerda par les « *lupare* » qui lui avaient transpercé les reins.

L'une des habitudes dans lesquelles Don Fabrizio, redevenu serein, s'était réinstallé, était celle des lectures du soir. En automne, après le Rosaire, puisqu'il faisait trop sombre pour sortir, la famille se réunissait autour de la cheminée en attendant l'heure du dîner, et le Prince lisait aux siens, un épisode après l'autre, un roman moderne ; une bienveillance pleine de dignité se dégageait de chacun de ses pores.

C'étaient les années justement au cours desquelles, à travers les romans, commençaient à se former les mythes littéraires qui dominent aujourd'hui encore les esprits européens ; mais la Sicile, en partie par son imperméabilité traditionnelle à ce qui est nouveau, en partie par la méconnaissance diffuse de n'importe quelle langue, en partie aussi, il faut le dire, à cause de l'harcelante censure bourbonienne agissant à travers les douanes, ignorait l'existence de Charles Dickens, de George Eliot, de George Sand et de Gustave Flaubert, et même celle d'Alexandre Dumas. Deux ou trois volumes d'Honoré de Balzac, il est vrai, étaient arrivés grâce à des subterfuges jusque dans les mains de Don Fabrizio qui s'était attribué le rôle de censeur familial ; il les avait lus puis, dégoûté, les avait prêtés à un ami qu'il n'aimait pas, en disant qu'ils étaient le fruit d'un génie sans doute vigoureux mais extravagant et « obsédé » (il aurait dit aujourd'hui monomaniaque) ; un jugement hâtif, comme on le voit, non dépourvu par ailleurs d'une certaine acuité. Le niveau des lectures était donc plutôt bas, car il était conditionné par le respect des pudeurs virginales des filles, par celui des scrupules religieux de la Princesse et par le sentiment même de dignité du Prince qui se serait refusé à faire entendre des « cochonneries » à ses proches rassemblés.

On était vers le dix Novembre, ainsi qu'à la fin du séjour à Donnafugata. Il pleuvait dru, le mistral se déchaînait et lançait des gifles de pluie rageuses sur les fenêtres ; au loin on entendait un roulement de tonnerre ; de temps à autre quelques gouttes, ayant trouvé le chemin pour pénétrer dans les simples cheminées siciliennes, venaient frire un instant sur le feu et piquetaient de noir les tisons ardents d'olivier. On lisait *Angiola Maria* et on en était ce soir-là aux dernières pages : la description du voyage désemparé de la jeune fille à travers la Lombardie gelée par l'hiver glaçait le cœur sicilien des demoiselles, qui se trouvaient pourtant dans la tiédeur de leurs fauteuils. Brusquement on entendit un grand tumulte dans la pièce voisine et Mimì, le valet de chambre, entra tout essoufflé : « Excellences ! », cria-t-il oubliant ses manières stylées, « Excellences ! Monsieur Tancredi est arrivé ! Il est dans la cour en train de faire décharger ses bagages du cabriolet. Bonne Mère, Sainte Marie ! par un temps pareil ! » Et il s'échappa.

La surprise transporta Concetta en un temps qui ne correspondait plus au temps réel, et elle s'exclama : « Ô cher ! », mais le son même de sa voix la ramena à son présent désolé et, comme il est facile de le voir, ces brusques passages d'une temporalité séparée et chaleureuse à une autre manifeste mais glacée lui firent beaucoup de mal ; heureusement l'exclamation, noyée dans l'émotion générale, ne fut pas entendue.

Précédés par les grands pas de Don Fabrizio, tous se précipitèrent vers l'escalier ; on traversa vite les salons dans le noir, on descendit ; la grande porte était entièrement ouverte sur l'escalier extérieur et sur la cour en bas ; le vent se ruait, faisait frémir les toiles des portraits, poussant devant lui l'humidité et l'odeur de terre ; sur le fond du ciel qui lançait des éclairs, les arbres du jardin se débattaient, et bruissaient comme des soies malmenées. Don Fabrizio allait passer la porte lorsque sur la dernière marche apparut une lourde masse informe : c'était Tancredi enveloppé dans l'énorme manteau bleu pâle de la cavalerie piémontaise, tellement imbibé d'eau qu'il devait peser une cinquantaine de kilos et qu'il semblait noir. « Attention, mon oncle ; ne me touche pas, je suis une éponge ! » La lumière de la lanterne de la salle laissa entrevoir son visage. Il entra, dégrafa la chaînette qui retenait son manteau à son cou, laissa tomber le vêtement qui s'affaissa à terre avec un bruit visqueux. Il sentait le chien mouillé et il n'avait pas quitté ses bottes depuis trois jours, mais il était, lui, pour Don Fabrizio qui l'embrassait, l'enfant plus aimé que ses propres fils, pour Maria Stella le cher neveu perfidement calomnié, pour le Père Pirrone la brebis toujours égarée et toujours retrouvée, pour Concetta un cher fantôme ressemblant à l'amour perdu ; même mademoiselle Dombreuil l'embrassa de sa bouche sevrée de caresses et elle criait, la pauvre : « *Tancrède, Tancrède, pensons à la joie d'Angélica** », tant elle avait peu de cordes à son arc, toujours obligée de s'imaginer les joies des autres. Bendicò lui aussi retrouvait son cher compagnon de jeux, celui qui comme nul autre savait souffler dans son museau à travers le poing fermé, mais il manifestait son extase à sa façon canine en galopant frénétiquement autour de la salle sans se soucier de son aimé.

Ce fut un moment vraiment émouvant que celui de la famille rassemblée autour du jeune homme qui revenait, d'autant plus cher qu'il n'était pas vraiment de la famille, d'autant plus joyeux qu'il venait cueillir l'amour en même temps qu'un sentiment de sécurité perpétuel. Un moment émouvant, mais long aussi. Quand les premiers élans furent passés, Don Fabrizio s'aperçut que deux autres silhouettes se tenaient sur le seuil de la porte, tout aussi ruisselantes, tout aussi souriantes. Tancredi s'en aperçut lui aussi et se mit à rire. « Pardonnez-moi tous, mais l'émotion m'a fait perdre la tête. Ma tante », dit-il en s'adressant à la Princesse, « j'ai pris la liberté d'amener avec moi un très cher ami, le comte Carlo Cavriaghi ; d'ailleurs vous le connaissez, il est venu plusieurs fois à la villa quand il servait auprès du général. Et l'autre est le lancier Moroni, mon ordonnance. » Le soldat souriait de son visage borné et honnête, restait au garde-à-vous tandis que l'eau dégouttait de la grosse étoffe de son manteau jusqu'au sol. Mais le jeune comte ne se tenait pas au garde-à-vous : il avait ôté son képi trempé et déformé et baisait la main de la Princesse, il souriait et éblouissait les jeunes filles avec sa petite moustache blonde et son incorrigible « r » à la française. « Quand je pense qu'on m'avait dit qu'ici chez vous il ne pleuvait jamais ! Mon Dieu, depuis deux jours nous avons été comme dans un fleuve ! » Puis il devint sérieux : « Mais enfin, Falconeri, où est mademoiselle Angelica ? Tu m'as traîné de Naples jusqu'ici pour me la montrer. Je vois beaucoup de beautés, mais pas elle. » Il s'adressa à Don Fabrizio : « Savez-vous, prince, à l'entendre c'est la reine de Saba ! Allons tout de suite révérer la *formosissima et nigerrima*. Remue-toi, mauvaise tête ! »

C'est ainsi qu'il parlait en transportant le langage des tables d'officiers dans le salon rébarbatif avec sa double rangée d'ancêtres cuirassés et enrubannés ; et tout le monde s'amusait. Mais Don Fabrizio et Tancredi en savaient plus long que lui : ils connaissaient don Calogero, ils connaissaient la « Belle Bête » qu'était sa femme, l'incroyable laisser-aller de la maison de ce richard : ce sont des choses qu'ignore la candide Lombardie.

Don Fabrizio intervint : « Comte, écoutez-moi ; vous croyiez qu'en Sicile il ne pleuvait jamais et vous pouvez constater au contraire comme il pleut à verse. Je ne voudrais pas que vous croyiez qu'il n'y a pas de pneumonies chez nous et que vous vous retrouviez au lit avec quarante degrés de fièvre. Mimì », dit-il à son valet de chambre, « fais allumer les cheminées dans la chambre de monsieur Tancredi et dans la chambre verte des hôtes. Fais préparer la petite pièce à côté pour le soldat. Et vous, comte, allez bien vous sécher et vous changer. Je vous ferai porter un punch et des biscuits ; le dîner est à huit heures, dans deux heures. » Cavriaghi était depuis trop de mois habitué au service militaire pour ne pas se plier tout de suite à cette voix autoritaire ; il salua et suivit tout penaud le valet de chambre. Moroni traîna derrière lui les cantines et les sabres dans leurs fourreaux de flanelle verte.

Pendant ce temps-là, Tancredi écrivait : « Très chère Angelica, je suis arrivé, et arrivé pour toi. Je suis amoureux comme un chat, mais aussi mouillé qu'une grenouille, sale comme un chien perdu et affamé comme un loup. Dès que je serai présentable et que je m'estimerai digne de paraître devant la belle des belles, je me précipiterai chez toi, dans deux heures. Mes respects à tes chers parents. À toi… rien, pour le moment. » Le texte fut soumis à l'approbation du Prince ; celui-ci qui avait toujours été un admirateur du style épistolaire de Tancredi l'approuva en souriant ; et le billet fut aussitôt envoyé en face.

L'ardeur de la joie de tous était telle qu'un quart d'heure suffit aux deux jeunes hommes pour se sécher, faire leur toilette, changer d'uniforme et se retrouver dans le « salon de Leopoldo » autour de la cheminée : ils buvaient du thé et du cognac et se laissaient admirer. En ce temps-là, il n'y avait rien de moins militaire que les familles aristocratiques siciliennes : on n'avait jamais vu d'officiers bourboniens dans les salons palermitains et les quelques garibaldiens qui y avaient pénétré y avaient fait plus l'effet d'épouvantails pittoresques que de véritables militaires. Les deux jeunes officiers étaient donc en vérité les premiers que les filles Salina voyaient de près ; tous les deux en « veste croisée », Tancredi avec les boutons d'argent des lanciers, Carlo avec ceux dorés des bersagliers, le haut col de velours noir bordé d'orange le premier, cramoisi l'autre ; ils allongeaient vers les braises leurs jambes vêtues de drap bleu et de drap noir. Sur les manches les « fleurs » d'argent ou d'or serpentaient en fioritures, élans et recommencements sans fin : un enchantement pour ces jeunes filles habituées aux *redingotes** sévères et aux fracs endeuillés. Le roman édifiant gisait renversé derrière un fauteuil.

Don Fabrizio ne comprenait pas bien : il se souvenait d'eux rouges comme des écrevisses et négligés. « Mais voyons, vous, les garibaldiens, vous ne portez plus la chemise rouge ? » Tous les deux se retournèrent comme s'ils avaient été mordus par une vipère. « Plus question de garibaldiens, mon oncle ! Nous l'avons été, c'est fini. Cavriaghi et moi, nous sommes des officiers de l'armée régulière de Sa Majesté le Roi de Sardaigne pendant quelques mois encore, d'Italie dans peu de temps. Quand l'armée de Garibaldi fut dissoute, on pouvait choisir : rentrer chez soi ou rester dans l'armée du Roi. Lui et moi, comme tous les gens bien, nous sommes entrés dans la "véritable" armée. On ne pouvait plus rester avec les autres, n'est-ce pas, Cavriaghi ? » « Mon Dieu, quels gens vulgaires ! des hommes de coups de main, bons pour tirailler et c'est tout ! À présent nous sommes avec des personnes comme il faut, nous sommes de vrais officiers, en somme », et il soulevait ses petites moustaches dans une grimace d'adolescent dégoûté.

« Ils nous ont enlevé un grade, tu sais, mon oncle ; tant ils estimaient peu le sérieux de notre expérience militaire ; moi, de capitaine, je suis redevenu lieutenant, tu vois ? », et il montrait les entrelacements des « fleurs », « lui, de lieutenant, il est maintenant sous-lieutenant. Mais nous sommes contents comme s'ils nous avaient promus. À présent nous sommes respectés tout à fait autrement avec nos uniformes. » « Je pense bien ! », l'interrompit Cavriaghi, « les gens n'ont plus peur que nous leur volions leurs poules, aujourd'hui. » « Tu aurais dû voir quand nous nous arrêtions aux relais pour changer de chevaux de Palerme jusqu'ici, il nous suffisait de dire : ordres urgents pour le service de Sa Majesté, et les chevaux apparaissaient comme par enchantement ; et nous de montrer les ordres qui étaient les notes d'hôtel de Naples bien enveloppées et scellées. »

Après avoir épuisé la conversation sur les changements militaires, on passa à des sujets plus agréables. Concetta et Cavriaghi étaient assis ensemble un peu à l'écart et le jeune comte lui montrait le cadeau qu'il lui avait apporté de Naples : les *Chants* d'Aleardo Aleardi qu'il avait fait magnifiquement relier. Sur le cuir bleu sombre une couronne princière était profondément gravée et, au-dessous, son chiffre : « *C.C.S.* » Encore plus bas de grands caractères vaguement gothiques disaient : « Toujours sourde ». Concetta, amusée, riait. « Mais pourquoi sourde, comte ? C.C.S. entend très bien. » Le visage du jeune comte s'empourpra d'une passion juvénile. « Sourde, oui, sourde, mademoiselle, sourde à mes soupirs, sourde à mes gémissements, et aveugle aussi, aveugle devant les supplications que mes yeux vous adressent. Si vous saviez tout ce que j'ai souffert à Palerme, quand vous êtes partis pour venir ici : pas même un salut, pas même un signe, pendant que les voitures disparaissaient dans l'allée ! Et vous voulez que je ne vous dise pas sourde ? C'est "Cruelle" que j'aurais dû faire écrire. »

Son agitation littéraire fut glacée par la réserve de la jeune fille : « Vous êtes encore fatigué du long voyage, vos nerfs sont dérangés. Calmez-vous : faites-moi plutôt entendre quelque beau poème. »

Tandis que le bersaglier lisait les vers langoureux d'une voix attristée et avec des pauses pleines d'accablement, Tancredi, devant la cheminée, sortait de sa poche un petit écrin de satin bleu pâle. « Voici la bague, mon oncle, la bague que je donne à Angelica ; ou plutôt celle que toi, tu lui offres par ma main. » Il fit jouer le ressort et un saphir très sombre apparut, taillé en octogone aplati, étroitement cerclé d'une multitude de petits brillants très purs. Un bijou un peu sombre mais hautement accordé au goût sépulcral de l'époque et qui valait clairement les trois cents onces envoyées par Don Fabrizio. En réalité il avait coûté beaucoup moins : dans ces mois de pillage et de fuite à Naples on trouvait de très beaux bijoux d'occasion ; de la différence de prix était sortie une broche, un souvenir pour la Schwarzwald. Concetta et Cavriaghi aussi furent appelés pour admirer la bague mais ils ne bougèrent pas parce que le jeune comte l'avait déjà vue et que Concetta remit ce plaisir à plus tard. Elle passa dans les mains à la ronde, fut admirée, louée ; et l'on exalta le bon goût prévisible de Tancredi. Don Fabrizio demanda : « Mais comment va-t-on faire pour la taille ? Il faudra envoyer la bague à Girgenti pour l'ajuster. » Les yeux de Tancredi brillèrent de malice : « Ce ne sera pas nécessaire, mon oncle, c'est la bonne taille ; je l'avais prise avant. » Et Don Fabrizio se tut : il avait reconnu un maître.

Après avoir fait le tour de la cheminée, l'écrin était revenu dans les mains de Tancredi, et l'on entendit alors, de derrière la porte, à voix basse : « Puis-je entrer ? » C'était Angelica. Dans la hâte et l'émotion elle n'avait rien trouvé de mieux pour s'abriter de la pluie battante que de mettre un « *scappolare* », une de ces immenses capes de paysan en drap très grossier : enveloppé dans les rigides plis bleu foncé, son corps apparaissait très élancé ; sous le capuchon mouillé ses yeux verts étaient anxieux et perdus ; ils parlaient de volupté.

À cette vue, devant ce contraste entre la beauté de la personne et l'aspect rustique du vêtement, Tancredi reçut comme un coup de cravache : il se leva, courut vers elle sans parler et l'embrassa sur la bouche. L'écrin qu'il tenait dans la main droite chatouillait la nuque penchée en arrière. Puis il pressa le ressort, prit la bague et la lui passa à l'annulaire ; l'écrin tomba par terre. « Tiens, ma belle, c'est pour toi, de ton Tancredi. » L'ironie se réveilla : « Et remercie aussi mon oncle pour ça. » Puis il l'embrassa de nouveau : l'impatience sensuelle les faisait trembler tous les deux : le salon, ceux qui étaient là leur semblaient très lointains ; et il eut, quant à lui, vraiment l'impression que dans ces baisers il reprenait possession de la Sicile, de la terre belle et perfide sur laquelle les Falconeri avaient des siècles durant agi en maîtres et qui, faite de délices charnelles et de moissons dorées, après une révolte vaine, se rendait maintenant de nouveau à lui comme aux siens depuis toujours.

En raison de l'arrivée de ces hôtes bienvenus le retour à Palerme fut renvoyé ; suivirent alors deux semaines d'enchantements. L'ouragan qui avait accompagné le voyage des deux officiers avait été le dernier d'une série, après quoi resplendit l'été de la Saint-Martin, qui est en Sicile la vraie saison de volupté : une atmosphère lumineuse et azurée, une oasis de douceur dans l'écoulement rude des saisons, qui avec sa mollesse persuade et égare les sens alors qu'avec sa tiédeur elle invite aux nudités secrètes. Dans le palais de Donnafugata il n'était pas question de parler de nudités érotiques, mais il y avait une abondance de sensualité exaltée d'autant plus âpre qu'elle était retenue. Le palais des Salina avait été quatre-vingts ans plus tôt un lieu de rendez-vous pour les plaisirs obscurs dans lesquels s'était complu le XVIIIe siècle agonisant ; mais la régence sévère de la princesse Caroline, la néo-religiosité de la Restauration, le caractère simplement charnel de l'actuel Don Fabrizio avaient été jusqu'à faire oublier ses égarements bizarres ; les diablotins poudrés avaient été mis en fuite ; ils existaient encore, certainement, mais à l'état larvaire et hivernaient sous des amas de poussière dans on ne sait quel grenier de l'édifice démesuré. L'arrivée au palais de la belle Angelica avait redonné un peu de vie à ces larves, comme on s'en souvient peut-être ; mais ce fut l'arrivée des jeunes amoureux qui éveilla vraiment les instincts tapis dans la maison ; ils se montraient maintenant partout, comme des fourmis excitées par le soleil, désintoxiqués, peut-être, mais extrêmement vivants. L'architecture ainsi que la décoration rococo avec leurs courbes imprévues évoquaient des nudités allongées et des seins dressés ; chaque porte, en s'ouvrant, bruissait comme un rideau d'alcôve.

Cavriaghi était amoureux de Concetta ; mais c'était un adolescent, non seulement dans l'aspect comme Tancredi mais aussi dans son for intérieur, son amour s'épanchait dans les rythmes faciles de Giovanni Prati et d'Aleardi, dans des rêves d'enlèvements au clair de lune dont il ne se risquait pas à contempler la suite logique et que d'ailleurs la surdité de Concetta écrasait à l'état embryonnaire. On ne sait pas si, dans la réclusion dans sa chambre verte, il ne s'abandonnait pas à une rêverie plus concrète ; il est certain qu'il ne contribuait à la mise en scène galante de cet automne qu'en ébauchant des nuages et des horizons évanescents sans inventer de masses architectoniques. Les deux autres jeunes filles, au contraire, Carolina et Caterina, jouaient très bien leurs rôles dans la symphonie de désirs qui résonnait en ce mois de Novembre à travers tout le palais, se mêlant aux murmures des fontaines, aux ruades des chevaux en chaleur dans les écuries et au creusement tenace de nids nuptiaux des vers dans les vieux meubles. Elles étaient très jeunes et avenantes et, bien que n'ayant pas d'amoureux particuliers, elles se retrouvaient plongées dans le courant des excitations qui se croisaient ; et souvent le baiser que Concetta refusait à Cavriaghi, l'étreinte d'Angelica qui n'avait pas rassasié Tancredi se reflétaient sur leurs personnes, effleuraient leurs corps intacts et faisaient naître des rêves, elles-mêmes rêvaient de mèches de cheveux moites de sueurs fallacieuses, de petits gémissements. La malheureuse mademoiselle Dombreuil, elle aussi, à force de faire office de paratonnerre, comme les psychiatres s'infectent et succombent aux frénésies de leurs malades, fut attirée dans ce tourbillonnement trouble et rieur et quand, après une journée de poursuites et de guets moralisateurs, elle s'étendait sur son lit solitaire, elle palpait ses seins flétris et murmurait des invocations sans distinction à Tancredi, à Carlo, à Fabrizio…

Le centre et le moteur de cette exaltation sensuelle était naturellement le couple Tancredi-Angelica. Les noces certaines sans être proches étendaient d'avance leur ombre rassurante sur la terre brûlée de leurs désirs réciproques ; la différence de classe sociale faisait croire à don Calogero que chez les nobles les longues entrevues à l'écart étaient habituelles, et à la princesse Maria Stella que dans la société des Sedàra la fréquence des visites et une certaine liberté de maintien qu'elle n'aurait certainement pas permise à ses filles étaient normales ; aussi les visites d'Angelica au palais se firent-elles de plus en plus fréquentes jusqu'à être presque continuelles et elle ne fut plus accompagnée que formellement par son père qui se rendait aussitôt à l'Administration pour découvrir (ou pour tramer) des machinations cachées ou par la femme de chambre qui disparaissait à l'office pour boire le café et assombrir les infortunés domestiques.

Tancredi voulait qu'Angelica connût tout le palais dans son ensemble inextricable d'anciens et de nouveaux appartements pour les hôtes, de salons de réception, cuisines, chapelles, théâtres, galeries de tableaux, remises aux odeurs de cuir, écuries, serres étouffantes, passages, recoins, petits escaliers, terrasses et portiques, et surtout la série d'appartements négligés et inhabités, abandonnés depuis des décennies et qui formaient un enchevêtrement labyrinthique et mystérieux. Tancredi ne se rendait pas compte (ou alors il s'en rendait très bien compte) qu'il entraînait la jeune fille vers le centre caché du cyclone sensuel, et Angelica, à cette époque, voulait ce que Tancredi avait décidé. Les incursions à travers l'édifice presque illimité étaient interminables ; on partait comme vers une terre inconnue, et c'en était vraiment une car dans plusieurs de ces appartements perdus même Don Fabrizio n'avait jamais mis les pieds, ce qui d'ailleurs était pour lui une raison de satisfaction non des moindres parce qu'il avait coutume de dire qu'un palais dont on connaîtrait toutes les pièces serait indigne d'être habité. Les deux amoureux s'embarquaient vers Cythère sur un vaisseau fait de chambres sombres et de chambres ensoleillées, de pièces fastueuses ou misérables, vides ou encombrées d'épaves de mobilier hétérogène. Ils partaient accompagnés par mademoiselle Dombreuil ou par Cavriaghi (le Père Pirrone avec la sagacité de son Ordre refusa toujours de le faire), par tous les deux parfois ; la décence extérieure était sauve. Mais dans le palais, il n'était pas difficile d'égarer qui voulait vous suivre : il suffisait de prendre un couloir (il y en avait de très longs, étroits et tortueux avec de petites fenêtres grillagées que l'on ne pouvait parcourir sans angoisse), tourner dans une galerie, monter un petit escalier complice, et les deux jeunes gens devenaient lointains, invisibles, seuls comme sur une île déserte. Il ne restait plus pour les regarder qu'un portrait au pastel estompé que l'inexpérience du peintre avait créé sans regard ou, sur un plafond effacé par le temps, une bergère aussitôt consentante. Cavriaghi, d'ailleurs, s'épuisait vite et dès qu'il trouvait sur son parcours une pièce connue ou un petit escalier qui descendait vers le jardin il s'éclipsait, autant pour faire plaisir à son ami que pour aller soupirer en regardant les mains glacées de Concetta. La gouvernante résistait plus longuement, mais pas éternellement ; pendant quelque temps on entendait ses appels toujours plus lointains qui restaient sans réponse : « *Tancrède, Angélica, où êtes-vous ?** » Puis tout se refermait dans le silence, à peine strié par le galop des rats au-dessus des plafonds, par le glissement d'une lettre centenaire oubliée que le vent faisait errer sur le sol : autant de prétextes pour des peurs désirées, pour une étreinte rassurante des membres. Et Éros était toujours avec eux, malicieux et tenace, le jeu dans lequel il emportait les deux fiancés était plein de hasards et d'ensorcellement. Tous deux encore très proches de l'enfance prenaient plaisir au jeu lui-même, jouissaient en se poursuivant, se perdant, se retrouvant ; mais quand ils s'étaient rejoints leurs sens aiguisés prenaient le dessus et ses cinq doigts à lui qui s'emboîtaient dans ses doigts à elle, avec le geste cher aux sensuels indécis, le léger frottement du bout des doigts sur les veines pâles du dos, troublaient tout leur être, préludaient à de plus insinuantes caresses.

Une fois elle s'était cachée derrière un énorme tableau posé par terre ; et pendant quelque temps *Arturo Corbera au siège d'Antioche* protégea son anxiété pleine d'espoir ; mais quand elle fut découverte, avec son sourire barbouillé de toiles d'araignée et ses mains voilées de poussière, elle fut enlacée et serrée, et elle resta une éternité à dire « Non, Tancredi, non », un refus qui était une invitation car de fait il ne faisait rien d'autre que de fixer ses yeux intensément verts avec l'azur des siens. Une fois, au cours d'une matinée lumineuse et froide elle tremblait dans sa robe encore estivale ; sur un divan recouvert d'une étoffe en lambeaux il la serra contre lui pour la réchauffer ; son souffle parfumé agitait ses cheveux sur son front ; ce furent des moments extatiques et pénibles, pendant lesquels le désir devenait tourment, et les freins, à leur tour, délices.

Dans les appartements abandonnés les pièces n'avaient pas de physionomie précise ni de nom ; et, tels les explorateurs du Nouveau Monde, ils baptisaient les appartements qu'ils traversaient des noms de ce qu'il leur y était arrivé : une vaste chambre à coucher, dont l'alcôve contenait le spectre d'un lit au baldaquin orné de squelettes de plumes d'autruche, fut évoquée ensuite comme la « chambre des peines ». Un petit escalier aux marches d'ardoise ébréchées et usées fut appelé par Tancredi « l'escalier de l'heureux faux pas ». Plus d'une fois, il leur arriva de ne plus savoir où ils étaient : à force de demi-tours, de retours, de poursuites, de longs arrêts pleins de murmures et de contacts ils perdaient l'orientation et devaient se pencher à une fenêtre sans vitres pour comprendre à l'aspect d'une cour, à la perspective du jardin dans quelle aile du palais ils se trouvaient. Mais parfois ils ne s'y retrouvaient quand même pas car la fenêtre, au lieu de donner sur une des grandes cours, ne laissait voir qu'une petite cour intérieure, elle aussi anonyme et jamais aperçue, que seuls signalaient la charogne d'un chat ou l'immanquable tas de pâtes à la sauce tomate dont on ne savait pas si elles avaient été vomies ou bien jetées là ; et par une autre fenêtre on apercevait les yeux d'une femme de chambre à la retraite. Un après-midi, ils trouvèrent dans une grande commode à trois pieds quatre *carillons**, ces boîtes à musique dont se délectait l'ingénuité artificieuse du XVIIIe siècle. Trois d'entre elles, ensevelies dans la poussière et les toiles d'araignée, demeurèrent muettes ; mais la quatrième, plus récente, mieux enfermée dans son écrin de bois foncé, mit en mouvement son cylindre de cuivre hérissé de pointes et les languettes en acier soulevées firent soudain entendre une petite musique frêle, toute en aigus argentins : le célèbre *Carnaval de Venise* ; et ils rythmèrent leurs baisers en les accordant avec ces sons d'une gaieté désenchantée ; puis quand leur étreinte se relâcha ils furent surpris en découvrant que les sons avaient cessé depuis longtemps et que leurs caresses n'avaient suivi d'autre trace que celle du souvenir de cette musique fantôme.

Une autre fois, la surprise eut une coloration différente. Dans une chambre des anciens appartements d'hôtes, ils découvrirent une porte cachée par une armoire ; la serrure centenaire céda vite à ces doigts qui jouissaient en s'entrelaçant et se frottant pour la forcer : derrière, un long escalier étroit se déroulait en courbes souples avec ses marches de marbre rose. En haut, une autre porte, ouverte, aux épais capitonnages défaits, et puis un petit appartement bizarre et gracieux, six petites chambres rassemblées autour d'un salon de taille moyenne, toutes, ainsi que le salon, avec des dallages en marbre très blanc, légèrement en pente vers une rigole latérale. *Sur les plafonds bas de bizarres stucs colorés que l'humidité avait heureusement rendus incompréhensibles*[1] ; sur les murs de grands miroirs hébétés, accrochés trop bas, *l'un d'eux brisé par un coup presque au centre*, chacun avec sa torchère tarabiscotée du XVIIIe siècle ; les fenêtres donnaient sur une

1. Dans la description de l'appartement des sadiques, les quatre passages ici en italique ont été ajoutés dans le manuscrit de 1957 et ne se retrouvent pas dans la version dactylographiée dictée à Francesco Orlando. Dans cette copie, le troisième passage apparaît ainsi : « Elle était très profonde mais vide, hormis un rouleau d'étoffe sale, dressé dans un coin ; ». *(Note de Gioacchino Lanza Tomasi)*

petite cour isolée, une sorte de puits aveugle et sourd qui laissait passer une lumière grise et sur lequel n'apparaissait aucune autre ouverture. Dans chaque chambre et même dans le salon, d'amples divans, de trop amples divans qui montraient sur leurs clous les traces d'une soie arrachée ; des accoudoirs tachés ; sur les cheminées, de délicates sculptures compliquées dans le marbre, des nus paroxystiques, mais torturés et mutilés par des coups de marteau rageurs. L'humidité avait taché les murs en haut et, apparemment, vers le bas, à hauteur d'homme, où elle avait pris des configurations étranges, des teintes sombres, des reliefs inaccoutumés. Tancredi, inquiet, ne voulut pas qu'Angelica touchât une armoire murale du salon ; il l'entrouvrit lui-même. Elle était très profonde *et contenait des choses bizarres : des petits rouleaux de corde de soie, très fine ; des petites boîtes en argent aux ornements impudiques portant sur leur fond extérieur de minuscules étiquettes avec des indications obscures en des écritures élégantes, comme les sigles qu'on lisait sur les bocaux des pharmacies : « Extr. Catch. » « Tirch-stram. » « Part-opp. » ; des flacons dont le contenu s'était évaporé* ; un rouleau d'étoffe sale, dressé dans un coin ; il y avait à l'intérieur une gerbe de petits fouets, de cravaches en nerf de bœuf, certains avec des manches en argent, d'autres à moitié recouverts d'une soie gracieuse et très ancienne, blanche à fines raies bleues, sur laquelle on remarquait trois rangées de taches noirâtres ; quelques petits instruments métalliques inexplicables. Tancredi eut peur, et aussi de lui-même, *il comprit qu'il avait abouti au noyau secret, au centre d'irradiation des inquiétudes charnelles du palais*. « Allons-nous-en, ma chérie, il n'y a rien d'intéressant ici. » Ils refermèrent bien la porte, redescendirent l'escalier en silence, remirent en place l'armoire ; tout le jour, ensuite, les baisers de Tancredi furent légers, comme donnés en rêve et en expiation.

Après le Guépard, à vrai dire, le fouet semblait être l'objet le plus fréquent à Donnafugata. Le lendemain de leur découverte dans le petit appartement énigmatique les deux amoureux tombèrent sur une autre cravache, d'un tout autre genre. Celle-ci, en vérité, ne se trouvait pas dans les appartements ignorés mais au contraire dans celui vénéré dit du Duc-Saint, le plus reculé du palais. Là, vers la moitié du XVIIe siècle, un Salina s'était retiré comme dans un couvent privé et avait fait pénitence et préparé son itinéraire vers le Ciel. C'étaient des pièces étroites, au plafond bas, aux humbles carreaux en argile, aux murs blanchis à la chaux, semblables à celles des paysans les plus déshérités. La dernière pièce donnait sur un petit balcon d'où l'on dominait l'étendue jaune des fiefs se chevauchant les uns les autres, tous plongés dans une lumière triste. Sur un mur un énorme Crucifix plus grand que nature : la tête du Dieu torturé touchait le plafond, les pieds ensanglantés effleuraient le sol : la plaie sur le côté semblait une bouche que la brutalité aurait empêché de prononcer les paroles du dernier salut. Près du cadavre divin pendait à un clou un fouet au manche court d'où partaient six lanières de cuir désormais durci, s'achevant par six boules de plomb grosses comme des noisettes. C'était la « discipline » du Duc-Saint. Dans cette pièce Giuseppe Corbera, duc de Salina, se fustigeait seul, face à son Dieu et à son fief, et il devait lui sembler que les gouttes de son sang finissaient par pleuvoir sur ses terres pour leur rédemption ; dans son exaltation pieuse, il devait lui sembler que seul à travers ce baptême expiatoire les terres devenaient vraiment les siennes, sang de son sang, chair de sa chair, comme on dit. En réalité les glèbes avaient fui et beaucoup de celles que l'on voyait depuis là-haut appartenaient à d'autres, à don Calogero aussi ; à don Calogero, c'est-à-dire à Angelica, donc à leur futur enfant. L'évidence du rachat à travers la beauté, parallèle à l'autre rachat à travers le sang, donna à Tancredi une sorte de vertige. Angelica agenouillée baisait les pieds transpercés du Christ. « Tu vois, tu es comme cet outil-là, tu sers aux mêmes buts. » Et il montrait la discipline ; et puisque Angelica ne comprenait pas et que levant la tête elle souriait, belle mais vide, il se pencha et la laissant à genoux il lui donna un baiser violent qui la fit gémir car il lui blessa la lèvre et lui meurtrit le palais.

Ils passaient tous les deux ainsi les journées en vagabondages rêveurs ; ils découvraient des enfers que l'amour rachetait ensuite, retrouvaient des paradis négligés que ce même amour profanait plus tard ; le danger de faire cesser le jeu pour en empocher aussitôt la mise devenait aigu et urgent pour eux ; à la fin ils ne cherchaient plus, mais s'en allaient absorbés dans les pièces les plus reculées, celles d'où aucun cri ne parviendrait à personne ; mais il n'y aurait pas de cris, rien que des invocations et des sanglots bas. Ils se tenaient plutôt là tous les deux serrés et innocents, se plaignant l'un l'autre. Les chambres des anciens appartements d'hôtes étaient les plus dangereuses pour eux : isolées, mieux entretenues, chacune avec son beau lit aux matelas roulés qu'un geste suffirait à étaler… Un jour, non pas le cerveau de Tancredi qui en cela n'avait rien à dire, mais tout son sang avait décidé d'en finir : ce matin-là Angelica, en belle coquine, lui avait dit : « Je suis ta novice », lui remettant à l'esprit avec la clarté d'une invitation la première rencontre de désirs qui avait eu lieu entre eux ; et déjà la femme se rendait, s'offrant les cheveux en désordre, déjà le mâle allait vaincre l'homme, quand le grondement du bourdon de l'église tomba à peu près à pic sur leurs corps qui gisaient, ajoutant son frémissement aux autres ; les bouches qui s'étaient pénétrées l'une l'autre durent s'écarter dans un sourire. Ils se reprirent ; et le lendemain Tancredi devait partir.

Ce furent là les plus beaux jours de la vie de Tancredi et d'Angelica, des vies qui allaient être par la suite si variées, si pleines de péchés sur l'inévitable fond de douleur. Mais ils ne le savaient pas alors et ils poursuivaient un avenir qu'ils estimaient plus concret bien qu'il se trouvât après coup uniquement fait de vent et de fumée. Quand ils furent devenus vieux et inutilement sages, leurs pensées revenaient à ces jours-là avec un regret insistant : ces jours avaient été ceux du désir toujours présent parce que toujours vaincu, des lits, nombreux, qui s'étaient offerts et qui avaient été repoussés, de l'aiguillon sensuel qui, justement en raison de son inhibition, s'était, un instant, sublimé en renoncement, c'est-à-dire en véritable amour. Ces jours furent la préparation à ce mariage qui, même érotiquement, ne fut pas une réussite ; mais une préparation qui prit la forme d'un tout indépendant, exquis et court : comme ces symphonies qui survivent aux opéras oubliés et contiennent, ébauchés et avec leur gaieté voilée de pudeur, tous les airs qui devaient être ensuite développés sans habileté dans l'opéra, sans aboutissement.

Quand Angelica et Tancredi revenaient dans le monde des vivants de leur exil dans l'univers des vices défunts, des vertus oubliées et, surtout, du désir perpétuel, ils étaient accueillis avec une ironie débonnaire. « Vous êtes vraiment des sots, mes enfants, d'aller vous couvrir ainsi de poussière. Mais vois un peu dans quel état tu es, Tancredi », disait en souriant Don Fabrizio ; et son neveu allait se faire brosser. Cavriaghi à califourchon sur une chaise fumait avec gravité un « virginie » et regardait son ami se laver le visage et le cou et s'ébrouer avec dépit en voyant que l'eau devenait noire comme du charbon. « Je ne dis pas non, Falconeri : mademoiselle Angelica est la plus belle fille que j'aie jamais vue ; mais cela ne te justifie pas : bon Dieu, il faut un peu se réfréner ! Aujourd'hui vous êtes restés seuls trois heures ; si vous êtes amoureux à tel point, mariez-vous tout de suite et ne faites pas rire les gens. Tu aurais dû voir la tête de son père aujourd'hui quand il a vu en sortant de l'Administration que vous naviguiez encore dans cet océan de chambres ! Des freins, mon ami, il faut des freins, et vous, les Siciliens, vous en avez très peu ! »

Il pontifiait, heureux d'infliger à un camarade plus âgé, au cousin de la « sourde » Concetta, sa sagesse. Mais Tancredi, tout en s'essuyant les cheveux, était furieux : être accusé de manquer de freins, lui, qui en avait suffisamment pour arrêter un train ! D'autre part, l'insolent bersaglier n'avait pas tout à fait tort ; il fallait aussi penser aux apparences ; mais il était devenu si moraliste par jalousie, car il était désormais clair que sa cour à Concetta n'aboutirait à rien. Et puis, cette Angelica : ce goût si suave de sang aujourd'hui, quand il lui avait mordu l'intérieur des lèvres ! et sa façon de se plier si doucement quand il l'embrassait ! Mais c'était vrai, tout cela n'avait pas de sens. « Nous irons demain à l'église bien escortés par le Père Pirrone et Monseigneur Trottolino. »

Pendant ce temps, Angelica était allée se changer dans la chambre des filles. « *Mais Angélica, est-ce Dieu possible de se mettre en un tel état ?** », s'indignait mademoiselle Dombreuil tandis que la belle en corset et en jupon se lavait les bras. L'eau froide calmait son excitation et elle devait convenir en elle-même que la gouvernante avait raison : valait-il vraiment la peine de se fatiguer autant, de se couvrir de poussière de la sorte, de faire sourire les gens et pour quoi, après tout ? pour se faire regarder dans les yeux, pour se laisser parcourir par ces doigts minces, juste un peu plus… Et sa lèvre qui lui faisait encore mal. « Assez maintenant. Demain nous resterons au salon avec les autres. » Mais le lendemain ces mêmes yeux, ces mêmes doigts allaient de nouveau retrouver leur sortilège et tous les deux recommenceraient ce jeu insensé de se cacher, de se montrer.

Le résultat paradoxal de ces propos, séparés mais convergents, était que le soir au dîner les deux plus amoureux étaient les plus sereins, se reposant sur les bonnes intentions illusoires du lendemain, et ils s'amusaient à ironiser sur les manifestations amoureuses des autres, qui étaient pourtant bien moindres. Concetta avait déçu Tancredi : à Naples il avait souffert d'un certain remords à son égard et pour cette raison il avait entraîné Cavriaghi dont il espérait qu'il le remplacerait auprès de sa cousine ; la compassion faisait aussi partie, chez lui, de la prévoyance. Subtilement mais gentiment rusé, il avait eu presque l'air, en arrivant, de plaindre Concetta de son propre abandon ; et il mettait en avant son ami. Rien. Concetta dévidait ses bavardages de collégienne, regardait le jeune comte sentimental avec des yeux glacés dans lesquels on pouvait même remarquer un peu de mépris. Cette fille était une sotte, on ne pouvait rien en tirer de bon. En fin de compte, que voulait-elle ? Cavriaghi était un beau garçon, une bonne pâte d'homme, il avait un bon nom, de grosses fermes en Brianza ; il était en somme ce que l'on appelle, d'un terme réfrigérant, un « beau parti ». Oui : mais Concetta le voulait, lui, n'est-ce pas ? Lui aussi l'avait voulue autrefois : elle était moins belle, bien moins riche qu'Angelica, mais elle avait en elle quelque chose que la jeune fille de Donnafugata ne posséderait jamais. Mais la vie est une chose sérieuse, que diable ! Concetta aurait dû le comprendre ; et puis, pourquoi avait-elle commencé à le traiter si mal ? Cette mauvaise scène au Couvent du Saint-Esprit, par exemple, tant d'autres ensuite. Le Guépard, certes, le Guépard ; mais des limites devraient exister aussi pour cette sale bête pleine de superbe. « Des freins, il faut des freins, ma chère cousine ! Et vous, les Siciliennes, vous en avez très peu. »

Au fond de son cœur, Angelica donnait raison à Concetta : Cavriaghi manquait vraiment trop de piquant ; après avoir été amoureuse de Tancredi, l'épouser, lui, eût été comme de boire de l'eau après avoir goûté ce marsala qui se trouvait devant elle. Concetta, d'accord, elle la comprenait à cause des précédents. Mais les deux autres sottes, Carolina et Caterina, regardaient Cavriaghi avec des yeux de merlan frit, et elles « frétillaient » et s'alanguissaient en minauderies quand il s'approchait d'elles. Et alors ! Avec le manque de scrupules qui lui venait de son père elle ne comprenait pas pour quelle raison l'une d'entre elles n'essayait pas de détourner le jeune comte de Concetta à son profit. « À cet âge, les jeunes hommes sont comme des petits chiens : il suffit de les siffler, ils viennent tout de suite. Ce sont des sottes : à force de précautions, d'interdits, d'orgueil, on sait déjà comment elles vont finir. »

Dans le salon où, après le dîner, les hommes se retiraient pour fumer, même les conversations entre Tancredi et Cavriaghi, les seuls fumeurs de la maison et donc les seuls exilés, prenaient un ton particulier. Le jeune comte finit par avouer à son ami l'échec de ses espoirs amoureux : « Elle est trop belle, trop pure pour moi ; elle ne m'aime pas ; j'ai été téméraire de l'espérer ; je partirai d'ici avec le poignard du regret enfoncé dans le cœur. Je n'ai pas osé lui faire une proposition précise. Je sens que pour elle je suis comme un ver de terre, et c'est juste qu'il en soit ainsi ; je dois trouver un ver femelle qui se contente de moi.» Et ses dix-neuf ans le faisaient rire de son malheur.

Tancredi, du haut de son bonheur assuré, essayait de le consoler: «Tu sais, je connais Concetta depuis sa naissance; c'est la plus chère créature qui existe, un miroir de toutes les vertus; mais elle est un peu renfermée, elle a trop de retenue, je crains qu'elle ne s'estime trop elle-même; et puis elle est sicilienne jusqu'à la moelle des os; elle n'est jamais sortie d'ici; qui sait si elle se serait trouvée bien à Milan, une sale ville où pour manger un plat de macaronis il faut s'y prendre une semaine à l'avance.»

La sortie de Tancredi, une des premières manifestations de l'unité nationale, parvint à faire sourire de nouveau Cavriaghi; sur lui, peines et douleurs n'arrivaient pas à s'arrêter. «Je lui en aurais procuré des caisses, moi, de vos macaronis! De toute façon ce qui est fait est fait; j'espère seulement que ton oncle et ta tante qui ont été si charmants avec moi ne me haïront pas pour être venu me fourrer chez vous sans rime ni raison.» Il fut rassuré, et sincèrement, car Cavriaghi avait plu à tout le monde, sauf à Concetta (et d'ailleurs peut-être aussi à Concetta) pour sa bruyante bonne humeur qui s'unissait en lui au sentimentalisme le plus plaintif; et l'on parla d'autre chose, c'est-à-dire qu'on parla d'Angelica.

«Tu vois, Falconeri, toi oui, tu as de la chance! Arriver à dénicher un bijou comme mademoiselle Angelica dans cette porcherie (excuse-moi, mon cher). Qu'elle est belle, bon Dieu, qu'elle est belle! Tu es un vrai fripon, toi, de l'emmener en promenade pendant des heures dans les coins les plus reculés de cette maison qui est aussi grande que notre Dôme! Et puis elle n'est pas seulement belle, elle est aussi intelligente et cultivée; et bonne encore: on la voit dans ses yeux, sa bonté, sa chère ingénuité innocente.»

Cavriaghi continuait à s'extasier sur la bonté d'Angelica, sous le regard amusé de Tancredi. « Dans tout ça, celui qui est vraiment bon c'est toi, Cavriaghi. » La phrase glissa inaperçue sur l'optimisme ambrosien. Puis : « Écoute », dit le jeune comte, « nous allons partir dans quelques jours : ne crois-tu pas qu'il serait temps que je sois présenté à la mère de la petite baronne ? »

C'était la première fois que, venant d'une voix lombarde, Tancredi entendait appeler sa belle avec un titre de noblesse. Un instant, il ne comprit pas de qui il parlait. Puis le prince, en lui, se révolta : « Tu parles d'une petite baronne, Cavriaghi ! C'est une chère et belle fille que j'aime, et c'est tout ! »

Que ce fût vraiment « tout » ce n'était pas vrai ; mais Tancredi parlait sincèrement ; avec son habitude atavique de vastes domaines, il lui semblait vraiment que Gibildolce, Settesoli et les sacs de toile étaient à lui depuis le temps de Charles d'Anjou, depuis toujours.

« Je regrette, mais je crois que tu ne pourras pas voir la mère d'Angelica ; elle part demain pour Sciacca faire sa cure d'étuves ; elle est très malade, la pauvre. »

Il écrasa dans le cendrier ce qui restait du virginie. « Allons au salon, nous avons assez joué les ours. »

Au cours d'une de ces journées Don Fabrizio avait reçu une lettre du préfet de Girgenti, rédigée en un style d'une extrême courtoisie, qui lui annonçait l'arrivée à Donnafugata du chevalier Aimone Chevalley de Monterzuolo, secrétaire de la préfecture, dans le but de l'entretenir d'un sujet auquel tenait le Gouvernement. Don Fabrizio, surpris, expédia le lendemain son fils Francesco Paolo au relais de poste pour recevoir le *missus dominicus* et l'inviter à venir loger au palais, un acte de véritable miséricorde autant que d'hospitalité consistant à ne pas abandonner le corps du noble piémontais aux mille petites bêtes féroces qui l'auraient martyrisé dans l'antre-auberge de *zzu* Menico.

La malle-poste arriva à la tombée de la nuit avec son garde armé sur le siège et son maigre chargement de visages fermés. Chevalley de Monterzuolo en descendit lui aussi, reconnaissable tout de suite à son aspect atterré et à son petit sourire circonspect ; il se trouvait depuis un mois en Sicile, dans la partie la plus obstinément indigène de l'île qui plus est, et il y avait été projeté tout droit de sa petite propriété du Monferrat. De nature timide et congénitalement bureaucratique il se sentait très mal à l'aise. Il avait eu la tête farcie de tous les récits de brigands avec lesquels les Siciliens aimaient tester la résistance nerveuse des nouveaux arrivés et depuis un mois il voyait un sicaire dans chaque huissier de son cabinet et un poignard dans chaque coupe-papier en bois sur son bureau ; en outre, la cuisine à l'huile avait mis depuis un mois ses entrailles en désordre. Maintenant il se tenait là, dans le crépuscule, avec sa petite valise de toile grise et surveillait l'aspect sans aucune coquetterie de la route au milieu de laquelle il avait été jeté ; l'inscription « Corso Vittorio Emanuele » qui ornait avec ses caractères bleus sur fond blanc la maison en ruine en face de lui ne suffisait pas à le convaincre qu'il se trouvait en un endroit qui faisait après tout partie de sa propre nation ; et il n'osait s'adresser à aucun des paysans adossés aux maisons comme des cariatides, sûr de ne pas être compris et craignant de recevoir un coup de couteau gratuit dans les boyaux qui lui étaient chers bien qu'ils fussent bouleversés.

Quand Francesco Paolo s'approcha de lui en se présentant, il écarquilla les yeux parce qu'il se croyait perdu, mais l'aspect poli et honnête du grand garçon blond le rassura beaucoup et quand il comprit ensuite qu'il était invité à loger au palais Salina, il fut surpris et soulagé ; le parcours dans l'obscurité jusqu'au palais fut égayé par de continuelles escarmouches entre les courtoisies piémontaise et sicilienne (les deux plus susceptibles d'Italie) à propos de la valise qui, bien que très légère, finit par être portée par l'un et l'autre des chevaleresques rivaux.

Au palais, les visages barbus des « gardes » qui se tenaient armés dans la première cour troublèrent à nouveau l'âme de Chevalley de Monterzuolo, tandis que l'accueil débonnaire et distant du Prince en même temps que le faste évident des appartements aperçus le précipitèrent dans des réflexions opposées. Rejeton d'une de ces familles de la petite noblesse piémontaise qui vivaient sur leur domaine dans une gêne pleine de dignité, c'était la première fois qu'il était l'hôte d'une grande maison et cela redoublait sa timidité ; tandis que les anecdotes sanglantes qu'il avait entendu raconter à Girgenti, l'aspect excessivement insolent du village dans lequel il était arrivé, et les « *sgherri* », les sbires (comme il le pensait) campés dans la cour lui inspiraient de l'effroi ; de telle sorte qu'il descendit dîner torturé par les craintes opposées de celui qui est arrivé dans un milieu au-dessus de ses habitudes et de l'innocent tombé dans un guet-apens de brigands.

Au dîner il mangea bien pour la première fois depuis qu'il avait atteint le rivage sicilien, et la grâce des jeunes filles, l'austérité du Père Pirrone et les grandes manières de Don Fabrizio finirent par le convaincre que le palais de Donnafugata n'était pas l'antre du bandit Capraro et qu'il ressortirait de là sans doute vivant ; ce qui le consola le plus ce fut la présence de Cavriaghi qui, comme il l'apprit, habitait là depuis dix jours et avait l'air de se porter très bien et d'être aussi un grand ami de ce très jeune Falconeri, une amitié, entre un Sicilien et un Lombard, qui lui parut miraculeuse. À la fin du dîner il s'approcha de Don Fabrizio et le pria de vouloir lui accorder un entretien privé car il avait l'intention de repartir le lendemain matin ; mais le Prince lui écrasa l'épaule d'une grande tape et avec son sourire le plus guépardesque : « Il n'en est pas question, mon cher chevalier », lui dit-il, « vous êtes maintenant chez moi et je vous retiendrai en otage tant que cela me plaira ; demain vous ne partirez pas et pour en être sûr je me priverai jusqu'à l'après-midi du plaisir de parler avec vous en tête à tête. » Cette phrase qui eût terrifié l'excellent chevalier trois heures plus tôt, maintenant au contraire le réjouit ; Angelica était absente ce soir-là et l'on joua donc au *whist* ; à une table avec Don Fabrizio, Tancredi et le Père Pirrone il gagna deux *rubbers*, deux robres, ce qui lui rapporta trois lires et trente-cinq centimes, après quoi il se retira dans sa chambre, apprécia la fraîcheur des draps et s'endormit du sommeil confiant du juste.

Le matin suivant Tancredi et Cavriaghi l'emmenèrent visiter le jardin, lui firent admirer la galerie de tableaux et la collection de tapisseries ; ils lui firent aussi faire un petit tour dans le village ; sous le soleil couleur de miel de Novembre celui-ci apparaissait moins sinistre que la veille au soir ; on vit même quelques sourires alentour, et Chevalley de Monterzuolo commençait à être rassuré au sujet de la Sicile rustique. Tancredi le remarqua et fut aussitôt assailli par cette singulière démangeaison propre à l'île de raconter aux étrangers des histoires horribles, malheureusement toujours authentiques. On passait devant un palais amusant dont la façade était ornée de bossages maladroits. « Voici, cher Chevalley, la maison du baron Mùtolo ; à présent elle est vide et fermée car la famille vit à Girgenti depuis que le fils du baron, il y a dix ans, a été séquestré par les brigands. » Le Piémontais commençait à frémir. « Le pauvre ! qui sait combien il a dû payer pour le délivrer ! » « Non, il n'a rien payé ; ils avaient déjà des difficultés financières, ils manquaient d'argent comptant comme tout le monde ici. Mais le garçon a quand même été rendu ; en plusieurs versements. » « Comment ça, prince, que voulez-vous dire ? » « En plusieurs versements, je dis bien, en plusieurs versements : un morceau après l'autre. D'abord est arrivé l'index de la main droite. Une semaine plus tard le pied gauche et enfin dans un beau panier, sous une couche de figues (on était au mois d'Août) la tête ; elle avait les yeux écarquillés et du sang coagulé aux coins des lèvres. Moi, je ne l'ai pas vu, j'étais un enfant alors ; mais on m'a dit que ce n'était pas un beau spectacle. Le panier avait été laissé sur cette marche-là, la deuxième devant la porte, par une vieille avec un châle noir sur la tête : personne ne l'a reconnue. » Les yeux de Chevalley se figèrent dans le dégoût ; il avait déjà entendu raconter ce fait, mais là, en voyant sous ce beau soleil la marche sur laquelle avait été déposé le don insolite c'était autre chose. Son âme de fonctionnaire le secourut : « Quelle police incapable avaient ces Bourbons ! Bientôt, quand nos carabiniers viendront ici, tout cela cessera. » « Sans doute, Chevalley, sans doute. »

L'on passa ensuite devant le Cercle des Civils qui à l'ombre des platanes de la place présentait son exposition quotidienne de chaises en fer et d'hommes en deuil. Des saluts, des sourires. « Regardez-les bien, Chevalley, imprimez bien cette scène dans votre mémoire : environ deux fois par an, l'un de ces messieurs se retrouve raide mort dans son petit fauteuil : un coup de fusil tiré dans la lumière incertaine du couchant ; et personne n'arrive jamais à savoir qui a tiré. » Chevalley éprouva le besoin de s'appuyer sur le bras de Cavriaghi pour sentir près de lui un peu de sang continental.

Peu après, en haut d'une ruelle très raide, à travers les festons multicolores des caleçons étendus pour sécher, on entrevit une petite église naïvement baroque. « C'est Sainte-Nymphe. Le curé il y a cinq ans a été tué là-dedans pendant qu'il célébrait la messe. » « Quelle horreur ! un coup de fusil dans une église ! » « Mais non, pas de coup de fusil, Chevalley ! Nous sommes trop bons catholiques pour faire de pareils affronts. Ils ont simplement mis du poison dans le vin de la Communion ; c'est plus discret, plus liturgique, j'aimerais dire. On n'a jamais su qui l'a fait. Le curé était une excellente personne et il n'avait pas d'ennemis. »

Comme un homme qui se réveillant la nuit voit un spectre assis au pied de son lit sur ses chaussettes et se sauve de la terreur en s'efforçant de croire à une farce de ses amis bons vivants, de même Chevalley préféra croire qu'on se moquait de lui : « C'est très amusant, prince, vraiment drôle ! Vous devriez écrire des romans, vous savez si bien raconter ces blagues ! » Mais sa voix tremblait ; Tancredi fut pris de compassion et bien qu'avant de rentrer leur chemin passât devant trois ou quatre endroits pour le moins aussi évocateurs, il s'abstint de jouer au chroniqueur et parla de Bellini et de Verdi, les éternelles pommades curatives des plaies nationales.

À quatre heures de l'après-midi le Prince fit dire à Chevalley qu'il l'attendait dans son bureau. C'était une petite pièce avec, aux murs, des trophées de chasses passées, des perdrix grises à pattes rouges, estimées rares, empaillées et sous verre ; un des murs était ennobli par une bibliothèque haute et étroite bourrée d'années de revues mathématiques ; au-dessus du grand fauteuil destiné aux visiteurs, une constellation de miniatures de famille : le père de Don Fabrizio, le prince Paolo, à la carnation sombre et aux lèvres sensuelles tel un Sarrasin, dans l'uniforme de Cour noir, que coupait de biais le cordon de Saint-Janvier ; la princesse Carolina, déjà veuve, ses cheveux très blonds ramassés dans une coiffure en forme de tour et ses yeux bleus sévères ; la sœur du Prince, Giulia, la princesse de Falconeri, assise sur un banc dans un jardin, avec à sa droite la tache amarante d'une petite ombrelle posée par terre ouverte et à sa gauche la tache jaune d'un Tancredi de trois ans lui apportant des fleurs des champs (cette miniature Don Fabrizio l'avait fourrée dans sa poche en cachette pendant que les huissiers inventoriaient le mobilier de la villa Falconeri). Au-dessous Paolo, son aîné, en culottes collantes de cavalier, au moment de monter sur un cheval fougueux au cou arqué et aux yeux étincelants ; divers oncles et tantes, sans identifications particulières, exhibaient de grands bijoux ou indiquaient, affligés, le buste d'un cher défunt. Et au sommet de la constellation, mais dans le rôle d'étoile polaire, se détachait une miniature plus grande : Don Fabrizio lui-même, âgé d'un peu plus de vingt ans, et sa très jeune épouse qui posait la tête sur son épaule dans un complet abandon amoureux ; elle brune ; lui tout rose dans l'uniforme bleu pâle et argent des Gardes du Corps du Roi souriait avec complaisance, le visage encadré par le duvet très blond de ses favoris.

Dès qu'il fut assis Chevalley exposa la mission dont il avait été chargé : « Après l'heureuse annexion, je veux dire après l'heureuse union de la Sicile au Royaume de Sardaigne, il est dans l'intention du gouvernement de Turin de procéder à la nomination de quelques illustres

Siciliens en tant que Sénateurs du Royaume ; les autorités provinciales ont été chargées de rédiger une liste de personnalités à proposer à l'examen du gouvernement central et éventuellement, ensuite, à la nomination royale et, comme il est évident, à Girgenti on a tout de suite pensé à votre nom, Prince : un nom illustre par son ancienneté, par le prestige personnel de celui qui le porte, par ses mérites scientifiques, par l'attitude pleine de dignité et libérale, aussi, assumée au cours des événements récents. » Ce petit discours avait été préparé depuis longtemps, il avait même fait l'objet de notes succinctes au crayon sur le calepin qui reposait maintenant dans la poche postérieure du pantalon de Chevalley. Don Fabrizio, cependant, ne donnait pas signe de vie, ses lourdes paupières laissaient à peine entrevoir son regard. Sa grande patte immobile aux poils blond pâle recouvrait entièrement une coupole de Saint-Pierre en albâtre qui se trouvait sur la table.

Habitué désormais à la sournoiserie des loquaces Siciliens quand on leur propose quelque chose, Chevalley ne se laissa pas démonter : « Avant de faire parvenir la liste à Turin mes supérieurs ont cru devoir vous informer personnellement, et vous faire demander si cette proposition reçoit votre agrément. Demander votre assentiment, que les autorités espèrent beaucoup, a été l'objet de ma mission ici, une mission qui par ailleurs m'a valu l'honneur et le plaisir de vous connaître, Vous et votre famille, ce magnifique palais et cette Donnafugata si pittoresque. »

Les flatteries glissaient loin de la personnalité du Prince comme l'eau sur des feuilles de nymphéas : c'est l'un des avantages dont jouissent les hommes qui sont en même temps orgueilleux et habitués à l'être. « Il va s'imaginer qu'il est en train de me faire un grand honneur », pensait-il, « à moi, qui suis ce que je suis, entre autres aussi Pair du Royaume de Sicile, ce qui doit correspondre à peu près à être sénateur. Il est vrai qu'il faut évaluer les dons en fonction de celui qui les offre : un paysan qui me donne son morceau de fromage de brebis me fait un cadeau plus grand que Giulio Làscari quand il m'invite à dîner. Le problème c'est que le fromage de brebis me donne la nausée ; il ne reste ainsi que la gratitude que l'on ne voit pas et mon nez froncé de dégoût que l'on voit trop bien. » Ses idées en fait de Sénat étaient d'ailleurs très vagues : malgré tous ses efforts, elles le ramenaient toujours au Sénat romain, au sénateur Papirius qui avait brisé un bâton sur la tête d'un Gaulois mal élevé, à un cheval, Incitatus, que Caligula avait fait sénateur, honneur que seul son fils Paolo n'aurait pas trouvé excessif ; il était de surcroît agacé par le retour insistant d'une phrase que le Père Pirrone disait parfois : « *Senatores boni viri, senatus autem mala bestia.* » Il y avait aussi maintenant le Sénat de l'Empire de Paris, mais ce n'était qu'une assemblée de profiteurs pourvus de grosses prébendes. Il y avait ou il y avait eu un Sénat même à Palerme mais il s'était agi seulement d'un comité d'administrateurs civils, et quels administrateurs ! Peu de chose pour un Salina. Il voulut s'en assurer : « Mais en somme, chevalier, expliquez-moi un peu ce que c'est vraiment qu'être sénateur. La presse de la monarchie passée ne laissait pas filtrer d'informations sur le système constitutionnel des autres États italiens, et un séjour d'une semaine à Turin il y a deux ans n'a pas été suffisant pour m'éclairer. Qu'est-ce que c'est ? un simple titre honorifique, une sorte de décoration ? ou faut-il remplir des fonctions législatives, délibératives ? »

Le Piémontais, le représentant du seul État libéral italien, se cabra : « Mais Prince, le Sénat est la Chambre Haute du Royaume ! En elle la fine fleur des hommes politiques de notre pays, choisis par la sagesse du Souverain, examine, discute, approuve ou repousse les lois que le gouvernement ou eux-mêmes proposent pour le progrès du pays ; il sert en même temps d'éperon et de bride, il incite à bien faire, empêche d'en faire trop. Quand vous aurez accepté d'y prendre place, vous y représenterez la Sicile à égalité avec les députés élus, vous ferez entendre la voix de cette très belle terre qui se présente maintenant face au panorama du monde moderne, avec tant de plaies à soigner, tant de justes désirs à exaucer. »

Chevalley aurait peut-être continué longtemps sur ce même ton, si Bendicò n'avait pas demandé, derrière la porte, à la « sagesse du Souverain » d'être admis ; Don Fabrizio fit le geste de se lever pour ouvrir, mais il le fit si mollement qu'il donna au Piémontais le temps de le faire entrer ; Bendicò, méticuleusement, flaira longuement le pantalon de Chevalley ; ensuite, convaincu d'avoir affaire à un brave homme, il s'allongea sous la fenêtre et s'endormit.

« Écoutez-moi, Chevalley ; s'il s'était agi d'une marque d'honneur, d'un simple titre à mettre sur une carte de visite et rien d'autre, j'aurais été heureux d'accepter ; je trouve qu'en ce moment décisif pour le futur État italien c'est un devoir pour chacun de donner son adhésion, d'éviter l'impression de dissentiment devant les États étrangers qui nous regardent avec une crainte ou un espoir qui se révéleront injustifiés mais qui pour le moment existent. »

« Mais alors, Prince, pourquoi ne pas accepter ? »

« Soyez patient, Chevalley, je vais maintenant vous l'expliquer ; nous, les Siciliens, nous avons été habitués à couper les cheveux en quatre par une très longue hégémonie de gouvernants qui n'appartenaient pas à notre religion, qui ne parlaient pas notre langue. Si l'on ne faisait pas ainsi on n'échappait pas aux percepteurs byzantins, aux émirs berbères, aux vice-rois espagnols. Désormais le pli est pris, nous sommes faits ainsi. J'ai dit "adhésion", non "participation". Au cours de ces six derniers mois, depuis que votre Garibaldi a mis le pied à Marsala, trop de choses ont été faites sans nous consulter pour que l'on puisse maintenant demander à un membre de la vieille classe dirigeante de les développer et de les mener à bonne fin ; je ne veux pas discuter maintenant si ce qui a été fait a été bon ou mauvais ; pour mon compte je crois que beaucoup de choses ont été mauvaises ; mais je veux vous dire tout de suite ce que vous comprendrez tout seul quand vous serez resté un an parmi nous. En Sicile peu importe faire bien ou mal : le péché que nous, Siciliens, nous ne pardonnons jamais est simplement celui de "faire". Nous sommes vieux, Chevalley, très vieux. Cela fait au moins vingt-cinq siècles que nous portons sur nos épaules le poids de magnifiques civilisations hétérogènes, toutes venues de l'extérieur, déjà complètes et perfectionnées, il n'y en a aucune qui ait germé chez nous, aucune à laquelle nous ayons donné le *la* ; nous sommes des Blancs autant que vous, Chevalley, et autant que la reine d'Angleterre ; et pourtant depuis deux mille cinq cents ans nous sommes une colonie. Je ne le dis pas pour me plaindre : en grande partie, c'est de notre faute ; mais nous sommes quand même fatigués et vidés. »

Chevalley était maintenant troublé. « Mais de toute façon, cela est fini ; la Sicile n'est plus désormais une terre de conquête mais une partie libre d'un État libre. »

« L'intention est bonne, Chevalley, mais elle vient trop tard ; du reste, je vous ai déjà dit qu'en très grande partie, c'est de notre faute ; vous me parliez tout à l'heure d'une jeune Sicile qui se présente face aux merveilles du monde moderne ; quant à moi, elle me semble plutôt une centenaire traînée en fauteuil roulant à l'Exposition universelle de Londres, qui ne comprend rien, qui se fiche de tout, des aciéries de Sheffield comme des filatures de Manchester, et qui n'aspire qu'à retrouver son demi-sommeil parmi ses coussins où baver et son pot de chambre sous le lit. »

Il parlait encore calmement, mais sa main se serrait autour de Saint-Pierre ; le lendemain on trouva brisée la minuscule croix qui surmontait la coupole. « Le sommeil, cher Chevalley, le sommeil est ce que veulent les Siciliens, et ils haïront toujours celui qui voudra les réveiller, fût-ce pour leur apporter les plus beaux cadeaux ; et, entre nous, je doute fortement que le nouveau royaume ait beaucoup de cadeaux pour nous dans ses bagages. Toutes les manifestations siciliennes sont des manifestations oniriques, même les plus violentes : notre sensualité est un désir d'oubli, nos coups de fusil et de couteau, un désir de mort ; désir d'immobilité voluptueuse, c'est-à-dire encore de mort, notre paresse, nos sorbets à la scorsonère ou à la cannelle ; notre aspect méditatif est celui du néant qui veut scruter les énigmes du nirvâna. De là vient le pouvoir arrogant qu'ont certaines personnes chez nous, de ceux qui sont à demi éveillés ; de là le fameux retard d'un siècle des manifestations artistiques et intellectuelles siciliennes : les nouveautés ne nous attirent que quand nous les sentons bien mortes, incapables de donner lieu à des courants vitaux ; de là, l'incroyable phénomène de la formation actuelle, qui nous est contemporaine, de mythes qui seraient vénérables s'ils étaient vraiment anciens, mais qui ne sont rien d'autre que de sinistres tentatives de replonger dans un passé qui nous attire justement parce qu'il est mort. »

Le bon Chevalley n'avait pas tout compris ; la dernière phrase surtout était obscure pour lui : il avait vu les charrettes multicolores traînées par des chevaux empanachés et mal nourris, il avait entendu parler du théâtre de marionnettes héroïques, mais il croyait lui aussi qu'il s'agissait de vieilles traditions authentiques. Il dit : « Mais ne croyez-vous pas que vous exagérez un peu, Prince ? J'ai moi-même connu à Turin des Siciliens émigrés, Crispi pour n'en nommer qu'un seul, qui m'ont paru tout autre que des endormis. »

Le Prince s'impatienta : « Nous sommes trop nombreux pour qu'il n'y ait pas des exceptions ; j'ai d'ailleurs déjà fait allusion à nos demi-éveillés. Quant à ce jeune Crispi, moi certainement pas, mais vous pourrez sans doute voir, quand il sera vieux, s'il ne retombe pas dans notre rêvasserie voluptueuse : ils le font tous. Par ailleurs, je vois que je me suis mal expliqué : j'ai dit les Siciliens, j'aurais dû ajouter la Sicile, l'atmosphère, le climat, le paysage. Ce sont ces forces-là qui, en même temps et peut-être plus encore que les dominations étrangères et que les viols incongrus, ont forgé cette âme : ce paysage qui ignore le juste milieu entre la mollesse lascive et l'âpreté damnée ; qui n'est jamais mesquin, terre à terre, détendu, humain, comme devrait l'être un pays fait pour que des êtres rationnels y demeurent ; ce pays qui à quelques milles de distance possède l'enfer autour de Randazzo et la beauté de la baie de Taormina, l'un et l'autre outre mesure, et donc dangereux ; ce climat qui nous inflige six mois de fièvre à quarante degrés ; comptez-les, Chevalley, comptez-les : Mai, Juin, Juillet, Août, Septembre, Octobre ; six fois trente jours de soleil surplombant nos têtes ; notre été long et sinistre comme un hiver russe et contre lequel on lutte avec moins de succès ; vous ne le savez pas encore, mais on peut dire que chez nous il neige du feu, comme sur les villes maudites de la Bible ; pendant chacun de ces mois, si un Sicilien travaillait sérieusement il dépenserait l'énergie qui serait suffisante pour trois personnes ; et puis l'eau, qui n'existe pas ou qu'il faut transporter de si loin que chacune de ses gouttes est payée par une goutte de sueur ; et après encore, les pluies, toujours orageuses qui rendent fous les torrents asséchés, qui noient bêtes et gens justement là où une semaine plus tôt les uns et les autres crevaient de soif. Cette violence du paysage, cette cruauté du climat, cette tension perpétuelle de chaque aspect, ces monuments, aussi, du passé, magnifiques mais incompréhensibles parce qu'ils n'ont pas été édifiés par nous et qu'ils se trouvent autour de nous comme autant de très beaux fantômes muets ; tous ces gouvernements, débarqués avec leurs armes d'on ne sait où, aussitôt servis, vite détestés et toujours incompris, qui ne se sont exprimés qu'à travers des œuvres d'art énigmatiques pour nous et avec de très concrets percepteurs d'impôts dépensés ensuite ailleurs ; toutes ces choses-là ont forgé notre caractère qui demeure donc conditionné par des fatalités extérieures autant que par une terrifiante insularité spirituelle. »

L'enfer idéologique évoqué dans ce petit bureau démonta Chevalley plus que les comptes rendus sanglants du matin. Il voulut dire quelque chose, mais Don Fabrizio était à présent trop excité pour l'écouter.

« Je ne nie pas que quelques Siciliens transportés hors de l'île ne puissent réussir à se désensorceler : mais il faut les faire partir quand ils sont encore très, très jeunes : à vingt ans c'est déjà tard ; après, la carapace est déjà faite : ils resteront convaincus que leur pays est comme tous les autres, calomnié avec scélératesse ; que la normalité civilisée est ici, la bizarrerie ailleurs. Mais excusez-moi, Chevalley, je me suis laissé entraîner et je vous ai probablement ennuyé. Vous n'êtes pas venu jusqu'ici pour entendre Ézéchiel conjurer les malheurs d'Israël. Revenons à notre véritable sujet. J'ai beaucoup de reconnaissance envers le gouvernement d'avoir pensé à moi pour le Sénat et je vous prie d'exprimer à qui de droit ma gratitude sincère ; mais je ne peux pas accepter. Je suis un représentant de la vieille classe, inévitablement compromis avec le régime des Bourbons, et lié à ce dernier par les liens de la bienséance à défaut de ceux de l'affection. J'appartiens à une génération malheureuse, à cheval entre les temps anciens et les nouveaux, et qui se trouve mal à l'aise dans les deux. De plus, comme vous-même avez pu vous en rendre compte, je suis sans illusions ; que ferait donc le Sénat de moi, d'un législateur inexpérimenté à qui manque la faculté de se leurrer lui-même, cette qualité essentielle requise pour ceux qui veulent guider les autres ? Ceux de notre génération doivent se retirer dans un coin et regarder les culbutes et les cabrioles des jeunes autour de ce fastueux catafalque. Vous avez besoin maintenant de jeunes, de jeunes vifs, l'esprit ouvert au "comment" davantage qu'au "pourquoi", habiles à masquer, je veux dire à tempérer leur intérêt particulier précis avec de vagues idéalités politiques. » Il se tut, laissa Saint-Pierre tranquille. Il continua : « Puis-je vous donner un conseil à transmettre à vos supérieurs ? »

« Cela va de soi, prince ; il sera certainement écouté avec une grande considération ; mais je veux encore espérer qu'au lieu d'un conseil vous voudrez nous donner votre consentement. »

« Il y a un nom que je voudrais vous suggérer pour le Sénat : celui de Calogero Sedàra ; il a plus de mérites que moi pour y siéger ; sa maison, m'a-t-on dit, est ancienne ou finira par l'être ; plus que ce que vous appelez le prestige, il a le pouvoir ; en absence de mérites scientifiques il en a de pratiques, exceptionnels ; son attitude pendant la crise du mois de Mai passé a été irréprochable et plus encore très utile ; je ne crois pas qu'il ait plus d'illusions que moi, mais il est assez vif pour savoir s'en créer quand cela sera nécessaire. C'est l'individu qu'il vous faut. Mais vous devez agir vite, parce que j'ai entendu dire qu'il veut poser sa candidature à la Chambre des députés. » On avait beaucoup parlé de Sedàra à la Préfecture, ses activités en tant que maire et en tant que particulier étaient connues ; Chevalley sursauta : c'était un honnête homme et son estime des chambres législatives égalait la pureté de ses intentions ; pour tout cela il crut opportun de ne pas souffler mot, et il fit bien de ne pas se compromettre car, en effet, dix ans plus tard, l'excellent don Calogero allait obtenir le laticlave. Bien qu'honnête, Chevalley n'était pourtant pas stupide ; il manquait bien sûr de cette promptitude d'esprit qui usurpe en Sicile le nom d'intelligence, mais il comprenait les choses avec une solidité lente, et puis il n'avait pas l'impénétrabilité méridionale aux soucis d'autrui. Il comprit l'amertume et le découragement de Don Fabrizio, il revit en un instant le spectacle de misère, d'abjection, de noire indifférence dont il avait été le témoin pendant un mois ; les heures précédentes, il avait envié l'opulence, la distinction des Salina, à présent il se souvenait avec tendresse de sa petite vigne, de son Monterzuolo près de Casale, laid, médiocre, mais serein et vivant ; il eut pitié du prince sans espoir autant que des enfants aux pieds nus, des femmes malades de la malaria, des victimes loin d'être innocentes dont les listes parvenaient si souvent à son bureau ; tous égaux, au fond, compagnons de malheur séquestrés dans le même puits.

Il voulut faire un dernier effort ; il se leva et l'émotion donnait du pathos à sa voix : « Prince, c'est très sérieusement que vous vous refusez de faire votre possible pour alléger, pour tenter d'apporter un remède à l'état de pauvreté matérielle, de misère morale aveugle dans lequel gît votre propre peuple ? On peut vaincre un climat, le souvenir des mauvais gouvernements s'efface, les Siciliens voudront être meilleurs ; si les hommes honnêtes se retirent, la route restera libre pour des gens sans scrupules et sans perspectives, pour les Sedàra ; et tout sera encore comme avant, pendant d'autres siècles. Écoutez votre conscience, prince, et non les vérités orgueilleuses que vous avez dites. Collaborez. »

Don Fabrizio lui souriait, le prit par la main, le fit asseoir près de lui sur le divan : « Vous êtes un gentilhomme, Chevalley, et j'estime que c'est une chance de vous avoir connu ; vous avez raison en tout ; vous vous êtes trompé seulement quand vous avez dit : "Les Siciliens voudront être meilleurs." Je vais vous raconter une anecdote personnelle. Deux ou trois jours avant l'entrée de Garibaldi à Palerme on me présenta quelques officiers de la marine anglaise, qui servaient sur les bateaux qui se trouvaient dans la rade pour se rendre compte des événements. Ils avaient appris, je ne sais comment, que je possède une maison sur le bord de mer, à la Marina, avec une terrasse sur le toit d'où l'on peut voir le cercle des montagnes autour de la ville ; ils me demandèrent de visiter la maison, de venir regarder ce panorama où l'on disait que les garibaldiens rôdaient et dont ils ne s'étaient pas fait une idée claire depuis leurs navires. Ils arrivèrent à la maison, je les accompagnai là-haut sur la terrasse ; c'étaient de grands jeunes gens ingénus malgré leurs favoris roussâtres. Ils s'extasièrent devant le panorama et l'impétuosité de la lumière ; ils avouèrent cependant qu'ils avaient été pétrifiés en observant la misère, la vétusté, la saleté des rues d'accès au palais. Je ne leur expliquai pas qu'une chose dérivait de l'autre, comme j'ai essayé de le faire avec vous. L'un d'eux, ensuite, me demanda ce que vraiment venaient faire, en Sicile, ces volontaires italiens. "*They are coming to teach us good manners*", répondis-je, "*but won't succeed, because we are gods.*" "Ils viennent nous apprendre les bonnes manières mais ils ne pourront pas le faire, parce que nous sommes des dieux." Je crois qu'ils ne comprirent pas, mais ils rirent et s'en allèrent. C'est ainsi que je vous réponds à vous aussi ; cher Chevalley : les Siciliens ne voudront jamais être meilleurs pour la simple raison qu'ils croient être parfaits : leur vanité est plus forte que leur misère ; toute intromission d'étrangers, soit par leur origine, soit aussi, s'il s'agit de Siciliens, par leur indépendance d'esprit, bouleverse leur délire de perfection accomplie, et risque de troubler leur complaisante attente du néant ; piétinés par une dizaine de peuples différents ils croient avoir un passé impérial qui leur donne droit à des funérailles somptueuses. Croyez-vous vraiment, Chevalley, être le premier à espérer canaliser la Sicile dans le flux de l'histoire universelle ? Qui sait combien d'imams musulmans, combien de chevaliers du roi Roger, combien de scribes des Souabes, combien de barons d'Anjou, combien de légistes du Roi Catholique ont conçu cette même belle folie ; et combien de vice-rois espagnols, combien de fonctionnaires réformateurs de Charles III ; qui sait aujourd'hui qui ils ont été ? La Sicile a voulu dormir, en dépit de leurs invocations ; pourquoi aurait-elle dû les écouter si elle est riche, si elle est sage, si elle est honnête, si elle est admirée et enviée de tous, si, en un mot, elle est parfaite ?

« Chez nous aussi, à présent, on dit en hommage à ce qu'ont écrit Proudhon et un petit juif allemand dont j'ai oublié le nom, que la faute du mauvais état des choses, ici et ailleurs, revient à la féodalité ; à moi donc, pour ainsi dire. Peut-être. Mais la féodalité a existé partout, les invasions étrangères aussi. Je ne crois pas que vos ancêtres, Chevalley, ou les *squires* anglais ou les seigneurs français gouvernaient mieux que les Salina. Les résultats pourtant sont différents. La raison de la différence doit se trouver dans ce sentiment de supériorité qui éclate dans tout œil sicilien, sentiment que nous-mêmes nous appelons fierté, mais qui en réalité est de l'aveuglement. Pour l'instant, pendant longtemps, il n'y a rien à faire. Je le regrette ; mais dans le domaine politique je ne peux même pas tendre le doigt. On me le mordrait. Ce sont là des discours qu'on ne peut pas tenir aux Siciliens ; et moi-même d'ailleurs, si vous, vous aviez tenu ces propos-là, je les aurais mal pris.

« Il est tard, Chevalley : nous devons aller nous habiller pour le dîner. Je dois jouer pendant quelques heures le rôle d'homme courtois. »

Le lendemain matin Chevalley repartit tôt et il fut facile pour Don Fabrizio, qui avait décidé d'aller à la chasse, de l'accompagner au relais de poste. Don Ciccio Tumeo était avec eux et portait sur ses épaules le double poids des deux fusils, le sien et celui de Don Fabrizio, et en lui-même la bile de ses vertus piétinées.

Donnafugata, entrevue dans la clarté livide de cinq heures et demie du matin, était déserte et semblait désespérée. Devant chaque habitation les déchets des repas misérables s'accumulaient contre les murs lépreux ; des chiens craintifs les remuaient avec une avidité toujours déçue. Quelques portes étaient déjà ouvertes et la puanteur des dormeurs entassés se répandait dans la rue ; à la lueur des lumignons les mères scrutaient les trachomes sur les paupières de leurs enfants ; elles étaient presque toutes en deuil et plusieurs avaient été les femmes de ces fantoches sur lesquels on bute aux détours des chemins de campagne. Les hommes, empoignant leur bêche, sortaient pour chercher quelqu'un qui, si Dieu le voulait, leur donnerait du travail ;

un silence atone ou des cris stridents et exaspérés de voix hystériques ; du côté de Santo Spirito l'aube d'étain commençait à baver sur les nuages de plomb.

Chevalley pensait : « Cet état de choses ne durera pas ; notre administration, nouvelle, agile, moderne, changera tout. » Le Prince était déprimé : « Tout cela », pensait-il, « ne devrait pas pouvoir durer ; cependant cela durera, toujours ; le toujours humain, bien entendu, un siècle, deux siècles… ; et après ce sera différent, mais pire. Nous fûmes les Guépards, les Lions ; ceux qui nous remplaceront seront les petits chacals, les hyènes ; et tous ensemble, Guépards, chacals et moutons, nous continuerons à nous considérer comme le sel de la terre. » Ils se remercièrent réciproquement, se saluèrent. Chevalley grimpa dans la voiture de poste, hissée sur quatre roues couleur de vomi. Le cheval, tout plaies et famine, commença son long voyage.

Il faisait à peine jour ; le peu de lumière qui parvenait à percer le matelas de nuages était de nouveau retenu par la saleté immémoriale des portières. Chevalley était seul ; entre les chocs et les secousses il mouilla de salive le bout de son index, nettoya une vitre, juste la largeur d'un œil. Il regarda ; devant lui, sous la lumière de cendre, le paysage cahotait, sans rachat.

CINQUIÈME PARTIE

Février 1861

Les origines du Père Pirrone étaient paysannes : il était né, en effet, à San Cono, un tout petit village qui à présent, grâce aux autobus, est presque une des cages à poules satellites de Palerme mais qui, il y a encore un siècle, appartenait, pour ainsi dire, à un système planétaire indépendant, éloigné de quatre ou cinq heures-charrette du soleil palermitain.

Le père de notre Jésuite avait été « *soprastante* », intendant de deux fiefs que l'Abbaye de Saint-Éleuthère se flattait de posséder sur le territoire de San Cono. Le métier d'intendant était alors très dangereux, pour le salut de l'âme et pour celui du corps car il obligeait à des fréquentations étranges et à la connaissance de différentes anecdotes dont l'accumulation causait une infirmité qui « tout d'un coup » (c'est le mot exact) faisait tomber l'infirme raide mort au pied de quelque muret, avec toutes ses histoires scellées dans le ventre, désormais irrécupérables par la curiosité des gens désœuvrés. Mais don Gaetano, le père du Père Pirrone, avait réussi à échapper à cette maladie professionnelle grâce à une hygiène rigoureuse basée sur la discrétion et sur un emploi judicieux de quelques remèdes préventifs ; et il était mort paisiblement de pneumonie un dimanche ensoleillé de février où résonnaient les vents qui effeuillaient les fleurs des amandiers. Il laissait une veuve et trois enfants (deux filles et le prêtre) dans des conditions économiques relativement bonnes ; en homme sagace il avait su faire des économies sur le salaire incroyablement exigu que lui payait l'Abbaye et, au moment de son trépas, il possédait quelques amandiers au fond de la vallée, quelques pieds de vigne sur les pentes et un bout de pâturage caillouteux un peu plus haut ; des biens de pauvre, c'est sûr ; mais suffisants pour conférer un certain poids dans l'économie sous-développée de San Cono ; il était aussi le propriétaire d'une petite maison rigoureusement cubique, bleue pâle à l'extérieur et blanche à l'intérieur, quatre pièces en bas et quatre en haut, juste à l'entrée du village en venant de Palerme.

Le Père Pirrone s'était éloigné de cette maison à seize ans, quand ses succès à l'école paroissiale et la bienveillance de l'Abbé mitré de Saint-Éleuthère l'avaient conduit au séminaire archiépiscopal, mais, à des années d'intervalle, il y était revenu plusieurs fois, soit pour bénir les noces de ses sœurs, soit pour donner (aux yeux du monde, bien entendu) une absolution superflue à don Gaetano mourant et il y revenait maintenant, vers la fin de ce Février 1861, pour le quinzième anniversaire de la mort de son père ; cette journée était venteuse et limpide, exactement comme l'autre aussi l'avait été.

Le voyage, cinq heures de cahots, les pieds pendant derrière la queue du cheval ; mais, une fois surmontée la sensation de nausée causée par les motifs patriotiques fraîchement peints sur les panneaux de la charrette culminant dans la représentation satanique d'un Garibaldi couleur de flamme bras dessus bras dessous avec une sainte Rosalie couleur de mer, les cinq heures avaient été agréables. La vallée qui remonte de Palerme vers

San Cono rassemble en elle les paysages fastueux de la zone côtière et inexorables de l'intérieur, elle est parcourue par de soudaines rafales de vent qui rendent son air salubre et sont célèbres pour avoir dévié la trajectoire des balles les mieux préméditées, si bien que les tireurs placés face à des problèmes ardus de balistique préféraient s'exercer ailleurs. Le charretier, par ailleurs, avait très bien connu le défunt et il s'était donc étendu sur de grands rappels de ses mérites, lesquels, bien qu'ils ne fussent pas toujours adaptés à des oreilles ecclésiastiques et filiales, avaient flatté celui qui avait coutume d'écouter.

À son arrivée il fut accueilli avec une joie pleine de larmes. Il embrassa et bénit sa mère qui montrait les cheveux blancs et l'incarnat rose des veuves prises dans les laines d'un deuil imprescriptible, il salua ses sœurs et ses neveux et, parmi ces derniers, il regarda de travers Carmelo qui avait eu le très mauvais goût d'arborer sur sa casquette, en signe de fête, une cocarde tricolore. À peine entré dans la maison il fut assailli, comme toujours, par l'impétuosité très douce des souvenirs juvéniles : rien n'avait changé, le carrelage en terre cuite rouge comme le mobilier sobre ; la même lumière entrait par les fenêtres exiguës et solides ; le chien Romeo qui lançait de courts aboiements dans un coin était l'arrière-petit-fils très ressemblant d'un autre « *cernieco* », un limier qui avait été son compagnon de jeux violents ; et de la cuisine s'exhalait l'arôme séculaire du ragoût en train de mijoter, concentré de tomate, oignons et viande de mouton, pour les « *anelletti* », les petits anneaux des jours particuliers ; chaque chose exprimait la sérénité obtenue grâce aux efforts de la *Buon'Anima*, de la Bonne Âme, du cher défunt.

Ils se rendirent vite à l'église pour écouter la messe commémorative. San Cono, ce jour-là, montrait son meilleur aspect et se dépensait dans une orgueilleuse exhibition de crottins divers : de fines petites chèvres aux mamelles noires pendillantes et beaucoup de porcelets siciliens sombres et élancés tels de minuscules poulains se poursuivaient au milieu des gens, remontant les rues très raides ; et comme le Père Pirrone était devenu une sorte de gloire locale, nombreuses étaient les femmes, les enfants et même les jeunes gens qui se pressaient autour de lui pour lui demander une bénédiction ou évoquer les temps passés.

Dans la sacristie il y eut les retrouvailles avec le curé et, après avoir écouté la Messe, on se rendit sur la pierre tombale, dans une chapelle à côté : les femmes baisèrent le marbre les larmes aux yeux, le fils pria à haute voix dans son latin mystérieux ; et lorsqu'on rentra à la maison les «*anelletti*» étaient prêts et plurent beaucoup au Père Pirrone dont la bouche n'avait pas été gâtée par les raffinements culinaires de la villa Salina.

Vers le soir, ensuite, ses amis vinrent le saluer et se réunirent dans sa chambre : une lampe de cuivre à trois branches au plafond répandait l'humble lumière de ses mèches à huile ; dans un coin le lit montrait ses matelas bariolés et l'étouffant édredon rouge et jaune ; un autre coin de la pièce était occupé par un grand sac rigide, le «*zimmile*» qui contenait le blé couleur de miel que l'on portait chaque semaine au moulin pour les besoins de la famille ; aux murs, des gravures piquetées où saint Antoine montrait le divin Enfant, sainte Lucie ses yeux arrachés et saint François-Xavier haranguait des foules d'Indiens emplumés et à demi nus ; dehors, dans le crépuscule étoilé, le vent sifflait doucement et, à sa manière, était le seul à commémorer la date. Au centre de la pièce, sous la lampe, le grand brasero s'aplatissait contre le sol, entouré d'une bande de bois luisant sur laquelle on posait les pieds ; tout autour, des chaises de corde et les hôtes. Il y avait le curé, les deux frères Schirò, propriétaires dans le village, et don Pietrino, le très vieil herboriste : ils étaient arrivés sombres et restaient sombres car, tandis que les femmes s'affairaient en bas, ils parlaient de politique et espéraient avoir des nouvelles rassurantes du Père Pirrone qui, venant de Palerme, devait savoir beaucoup de choses puisqu'il vivait parmi les « seigneurs ». Leur désir de nouvelles avait été satisfait, mais celui de réconfort fut déçu puisque leur ami jésuite, un peu par sincérité, un peu aussi par tactique, leur montrait un avenir très noir : sur Gaète flottait encore le drapeau des Bourbons, mais le blocus était de fer et les poudrières de la place forte sautaient en l'air une par une, et on ne sauvait donc plus rien hormis l'honneur, c'est-à-dire pas grand-chose ; la Russie était un pays ami mais lointain, Napoléon III perfide mais proche et le Jésuite parlait peu des insurgés de la Basilicate et de la Terre de Labour parce qu'au fond il en avait honte. Il était nécessaire, disait-il, de subir la réalité de cet État italien qui se formait, athée et rapace, de ces lois d'expropriation et de conscription qui, venant du Piémont, déborderaient jusque-là, comme le choléra. « Vous allez voir », fut sa conclusion sans originalité, « vous allez voir, ils ne nous laisseront même pas les yeux pour pleurer. »

À ces mots se mêla le chœur traditionnel des doléances paysannes. Les frères Schirò et l'herboriste sentaient déjà la morsure de la fiscalité ; pour les premiers il y avait eu des contributions extraordinaires et des centimes additionnels ; pour l'autre, une surprise bouleversante : il avait été appelé à la Mairie où on lui avait dit que, s'il ne payait pas vingt lires par an, il n'aurait plus l'autorisation de vendre ses simples. « Mais moi, le séné, la stramoine, les herbes saintes que le Seigneur a faites, je vais les ramasser avec mes mains sur les montagnes, qu'il pleuve ou qu'il fasse beau, les nuits et les jours prescrits ! je les fais sécher au soleil qui appartient à tous et je les réduis moi-même en poudre avec le mortier que j'ai hérité de mon grand-père ! Qu'avez-vous à voir là-dedans, vous de la Mairie ? pourquoi devrais-je vous payer vingt lires ? Comme ça, rien que pour vos beaux yeux ? »

Les mots sortaient estropiés de sa bouche édentée, mais ses yeux s'assombrirent d'une authentique fureur. « Ai-je tort ou raison, mon Père ? Dis-le-moi, toi ! »

Le Jésuite l'aimait bien : il se souvenait de lui, homme mûr déjà, et déjà courbé à cause de son vagabondage et de ses cueillettes continuelles quand lui-même n'était encore qu'un gamin qui lançait des pierres aux moineaux ; et il lui était reconnaissant parce qu'il savait qu'il disait toujours quand il vendait une de ses décoctions aux braves femmes que sans un certain nombre d'*Ave Maria* et de *Gloria Patri* la décoction resterait inopérante ; par ailleurs, son cerveau prudent voulait ignorer ce qu'il y avait vraiment dans les mixtures et dans quels espoirs elles étaient demandées.

« Vous avez raison, don Pietrino, cent fois raison. Et comment ! Mais s'ils ne vous prennent pas l'argent à vous et aux pauvres gens comme vous, où vont-ils le trouver pour faire la guerre contre le Pape et lui voler ce qui lui appartient ? »

La conversation se prolongeait sous la douce lumière vacillante à cause du vent qui parvenait à passer à travers les volets massifs. Le Père Pirrone errait dans les inévitables confiscations futures des biens de l'Église : adieu alors la domination modérée de l'Abbaye tout autour ; adieu les soupes distribuées durant les hivers rigoureux ; et quand le plus jeune des Schirò eut l'imprudence de dire qu'ainsi quelques paysans pauvres auraient peut-être un petit bout de terre à eux, sa voix devint sèche dans le mépris le plus résolu. « Vous verrez, don Antonino, vous verrez. Le Maire achètera tout, paiera les premiers versements, et après, ni vu ni connu. C'est ce qui s'est déjà passé au Piémont. »

Ils finirent par partir, bien plus assombris qu'ils n'étaient venus et pourvus de murmures de mécontentement pour deux mois ; il ne resta que l'herboriste : cette nuit-là il n'irait pas se coucher parce que c'était la nouvelle lune et il devait aller ramasser le romarin sur les coteaux rocheux de Pietrazzi ; il avait apporté sa lanterne et il se mettrait en route dès qu'il serait sorti.

« Mais, mon Père, toi qui vis parmi la "no*bb*lesse", que disent les "nobles" de tout ce grand feu ? Qu'en dit le prince de Salina, grand, coléreux et orgueilleux comme il est ? »

Plus d'une fois déjà le Père Pirrone s'était posé lui-même cette question et il n'avait pas été facile d'y répondre surtout parce qu'il avait négligé ou interprété comme des exagérations ce que Don Fabrizio lui avait dit un matin dans l'observatoire presque un an plus tôt. Maintenant il le savait mais ne trouvait pas la manière de le traduire de façon compréhensible pour don Pietrino qui était loin d'être un imbécile mais qui en savait plus sur les propriétés anticatarrhales, carminatives et même aphrodisiaques de ses herbes que sur de pareilles abstractions.

« Vous savez, don Pietrino, les "nobles", comme vous dites, ne sont pas faciles à comprendre. Ils vivent dans un univers particulier qui n'a pas été créé directement par Dieu mais par eux-mêmes durant des siècles d'expériences très particulières, de soucis et de joies bien à eux ; ils possèdent une mémoire collective tout à fait solide et ils se troublent donc ou se réjouissent pour des choses qui ne nous intéressent en rien ni vous ni moi mais qui sont pour eux vitales car elles sont en rapport avec leur patrimoine de souvenirs, d'espoirs, de craintes de classe. La Divine Providence a voulu que moi, je devienne une humble parcelle de l'Ordre le plus glorieux d'une Église éternelle qui a été assurée de sa victoire définitive ; vous vous trouvez, vous, à l'autre extrémité de l'échelle, et je ne dis pas la plus basse mais seulement la plus différente. Vous, quand vous découvrez une touffe vigoureuse d'origan ou un nid bien fourni de cantharides (car vous cherchez ça aussi, don Pietrino, je le sais), vous êtes en communication directe avec la nature que le Seigneur a créée avec ses possibilités indifférenciées de bien et de mal afin que l'homme puisse y exercer son libre choix ; et quand vous êtes consulté par les petites vieilles malignes ou par les jeunes filles capricieuses vous descendez dans l'abîme des siècles jusqu'aux époques obscures qui ont précédé la lumière du Golgotha. »

Le vieillard le regardait, étonné : il voulait savoir si le prince de Salina était satisfait ou non du nouvel état de choses, et l'autre lui parlait de cantharides et de lumières du Golgotha. « À force de lire il est devenu fou, le pauvre. »

« Les “nobles”, eux, ne sont pas comme ça ; ils vivent de choses déjà manipulées. Nous, les ecclésiastiques, nous servons à les rassurer sur la vie éternelle, comme vous, les herboristes, à leur procurer des émollients ou des excitants. Je ne veux pas dire par là qu'ils sont méchants : loin de là. Ils sont différents ; ils nous semblent peut-être si étranges parce qu'ils sont parvenus à une étape vers laquelle tendent tous ceux qui ne sont pas des saints, celle de l'insouciance des biens terrestres grâce à l'accoutumance. C'est pour ça peut-être qu'ils ne font pas attention à certaines choses très importantes pour nous ; celui qui vit dans la montagne ne se soucie pas des moustiques de la plaine, et celui qui habite en

Égypte néglige les parapluies. Mais le premier craint les avalanches, le second les crocodiles, autant de choses qui en revanche, nous, ne nous préoccupent pas beaucoup. Pour eux, de nouvelles craintes que nous ignorons sont survenues ensuite : j'ai vu Don Fabrizio s'assombrir, lui, un homme sérieux et sage, pour un col de chemise mal repassé ; et je sais avec certitude que le prince de Làscari n'a pas dormi toute une nuit, furieux parce qu'à un dîner de la Lieutenance on lui avait attribué une place erronée. Or, ne vous semble-t-il pas que le genre d'humanité qui s'inquiète uniquement pour son linge ou pour le protocole est un genre heureux, donc supérieur ? »

Don Pietrino n'y comprenait plus rien : les bizarreries se multipliaient, voilà que surgissaient maintenant les cols de chemise et les crocodiles. Mais un fond de bon sens paysan le soutenait encore : « Mais si c'est ainsi, mon Père, ils iront tous en enfer ! » « Et pourquoi ? Certains seront perdus, d'autres sauvés, suivant la manière dont ils auront vécu dans leur monde conditionné. En gros, Salina, par exemple, devrait se tirer d'affaire ; il joue bien son jeu, suit les règles, ne triche pas. Notre Seigneur punit celui qui contrevient volontairement aux lois divines qu'il connaît, celui qui prend volontairement le mauvais chemin ; mais celui qui suit sa voie, pourvu qu'il ne commette pas de turpitudes, est toujours en règle. Si vous, don Pietrino, vous vendiez de la ciguë au lieu de la menthe, tout en le sachant, vous seriez fichu ; mais si vous avez cru être dans le vrai, la mère Tana aura la mort très noble de Socrate et vous irez droit au ciel, tout blanc, avec un froc et des petites ailes. »

La mort de Socrate, cela avait été trop pour l'herboriste ; il avait abdiqué et dormait. Le Père Pirrone s'en aperçut et en fut content parce qu'il pourrait maintenant parler librement sans craindre d'être mal compris ; et il voulait parler, fixer dans les volutes concrètes des phrases les idées qui s'agitaient obscurément en lui.

« Et ils font même beaucoup de bien. Si vous saviez, pour donner un exemple, à combien de familles, qui sans cela se retrouveraient sur le pavé, ils accordent un abri dans leurs palais ! Et ils ne demandent rien pour cela, même pas qu'on s'abstienne des petits vols. Toutes ces choses ne sont pas faites par ostentation mais par une sorte d'obscur instinct atavique qui les pousse à ne pouvoir faire autrement. Bien que cela puisse ne pas paraître, ils sont moins égoïstes que tant d'autres : la splendeur de leurs maisons, la pompe de leurs fêtes contiennent en elles quelque chose d'impersonnel, un peu comme la magnificence des églises et de la liturgie, quelque chose qui est fait *ad maiorem gentis gloriam*, qui les rachète, et pas qu'un peu ; pour chaque verre de champagne qu'ils boivent ils en offrent cinquante aux autres, et quand ils traitent mal quelqu'un, comme cela arrive, ce n'est pas tant leur personnalité qui pèche que leur classe sociale qui s'affirme. *Fata crescunt.* Don Fabrizio a protégé et élevé son neveu Tancredi, par exemple, il a en somme sauvé un pauvre orphelin qui sans cela aurait été perdu. Vous allez me dire qu'il l'a fait parce que le jeune homme était lui aussi un noble, qu'il n'aurait pas levé le petit doigt pour un autre. C'est vrai, mais pour quelle raison aurait-il dû le faire si, sincèrement, dans toutes les fibres de son cœur, les “autres” lui semblent tous des copies mal réussies, des figurines de faïence mal abouties et déformées par les mains du modeleur et qu'il ne vaut pas la peine d'exposer à l'épreuve du feu ?

« Vous, don Pietrino, si en ce moment vous n'aviez pas été en train de dormir, vous auriez bondi pour me dire que les nobles ont tort d'avoir ce mépris pour les autres et que nous tous, qui sommes également soumis à la double servitude de l'amour et de la mort, nous sommes égaux devant le Créateur ; et je ne pourrais que vous donner raison. Mais j'ajouterais qu'il n'est pas juste d'accuser de mépris seulement les nobles, puisque ce vice est universel. Celui qui enseigne à l'Université méprise le petit instituteur des écoles paroissiales, même s'il ne le montre pas, et puisque vous dormez je peux même vous dire sans réticence que nous, les ecclésiastiques, nous nous estimons supérieurs aux laïques ; et nous, les Jésuites, supérieurs au reste du clergé, de même que vous, les herboristes, méprisez les arracheurs de dents qui à leur tour se moquent de vous ; les médecins, quant à eux, se moquent des herboristes et des arracheurs de dents et sont eux-mêmes traités d'ânes par les malades qui prétendent continuer à vivre avec le cœur ou le foie en compote. Pour les magistrats, les avocats ne sont que des casse-pieds qui cherchent à retarder le fonctionnement des lois, mais d'autre part la littérature regorge de satires contre le style pompeux, la paresse et parfois pire encore de ces mêmes juges. Il n'y a que les laboureurs qui se méprisent eux-mêmes ; quand ils auront appris à rire des autres le cycle sera clos et il faudra recommencer depuis le début.

« Avez-vous jamais pensé, don Pietrino, combien de noms de métier sont devenus des injures ? depuis ceux de *faquin*, *savetier* et *pâtissier* en italien à ceux de *reître** et de *pompier** en français ? Les gens ne pensent pas aux mérites des faquins et des pompiers ; ils ne regardent que leurs défauts accessoires et les traitent tous de malappris et de vantards ; et puisque vous ne pouvez pas m'entendre je peux vous dire que je connais très bien la signification courante du mot "jésuite".

« Ces seigneurs ont en outre la pudeur de leurs ennuis : j'en ai vu un, pauvre malheureux, qui avait décidé de se tuer le lendemain et qui semblait souriant et plein d'entrain comme un enfant à la veille de sa Première Communion ; tandis que vous, don Pietrino, je le sais, si vous êtes obligé de boire une de vos décoctions de séné vous faites résonner le village de vos lamentations. La colère et la moquerie sont aristocratiques ; l'élégie, la plainte, non. Je veux même vous donner une recette : si vous rencontrez un seigneur plaintif et gémissant, regardez bien son arbre généalogique : vous y trouverez vite une branche de bois mort.

« C'est une classe difficile à supprimer car au fond elle se renouvelle continuellement et, quand il le faut, elle sait bien mourir, c'est-à-dire qu'elle sait jeter une graine au moment de la fin. Regardez la France : ils se sont fait massacrer avec élégance et maintenant ils sont là comme avant, je dis comme avant parce que ce ne sont pas les latifundia et les droits féodaux qui font l'homme noble, mais ce sont les différences. On me dit qu'il y a en ce moment à Paris des comtes polonais que les insurrections et le despotisme ont contraint à l'exil et à la misère ; ils sont cochers de fiacre mais ils regardent leurs clients bourgeois d'un air si sévère que les pauvres montent en voiture, sans savoir pourquoi, avec l'air humble que prennent les chiens dans une église.

« Et je vous dirai encore, don Pietrino, si, comme tant de fois cela est arrivé, cette classe devait disparaître, il s'en constituerait une autre équivalente, avec les mêmes qualités et les mêmes défauts : elle ne se fonderait plus sur le sang peut-être, mais que sais-je… sur l'ancienneté de sa présence en un lieu ou sur la connaissance prétendue meilleure de quelque texte présumé sacré. »

À ce moment-là il entendit les pas de sa mère qui montait l'escalier en bois ; elle entra en riant. « Avec qui parlais-tu, mon cher fils ? Tu ne vois pas que ton ami dort ? »

Le Père Pirrone eut un peu honte ; il ne répondit pas

mais dit : « Je vais l'accompagner dehors. Le pauvre, il va devoir rester au froid toute la nuit. » Il tira la mèche de la lanterne, l'alluma à l'une des flammes du lustre en se dressant sur la pointe des pieds et en tachant sa robe d'huile ; il remit en place la mèche et ferma le petit volet. Don Pietrino planait dans ses rêves ; un filet de bave coulait de ses lèvres et allait se répandre ensuite sur son col. Il fallut du temps pour le réveiller. « Pardonne-moi, mon Père, mais tu racontais des choses si étranges et embrouillées. » Ils sourirent, descendirent, sortirent. La nuit submergeait la petite maison, le village, la vallée ; on apercevait à peine les montagnes proches et, comme toujours, maussades. Le vent s'était calmé mais il faisait très froid ; les étoiles brillaient avec fureur, produisant des milliers de degrés de chaleur mais sans parvenir à réchauffer un pauvre vieillard. « Mon pauvre don Pietrino ! Voulez-vous que j'aille vous chercher un autre manteau ? » « Merci, j'ai l'habitude. Nous nous reverrons demain et tu me diras alors comment le prince de Salina a supporté la révolution. » « Je vous le dis tout de suite, en deux mots : il dit qu'il n'y a eu aucune révolution et que tout continuera comme avant. »

« Bravo le couillon ! Et toi, tu ne crois pas que c'est une révolution si le Maire veut me faire payer pour les herbes créées par Dieu et que je ramasse moi-même ? ou toi aussi, ta tête s'est détraquée ? »

La lumière de la lanterne s'éloignait par saccades, elle finit par disparaître dans les ténèbres épaisses comme du feutre.

Le Père Pirrone pensait que le monde devait sembler un grand casse-tête à qui ne connaissait ni les mathématiques ni la théologie. « Seigneur, seule Ton Omniscience pouvait imaginer tant de complications. »

Un autre échantillon de ces complications lui tomba sur les bras le lendemain matin. Quand il descendit, prêt pour aller dire la messe à la Paroisse, il trouva sa sœur Sarina en train de couper des oignons dans la cuisine. Les larmes qu'elle avait dans les yeux lui parurent plus nombreuses que ne l'impliquait cette activité.

« Qu'y a-t-il Sarina ? Un ennui ? Ne te décourage pas : le Seigneur afflige et console. »

La voix affectueuse dissipa le peu de réserve que la pauvre femme possédait encore : elle se mit à pleurer bruyamment, le visage appuyé contre la table graisseuse. Au milieu des sanglots on entendait toujours les mêmes mots : « Angelina, Angelina... Si Vicenzino le sait, il les tue tous les deux... Angelina... Il les tuera ! »

Les mains enfoncées dans sa large ceinture noire d'où ne ressortaient que les pouces, le Père Pirrone, debout, la regardait. Ce n'était pas difficile à comprendre : Angelina était la fille à marier de Sarina, le Vicenzino dont on craignait les fureurs, le père, son beau-frère. La seule inconnue de cette équation était le nom de l'autre, de l'amant éventuel d'Angelina.

Le Jésuite avait revu cette dernière la veille, jeune fille, après l'avoir laissée encore enfant et pleurnicharde, sept ans plus tôt. Elle devait maintenant avoir dix-huit ans et était assez laide, avec la bouche saillante de beaucoup de paysannes du coin, les yeux effrayés d'un chien sans maître. Il l'avait remarquée en arrivant et il avait même fait en son for intérieur des comparaisons peu charitables entre elle, aussi malheureuse que le diminutif plébéien de son prénom, et l'autre, Angelica, aussi somptueuse que son prénom tiré de l'Arioste, qui avait récemment troublé la paix de la maison Salina.

L'ennui était donc de taille et il était tombé en plein dedans ; il se souvint de ce que disait Don Fabrizio : chaque fois qu'on rencontre un parent on rencontre une épine ; puis il se repentit de s'en être souvenu. Il ne retira que la main droite de sa ceinture, ôta son chapeau et tapa sur l'épaule de sa sœur, que les sanglots secouaient. « Allons, Sarina, ne fais pas comme ça ! Heureusement je suis là, et ça ne sert à rien de pleurer. Où est Vicenzino ? » Vicenzino était déjà sorti pour aller à Rimato voir le garde des Schirò. Tant mieux, on pourrait parler sans crainte de surprises. À travers les sanglots, les ravalements de larmes et les reniflements de nez toute l'affreuse histoire ressortit : Angelina (à vrai dire 'Ncilina) s'était laissé séduire ; le gros patatras était arrivé pendant l'été de la Saint-Martin ; elle allait retrouver son amoureux dans la grange de donna Nunziata ; elle était maintenant enceinte de trois mois ; folle de terreur elle s'était confessée à sa mère ; dans quelque temps on commencerait à voir son ventre, et Vicenzino allait faire une boucherie. « Il va me tuer moi aussi parce que je n'ai pas parlé ; lui c'est un "homme d'honneur". »

En effet, avec son front bas et ses « *cacciolani* », les touffes de cheveux qu'il laissait pousser sur ses tempes, avec le balancement de sa démarche, le gonflement perpétuel de la poche droite de son pantalon, on comprenait tout de suite que Vicenzino était un « homme d'honneur » ; un de ces imbéciles violents capables de n'importe quel massacre.

Sarina fut submergée par une nouvelle crise de larmes plus forte que la première car en elle affleurait aussi l'incroyable remords d'avoir démérité de son mari, ce miroir de chevalerie.

« Sarina, Sarina, encore ? Ne fais pas comme ça ! Le jeune homme doit l'épouser, il l'épousera. J'irai chez lui, je parlerai avec lui et avec tous les siens, tout va s'arranger. Vicenzino ne sera au courant que des fiançailles et son honneur précieux restera intact. Mais il faut que je sache qui c'est. Si tu le sais, dis-le-moi. »

Sa sœur releva la tête : on lisait maintenant dans ses yeux une nouvelle terreur, non plus celle animale des coups de couteau mais une terreur plus concentrée, plus âpre, que son frère, pour l'instant, ne put déchiffrer.

« Santino Pirrone, c'est ! Le fils de Turi ! et il l'a fait pour nous déshonorer, moi, notre mère, la Sainte Mémoire de notre père. Moi, je lui ai jamais parlé, tout le monde disait que c'était un brave garçon, et c'est au contraire un grand infâme, un digne fils de cette canaille de son père, un sans-honneur. Je m'en suis souvenue après : pendant ces journées de Novembre je le voyais toujours passer là devant avec deux de ses amis et une fleur de géranium rouge derrière l'oreille. Feu de l'enfer, feu de l'enfer ! »

Le Jésuite prit une chaise et s'assit près de la femme. C'était clair, il devrait retarder la messe. L'affaire était grave. Turi, le père de Santino, le séducteur, était un de ses oncles ; le frère, et même le frère aîné du cher défunt. Vingt ans auparavant il avait été associé avec le défunt dans le gardiennage, juste au moment de sa plus grande et méritoire activité. Par la suite, une querelle avait séparé les deux frères, une de ces querelles familiales aux racines inextricables, impossibles à guérir parce qu'aucune des deux parties ne parle clairement, ayant chacune beaucoup à cacher. Le fait est que lorsque la Sainte Mémoire devint le propriétaire des quelques amandiers, son frère Turi avait dit qu'en réalité la moitié lui appartenait parce que la moitié de l'argent, ou du travail, avait été fournie par lui ; mais l'acte d'acquisition n'était qu'au nom de Gaetano, le cher défunt. Turi se déchaîna et parcourut les rues de San Cono l'écume à la bouche : le prestige de la Sainte Mémoire fut mis en jeu, des amis s'interposèrent et le pire fut évité ; les amandiers restèrent à Gaetano, mais l'abîme entre les deux branches de la famille Pirrone ne put plus être comblé ; Turi, ensuite, n'assista même pas aux funérailles de son frère et dans la maison des sœurs on ne l'appelait que « la canaille ». Le Jésuite avait été informé de tout grâce à des lettres très embrouillées dictées au Curé et il s'était fait des idées très personnelles autour de la canaillerie, des idées qu'il n'exprimait pas par respect filial. Les amandiers, à présent, appartenaient à Sarina.

Tout était évident : l'amour, la passion n'avaient rien à voir. Ce n'était qu'une saloperie qui vengeait une autre saloperie. Mais on y pouvait porter remède : le Jésuite remercia la Providence qui l'avait mené à San Cono justement ces jours-là. « Écoute, Sarina, cet ennui, moi, je vais te l'arranger en deux heures ; mais toi, tu dois m'aider : la moitié de Chìbbaro (c'était les quelques amandiers) tu dois la donner en dot à 'Ncilina. Il n'y a pas le choix : cette sotte vous a ruinés. » Et il pensait que le Seigneur se sert parfois des petites chiennes en chaleur pour effectuer Sa justice.

Sarina s'exaspéra : « La moitié de Chìbbaro ! À cette graine de vauriens ! Jamais ! Plutôt mourir ! »

« D'accord. Alors après la Messe j'irai parler avec Vicenzino. N'aie pas peur, j'essaierai de le calmer. » Il remit son chapeau sur sa tête et ses mains dans sa ceinture. Il attendait, patient, sûr de lui.

Une édition des fureurs de Vicenzino, quoique revue et expurgée par un Père Jésuite, se présentait toujours comme quelque chose d'illisible pour la malheureuse Sarina qui pour la troisième fois recommença à pleurer, mais peu à peu les sanglots décrurent, cessèrent. La femme se leva : « Que la volonté de Dieu soit faite : arrange cette affaire, comme ça ce n'est plus une vie. Mais ce beau Chìbbaro ! Toute la sueur de notre père ! »

Les larmes allaient recommencer, mais le Père Pirrone était déjà parti.

Quand le Divin Sacrifice eut été célébré et la tasse de café offerte par le Curé acceptée, le Jésuite se dirigea tout droit vers la maison de son oncle Turi. Il n'y était jamais entré mais il savait que c'était une bicoque très pauvre, tout en haut du village, près de la forge de maître Ciccu. Il la trouva tout de suite et puisqu'il n'y avait pas de fenêtres et que la porte était ouverte pour laisser entrer un peu de soleil, il s'arrêta sur le seuil : dans l'obscurité, à l'intérieur, on voyait entassés des bâts pour les mules, des besaces et des sacs : don Turi gagnait sa vie comme muletier, aidé, à présent, par son fils.

« *Doràzio !* », cria le Père Pirrone. C'était une abréviation de la formule *Deo gratias (agamus)* qu'utilisaient les ecclésiastiques pour demander la permission d'entrer. Une voix de vieux demanda : « Qui c'est ? », et un homme se leva au fond de la pièce et s'approcha de la porte. « Je suis votre neveu, le père Saverio Pirrone. Je voudrais vous parler, si vous le permettez. »

La surprise ne fut pas grande : sa visite ou celle de quelqu'un à sa place devait être attendue depuis au moins deux mois. L'oncle Turi était un vieillard vigoureux et droit, cuit et recuit par le soleil et la grêle, et avec sur le visage les sillons sinistres que les ennuis tracent sur les personnes sans bonté.

« Entre », dit-il, sans sourire ; il lui fit de la place et même, de mauvais gré, le geste de lui baiser la main. Le Père Pirrone s'assit sur une des grandes selles de bois. Le décor était tout ce qu'il y a de plus pauvre : deux poules grattaient la terre dans un coin et tout sentait le crottin, les vêtements mouillés et la mauvaise misère.

« Mon oncle, ça fait bien des années que nous ne nous sommes pas vus, mais ce n'est pas seulement de ma faute ; je n'habite pas dans le village comme vous le savez, et vous d'ailleurs, vous ne vous montrez jamais chez ma mère, votre belle-sœur ; et cela nous désole. »

« Moi, je ne mettrai jamais les pieds dans cette maison. Mon estomac se retourne quand je passe devant. Turi Pirrone n'oublie pas les torts qu'il a subis, même vingt ans après. »

« Bien sûr, bien sûr, je comprends. Mais aujourd'hui je viens comme la colombe de l'Arche de Noé, pour vous assurer que le déluge est fini. Je suis très content de me trouver ici et j'ai été heureux, hier, quand on m'a dit à la maison que Santino, votre fils, s'était fiancé avec ma nièce Angelina ; ce sont deux braves enfants, c'est ce qu'on me dit, et leur union mettra fin au désaccord qui existait entre nos familles et qui moi, permettez-moi de vous le dire, m'a toujours contrarié. »

Le visage de Turi exprima une surprise trop évidente pour ne pas être feinte.

« Si ce n'était l'habit que vous portez, mon Père, je vous dirais que vous dites un mensonge. Qui sait quelles histoires vous ont racontées toutes ces femmes de votre maison. Santino, de sa vie, n'a jamais parlé avec Angelina ; c'est un fils trop respectueux pour aller contre les désirs de son père. »

Le Jésuite admira la sécheresse du vieillard, l'imperturbabilité de ses mensonges.

« Il faut croire, mon oncle, qu'on m'a mal informé ; figurez-vous qu'elles m'avaient aussi dit que vous vous étiez mis d'accord sur la dot et que vous viendriez tous les deux aujourd'hui à la maison pour la "reconnaissance". Que de balivernes peuvent raconter ces femmes oisives ! Et pourtant, même s'ils ne sont pas vrais, ces discours montrent le souhait de leur bon cœur. Maintenant, mon oncle, il est inutile que je reste ici : je vais tout de suite à la maison réprimander ma sœur. Et pardonnez-moi ; j'ai été très content de vous avoir trouvé en bonne santé. »

Le visage du vieux commençait à montrer un certain

intérêt avide. « Attendez, mon Père. Continuez à me faire rire avec les potins de votre famille ; et de quelle dot parlaient donc ces commères ?

« Qu'est-ce que j'en sais, moi ! Il me semble avoir entendu parler de la moitié de Chìbbaro ! 'Ncilina, disaient-elles, est la pupille de leurs yeux et aucun sacrifice ne semble exagéré pour assurer la paix dans la famille. »

Don Turi ne riait plus. Il se leva. « Santino ! », se mit-il à brailler avec la même force avec laquelle il rappelait ses mules entêtées. Et comme personne ne venait il cria encore plus fort : « Santino ! bon sang de la Madone, qu'est-ce que tu fais ? » Quand il vit le Père Pirrone tressaillir, il mit sa main sur sa bouche dans un geste inattendu de servilité.

Santino était en train de soigner les bêtes dans la petite cour contiguë. Il entra craintivement, l'étrille à la main ; c'était un beau gars de vingt-deux ans, grand et sec comme son père, les yeux encore dépourvus d'âpreté. Le jour précédent, comme tout le monde, il avait vu passer le Jésuite dans les rues du village, et il le reconnut tout de suite.

« Voici Santino. Et voilà ton cousin, le père Saverio Pirrone. Remercie le ciel que le très Révérend soit là, sinon je t'aurais coupé les oreilles. Qu'est-ce que c'est que cette histoire d'amourette sans que moi, qui suis ton père, j'en sache rien ? Les fils naissent pour les pères et non pour courir les jupons. »

Le jeune homme était honteux, sans doute non pas de sa désobéissance mais plutôt de son consentement passé, et ne savait que dire ; pour se tirer d'embarras il posa l'étrille par terre et alla baiser la main du prêtre. Celui-ci montra ses dents en un sourire et esquissa une bénédiction. « Que Dieu te bénisse, mon enfant, bien que je croie que tu ne le mérites pas. »

Le vieillard poursuivait : « Ton cousin que voici m'a tant prié et supplié que j'ai fini par donner mon consentement. Mais pourquoi tu ne m'as rien dit avant ? Maintenant va te nettoyer et nous irons tout de suite chez 'Ncilina. »

« Un moment, mon oncle, un moment. » Le Père Pirrone pensait qu'il devait encore parler avec l'« homme d'honneur » qui ne savait rien. « À la maison on voudra certainement faire quelques préparatifs ; du reste on m'avait dit qu'on vous attendait à la tombée de la nuit. Venez à cette heure-là et ce sera une fête de vous voir. » Et il repartit, après avoir été embrassé par le père et le fils.

Revenu dans la petite maison en forme de cube, le Père Pirrone trouva son beau-frère Vicenzino déjà rentré, aussi, pour rassurer sa sœur, il ne put faire qu'un clin d'œil vers elle dans le dos de ce fier mari, ce qui d'ailleurs, s'agissant de deux Siciliens, était tout à fait suffisant. Il dit ensuite à son beau-frère qu'il devait lui parler et tous les deux se dirigèrent vers une tonnelle squelettique derrière la maison : le bord inférieur ondoyant de la soutane traçait autour du Jésuite une sorte de frontière mobile, infranchissable ; les fesses grasses de l'« homme d'honneur » se dandinaient, symbole permanent de menace orgueilleuse. La conversation fut d'ailleurs tout à fait différente de ce qui était prévu. Une fois l'« homme d'honneur » assuré de l'imminence des noces de 'Ncilina, son indifférence à l'égard de la conduite de sa fille fut marmoréenne ; au contraire, dès les premières allusions sur la dot à remettre, ses yeux roulèrent, les veines de ses tempes se gonflèrent et le balancement de son allure devint frénétique : un débordement de considérations obscènes sortit de sa bouche, abjectes, et exaltées en outre par les résolutions les plus criminelles ; sa main qui n'avait pas eu un seul geste en défense de l'honneur de sa fille courut palper nerveusement la poche droite de son pantalon pour signifier que pour la défense des amandiers il était résolu à verser jusqu'à la dernière goutte du sang d'autrui.

Le Père Pirrone laissa s'épuiser ces ignominies, se contentant de rapides signes de croix quand, souvent, elles étaient à la limite du blasphème ; au geste qui annonçait des massacres, en fait, il ne fit pas attention. Au cours d'une pause : « Il est bien clair, Vicenzino », dit-il, « que moi aussi je veux contribuer à tout arranger. Le document privé qui m'assure la propriété de ce qui me revient sur l'héritage de notre cher défunt, je te le renverrai déchiré de Palerme. »

L'effet de ce baume fut immédiat. Vicenzino, absorbé dans les supputations de la valeur de l'héritage anticipé, se tut ; et dans l'air ensoleillé et froid passèrent les notes très fausses d'un air que 'Ncilina avait eu envie de chanter en balayant la chambre de son oncle.

Dans l'après-midi l'oncle Turi et Santino vinrent faire leur visite, tout à fait propres et avec des chemises très blanches. Les deux fiancés, assis sur deux chaises contiguës, éclataient de temps à autre en des rires bruyants et sans paroles, l'un penché sur le visage de l'autre. Ils étaient vraiment contents, elle de « s'établir » et d'avoir ce très beau mâle à sa disposition, lui d'avoir suivi les conseils de son père et de disposer à présent d'une servante et de la moitié des amandiers ; la fleur de géranium rouge qu'il portait de nouveau à l'oreille n'apparaissait plus à personne comme un reflet infernal.

Deux jours plus tard le Père Pirrone repartit pour Palerme. Chemin faisant il remettait en ordre ses impressions qui n'étaient pas toutes agréables : cette amourette brutale dont le fruit avait mûri durant l'été de la Saint-Martin, cette malheureuse moitié des amandiers récupérée grâce à une cour préméditée, lui montraient l'aspect rustique, misérable, d'autres événements auxquels il avait récemment assisté. Les grands seigneurs étaient réservés et incompréhensibles, les paysans explicites et clairs ; mais le Démon les roulait tous dans la farine, pareillement.

À la villa Salina il trouva le Prince d'excellente humeur. Don Fabrizio lui demanda s'il avait bien passé ces quatre jours et s'il s'était souvenu de saluer sa mère de sa part : il la connaissait, en effet, elle avait été six ans auparavant l'hôte de la villa et sa sérénité de veuve avait plu aux maîtres de maison. Le Jésuite avait complètement oublié les salutations, et se tut ; mais il dit ensuite que sa mère et sa sœur l'avaient chargé de tous leurs respects pour Son Excellence, ce qui n'était qu'une fable, par conséquent moins grosse qu'un mensonge. « Excellence », ajouta-t-il ensuite, « je souhaitais vous demander si vous pouviez donner des ordres pour qu'on me procure demain une voiture : je dois aller à l'Archevêché obtenir une dispense de mariage : une de mes nièces s'est fiancée avec un cousin. »

« Bien sûr, Père Pirrone, bien sûr, si vous voulez ; mais après-demain je dois aller à Palerme ; vous pourriez venir avec moi ; est-ce donc vraiment si pressé ? »

SIXIÈME PARTIE

Novembre 1862

La princesse Maria Stella monta dans la voiture, s'assit sur le satin bleuté des coussins, rassembla le plus possible autour d'elle les plis bruissants de sa robe. Pendant ce temps, Concetta et Carolina montaient elles aussi : elles étaient assises en face et de leurs robes roses identiques se dégageait un léger parfum de violette ; ensuite, le poids disproportionné d'un pied prenant appui sur le degré fit vaciller la *calèche** sur ses grands ressorts : Don Fabrizio montait lui aussi. La voiture fut pleine comme un œuf : les ondes des soies, des armatures de trois crinolines remontaient, se heurtaient, se confondaient presque jusqu'à la hauteur des têtes ; au-dessous, un mélange compliqué de chaussures, des escarpins de soie des jeunes filles, aux souliers *mordorés** de la Princesse, aux grandes chaussures en cuir verni du Prince ; chacun souffrait de la présence des pieds des autres et ne savait plus où se trouvaient les siens.

Les deux degrés du marchepied furent refermés, les ordres furent donnés au domestique. « Au palais Ponteleone. » Il remonta sur son siège, le palefrenier qui tenait la bride des chevaux s'écarta, le cocher fit imperceptiblement claquer sa langue et la *calèche** glissa au loin.

On se rendait au bal.

Palerme traversait en ce moment une de ses périodes intermittentes de mondanités, les bals faisaient fureur. Après l'arrivée des Piémontais, après la mauvaise affaire de l'Aspromonte, les spectres des expropriations et des violences s'étaient enfuis, les deux cents personnes qui composaient « le monde », toujours les mêmes, ne se lassaient pas de se rencontrer, pour se féliciter d'exister encore.

Les fêtes, différentes et malgré tout identiques, étaient si fréquentes que les Salina étaient venus habiter pendant trois semaines dans leur palais en ville pour ne pas avoir à faire presque tous les soirs le long trajet depuis San Lorenzo. Les robes des dames arrivaient de Naples dans leurs grandes caisses noires pareilles à des cercueils, et il y avait eu un va-et-vient hystérique de modistes, coiffeuses et bottiers ; des serviteurs exaspérés avaient apporté aux couturières des billets anxieux. Le bal chez les Ponteleone serait le plus important de cette courte saison : important pour tous par la splendeur de la famille et du palais, par le nombre des invités ; plus important encore pour les Salina qui y présenteraient à la « société » Angelica, la belle fiancée de leur neveu.

Il n'était que dix heures et demie, un peu tôt pour se présenter à un bal quand on est le prince de Salina alors qu'il est juste qu'il arrive toujours au moment où la fête a dégagé toute sa chaleur ; mais cette fois on ne pouvait pas faire autrement si l'on voulait être là quand entreraient les Sedàra qui (« ils ne le savent pas encore, les pauvres ») étaient des gens à prendre à la lettre l'indication horaire écrite sur le carton glacé de l'invitation. Leur faire envoyer un de ces billets avait coûté quelques efforts : personne ne les connaissait et la princesse Maria Stella, dix jours plus tôt, avait dû s'astreindre à rendre visite à Margherita Ponteleone ; tout s'était passé sans difficulté, bien entendu, mais cela n'en avait pas moins été une des mauvaises épines que les fiançailles de Tancredi avaient introduites dans les pattes délicates du Guépard.

Le bref parcours jusqu'au palais Ponteleone se déroulait à travers un enchevêtrement de ruelles sombres, et l'on avançait au pas : rue Salina, rue Valverde, la descente des Bambinai, si joyeuse le jour avec ses petites boutiques de figurines de cire, si lugubre la nuit. Les fers des chevaux résonnaient avec prudence entre les maisons noires qui dormaient ou faisaient semblant de dormir.

Les jeunes filles, ces êtres incompréhensibles pour qui un bal est une fête et non un devoir mondain fastidieux, bavardaient joyeusement à mi-voix ; la princesse Maria Stella tâtait son sac pour s'assurer de la présence de son petit flacon de « sels volatils », Don Fabrizio savourait à l'avance l'effet que la beauté d'Angelica ferait sur tous ces gens qui ne la connaissaient pas et celui que la chance de Tancredi ferait sur ces mêmes personnes qui ne le connaissaient que trop. Une ombre pourtant obscurcissait sa satisfaction : comment serait le frac de don Calogero ? Certainement pas comme celui qu'il avait porté à Donnafugata : il avait été confié à Tancredi qui l'avait traîné chez le meilleur tailleur et avait même assisté aux essayages ; officiellement il avait semblé content des résultats, quelques jours plus tôt, mais il avait confié : « Le frac est ce qu'il est ; le père d'Angelica manque de *chic**. » C'était indéniable. Mais Tancredi s'était porté garant d'un rasage parfait et d'escarpins convenables. C'était déjà quelque chose.

Là où la descente des Bambinai débouche sur l'abside de San Domenico, la voiture s'arrêta : on entendait un tintement grêle et au coin d'une rue apparut un prêtre portant un calice avec le Saint Sacrement ; derrière lui, un enfant de chœur soutenait au-dessus de sa tête un dais blanc brodé d'or; devant, un autre portait dans sa main gauche un gros cierge allumé, et de la droite il agitait, en s'amusant beaucoup, une clochette d'argent. Signe que l'une des maisons barricadées renfermait une agonie; c'était le Saint Viatique. Don Fabrizio descendit, s'agenouilla sur le trottoir, les dames se signèrent, le tintement se perdit dans les ruelles qui dégringolaient vers San Giacomo, la *calèche** et ses occupants chargés d'un avertissement salutaire se réacheminèrent vers le but désormais proche.

On arriva, on descendit dans le hall; la voiture repartit et disparut dans l'immensité de la cour d'où parvenaient les piétinements et les scintillements des équipages déjà arrivés.

Le grand escalier était d'un matériau modeste mais ses proportions étaient très nobles; de chaque côté des marches de toutes premières fleurs répandaient leur parfum brut; sur le palier d'où partaient deux enfilades, les livrées amarante de deux domestiques immobiles et poudrés mettaient une note de couleur vive dans le gris perle du décor. Depuis deux grandes fenêtres aux grilles dorées parvenaient des rires et des murmures enfantins: les petits-enfants des Ponteleone exclus de la fête se vengeaient en se moquant des hôtes. Les dames aplatissaient leurs plis soyeux, Don Fabrizio avec son *gibus* sous le bras les dépassait de toute la tête bien qu'il fût une marche plus bas. À la porte du premier salon on rencontra les maîtres de maison: lui, don Diego, chenu et ventru, que seuls ses yeux hargneux sauvaient d'une apparence plébéienne; elle, donna Margherita, qui entre le scintillement de son diadème et son triple collier d'émeraudes montrait son visage aquilin de vieux chanoine.

« Vous êtes venus de bonne heure ! tant mieux ! mais soyez tranquilles, *vos* invités ne sont pas encore arrivés. » Ce nouveau brin de paille agaça les griffes sensibles du Guépard. « Tancredi aussi est déjà là. »

En effet, dans l'angle opposé du salon, autour de leur neveu, noir et mince comme une couleuvre, se tenait un cercle de trois ou quatre jeunes gens ; il les faisait se tordre de rire avec quelques-unes de ses histoires certainement osées, mais il tenait ses yeux, inquiets comme toujours, fixés sur la porte d'entrée. Les danses avaient déjà commencé et à travers trois, quatre, cinq, six salons parvenaient de la salle de bal les notes du petit orchestre.

« Et nous attendons aussi le colonel Pallavicino, celui qui s'est si bien conduit dans l'Aspromonte. »

Cette phrase du prince de Ponteleone semblait simple mais elle ne l'était pas. Superficiellement c'était une constatation privée de sens politique qui ne tendait qu'à faire l'éloge du tact, de la délicatesse, de l'émotion et presque de la tendresse avec lesquels une balle avait été fichée dans le pied du Général ; ainsi que des coups de chapeau, agenouillements et baisemains qui l'avaient accompagnée, adressés au Héros blessé et gisant sous un châtaignier de la montagne calabraise et qui souriait lui aussi, d'émotion et non pas d'ironie comme cela eût été permis (Garibaldi étant, hélas ! dépourvu d'humour). Dans une couche intermédiaire de la psyché princière la phrase avait une signification technique et entendait faire l'éloge du Colonel pour avoir bien pris ses dispositions, aligné opportunément ses bataillons et avoir pu accomplir contre ce même adversaire ce en quoi, à Calatafimi, Landi avait si inexplicablement échoué. Au fond du cœur du prince, enfin, le Colonel s'était « si bien conduit » parce qu'il avait réussi à arrêter, vaincre, blesser et capturer Garibaldi, et ce faisant il avait sauvé le compromis péniblement atteint entre l'ancien et le nouvel état de choses.

Évoqué, créé presque par les paroles flatteuses et par les cogitations encore plus flatteuses, le Colonel apparut dans l'escalier. Il avançait avec un tintement de breloques, chaînettes, éperons et décorations dans son uniforme rembourré à plastron croisé, son chapeau empanaché sous le bras, son sabre recourbé appuyé sur son poignet gauche : c'était un homme du monde avec des manières pleines de rondeurs, spécialisé, comme désormais toute l'Europe le savait, en baisemains denses de signification ; chacune des dames sur les doigts desquelles se poseraient ce soir-là ses moustaches odorantes fut en mesure d'évoquer en connaissance de cause l'instant historique que les gravures populaires avaient déjà exalté.

Après avoir supporté la douche de louanges déversée sur lui par les Ponteleone, après avoir serré les deux doigts que lui tendait Don Fabrizio, Pallavicino fut submergé par la vague parfumée d'un groupe de dames ; ses traits consciemment virils émergeaient au-dessus de la blancheur des épaules et seules parvenaient des phrases détachées : « Je pleurais, comtesse, je pleurais comme un enfant », ou bien « Il était beau et serein comme un Archange ». Sa sentimentalité mâle ravissait ces dames que les coups de fusil de ses bersagliers avaient déjà rassurées.

Angelica et don Calogero tardaient et les Salina songeaient déjà à pénétrer dans les autres salons, lorsque Tancredi laissa tomber son groupe et s'élança comme une fusée vers l'entrée : ceux qu'on attendait étaient arrivés. Au-dessus du tourbillonnement bien ordonné de la crinoline rose les épaules blanches d'Angelica ployaient vers ses bras forts et doux ; sa tête se dressait petite et dédaigneuse sur la jeunesse lisse du cou orné de perles intentionnellement modestes. Quand de l'ouverture de son long gant *glacé** elle sortit sa main qui n'était pas petite mais de forme parfaite, on vit briller le saphir napolitain. Don Calogero se tenait dans son sillage, petit rat gardien d'une rose flamboyante ; il n'y avait pas d'élégance dans ses habits, mais cette fois, oui, de la bienséance ; sa seule erreur était de porter à la boutonnière la croix de la Couronne d'Italie qu'on lui avait récemment conférée ; celle-ci, d'ailleurs, disparut bien vite dans une des poches clandestines du frac de Tancredi.

Son fiancé avait déjà appris à Angelica l'impassibilité, ce fondement de la distinction (« Tu ne peux être expansive et bruyante qu'avec moi, ma chérie ; pour tous les autres tu dois être la future princesse de Falconeri, supérieure à beaucoup, égale à quiconque »), et donc quand elle salua la maîtresse de maison ce fut un mélange sans spontanéité mais très réussi de modestie virginale, de hauteur néo-aristocratique et de grâce juvénile.

Après tout, les Palermitains sont des Italiens, sensibles autant que les autres donc au charme de la beauté et au prestige de l'argent ; de plus Tancredi, notoirement sans argent, bien qu'attrayant, était jugé comme un parti qui n'était pas désirable (à tort, du reste, comme on le vit par la suite quand ce fut trop tard) ; il était donc plus apprécié des dames mariées que des jeunes filles à marier. Ces mérites et ces démérites réunis eurent pour effet que l'accueil reçu par Angelica fut d'une chaleur imprévue ; quelques jeunes hommes, à vrai dire, auraient pu regretter de ne pas avoir déterré pour eux-mêmes une si belle amphore pleine de pièces de monnaie ; mais Donnafugata était un fief de Don Fabrizio et si ce dernier avait découvert là-bas ce trésor et qu'il l'avait donné à son cher Tancredi on ne pouvait pas plus le déplorer que l'on aurait été ennuyé s'il avait découvert une mine de soufre sur une de ses terres : c'était son bien, il n'y avait rien à dire.

Même ces faibles oppositions, d'ailleurs, se dissipaient devant le rayonnement de ces yeux ; il y eut à un certain moment une véritable cohue de jeunes gens qui voulaient être présentés et demander une danse : à chacun d'eux Angelica dispensait un sourire de sa bouche de fraise, à chacun elle montrait son *carnet** où toutes les polkas, les mazurkas et les valses étaient suivies d'une signature possessive : Falconeri. De la part des demoiselles pleuvaient les propositions de se « tutoyer » et une heure après Angelica se trouvait à son aise au milieu de personnes qui n'avaient pas la moindre idée de la sauvagerie de sa mère ni de la ladrerie de son père.

Son maintien ne se démentit pas une seule minute : on ne la vit jamais errer seule la tête dans les nuages, jamais ses bras ne s'écartèrent de son buste ; jamais sa voix ne s'éleva au-dessus du « diapason » (assez haut d'ailleurs) des autres dames. Car Tancredi lui avait dit la veille : « Vois-tu, ma chérie, nous tenons (et donc toi aussi, maintenant), nous tenons à nos maisons et à notre mobilier plus qu'à n'importe quelle autre chose ; rien ne nous offense davantage que la négligence par rapport à cela ; regarde donc tout et fais l'éloge de tout ; d'ailleurs, le palais Ponteleone le mérite ; mais puisque tu n'es plus une petite provinciale qui s'étonne de toute chose, tu mettras toujours quelques réserves dans tes louanges ; admire oui, mais compare toujours avec quelque archétype que tu as vu auparavant et qui soit illustre. » Les longues visites au palais de Donnafugata avaient beaucoup appris à Angelica, et ce soir-là elle admira toutes les tapisseries mais elle dit que celles du palais Pitti avaient de plus belles bordures ; elle loua une Madone de Dolci mais rappela que celle du Grand-Duc avait une mélancolie plus expressive ; et jusqu'à la tranche de gâteau que lui apporta un jeune homme empressé dont elle dit qu'il était excellent et presque aussi bon que celui de « monsù Gaston », le cuisinier des Salina. Et puisque « monsù Gaston » était le Raphaël des cuisiniers et que les « monsù Gaston » des tapisseries étaient celles du palais Pitti, personne ne trouva rien à redire, tous furent au contraire flattés de la comparaison et elle commença à acquérir ce soir-là la renommée de femme connaissant l'art, courtoise mais inflexible, qui, abusivement, allait l'accompagner pendant toute sa longue vie.

Tandis qu'Angelica récoltait des lauriers, Maria Stella jasait sur un divan en compagnie de deux vieilles amies, et Concetta et Carolina glaçaient par leur timidité les jeunes hommes les plus courtois ; Don Fabrizio, lui, errait à travers les salons : il baisait la main des dames qu'il rencontrait, endolorissait l'épaule des hommes qu'il voulait saluer joyeusement, mais il sentait que lentement la mauvaise humeur l'envahissait. D'abord, il n'aimait pas la maison : les Ponteleone n'avaient pas renouvelé leur mobilier depuis soixante-dix ans, tout y était encore comme au temps de la reine Maria Carolina, et lui, qui croyait avoir des goûts modernes, s'indignait. « Mais, grand Dieu, avec les rentes de Diego il suffirait de peu pour se débarrasser de tous ces trumeaux, ces miroirs ternis ! Qu'il se fasse faire du beau mobilier en palissandre et *peluche**, qu'il vive dans le confort sans obliger ses invités à rôder dans ces catacombes. Je finirai par le lui dire ! » Mais il ne le dit jamais à Diego parce que ces opinions venaient seulement de sa mauvaise humeur et de sa tendance à la contradiction, elles étaient vite oubliées et lui-même ne changeait rien ni à San Lorenzo ni à Donnafugata. Mais, en attendant, elles suffirent à augmenter son malaise.

Même les femmes qui étaient au bal ne lui plaisaient pas : deux ou trois parmi les plus âgées avaient été ses maîtresses et en les voyant maintenant alourdies par les années et leurs belles-filles, il peinait à recréer pour lui-même l'image de ce qu'elles avaient été vingt ans auparavant et il s'irritait en pensant qu'il avait gâché ses meilleures années à poursuivre (et à atteindre) des femmes aussi négligées. Et même les jeunes ne lui disaient pas grand-chose, sauf deux : la très jeune duchesse de Palma dont il admirait les yeux gris et la suavité sévère du port, et aussi Tutù Làscari dont il aurait su tirer, s'il avait été plus jeune, des accords très singuliers. Mais les autres... heureusement que des ténèbres de Donnafugata avait émergé Angelica pour montrer aux Palermitaines ce qu'était une belle femme.

On ne pouvait pas lui donner tort : dans ces années-là la fréquence des mariages entre cousins, dictés par la paresse sexuelle et par des calculs terriens, la rareté de protéines dans l'alimentation aggravée par l'abondance d'amidon, le manque total d'air frais et de mouvement, avaient rempli les salons d'une foule de jeunes filles incroyablement petites, invraisemblablement olivâtres, insupportablement gazouillantes ; elles passaient leur temps coagulées entre elles, ne lançant que des appels en chœur aux jeunes hommes apeurés, destinées, semblait-il, à ne servir que de toile de fond aux trois ou quatre belles créatures qui comme la blonde Maria Palma, la très belle Eleonora Giardinelli passaient en glissant comme des cygnes sur un étang rempli de grenouilles. Plus il les voyait et plus il se sentait irrité ; son esprit habitué aux longues solitudes et aux pensées abstraites finit par lui procurer, à un moment donné, une sorte d'hallucination alors qu'il traversait une longue galerie en passant devant un *pouf** central où s'était rassemblée une colonie nombreuse de ces créatures : il lui semblait être le gardien d'un jardin zoologique en train de surveiller une centaine de jeunes guenons : il s'attendait à les voir tout d'un coup grimper aux lustres et de là, suspendues par la queue, se balancer en exhibant leur derrière et en lançant des coquilles de noisettes, des cris et des grincements de dents sur les pacifiques visiteurs.

Étrangement, ce fut une sensation religieuse qui le détourna de sa vision zoologique : en effet, de ce groupe de guenons en crinoline, s'élevait, monotone et continue, une invocation sacrée : « Marie ! Marie ! », s'exclamaient perpétuellement ces pauvres filles. « Marie ! quelle belle maison ! » « Marie ! quel bel homme le colonel Pallavicino ! » « Marie ! j'ai mal aux pieds ! » « Marie ! que j'ai faim ! quand va-t-on ouvrir le "bouffet" ? » Le nom de la Vierge, invoqué par ce chœur virginal, remplissait la galerie et changeait de nouveau les guenons en femmes, parce qu'il ne semblait pas encore que les *ouistitis** des forêts brésiliennes se soient converties au Catholicisme.

Légèrement dégoûté, le Prince passa dans le salon à côté : là, au contraire, campait la tribu variée et hostile des hommes : les jeunes dansaient et ceux qui se trouvaient là n'étaient que des hommes âgés qui étaient tous ses amis. Il s'assit un peu parmi eux : ici la Reine des Cieux n'était plus nommée en vain ; mais, en revanche, les lieux communs, les platitudes empoisonnaient l'air. Aux yeux de ces messieurs Don Fabrizio passait pour être un « extravagant » ; son intérêt pour les mathématiques était presque considéré comme une perversion coupable, et s'il n'avait pas été justement le prince de Salina et si on ne l'avait pas connu comme un excellent cavalier, un chasseur infatigable et un passable coureur de jupons, ses parallaxes et ses télescopes auraient risqué de le faire bannir ; mais déjà on parlait peu avec lui car l'azur froid de ses yeux, aperçu entre de lourdes paupières, faisait perdre le nord à ses interlocuteurs et il se retrouvait souvent isolé, non par respect, comme il le croyait, mais par crainte.

Il se leva ; la mélancolie s'était transformée en authentique humeur noire. Il avait eu tort de venir à ce bal : Stella, Angelica, ses filles s'en seraient sorties très bien toutes seules, et lui en ce moment il serait tout heureux dans le petit bureau à côté de la terrasse dans la rue Salina, en train d'écouter le clapotis de la fontaine et de chercher à attraper les comètes par la queue. « Tant pis, maintenant j'y suis ; ce serait impoli de partir. Allons regarder les danseurs. »

La salle de bal était toute d'or : lisse sur les corniches, tarabiscoté aux chambranles, damasquiné clair presque argenté sur des teintes moins claires sur les portes et sur les volets qui fermaient les fenêtres et les annulaient conférant ainsi au décor une orgueilleuse signification d'écrin qui excluait toute référence à l'extérieur indigne. Ce n'était pas la dorure voyante qu'étalent aujourd'hui les décorateurs, mais un or usé, aussi pâle que les cheveux de certaines fillettes du Nord, s'attachant à cacher sa valeur sous une pudeur désormais perdue de matière précieuse pour montrer sa beauté et faire oublier son prix ; çà et là sur les panneaux des nœuds de fleurs rococo d'une couleur si passée qu'elle ne semblait qu'une rougeur éphémère due aux reflets des lustres.

Cette tonalité solaire, la jaspure de scintillements et d'ombres firent cependant souffrir le cœur de Don Fabrizio qui se tenait noir et raide dans l'embrasure d'une porte : dans ce salon éminemment patricien des images champêtres lui venaient à l'esprit : le timbre chromatique était celui des emblavures à perte de vue autour de Donnafugata, extatiques, implorant la clémence sous la tyrannie du soleil : dans ce salon, comme dans les fiefs à la mi-Août, la récolte s'était achevée depuis longtemps, avait été emmagasinée ailleurs et, comme là, il n'en restait que le souvenir dans la couleur des chaumes ; brûlés d'ailleurs et inutiles. La valse dont les notes traversaient l'air chaud ne lui semblait qu'une stylisation du passage incessant des vents qui font des arpèges de leur deuil sur les surfaces assoiffées, hier, aujourd'hui, demain, toujours, toujours, toujours. La foule des danseurs parmi lesquels il comptait tant de ses proches par la chair sinon par le cœur finit par lui sembler irréelle, composée de cette matière dont sont tissés les souvenirs périssables, encore plus éphémère que celle qui nous trouble dans les rêves. Au plafond les Dieux, penchés sur leurs sièges dorés, regardaient en bas, souriants et inexorables comme le ciel d'été. Ils se croyaient éternels : une bombe fabriquée à Pittsburgh, Penn., leur prouverait le contraire en 1943.

« C'est beau, Prince, c'est beau ! Des choses comme ça on n'en fait plus désormais, au prix actuel de l'or pur ! » Sedàra s'était placé près de lui, ses petits yeux vifs parcouraient le décor, insensibles à la grâce, attentif à la valeur monétaire.

Don Fabrizio sentit soudainement qu'il le haïssait ; c'était à son affirmation personnelle, à celle de cent autres qui lui ressemblaient, à leurs obscures intrigues, à leur avarice et à leur avidité tenaces que l'on devait le sentiment de mort qui assombrissait maintenant ces palais ; c'est à lui, à ses compères, à leurs rancœurs, à leur sentiment d'infériorité, à leur échec à s'épanouir que l'on devait le fait que lui aussi maintenant, Don Fabrizio, voyait dans les habits noirs des danseurs des corneilles qui planaient, à la recherche de proies corrompues, au-dessus des vallons perdus. Il eut envie de lui répondre méchamment, de l'inviter à s'en aller hors de sa vue. Mais ce n'était pas possible: c'était un hôte, le père de la chère Angelica. C'était peut-être un malheureux comme les autres.

« C'est beau, don Calogero, c'est beau. Mais ce qui dépasse tout ce sont nos deux enfants. » Angelica et Tancredi passaient en ce moment devant eux, la main droite gantée du jeune homme posée à la hauteur de la taille d'Angelica, les bras tendus et entrelacés, les yeux de chacun fixés dans ceux de l'autre. Le noir du frac, le rose de la robe, mêlés, formaient un étrange bijou. Ils offraient le plus pathétique des spectacles, celui de deux très jeunes amoureux qui dansent ensemble, aveugles à leurs défauts respectifs, sourds aux avertissements du destin, dans l'illusion que tout le chemin de la vie sera aussi lisse que les dalles du salon, acteurs inconscients qu'un metteur en scène fait jouer dans les rôles de Roméo et Juliette en cachant la crypte et le poison, déjà prévus dans l'œuvre. Ni l'un ni l'autre n'était bon, chacun était plein de calculs, gros de visées secrètes ; mais ils étaient tous les deux aimables et émouvants tandis que leurs ambitions, peu limpides mais ingénues, étaient effacées par les mots de joyeuse tendresse qu'il lui murmurait à l'oreille, par le parfum de ses cheveux à elle, par l'étreinte réciproque de leurs corps destinés à mourir.

Les deux jeunes gens s'éloignaient, d'autres couples passaient, moins beaux, tout aussi émouvants, chacun plongé dans sa cécité passagère. Don Fabrizio sentit son cœur perdre sa dureté: son dégoût faisait place à la compassion pour ces êtres éphémères qui cherchaient à jouir du mince rayon de lumière qui leur avait été accordé entre les deux ténèbres, avant le berceau, après les dernières saccades. Comment était-il possible de s'acharner contre qui, c'est certain, devra mourir ? C'eût été aussi vil que les poissonnières qui soixante ans plus tôt outrageaient les condamnés sur la place du Marché. Même les petites guenons sur les *poufs** et ses vieux amis benêts étaient pitoyables, impossibles à sauver et aimés comme le bétail meuglant dans la nuit, conduit à l'abattoir à travers les rues de la ville ; à l'oreille de chacun arriverait un jour le tintement qu'il avait entendu trois heures plus tôt derrière San Domenico. Il n'était permis de haïr rien d'autre que l'éternité.

Et puis tous ces gens qui remplissaient les salons, toutes ces femmes assez laides, tous ces hommes sots, ces deux sexes vaniteux étaient le sang de son sang, ils étaient lui-même ; il ne s'entendait qu'avec eux, avec eux seulement il se sentait à son aise. « Je suis peut-être plus intelligent, je suis certainement plus cultivé qu'eux, mais je suis de la même espèce, je dois me solidariser avec eux. »

Il s'aperçut que don Calogero parlait avec Giovanni Finale d'une hausse possible du prix du fromage « *caciocavallo* » et que, dans l'espérance de cette bienheureuse éventualité, ses yeux s'étaient liquéfiés et s'étaient remplis de mansuétude. Il pouvait s'esquiver sans remords.

Jusqu'à présent, l'irritation accumulée lui avait donné de l'énergie ; maintenant, avec la détente survint la fatigue : il était déjà deux heures. Il chercha un endroit où pouvoir être assis tranquille, loin des hommes, aimés et frères, d'accord, mais toujours ennuyeux. Il le trouva vite : la bibliothèque, petite, silencieuse, éclairée et vide. Il s'assit puis se releva pour boire de l'eau qui se trouvait sur une petite table. « Il n'y a que l'eau qui soit vraiment bonne », pensa-t-il en authentique Sicilien ; et il n'essuya pas les gouttelettes qui restaient sur ses lèvres. Il s'assit de nouveau. La bibliothèque lui plaisait, il s'y sentit vite à l'aise ; elle ne s'opposait pas à sa prise de possession parce qu'elle était impersonnelle comme le sont les pièces peu habitées : Ponteleone n'était pas du genre à perdre son temps là-dedans. Il se mit à regarder un tableau qui se trouvait en face de lui : c'était une bonne copie de *La Mort du Juste* de Greuze. Le vieillard était dans son lit en train d'expirer, dans du linge bouffant et très propre, entouré de petits-fils affligés et de petites-filles qui levaient les bras vers le plafond. Les jeunes filles étaient jolies, provocantes, le désordre de leurs vêtements suggérait plutôt le libertinage que la douleur ; on comprenait tout de suite qu'elles étaient le véritable sujet du tableau. Néanmoins, un instant, Don Fabrizio fut surpris de ce que Diego souhaitât avoir toujours devant ses yeux cette scène mélancolique ; puis il se rassura en pensant qu'il devait entrer plus ou moins une fois par an dans cette pièce.

Tout de suite après il se demanda si sa propre mort ressemblerait à celle-là : probablement que oui, sauf que le linge serait moins impeccable (il le savait bien, les draps des agonisants sont toujours sales : la bave, les déjections, les taches de médicaments...) et qu'il était souhaitable que Concetta, Carolina et les autres soient habillées plus décemment. Mais, dans l'ensemble, la même chose. Comme toujours, les considérations sur sa propre mort le rassérénaient autant que celles sur la mort des autres l'avaient troublé ; peut-être parce que, en fin de compte, sa mort était en premier lieu celle du monde entier ?

Il se mit alors à penser qu'il fallait faire des réparations au tombeau de la famille, aux Capucins. Dommage qu'il ne fût plus permis d'accrocher là les cadavres par le cou dans la crypte et de les voir ensuite se momifier lentement : il aurait fait, lui, un effet magnifique sur ce mur, grand et long comme il était, épouvantant les jeunes filles avec le sourire immobile du visage parcheminé, avec son très grand pantalon de *piqué** blanc. Mais non, on le revêtirait de son costume de gala, sans doute le même frac qu'il avait sur lui.

La porte s'ouvrit. « Mon oncle, tu es en grande beauté ce soir. L'habit te va à la perfection. Mais qu'est-ce que tu regardes ? Tu courtises la mort ? »

Tancredi avait Angelica à son bras : tous les deux, épuisés, étaient encore sous l'influence sensuelle de la danse. Angelica s'assit, demanda à Tancredi un mouchoir pour se sécher les tempes ; ce fut Don Fabrizio qui lui donna le sien. Les deux jeunes gens regardaient le tableau avec une insouciance absolue. Pour chacun d'eux la connaissance de la mort était purement intellectuelle, c'était pour ainsi dire une donnée de la culture et rien d'autre, et non une expérience qui vous transperce jusqu'à la moelle des os. La mort, oui, existait, sans doute, mais c'était une affaire réservée aux autres ; Don Fabrizio pensait que c'est en raison de l'ignorance intime de cette consolation suprême que les jeunes ressentent les douleurs plus cruellement que les vieux : pour ces derniers, la sortie de secours est plus proche.

« Prince », disait Angelica, « nous avons su que vous étiez ici ; nous sommes venus pour nous reposer mais aussi pour vous demander quelque chose ; j'espère que vous ne me le refuserez pas. » Ses yeux riaient de malice, sa main se posa sur la manche de Don Fabrizio. « Je voulais vous demander de danser avec moi la prochaine mazurka. Dites-moi oui, ne soyez pas méchant : on sait que vous étiez un grand danseur. » Le Prince fut très heureux, il se sentait tout enorgueilli. Plus question de crypte des Capucins ! Ses joues poilues étaient surexcitées de plaisir. L'idée de la mazurka pourtant lui faisait un peu peur : cette danse militaire, toute en battements de pieds et demi-tours, ne convenait plus à ses articulations. S'agenouiller devant Angelica eût été un plaisir, mais si, après, il peinait pour se relever ?

« Merci, Angelica, tu me rajeunis. Je serais heureux de t'obéir, mais la mazurka non, accorde-moi la première valse. »

« Tu vois, Tancredi, comme l'oncle est gentil ? Il ne fait pas de caprices comme toi. Vous savez, Prince, il ne voulait pas que je vous le demande : il est jaloux. »

Tancredi riait : « Quand on a un oncle élégant et beau comme lui il est juste d'être jaloux. Mais, enfin, pour cette fois je ne m'y oppose pas. » Ils souriaient tous les trois, et Don Fabrizio ne comprenait pas s'ils avaient comploté cette proposition pour lui faire plaisir ou pour se moquer de lui. Ça n'avait aucune importance : ils lui étaient chers quand même.

Au moment de sortir Angelica effleura de la main la tapisserie d'un fauteuil. « Ils sont jolis ; une belle couleur ; mais ceux de votre maison, Prince... » Le navire avançait sur l'erre qu'il avait reçue. Tancredi intervint : « Assez, Angelica. Nous t'aimons tous les deux même en dehors de tes connaissances en mobilier. Laisse les sièges et viens danser. »

Tandis qu'il allait vers le salon du bal Don Fabrizio vit que Sedàra parlait encore avec Giovanni Finale. On entendait les mots « *russella* », « *primintìo* », « *marzolino* » : ils comparaient les qualités de blés à semer. Le Prince prévit une invitation imminente à Margarossa, la propriété pour laquelle Finale était en train de se ruiner à force d'innovations agricoles.

Le couple Angelica-Don Fabrizio fit une impression magnifique. Les énormes pieds du Prince bougeaient avec une délicatesse surprenante et jamais les escarpins de satin de sa cavalière ne coururent le danger d'être effleurés ; sa grande patte la serrait à la taille avec une fermeté vigoureuse, son menton prenait appui sur l'onde léthéenne des cheveux d'Angelica ; du décolleté de celle-ci montait un parfum de *bouquet à la Maréchale**, un arôme surtout de peau jeune et lisse. Une phrase de Tumeo lui revint en mémoire : « Ses draps doivent avoir le parfum du paradis. » Phrase inconvenante, phrase grossière ; exacte pourtant. Ce Tancredi…

Elle parlait. Sa vanité naturelle était satisfaite autant que son ambition tenace. « Je suis si heureuse, mon oncle. Tout le monde a été si gentil, si bon. Et Tancredi est un amour. Tout cela c'est à vous que je le dois, mon oncle, même Tancredi. Parce que si vous n'aviez pas voulu on sait bien comment tout cela aurait fini. » « Je n'y suis pour rien, mon enfant ; c'est à toi seule que tu dois tout. » C'était vrai : aucun Tancredi n'aurait jamais résisté à sa beauté jointe à son patrimoine. Il l'aurait épousée en piétinant tout. Une douleur aiguë lui traversa le cœur : il pensa aux yeux hautains et vaincus de Concetta. Mais ce fut une douleur brève : à chaque tour une année tombait de ses épaules ; il se retrouva comme à vingt ans lorsqu'il dansait avec Stella dans cette même salle, quand il ignorait encore ce qu'étaient les déceptions, l'ennui, le reste. Pour un instant, cette nuit, la mort fut de nouveau à ses yeux « l'affaire des autres ».

Il était à tel point absorbé dans ses souvenirs qui coïncidaient si bien avec la sensation présente qu'il ne se rendit pas compte qu'à un moment donné Angelica et lui dansaient tout seuls. Sur l'incitation peut-être de Tancredi, les autres couples s'étaient arrêtés et les regardaient ; les deux Ponteleone étaient là : ils semblaient attendris, ils étaient âgés et comprenaient sans doute. Stella aussi était âgée, mais, sur le seuil d'une porte, son regard était sombre. Quand l'orchestre se tut, les applaudissements n'éclatèrent pas seulement parce que Don

Fabrizio avait l'aspect trop léonin pour que l'on risquât de pareilles inconvenances.

La valse achevée, Angelica proposa à Don Fabrizio de dîner à leur table avec Tancredi ; il en aurait été très content mais à ce moment-là les souvenirs de sa jeunesse étaient trop vifs pour qu'il ne se rende pas compte combien il lui eût été désagréable, alors, de dîner avec un vieil oncle, Stella étant là à deux pas. « Les amoureux veulent rester seuls ou à la rigueur avec des gens qu'ils ne connaissent pas ; jamais avec des personnes âgées et, pire encore, avec des gens de leur famille. »

« Merci, Angelica, je n'ai pas faim. Je prendrai quelque chose debout. Va avec Tancredi, ne pensez pas à moi. »

Il attendit quelques instants que les jeunes gens se fussent éloignés, puis il entra lui aussi dans la salle du *buffet**. Une table très longue et étroite se tenait dans le fond, éclairée par les douze fameux candélabres en *vermeil** que le grand-père de Diego avait reçus en cadeau de la Cour d'Espagne au terme de son ambassade à Madrid : dressées sur de hauts piédestaux en métal étincelant, six figures d'athlètes et six de femmes, alternées, portaient au-dessus de leur tête la tige d'argent doré, couronnée au sommet par les flammes de douze bougies : l'habileté de l'orfèvre avait malicieusement exprimé la facilité sereine des hommes, l'effort gracieux des jeunes filles pour soutenir le poids disproportionné. Douze pièces de premier ordre. « Qui sait combien d'hectares de terre ils valent », aurait dit le malheureux Sedàra. Don Fabrizio se souvint qu'un jour Diego lui avait montré les étuis de chacun de ces candélabres, de petites montagnes de maroquin vert portant gravé sur leurs flancs l'or de l'écu tiercé des Ponteleone et celui des chiffres entrelacés des donateurs.

Au-dessous des candélabres, au-dessous des pièces montées à cinq étages qui dressaient loin vers le plafond les pyramides de gâteaux secs jamais consommés, s'étendait la monotone opulence des *tables à thé** des grands bals : corail des langoustes bouillies vivantes, aspect cireux et caoutchouteux des *chauds-froids** de veau, teinte d'acier des bars plongés dans des sauces moelleuses, dindes que la chaleur des fours avait dorées, bécasses désossées couchées sur des tumulus de pain grillé ambrés, décorées de leurs entrailles triturées, pâtés de foie gras roses sous leur cuirasse de gelée ; galantines couleur aurore, dix autres cruelles délices colorées ; à l'extrémité de la table deux monumentales soupières en argent contenaient le *consommé**, ambre brûlé et transparent. Les chefs des vastes cuisines avaient dû suer sang et eau depuis la nuit précédente pour préparer ce dîner.

« Diable, quelle abondance ! Donna Margherita sait bien faire les choses. Mais il faut d'autres estomacs que le mien pour tout ça. »

Il dédaigna la table des boissons qui se trouvait à droite, étincelante de cristaux et d'argenterie, se dirigea à gauche vers celle des gâteaux. Là, d'immenses *babas** alezans comme la robe des chevaux, des monts-blancs enneigés de crème ; des *beignets Dauphine** que les amandes diapraient de blanc et les pistaches de vert ; de petites collines de *profiteroles** au chocolat, marron et grasses comme l'humus de la plaine de Catane d'où, en fait, elles venaient à travers de longs détours, des *parfaits** roses, des *parfaits** champagne, des *parfaits** beiges qui s'effritaient en craquant lorsque la spatule les fendait, variations en majeur des griottes confites, tonalités acidulées des ananas jaunes, et « triomphes de la Gourmandise » avec le vert opaque de leurs pistaches écrasées, impudiques « gâteaux des Vierges ». Don

Fabrizio se fit donner deux de ces derniers et les emportant dans l'assiette il ressemblait à une caricature profane de sainte Agathe exhibant ses seins coupés. « Comment se fait-il que le Saint-Office, quand il le pouvait, n'a pas songé à interdire ces gâteaux ? Les "triomphes de la Gourmandise" (la gourmandise, un péché mortel !), les seins de sainte Agathe vendus par les monastères, dévorés par les fêtards ! Bah ! »

Dans la salle qui sentait bon la vanille, le vin, la poudre de riz, Don Fabrizio errait à la recherche d'une place. De sa table, Tancredi le vit, tapa de la main sur une chaise pour lui montrer qu'il y avait de la place où s'asseoir ; près de lui Angelica essayait de voir dans l'envers d'une assiette en argent si sa coiffure était en ordre. Don Fabrizio secoua la tête avec un sourire de refus. Il continua à chercher. On entendait à une table la voix satisfaite de Pallavicino : « La plus grande émotion de ma vie... » Il y avait près de lui une place vide. Mais quel type ennuyeux ! Ne valait-il pas mieux après tout entendre la cordialité sans doute affectée mais rafraîchissante d'Angelica, la sécheresse de l'humour de Tancredi ? Non ; il valait mieux s'ennuyer qu'ennuyer les autres. Il s'excusa, s'assit près du colonel qui se leva à son arrivée, ce qui lui regagna quelque peu les sympathies guépardesques. Tandis qu'il dégustait le mélange raffiné de blanc-manger, pistache et cannelle enfermé dans les gâteaux qu'il avait choisis, Don Fabrizio conversait avec Pallavicino et se rendait compte qu'il était, au-delà des phrases sucrées réservées peut-être aux dames, tout autre qu'un imbécile ; c'était un « seigneur » lui aussi et le scepticisme fondamental de sa classe, habituellement étouffé par les flammes mpétueuses et bersagliéresques du col de son uniforme, ressortait de nouveau maintenant qu'il se trouvait dans un milieu identique à celui dans lequel il était né, hors de l'inévitable rhétorique des casernes et des admiratrices.

« À présent la Gauche veut me mettre au pilori parce que, en Août, j'ai ordonné à mes hommes de faire feu sur le Général. Mais dites-moi, vous, Prince, qu'aurais-je pu faire avec les ordres écrits que j'avais sur moi ? Je dois cependant l'avouer : lorsque là, dans l'Aspromonte, j'ai vu devant moi ces centaines de débraillés, certains avec des têtes d'incurables fanatiques, d'autres avec le faciès de révoltés de métier, j'ai été heureux que ces ordres fussent si cohérents avec ce que je pensais moi-même ; si je n'avais pas ordonné de tirer, ces gens nous auraient réduits, mes soldats et moi, en chair à pâté, et le malheur n'aurait pas été grand, mais il aurait fini par provoquer les interventions française et autrichienne, un tollé sans précédent dans lequel se serait écroulé ce Royaume d'Italie qui s'est formé par miracle, c'est-à-dire on ne sait comment. Et je vous le dis en confidence : cette très brève fusillade a servi surtout Garibaldi, elle l'a délivré de cette coterie qui s'était collée à lui, de tous ces individus du genre de Zambianchi qui se servaient de lui qui sait dans quels buts, peut-être généreux mais ineptes, voulus peut-être par les Tuileries et le palais Farnèse ; tous des individus bien différents de ceux qui avaient débarqué avec lui à Marsala, des gens qui croyaient, du moins les meilleurs parmi eux, que l'on pouvait faire l'Italie avec une série de "quarante-huitarderies". Le Général le sait parce qu'au moment de mon fameux agenouillement il m'a serré la main et avec une chaleur que je ne pense pas habituelle à l'égard de celui qui, cinq minutes plus tôt, vous a fait décharger une balle dans le pied ; et savez-vous ce qu'il m'a dit à voix basse, lui, la seule personne comme il faut qui se trouvait là sur cette funeste montagne ? "Merci, mon colonel." Merci de quoi, je vous le demande ? de l'avoir estropié pour toute sa vie ? évidemment non ; mais de lui avoir fait toucher du doigt les fanfaronnades, les lâchetés, pis encore peut-être, de ces gens douteux qui le suivaient. »

« Excusez-moi, mais ne croyez-vous pas, mon colonel, que vous avez un peu exagéré dans les baisemains, coups de chapeau et compliments ? »

« Sincèrement, non. Car ces actes d'hommage étaient spontanés. Il fallait le voir, ce pauvre grand homme étendu par terre sous un châtaignier, souffrant dans son corps et plus encore endolori dans son esprit. Quelle peine ! Il se révélait clairement pour ce qu'il a toujours été, un enfant, avec de la barbe et des rides, mais tout de même un gamin, imprudent et ingénu. Il était difficile de résister à l'émotion d'avoir été obligé de lui faire "poum-poum". Pourquoi d'ailleurs aurais-je dû résister ? Moi, je ne baise que la main des femmes ; à ce moment-là, prince, j'ai baisé la main à la Sauvegarde du Royaume, elle aussi une dame à qui nous, les militaires, nous devons rendre hommage. »

Un serviteur passait : Don Fabrizio demanda qu'on lui apporte une tranche de mont-blanc et un verre de *champagne**. « Et vous, colonel, vous ne prenez rien ? » « Rien à manger, merci. Peut-être moi aussi une coupe de *champagne**. »

Puis il poursuivit ; on voyait qu'il ne parvenait pas à se détacher de ce souvenir : tel qu'il avait été, avec peu de coups de fusil et beaucoup de dextérité, il était exactement du genre à fasciner ses semblables.

« Les hommes du Général, pendant que mes bersagliers les désarmaient, invectivaient et juraient. Et savez-vous contre qui ? contre lui, qui avait été le seul à payer de sa personne. Une horreur, mais naturelle : ils voyaient leur échapper cette personnalité infantile mais grande qui était la seule à pouvoir couvrir les obscures menées de beaucoup d'entre eux. Et quand bien même mes marques de courtoisie eussent été superflues, je serais tout aussi heureux de les lui avoir adressées : ici, chez nous, en Italie, on n'exagère jamais assez en fait de sentimentalisme et de baisouillements ; ce sont les arguments politiques les plus efficaces que nous ayons. »

Il but le vin qu'on lui avait apporté, mais cela sembla augmenter encore son amertume. « Vous n'êtes pas allé sur le continent depuis la fondation du Royaume ? Vous avez de la chance. Ce n'est pas un beau spectacle. Jamais nous n'avons été autant divisés que depuis que nous sommes unis. Turin ne veut pas cesser d'être capitale, Milan trouve notre administration inférieure à celle de l'Autriche, Florence a peur qu'on lui enlève ses œuvres d'art, Naples pleure pour les industries qu'elle perd, et ici, ici en Sicile est en train de couver quelque grand malheur irrationnel... Pour le moment, grâce aussi à votre humble serviteur, on ne parle plus des chemises rouges, mais on en reparlera. Quand celles-ci auront disparu il en viendra d'autres d'une couleur différente ; et puis encore des rouges. Et comment tout cela finira ? Il y a la Grande Étoile, dit-on. C'est possible. Mais vous savez mieux que moi, prince, que même les étoiles fixes ne sont pas tout à fait fixes. » Peut-être un peu ivre, il prophétisait. Don Fabrizio devant ces perspectives inquiétantes sentait son cœur se serrer.

Le bal continua longtemps et on arriva à six heures du matin : tous étaient épuisés et auraient voulu être déjà au lit depuis au moins trois heures : mais partir tôt c'était comme proclamer que la fête n'était pas réussie et offenser les maîtres de maison, qui, les pauvres, s'étaient donné tant de peine.

Les visages des dames étaient livides, les robes froissées, les haleines lourdes. « Marie ! quelle fatigue ! Marie ! quel sommeil ! » Au-dessus de leurs cravates en désordre les visages des hommes étaient jaunes et ridés, les bouches imprégnées d'une salive amère. Leurs visites à une petite pièce à l'écart, à la même hauteur que la loggia de l'orchestre, devenaient plus fréquentes : on y avait placé en bel ordre une vingtaine de vastes pots de chambre, presque tous pleins à cette heure, quelques-uns débordants. Sentant que le bal allait s'achever les serviteurs ensommeillés ne changeaient plus les bougies des lustres : les bouts raccourcis répandaient dans les salons une lumière différente, fumeuse, de mauvais augure. Dans la salle du *buffet**, vide, il n'y avait plus que des plats démantelés, des verres avec un doigt de vin que les domestiques buvaient à la hâte en regardant autour d'eux. À travers les interstices des volets s'insinuait la lueur de l'aube, plébéienne.

La réunion peu à peu se désagrégeait et autour de donna Margherita il y avait déjà un groupe de gens qui prenaient congé. « Splendide ! un vrai rêve ! à l'ancienne ! » Tancredi dut peiner pour réveiller don Calogero qui, la tête en arrière, s'était endormi dans un fauteuil à l'écart ; son pantalon remontait jusqu'aux genoux et au-dessus de ses chaussettes de soie on voyait le bas de son caleçon, vraiment très paysan. Le colonel Pallavicino avait lui aussi les yeux cernés ; mais il déclarait, à qui voulait l'entendre, qu'il ne rentrerait pas chez lui, et qu'il irait directement du palais Ponteleone à la place d'armes ; c'est ce que voulait en effet une tradition de fer suivie par les militaires invités à un bal.

Quand la famille Salina fut installée dans sa voiture (la rosée avait rendu les coussins humides), Don Fabrizio dit qu'il rentrerait à la maison à pied ; un peu de fraîcheur lui ferait du bien, il avait un léger mal de tête. La vérité est qu'il voulait puiser un peu de réconfort en regardant les étoiles. Il y en avait encore quelques-unes juste au-dessus, au zénith. Comme toujours, les voir le ranima ; elles étaient lointaines, toutes-puissantes et en même temps si dociles à ses calculs ; exactement le contraire des hommes, toujours trop proches, faibles et pourtant si rebelles.

Dans les rues il y avait déjà un peu d'animation : quelques charrettes avec des amas d'immondices quatre fois plus grands que le petit âne gris qui les tirait. Un long chariot découvert portait entassés les bœufs tués peu de temps auparavant à l'abattoir, déjà équarris et exhibant leurs mécanismes les plus intimes avec l'impudicité de la mort. Par intervalles, quelques gouttes rouges et denses tombaient sur la chaussée.

D'une petite rue de traverse il entrevit la partie orientale du ciel, au-dessus de la mer. Vénus était là, enveloppée dans son turban de vapeurs automnales. Elle était toujours fidèle, elle attendait toujours Don Fabrizio au moment de ses sorties matinales, à Donnafugata avant la chasse, maintenant après le bal.

Don Fabrizio soupira. Quand se déciderait-elle à lui donner un rendez-vous moins éphémère, loin des trognons et du sang, dans sa propre région de certitude éternelle ?

SEPTIÈME PARTIE

Juillet 1883

Don Fabrizio connaissait cette sensation depuis toujours. Cela faisait des décennies qu'il sentait que le fluide vital, la faculté d'exister, la vie en somme, et peut-être aussi la volonté de continuer à vivre s'écoulaient de lui lentement mais sans discontinuer comme les tout petits grains se pressent et défilent un par un, sans hâte et sans relâche, devant l'orifice étroit d'un sablier. À certains moments d'activité intense, de grande attention, ce sentiment d'abandon continuel disparaissait pour se présenter de nouveau impassible à la moindre occasion de silence et d'introspection, comme un bourdonnement constant à l'oreille, le battement d'une horloge s'imposent quand tout le reste se tait ; nous donnant alors la certitude qu'ils ont toujours été là, vigilants, même quand on ne les entendait pas.

À tous les autres moments il lui suffisait d'un minimum d'attention pour percevoir le bruissement des grains de sable légers qui glissaient, des instants de temps qui s'évadaient de sa vie et le quittaient à jamais ; la sensation, d'ailleurs, n'était, auparavant, liée à aucun malaise, et même cette imperceptible perte de vitalité était la preuve, la condition pour ainsi dire, de la sensation de vie ; et pour lui, habitué à scruter des espaces extérieurs illimités, à explorer de très vastes abîmes intérieurs, elle n'était pas du tout désagréable : c'était celle d'une dégradation continue, très faible, de la personnalité jointe cependant au vague présage de la reconstitution ailleurs d'une individualité (grâce à Dieu) moins consciente mais plus vaste : ces petits grains de sable n'étaient pas perdus, ils disparaissaient, oui, mais ils s'accumulaient qui sait où pour cimenter une masse plus durable. Le mot masse, pourtant, avait-il réfléchi, n'était pas exact, lourd comme il était ; et grains de sable, d'ailleurs, non plus : c'étaient plutôt comme des particules de vapeur aqueuse qui s'exhalaient d'un étang étroit, pour aller haut dans le ciel former les grands nuages légers et libres. Il était parfois surpris de ce que ce réservoir vital pût encore contenir quelque chose après tant d'années de perte. « Il n'était quand même pas aussi grand qu'une pyramide ! » D'autres fois, plus souvent, il s'était enorgueilli d'être presque le seul à éprouver cette fuite continue tandis qu'autour de lui personne ne semblait ressentir la même chose ; et il en avait tiré un motif de mépris à l'égard des autres, comme le vétéran méprise le conscrit vivant dans l'illusion que le bourdonnement des balles autour de lui est celui de grosses mouches inoffensives. Ce sont là des choses qui, on ne sait d'ailleurs pourquoi, ne s'avouent pas ; on laisse aux autres la possibilité d'en avoir l'intuition et personne autour de lui ne l'avait jamais eue, aucune de ses filles qui rêvaient d'un outre-tombe identique à cette vie, un ensemble complet de magistrature, cuisiniers, couvents et horlogers, de tout ; ni Stella qui, dévorée par la gangrène du diabète, s'était malgré tout accrochée mesquinement à cette existence de douleurs. Seul Tancredi peut-être avait compris un instant quand il avait dit avec son ironie rebelle : « Toi, mon oncle, tu courtises la mort. » Maintenant cette cour était finie : la belle avait dit oui, la fuite était décidée, le compartiment dans le train réservé.

Car à présent c'était une autre affaire, tout à fait différente. Assis dans un fauteuil, ses très longues jambes enveloppées dans une couverture, sur le balcon de l'hôtel Trinacria, il sentait que la vie sortait de lui par longues vagues pressantes, avec un fracas spirituel comparable à celui de la cascade du Rhin. C'était à midi, un Lundi de la fin Juillet, et la mer de Palerme compacte, huileuse, inerte, s'étendait en face de lui, invraisemblablement immobile et aplatie comme un chien qui s'efforce de se rendre invisible devant les menaces d'un maître ; mais le soleil immobile et perpendiculaire était planté au-dessus d'elle, les jambes écartées, et la fouettait sans pitié. Le silence était absolu. Sous la très haute lumière Don Fabrizio n'entendait d'autre son que celui intérieur de la vie qui se précipitait hors de lui.

Il était arrivé le matin de Naples, quelques heures plus tôt ; il s'y était rendu pour consulter le professeur Sèmmola. Accompagné de sa fille Concetta, qui avait maintenant quarante ans, et de son petit-fils, Fabrizietto, il avait fait un voyage lugubre, aussi lent qu'une cérémonie funèbre. Le tumulte du port au départ et celui de l'arrivée à Naples, l'odeur âcre de la cabine, le brouhaha incessant de cette ville paranoïaque l'avaient exaspéré, de l'exaspération plaintive qui fatigue et accable ceux qui sont déjà très faibles, et qui suscite l'exaspération opposée chez les braves gens qui ont encore de nombreuses années de vie dans leurs besaces. Il avait prétendu rentrer par voie de terre : une décision imprudente que le médecin avait essayé de combattre ; mais il avait insisté et l'ombre de son prestige était encore si imposante qu'il l'avait emporté ; avec le résultat, ensuite, d'être obligé de rester pendant trente-six heures terré dans une boîte brûlante, suffoqué par la fumée des tunnels qui se répétaient comme des rêves fiévreux, aveuglé par le soleil dans les parcours découverts, des réalités aussi tristes qu'évidentes, humilié par la centaine de menus services qu'il avait dû demander à son petit-fils effrayé ; on traversait des paysages maléfiques, des chaînes de montagnes maudites, des plaines à malaria engourdies ; ces paysages de Calabre et de Basilicate qui lui semblaient barbares alors qu'ils étaient de fait identiques à ceux de Sicile. La ligne de chemin de fer n'était pas encore achevée : dans son dernier tronçon près de Reggio elle faisait un long détour par Métaponte, à travers des paysages lunaires qui portaient par dérision les noms athlétiques et voluptueux de Crotone et de Sybaris. À Messine ensuite, après le sourire menteur du Détroit, aussitôt démasqué par les collines péloritaines desséchées, encore un détour, aussi long qu'un cruel délai de procédure ; on était descendu à Catane, on avait grimpé jusqu'à Castrogiovanni ; la locomotive qui haletait en montant le long des pentes fabuleuses semblait devoir crever comme un cheval à bout de forces, et, après une descente très bruyante, on avait abouti à Palerme. À l'arrivée les masques habituels des gens de la famille dessinaient des sourires de satisfaction pour la bonne issue du voyage. Le sourire consolant des personnes qui l'attendaient à la gare, leur aspect réjoui feint, et mal feint, lui révélèrent d'ailleurs le sens véritable du diagnostic de Sèmmola qui lui avait dit des généralités à peine rassurantes ; et ce fut alors, après être descendu du train, tandis qu'il embrassait sa bru, ensevelie dans ses voiles de veuve, ses fils qui montraient leurs dents dans les sourires, Tancredi avec ses yeux pleins d'appréhension, Angelica dans la soie de son corsage bien tendue par des seins mûrs, ce fut alors que le fracas de la cascade se fit entendre.

Il s'évanouit probablement, parce qu'il ne se rappelait

pas comment il était arrivé jusqu'à la voiture ; il s'y trouva étendu avec les jambes recroquevillées, seul Tancredi était près de lui. Le carrosse n'avait pas encore bougé et de l'extérieur parvenait à son oreille le chuchotement de la famille. « Ce n'est rien. » « Le voyage a été trop long. » « Par cette chaleur nous nous serions tous évanouis. » « Arriver jusqu'à la villa le fatiguerait trop. » Il était de nouveau parfaitement lucide : il remarquait la conversation sérieuse entre Concetta et Francesco Paolo, l'élégance de Tancredi, son costume à carreaux marron et beiges, son chapeau melon brun ; et il remarqua aussi que pour une fois le sourire de son neveu n'était pas moqueur, mais au contraire comme teinté d'une affection mélancolique ; et de cela, il reçut la sensation aigre-douce que son neveu l'aimait et aussi qu'il savait qu'il était condamné, puisque l'ironie perpétuelle s'était résignée à être supprimée par la tendresse. La voiture avança et tourna vers la droite. « Mais où allons-nous, Tancredi ? » Sa propre voix le surprit, il y percevait l'écho du grondement intérieur. « Mon oncle, nous allons à l'hôtel Trinacria ; tu es fatigué et la villa est loin ; tu te reposeras une nuit et demain tu rentreras à la maison. Cela ne te semble pas bien ? » « Mais allons alors à la maison du bord de mer ; elle est encore plus proche. » Mais cela n'était pas possible : la maison n'était pas installée, il le savait ; elle ne servait que pour des collations occasionnelles devant la mer ; il n'y avait même pas un lit. « À l'hôtel tu seras mieux, mon oncle ; tu auras tous les conforts. » On le traitait comme un nouveau-né ; du reste, il avait précisément la vigueur d'un nouveau-né.

Un médecin fut le premier des conforts qu'il trouva à l'hôtel ; on l'avait appelé en hâte, sans doute pendant sa syncope. Mais ce n'était pas le docteur Cataliotti, celui qui le soignait toujours, cravaté de blanc sous le visage souriant et les riches lunettes d'or ; c'était un pauvre diable, le médecin de ce quartier tourmenté, le témoin impuissant de mille agonies misérables. Au-dessus de sa *redingote** déchirée s'allongeait un pauvre visage émacié hérissé de poils blancs, un visage sans illusions d'intellectuel famélique ; quand il sortit de son gousset une montre sans chaîne on vit les taches vert-de-gris qui perçaient la fausse dorure. Lui aussi n'était qu'une pauvre outre que la pente du chemin muletier avait usée et qui répandait sans le savoir ses dernières gouttes d'huile. Il mesura les battements du pouls, prescrivit des gouttes de camphre, montra ses dents cariées en un sourire qui voulait être rassurant et qui implorait plutôt la pitié ; il s'en alla à pas feutrés.

Les gouttes arrivèrent bientôt de la pharmacie voisine ; elles lui firent du bien ; il se sentit un peu moins faible mais l'impétuosité du temps qui s'échappait de lui ne perdit pas de sa fougue.

Don Fabrizio se regarda dans le miroir de l'armoire : il ne reconnut pas plus ses vêtements que lui-même : très grand, maigre à faire peur, les joues creusées, la barbe longue de trois jours ; il ressemblait à un de ces Anglais maniaques qui déambulent dans les gravures des livres de Jules Verne qu'il offrait à Fabrizietto pour Noël, un Guépard en très mauvaise forme. Pourquoi Dieu voulait-il donc que personne ne meure avec son propre visage ? Car cela arrive à tout le monde : on meurt avec un masque sur le visage ; même les jeunes ; même le soldat au visage souillé ; même Paolo quand on l'avait relevé du trottoir le visage contracté et froissé pendant que les gens poursuivaient dans la poussière le cheval qui l'avait désarçonné. Et si en lui, qui était vieux, le fracas de la vie en fuite était si puissant, quel avait dû être le tumulte des réservoirs encore pleins de ces pauvres jeunes corps qui se vidaient en un instant ? Il aurait voulu contrevenir autant que possible à cette règle absurde du camouflage forcé ; mais il sentait qu'il ne pouvait pas, que soulever le rasoir eût été comme, autrefois, soulever son bureau. « Il faut faire appeler un barbier », dit-il à Francesco Paolo. Mais il pensa aussitôt : « Non. C'est une règle du jeu, abusive mais formelle. Ils me raseront après. » Et il ajouta à haute voix : « Laisse pour le moment ; nous y penserons plus tard. » L'idée de cet extrême abandon du cadavre avec le barbier courbé au-dessus ne le troubla pas.

Le valet de chambre entra avec une cuvette d'eau tiède et une éponge, il lui ôta sa veste et sa chemise, lui lava le visage et les mains, comme on lave un enfant, comme on lave un mort. La suie d'un jour et demi de chemin de fer rendit l'eau, elle aussi, funèbre. Dans la chambre basse on étouffait : la chaleur faisait fermenter les odeurs, exaltait la senteur de moisi des *peluches** mal époussetées ; les ombres des dizaines de cafards qui avaient été écrasés apparaissaient dans leur odeur médicamenteuse ; sortant des tables de nuit, les souvenirs tenaces des urines vieilles et diverses alourdissaient la chambre. Il fit ouvrir les persiennes : l'hôtel était dans l'ombre mais la lumière reflétée par la mer métallique était aveuglante ; mieux valait cela, pourtant, que cette puanteur de prison ; il demanda à ce que l'on porte un fauteuil sur le balcon ; appuyé au bras de quelqu'un il se traîna dehors et après ces quelques mètres il s'assit avec la sensation de soulagement qu'il éprouvait un temps en se reposant après six heures de chasse en montagne. « Dis à tout le monde de me laisser tranquille ; je me sens mieux ; je veux dormir. » Il avait vraiment sommeil ; mais il trouva que céder maintenant à l'assoupissement eût été aussi absurde que de manger une tranche de gâteau tout de suite avant un banquet désiré. Il sourit. « J'ai toujours été un gourmand raisonnable. » Et il restait là, immergé dans le grand silence extérieur, dans l'épouvantable grondement intérieur.

Il put tourner la tête vers la gauche : à côté du mont Pellegrino on voyait la fente dans le cercle des montagnes, et plus loin les deux collines au pied desquelles se trouvait sa maison ; inaccessible comme elle était à présent, elle lui semblait très lointaine ; il repensa à son observatoire, aux télescopes destinés désormais à des décennies de poussière ; au pauvre Père Pirrone qui était poussière lui aussi ; aux tableaux des fiefs, aux singes des tentures, au grand lit de cuivre dans lequel était morte sa petite Stella ; à toutes ces choses qui lui semblaient maintenant humbles même si elles étaient précieuses, à ces entrelacs de métal, ces trames de fils, ces toiles recouvertes de terre et de sucs d'herbe qu'il avait tenus en vie, qui tomberaient, innocents, dans quelque temps dans des limbes faits d'abandon et d'oubli ; son cœur se serra, il oublia son agonie en pensant à la fin imminente de ces pauvres chères choses. La rangée inerte des maisons derrière lui, la digue des montagnes, les étendues flagellées par le soleil, l'empêchaient même de penser clairement à Donnafugata ; il avait l'impression d'une maison apparue dans un rêve ; qui n'était plus la sienne, lui semblait-il : il n'avait à présent plus à lui que ce corps épuisé, ces dalles d'ardoise sous les pieds, cette chute d'eaux ténébreuses vers l'abîme. Il était seul, un naufragé à la dérive sur un radeau, en proie aux courants indomptables.

Il y avait ses enfants, certes. Ses enfants. Le seul qui lui ressemblât, Giovanni, n'était plus là. Tous les deux ans il adressait des salutations de Londres ; il n'avait plus rien à voir avec le charbon et faisait le commerce des diamants ; après la mort de Stella était arrivée une petite lettre qui lui était adressée et peu après un paquet avec un bracelet. Lui, oui. Lui aussi avait « courtisé la mort », et en abandonnant tout il avait organisé pour lui-même cette quantité de mort qu'il est possible d'entretenir en continuant à vivre. Mais les autres... Il y avait aussi les petits-enfants : Fabrizietto, le plus jeune des Salina, si beau, si vivant, si chéri.

Si odieux. Avec sa double dose de sang Màlvica, ses instincts jouisseurs, ses tendances à une élégance bourgeoise. Il était inutile de s'efforcer de croire le contraire, le dernier Salina c'était lui, le géant émacié qui agonisait à présent sur le balcon d'un hôtel. Car la signification d'une maison noble n'est que dans les traditions, dans les souvenirs vitaux ; et lui, il était le dernier à posséder des souvenirs inhabituels, distincts de ceux des autres familles. Fabrizietto n'aurait que des souvenirs banals, identiques à ceux de ses camarades de lycée, des souvenirs de goûters économiques, de plaisanteries cruelles aux enseignants, de chevaux achetés en fonction de leur prix plus que de leurs qualités ; et le sentiment du nom se transformerait en une pompe vaine rendue toujours amère par la hantise que d'autres puissent déployer leur faste davantage que lui. La chasse au mariage riche aurait lieu alors même qu'elle serait devenue une *routine** habituelle et non plus une aventure audacieuse et prédatrice comme l'avait été le mariage de Tancredi. Les tapisseries de Donnafugata, les plantations d'amandiers de Ragattisi, peut-être, qui sait, la fontaine d'Amphitrite subiraient le sort grotesque d'être métamorphosées en terrines de *foie-gras** vite digérées, en petites femmes de *Ba-ta-clan** plus éphémères que leurs fards, au lieu de ces choses délicates et pleines de nuances qu'elles étaient. Et il ne resterait de lui que le souvenir d'un grand-père âgé et irascible qui avait claqué un après-midi de Juillet juste à temps pour empêcher l'enfant d'aller aux bains de mer à Livourne. Il avait dit lui-même que les Salina resteraient toujours les Salina. Il avait eu tort. Le dernier, c'était lui. Ce Garibaldi, ce Vulcain barbu, après tout, avait vaincu.

De la chambre voisine ouverte sur le même balcon lui parvenait la voix de Concetta: « On ne pouvait pas faire autrement, il fallait le faire venir; je ne me serais jamais consolée si on ne l'avait pas appelé. » Il comprit tout de suite: il s'agissait du prêtre. Il eut un moment l'idée de refuser, de mentir, de se mettre à crier qu'il allait très bien, qu'il n'avait besoin de rien. Il s'aperçut vite du ridicule de ses intentions: il était le prince de Salina et il devait mourir comme un prince de Salina, avec son brave prêtre à côté de lui. Concetta avait raison. Pourquoi d'ailleurs aurait-il dû se soustraire à ce que d'autres milliers de mourants désiraient? Et il se tut en attendant d'entendre la clochette du Viatique. Ce bal chez les Ponteleone: Angelica sentait bon comme une fleur dans ses bras. Il l'entendit bientôt: la paroisse de la Pitié était presque en face. Le son argentin et joyeux grimpait par l'escalier, faisait irruption dans le couloir, devint aigu quand la porte s'ouvrit: précédé du directeur de l'hôtel, un petit Suisse très fâché d'avoir un moribond dans son établissement, le père Balsàno, le curé, entra en portant sous le ciboire le Très Saint Sacrement protégé par un étui de cuir. Tancredi et Fabrizietto soulevèrent le fauteuil, le reportèrent dans la chambre; les autres étaient agenouillés. Plus avec le geste qu'avec la voix, il dit: « Sortez! sortez! » Il voulait se confesser. On fait les choses ou on ne les fait pas. Tous sortirent, mais quand il dut parler il se rendit compte qu'il n'avait pas grand-chose à dire: il se souvenait de quelques péchés précis mais ils lui semblaient si mesquins que ce n'était vraiment pas la peine d'avoir importuné un digne prêtre en cette journée de chaleur étouffante. Non pas qu'il se sentît innocent: mais c'était la vie entière qui était coupable, et non tel fait ou tel autre, en particulier; il n'y a qu'un seul vrai péché, le péché originel ; et cela, il n'avait plus le temps de le dire. Ses yeux devaient exprimer un trouble que le prêtre prit pour une expression de contrition : comme de fait, en un certain sens, il l'était ; il fut absous. Son menton, apparemment, s'appuyait contre sa poitrine car le prêtre dut s'agenouiller pour insinuer l'hostie entre ses lèvres. Furent ensuite murmurées les syllabes immémoriales qui aplanissent la route et le prêtre se retira.

Le fauteuil ne fut plus traîné sur le balcon. Fabrizietto et Tancredi s'assirent près de lui et chacun lui tenait une main ; le jeune garçon le regardait fixement avec la curiosité naturelle de quelqu'un qui assiste à sa première agonie, et rien de plus ; celui qui mourait n'était pas un homme, c'était un grand-père, ce qui est très différent. Tancredi lui serrait fort la main et parlait, il parlait beaucoup, il parlait joyeusement : il exposait des projets auxquels il l'associait, commentait les faits politiques ; il était député, on lui avait promis la légation de Lisbonne, il connaissait beaucoup de petites anecdotes secrètes et savoureuses. Sa voix nasale, son vocabulaire spirituel dessinaient une frise futile autour du déferlement de plus en plus retentissant des eaux de la vie. Le Prince était reconnaissant des bavardages, et lui serrait la main avec un grand effort mais avec un résultat négligeable. Il était reconnaissant, mais ne l'écoutait pas. Il faisait le bilan général de sa vie, il voulait ramasser petit à petit hors de l'immense tas de cendres du passif les paillettes d'or des moments heureux : les voici. Deux semaines avant son mariage, six semaines après ; une demi-heure à l'occasion de la naissance de Paolo, quand il sentit l'orgueil d'avoir prolongé d'une petite branche l'arbre de la maison Salina. (L'orgueil était abusif, il le savait maintenant, mais sa fierté avait été réelle) ; quelques conversations avec Giovanni avant que celui-ci disparaisse, quelques monologues, pour être exact, au cours desquels il avait cru découvrir chez ce garçon un esprit semblable au sien ; de nombreuses heures dans son observatoire absorbé dans l'abstraction des calculs et dans la poursuite de l'inatteignable ; mais ces heures pouvaient-elles vraiment être placées dans l'actif de la vie ? N'étaient-elles pas une largesse anticipée des béatitudes mortuaires ? Peu importait, elles avaient existé.

Dans la rue au-dessous, entre l'hôtel et la mer, un orgue de Barbarie s'arrêta qui jouait dans l'espoir avide d'émouvoir les étrangers, absents en cette saison. Il moulinait « *Tu che a Dio spiegasti l'ale* » ; ce qui restait de Don Fabrizio pensa à tout le fiel qui en ce moment était mêlé à tant d'agonies en Italie à travers ces musiques mécaniques. Tancredi avec son intuition courut au balcon, jeta en bas une pièce, fit signe de se taire. Le silence se refit au-dehors, le fracas en dedans grossit.

Tancredi. Certes, une bonne partie de l'actif venait de lui : sa compréhension d'autant plus précieuse qu'elle était ironique, la jouissance esthétique de voir comment il se débrouillait dans les difficultés de la vie, l'affection moqueuse comme il convient qu'elle soit ; ensuite, les chiens : Fufi, la grosse *mops* de son enfance, Tom, le barbet impétueux, son confident et ami, les yeux paisibles de Svelto, Bendicò si délicieusement balourd, les pattes caressantes de Pop, le *pointer* qui en ce moment le cherchait sous les buissons et les fauteuils de la villa et qui ne le retrouverait plus ; quelques chevaux, mais ceux-là, déjà plus étrangers et distants. Il y avait les premières heures de ses retours à Donnafugata, le sentiment de tradition et de pérennité qui s'exprimait dans la pierre et dans l'eau, le temps glacé ; les détonations joyeuses de certaines chasses, le massacre affectueux des lapins et des perdrix, quelques bons éclats de rire avec Tumeo, quelques minutes de recueillement au couvent dans l'odeur de moisi et de confitures. Y avait-il d'autres choses ? Oui, il y en avait : mais c'étaient déjà des paillettes d'or mélangées à de la terre : les moments de satisfaction au cours desquels il avait donné des réponses tranchantes aux imbéciles, le plaisir éprouvé quand il s'était rendu compte que dans la beauté et dans le caractère de Concetta se perpétuait une vraie Salina ; quelques moments de fougue amoureuse ; la surprise de recevoir la lettre d'Arago qui le félicitait spontanément pour l'exactitude des calculs difficiles relatifs à la comète d'Huxley. Et pourquoi pas ? L'exaltation publique quand il avait reçu la médaille à la Sorbonne, la sensation délicate de quelques soies de cravates, l'odeur de certains cuirs macérés, l'aspect rieur, l'aspect voluptueux de certaines femmes rencontrées, celle entrevue hier encore à la gare de Catane, mêlée à la foule avec son costume de voyage marron et ses gants de daim qui avait semblé chercher son visage défait de l'extérieur du compartiment sali. Que de cris de foule ! « Sandwiches ! » « *Il Corriere dell'Isola !* » Et puis l'affairement du train épuisé sans souffle… Et ce soleil atroce à l'arrivée, ces sourires menteurs, le déferlement soudain des cataractes…

Dans l'ombre qui montait il essaya de compter pendant combien de temps il avait réellement vécu : son cerveau ne démêlait plus le calcul le plus simple : trois mois, vingt jours, un total de six mois, six fois huit quatre-vingt-quatre… quarante-huit mille… $\sqrt[3]{840000}$… Il se reprit. « J'ai soixante-treize ans, en gros j'en ai vécu, vraiment vécu, un total de deux… trois au maximum. » Et les douleurs, l'ennui, combien y en avait-il eu ? Inutile de s'efforcer de compter : tout le reste : soixante-dix ans.

Il sentit que ses mains ne serraient plus celles de son neveu et de son petits-fils. Tancredi se leva en hâte et sortit… Ce n'était plus un fleuve qui déferlait de lui, mais un océan, en tempête, hérissé d'écume et de grosses vagues déchaînées…

Il avait dû avoir une autre syncope parce qu'il s'aperçut tout à coup qu'il était étendu sur le lit : quelqu'un lui tenait le poignet : de la fenêtre le reflet sans pitié de la mer l'aveuglait ; dans la chambre on entendait un sifflement : c'était son râle mais il ne le savait pas ; il y avait autour de lui une petite foule, un groupe de personnes étrangères qui le regardaient fixement avec une expression apeurée : peu à peu il les reconnut : Tancredi, Concetta, Angelica, Francesco-Paolo, Carolina, Fabrizietto ; celui qui lui tenait le poignet c'était le docteur Cataliotti ; il crut sourire à ce dernier pour lui souhaiter la bienvenue mais personne ne put s'en rendre compte : tous, sauf Concetta, pleuraient ; même Tancredi qui disait : « Mon oncle, mon oncle chéri ! »

Soudain, une jeune dame fendit le petit groupe : svelte, un costume de voyage marron à vaste *tournure**, un petit chapeau de paille orné d'une voilette à pois qui ne parvenait pas à cacher le charme ensorceleur du visage. Elle insinuait une petite main gantée de daim entre les coudes de ceux qui pleuraient, elle s'excusait, s'approchait. C'était elle, la créature désirée depuis toujours qui venait le chercher : c'était étrange qu'elle, si jeune, lui eût cédé ; l'heure du départ du train devait approcher. Arrivée face à lui, elle souleva sa voilette et ainsi, pudique mais prête à être possédée, elle lui apparut plus belle qu'il ne l'avait jamais vue dans les espaces stellaires.

Le fracas de la mer se calma tout à fait.

HUITIÈME PARTIE

Mai 1910

Ceux qui allaient rendre visite aux vieilles demoiselles Salina trouvaient presque toujours au moins un chapeau de prêtre sur les chaises de l'antichambre. Les demoiselles étaient trois, de secrètes luttes pour l'hégémonie domestique les avaient déchirées, et chacune d'elles, des caractères forts à leur manière, désirait avoir son confesseur particulier. Comme cela se faisait encore dans l'année 1910, les confessions avaient lieu dans la maison et les scrupules des pénitentes exigeaient qu'elles fussent fréquentes. Il fallait ajouter à ce petit peloton de confesseurs le chapelain qui venait tous les matins célébrer la Messe dans la chapelle privée, le Jésuite qui avait assumé la direction spirituelle générale de la maison, les moines et les prêtres qui venaient toucher les libéralités accordées pour telle ou telle paroisse ou œuvre de charité ; et l'on comprendra tout de suite que le va-et-vient de prêtres était incessant et pour quelle raison l'antichambre de la villa Salina rappelait souvent l'une de ces boutiques romaines autour de la place de la Minerva qui exposent en vitrine tous les couvre-chefs ecclésiastiques imaginables, depuis ceux couleur de flamme des Cardinaux jusqu'à ceux couleur de tison pour les curés de campagne.

En cet après-midi de Mai 1910 leur rassemblement était vraiment sans précédent. La présence du Vicaire Général de l'Archidiocèse était attestée par son vaste chapeau en fin castor d'une délicieuse couleur fuchsia placé sur une chaise à l'écart, avec à côté un seul gant, celui de la main droite, en soie tressée de la même couleur délicate ; celle de son secrétaire par une brillante *peluche** noire à longs poils, dont la calotte était bordée d'un mince petit cordon violet ; celle de deux pères jésuites par leurs humbles feutres ténébreux, symboles de réserve et de modestie. Le couvre-chef du chapelain gisait sur une chaise isolée comme il convient à celui d'une personne soumise à enquête.

La réunion de ce jour, en effet, n'était pas une mince affaire. En exécution de dispositions pontificales le cardinal-archevêque avait commencé une inspection des oratoires privés de son Archidiocèse dans le but de s'assurer des mérites des personnes qui avaient l'autorisation d'y faire officier, de la conformité du mobilier et du culte avec les canons de l'Église, de l'authenticité des reliques qu'on y vénérait. La chapelle privée des demoiselles Salina était la plus renommée de la ville et l'une des premières que Son Éminence se proposait de visiter ; et c'est justement pour préparer cet événement, fixé au lendemain matin, que Monseigneur le Vicaire s'était rendu à la villa Salina. Des rumeurs regrettables en relation avec cette chapelle étaient parvenues jusqu'à la Curie Archiépiscopale, distillées à travers qui sait quels filtres ; elles n'étaient certes pas en rapport avec les mérites des propriétaires ni avec leur droit d'accomplir chez elles leurs devoirs religieux ; ces sujets étaient hors de discussion, et on ne mettait pas non plus en doute la régularité et la continuité du culte, tout cela étant presque parfait si l'on voulait négliger une répugnance excessive des demoiselles Salina, compréhensible d'ailleurs, à faire participer aux rites sacrés des personnes étrangères à leur cercle familial le plus intime. L'attention du Cardinal avait été attirée par une image vénérée dans la chapelle et par les reliques, les dizaines de reliques exposées : les rumeurs les plus inquiétantes avaient couru quant à leur crédibilité et l'on désirait que leur authenticité fût confirmée. Le chapelain, qui était pourtant un homme avec une bonne culture et de grandes espérances, avait été énergiquement réprimandé pour ne pas avoir suffisamment ouvert les yeux aux vieilles demoiselles : il avait reçu, s'il est possible de s'exprimer ainsi, « un bon savon de tonsure ».

La réunion se tenait dans le salon central de la villa, celui des singes et des perroquets. Sur un divan recouvert d'un drap bleu à rayures rouges acquis trente ans auparavant et qui jurait fortement avec les teintes évanescentes de la précieuse tenture, était assise mademoiselle Concetta avec à sa droite Monseigneur le Vicaire ; deux fauteuils placés de part et d'autre du divan et semblables à celui-ci avaient accueilli mademoiselle Carolina et l'un des Jésuites, le père Corti, tandis que mademoiselle Caterina, dont les jambes étaient paralysées, se tenait dans une chaise roulante, les autres ecclésiastiques se contentaient des chaises recouvertes de la même soie que la tenture qui semblaient à tous, alors, d'une valeur inférieure aux fauteuils jalousés.

Les trois sœurs approchaient ou dépassaient de peu les soixante-dix ans, et Concetta n'était pas l'aînée ; mais la lutte pour l'hégémonie à laquelle il a été fait allusion au début s'étant depuis longtemps achevée avec la *debellatio* de ses adversaires, nul n'aurait jamais pensé lui contester le rang de maîtresse de maison. Dans sa personne ressortaient encore les restes d'une beauté passée : grosse et imposante dans ses vêtements raides de *moire** noire, elle portait ses cheveux très blancs relevés sur la tête de façon à découvrir un front presque indemne ; cela, joint à des yeux dédaigneux et à une contraction légèrement hargneuse au-dessus du nez, lui conférait un aspect autoritaire et presque impérial ; à tel point qu'un de ses neveux, ayant aperçu dans un livre, sans plus savoir lequel, le portrait d'une tsarine illustre, l'appelait en privé *La Grande Catherine**, une appellation déplacée que, d'ailleurs, la totale pureté de vie de Concetta et l'ignorance absolue de son neveu en matière d'histoire russe rendaient tout compte fait innocente.

La conversation durait depuis une heure, le café avait été bu, et il se faisait tard ; Monseigneur le Vicaire résuma ses propos : « Son Éminence souhaite paternellement que le culte célébré en privé soit conforme aux rites les plus purs de notre Sainte Mère l'Église et c'est précisément pour cela que ses soins pastoraux s'adressent en premier à votre chapelle parce qu'il sait combien votre maison resplendit comme un phare de lumière sur le laïcat palermitain, et il souhaite aussi que de l'irréprochabilité des objets vénérés jaillisse une plus grande édification pour vous-mêmes et pour toutes les âmes religieuses. » Concetta se taisait, mais Carolina, la sœur aînée, explosa : « Voilà qu'il va falloir que nous nous présentions à nos connaissances comme des accusées ; cette histoire de vérifier notre chapelle est quelque chose, excusez-moi Monseigneur, qui n'aurait jamais dû passer par la tête de Son Éminence. »

Monseigneur souriait, amusé : « Mademoiselle, vous ne pouvez pas imaginer combien je vous suis reconnaissant de votre émotion : elle est l'expression de la foi ingénue, absolue, très appréciée par l'Église et, certainement, par Notre Seigneur Jésus-Christ ; et ce n'est que pour faire fleurir cette foi et la purifier que le Saint-Père a recommandé ces révisions qui, d'ailleurs, s'accomplissent depuis quelques mois dans tout le monde catholique. »

La référence au Saint-Père n'était pas à vrai dire opportune. Carolina en effet faisait partie de ces bataillons de catholiques qui sont persuadés de posséder les vérités religieuses plus à fond que le Pape ; et les quelques innovations modérées de Pie X, en particulier l'abolition de certaines fêtes d'obligation secondaires, l'avaient déjà précédemment exaspérée. « Ce Pape devrait s'occuper de ses affaires ; il ferait mieux. » Comme le doute surgit en elle d'être allée trop loin, elle se signa et murmura un *Gloria Patri*.

Concetta intervint : « Ne te laisse pas entraîner à dire des choses que tu ne penses pas, Carolina. Quelle impression emporterait de nous Monseigneur ici présent ? »

Ce dernier, à vrai dire, souriait plus que jamais ; il pensait seulement qu'il se trouvait face à une enfant vieillie dans l'étroitesse des idées et les pratiques sans lumière. Et, bienveillant, il avait de l'indulgence.

« Monseigneur pense qu'il se trouve devant trois saintes femmes », dit-il. Le père Corti, le Jésuite, voulut relâcher la tension. « Moi, Monseigneur, je suis parmi ceux qui peuvent le mieux confirmer vos paroles. Le Père Pirrone, dont la mémoire est vénérée par ceux qui l'ont connu, me racontait souvent, quand j'étais novice, l'atmosphère sainte dans laquelle les demoiselles ont été élevées ; du reste, le nom des Salina suffirait à rendre compte de tout. »

Monseigneur souhaitait aboutir à des faits concrets : « J'aimerais plutôt, mademoiselle Concetta, maintenant que tout a été éclairci, visiter la chapelle, si vous le permettez, pour pouvoir préparer Son Éminence aux merveilles de foi qu'il verra demain matin. »

Du temps du Prince Fabrizio il n'y avait pas de chapelle dans la villa : toute la famille allait à l'église les jours de fête et le Père Pirrone lui-même devait faire chaque matin un bout de chemin pour célébrer sa messe. Mais après la mort de Don Fabrizio, lorsque pour différentes complications d'héritage qu'il serait fastidieux de raconter, la villa devint la propriété exclusive des trois sœurs, elles pensèrent aussitôt à y installer leur oratoire. On choisit un salon un peu à l'écart qui, avec ses demi-colonnes en faux marbre encastrées dans les murs, évoquait le souvenir très vague d'une basilique romaine ; au centre du plafond on gratta une peinture indécemment mythologique, et on décora un autel. Et ce fut fait.

Quand Monseigneur entra, la chapelle était éclairée par le soleil couchant de l'après-midi ; et au-dessus de l'autel le tableau très vénéré par les demoiselles se trouvait en pleine lumière : c'était une peinture dans le style de Cremona et elle représentait une jeune fille mince, très plaisante, les yeux dirigés vers le ciel, ses souples cheveux bruns épars en un désordre gracieux sur ses épaules à demi nues ; dans sa main droite elle serrait une lettre froissée ; son expression d'attente inquiète n'était pas dépourvue d'une certaine joie qui brillait dans ses yeux très candides ; au fond verdoyait un doux paysage lombard. Pas d'Enfant Jésus, ni de couronnes, ni serpents, ni étoiles, aucun en somme des symboles qui accompagnent habituellement l'image de Marie ; le peintre devait avoir pensé que l'expression virginale suffirait à la faire reconnaître. Monseigneur s'approcha, monta une des marches de l'autel et, sans s'être signé, resta à regarder le tableau pendant quelques minutes, exprimant une admiration souriante, comme s'il eût été un critique d'art. Derrière lui les trois sœurs se signaient et murmuraient des *Ave Maria*.

Puis le prélat redescendit la marche, se retourna : « Une belle peinture », dit-il, « très expressive. »

« Une image miraculeuse, Monseigneur, très miraculeuse ! », expliqua Caterina, la pauvre infirme, en se penchant de son instrument de torture ambulant. « Que de miracles elle a fait ! » Carolina insistait : « Elle représente la Madone à la Lettre. La Vierge est sur le point de remettre la Sainte Missive et elle invoque son Fils Divin pour qu'il protège le peuple de Messine ; cette protection qui a été glorieusement accordée, comme on l'a vu aux nombreux miracles qui ont eu lieu à l'occasion du tremblement de terre d'il y a deux ans. »

« Belle peinture, mademoiselle ; quelle qu'en soit la représentation c'est un beau tableau et il faut lui prêter de l'attention. » Puis il se tourna vers les reliques : il y en avait soixante-quatorze et elles recouvraient de façon serrée les deux pans de mur aux côtés de l'autel : chacune d'elles était enfermée dans un cadre contenant aussi un cartouche avec l'indication de ce que c'était et un numéro qui se référait à la documentation d'authenticité. Les documents eux-mêmes, souvent volumineux et alourdis de sceaux, étaient enfermés dans une caisse recouverte de damas, dans un coin. Il y avait des cadres d'argent sculpté et d'argent lisse, de cuivre et de corail, des cadres d'écaille ; il y en avait en filigrane, en bois précieux, en buis, en velours rouge et velours bleu ; des grands et des minuscules, octogonaux, carrés, ronds, ovales ; des cadres qui valaient des fortunes et des cadres achetés aux magasins Bocconi ; tous mis ensemble, pour ces âmes dévotes, et exaltées par leur devoir religieux de gardiennes des trésors surnaturels.

Carolina avait été la véritable créatrice de cette collection : elle avait déniché donna Rosa, une vieille très grosse, à moitié nonne, possédant des relations fructueuses dans toutes les églises, tous les couvents et toutes les œuvres de charité de Palerme et des environs. C'était elle, cette donna Rosa, qui avait apporté à la villa Salina tous les deux ou trois mois une relique de saint enveloppée dans du papier vélin. Elle avait réussi, disait-elle, à l'arracher à une paroisse dans la gêne ou à une famille noble en déclin. Si le nom du vendeur n'apparaissait pas ce n'était que pour une raison de discrétion compréhensible, et même digne d'éloge ; et d'ailleurs les preuves d'authenticité qu'elle apportait et remettait étaient là claires comme le jour, écrites en latin ou en caractères mystérieux que l'on disait grecs ou syriaques. Concetta, administratrice et trésorière, payait. Venaient ensuite la recherche et l'adaptation des cadres. Et encore une fois l'impassible Concetta payait. Il y eut un moment, et cela dura deux ans environ, où la manie collectionneuse alla jusqu'à troubler le sommeil de Carolina et de Caterina ; le matin elles se racontaient leurs rêves de découvertes miraculeuses, et elles espéraient qu'ils se réaliseraient comme cela arrivait parfois après que les rêves eurent été confiés à donna Rosa. Ce dont rêvait Concetta, personne ne le savait. Donna Rosa mourut et l'afflux des reliques cessa presque complètement ; d'ailleurs on était arrivé à une certaine satiété.

Monseigneur regarda hâtivement quelques-uns des cadres les plus près de sa vue. « Des trésors », disait-il, « des trésors ; qu'ils sont beaux ces cadres ! » Puis, se félicitant des « *belli arredi* », des beaux objets (c'est exactement ce qu'il dit, avec les mots de Dante), et promettant de revenir le lendemain avec Son Éminence (« oui, à neuf heures précises »), il fit une génuflexion et se signa devant une modeste Madone de Pompéi accrochée à un mur latéral, et il sortit de la chapelle. Les chaises restèrent bientôt veuves de leurs chapeaux, et les ecclésiastiques montèrent dans les voitures de l'Archevêché qui, avec leurs chevaux noirs, avaient attendu dans la cour.

Monseigneur tint à avoir dans sa propre voiture le chapelain, le père Titta, qui fut très réconforté par cette distinction. Les voitures avancèrent et Monseigneur se taisait, on côtoya la riche villa Falconeri, avec son bougainvillier fleuri qui débordait du mur du jardin splendidement entretenu ; quand on arriva à la descente vers Palerme, au milieu des orangeraies, Monseigneur parla. « Ainsi, père Titta, vous avez eu le courage de célébrer pendant des années le Saint Sacrifice devant le tableau de cette jeune fille ? Cette fille qui a reçu un rendez-vous et qui attend son amoureux. Vous n'allez pas me dire que vous croyiez, vous aussi, que c'était une image sainte. » « Monseigneur, je suis coupable, je le sais. Mais il n'est pas facile d'affronter les demoiselles Salina, mademoiselle Carolina. Vous, cela, vous ne pouvez pas le savoir. » Monseigneur eut des frissons en se souvenant. « Mon fils, tu as touché la plaie du doigt ; et cela sera pris en considération. »

Carolina était allée épancher sa colère dans une lettre à Chiara, leur sœur mariée, à Naples ; Caterina, fatiguée par la longue et pénible conversation, avait été mise au lit ; Concetta regagna sa chambre solitaire. C'était une de ces pièces (elles sont à tel point nombreuses qu'on pourrait être tenté de dire qu'elles le sont toutes) qui ont deux visages : le premier, masqué, qu'elles offrent au visiteur ignorant ; l'autre, nu, qui ne se montre qu'à celui qui est au courant des choses, à leur maître, tout d'abord, auquel elles se révèlent dans leur essence désolée. Cette chambre était ensoleillée et donnait sur le jardin profond ; dans un coin un grand lit avec quatre oreillers (Concetta souffrait du cœur et devait dormir presque assise) ; pas de tapis mais un beau dallage blanc avec des liserés jaunes entrelacés, un médaillier précieux avec des dizaines de petits tiroirs recouverts de pierres dures et d'écaille ; un bureau, une table centrale et tout le mobilier d'un style « maggiolino » plein de brio de facture rustique, avec des figures ambrées de chasseurs, de chiens, de gibier qui s'affairaient sur un fond de palissandre. C'était un mobilier que Concetta trouvait démodé et même de très mauvais goût et qui, vendu aux enchères après sa mort, fait aujourd'hui l'orgueil d'un riche commerçant expéditionnaire quand « sa dame » offre un *cocktail* à ses amies jalouses. Sur les murs, des portraits, des aquarelles, des images saintes ; tout était propre, en ordre. Deux choses seulement pouvaient peut-être paraître inhabituelles : dans l'angle opposé au lit trônaient quatre énormes caisses de bois peintes en vert, chacune avec un gros cadenas ; et devant elles, par terre, un petit tas de fourrure en mauvais état. Cette chambre aurait arraché, tout au plus, un sourire au visiteur ingénu, tant il s'y révélait clairement la simple bonhomie, le soin d'une vieille fille.

Pour ceux qui connaissaient les faits, pour Concetta, elle était un enfer de souvenirs momifiés. Les quatre caisses vertes contenaient des douzaines de chemises de jour et de nuit, de robes de chambre, de taies d'oreiller, de draps soigneusement divisés en « bons » et « ordinaires » : le trousseau de Concetta vainement confectionné cinquante ans auparavant ; ces serrures n'étaient jamais ouvertes de crainte de voir jaillir des démons incongrus et dans l'humidité palermitaine omniprésente le linge jaunissait, se délitait, inutile pour toujours et pour quiconque. Les portraits étaient ceux de morts qu'elle n'aimait plus, les photographies celles d'amis qui durant leur vie avaient infligé des blessures et qui pour cette seule raison n'étaient pas oubliés dans leur mort ; les aquarelles montraient des maisons et des lieux pour la plupart vendus, parfois même très mal troqués, par des descendants gaspilleurs ; les saints aux murs étaient comme des fantômes que l'on craint mais auxquels au fond on ne croit plus. Si l'on avait bien regardé dans le petit tas de fourrure mitée on aurait vu deux bouts d'oreilles dressées, un museau en bois noir, deux yeux étonnés de verre jaune : c'était Bendicò, mort depuis quarante-cinq ans, depuis quarante-cinq ans empaillé, véritable nid d'araignées et de vers, abhorré par les domestiques qui depuis des décennies en demandaient l'abandon aux ordures : mais Concetta s'y opposait toujours : elle tenait à ne pas se détacher du seul souvenir de son passé qui n'éveillât pas en elle des sensations pénibles.

Mais les sensations pénibles d'aujourd'hui (à un certain âge chaque jour présente ponctuellement sa peine) se rapportaient toutes au présent. Beaucoup moins ardente que Carolina, beaucoup plus sensible que Caterina, Concetta avait compris le sens de la visite de Monseigneur le Vicaire et en prévoyait les conséquences : l'ordre d'éloignement des reliques, toutes ou presque ; le remplacement du tableau sur l'autel, l'éventuelle nécessité de reconsacrer la chapelle. Elle avait très peu cru à l'authenticité de ces reliques et elle avait payé avec l'esprit indifférent d'un père qui règle la facture des jouets qui ne l'intéressent pas lui-même mais qui servent à ce que les enfants restent sages ; l'enlèvement de ces objets lui était indifférent ; ce qui la tourmentait, ce qui constituait la hantise de cette journée, c'était la mauvaise impression que la maison Salina avait faite maintenant devant les autorités ecclésiastiques et dans quelque temps devant la ville entière ; la prudence de l'Église était ce que l'on pouvait trouver de mieux en Sicile mais cela ne signifiait pas encore grand-chose ; dans un mois, dans deux, tout se répandrait comme tout se répandait dans cette île qui devrait avoir, comme symbole, au lieu de la Trinacrie, l'Oreille syracusaine de Denys. Oreille de Denys qui fait résonner le soupir le plus léger dans un rayon de cinquante mètres. Et quant à elle, elle avait tenu à l'estime de l'Église. Le prestige du nom en lui-même s'était lentement évanoui. Le patrimoine divisé et redivisé équivalait dans la meilleure des hypothèses à celui de tant d'autres familles de moindre rang, et il était énormément inférieur à ce que possédaient quelques industriels opulents; mais dans l'Église, dans les rapports avec elle, les Salina avaient maintenu leur suprématie; il fallait voir comment Son Éminence recevait les trois sœurs quand elles allaient lui rendre visite à Noël! Mais maintenant?

Une femme de chambre entra. «Excellence, la Princesse arrive. L'automobile est dans la cour.» Concetta se leva, arrangea ses cheveux, jeta sur ses épaules un châle de dentelle noire, reprit son regard impérial; et elle pénétra dans l'antichambre alors qu'Angelica montait les dernières marches de l'escalier extérieur. Celle-ci souffrait de varices, et ses jambes, qui avaient toujours été un peu trop courtes, la soutenaient mal; elle avançait en s'appuyant au bras de son serviteur dont le long manteau noir, en montant, balayait les marches. «Ma chère Concetta!» «Mon Angelica! il y a si longtemps que nous ne nous sommes pas vues!» Pour être précis, cinq jours seulement étaient passés depuis la dernière visite, mais l'intimité entre les deux cousines (intimité semblable par la proximité et les sentiments à celle que très peu d'années plus tard lierait les Italiens et les Autrichiens dans leurs tranchées contiguës), l'intimité était telle que cinq jours pouvaient vraiment sembler longs.

Chez Angelica, proche désormais de ses soixante-dix ans, on pouvait encore percevoir plusieurs traces de beauté; la maladie qui la transformerait trois ans plus tard en une larve pitoyable était déjà à l'œuvre mais elle se tenait tapie dans les profondeurs de son sang ; les yeux verts étaient encore ceux d'autrefois, les années les avaient à peine ternis et les rides du cou étaient cachées par les souples rubans noirs de la *capote** que, veuve depuis trois ans, elle portait avec une coquetterie qui pouvait sembler nostalgique. « Tu as raison », disait-elle à Concetta tandis qu'elles se dirigeaient enlacées vers un salon, « tu as raison, mais avec les fêtes imminentes pour le cinquantenaire des Mille on n'a pas de répit. Figure-toi qu'il y a trois jours on m'a appris que j'étais appelée à faire partie du Comité d'honneur ; un hommage à la mémoire de notre cher Tancredi, certes, mais que de travail pour moi ! Penser au logement des vétérans qui viendront de tous les coins d'Italie, placer les invités dans les tribunes sans offenser personne ; s'assurer de l'adhésion de tous les maires des communes de l'île. À propos, ma chère, le Maire de Salina est un clérical et il a refusé de prendre part au défilé ; aussi ai-je pensé tout de suite à ton neveu, à Fabrizio : il était venu me rendre visite et toc ! je l'ai attrapé ; il n'a pas pu me le refuser, et à la fin du mois nous le verrons défiler en cape rue de la Liberté devant un beau panneau avec le nom de "Salina" en lettres énormes. N'est-ce pas un joli coup ? Un Salina rendra hommage à Garibaldi, ce sera une fusion de la vieille Sicile et de la nouvelle. J'ai pensé à toi aussi, ma chère ; voilà ton invitation pour la tribune d'honneur, juste à la droite de la tribune royale. » Et elle tira de son petit sac parisien un carton rouge-garibaldien, de la même couleur que le ruban de soie que Tancredi avait porté quelque temps sur son col. « Carolina et Caterina ne seront pas contentes », continua-t-elle de façon tout à fait arbitraire, « mais je ne disposais que d'une place : du reste tu y as droit plus qu'elles, tu étais, toi, la cousine préférée de notre Tancredi. »

Elle parlait beaucoup et elle parlait bien : quarante ans de vie commune avec Tancredi, une cohabitation orageuse et interrompue mais suffisamment longue, avaient effacé depuis longtemps jusqu'aux dernières traces de l'accent et des manières de Donnafugata ; son mimétisme était tel qu'elle faisait, en les nouant et les tordant, le même jeu charmant des mains qui était une des caractéristiques de Tancredi. Elle lisait beaucoup et sur la table de son salon les livres les plus récents de Paul Bourget et d'Anatole France alternaient avec ceux de Gabriele D'Annunzio et de Matilde Serao ; et dans les salons palermitains elle passait pour une spécialiste de l'architecture des châteaux français de la Loire dont elle parlait souvent avec une exaltation imprécise opposant, peut-être inconsciemment, leur sérénité « Renaissance » à l'inquiétude baroque du palais de Donnafugata contre lequel elle nourrissait une aversion inexplicable pour ceux qui ne connaissaient pas son enfance soumise et négligée.

« Mais où ai-je la tête, ma chère ! J'oubliais de te dire que le sénateur Tassoni va arriver ici dans un moment ; il est mon hôte à la villa Falconeri et il désire te connaître : c'était un grand ami du pauvre Tancredi, un compagnon d'armes, aussi, et il paraît que c'est par lui qu'il a entendu parler de toi. Notre cher Tancredi ! » Le mouchoir bordé d'un mince liseré noir sortit de son petit sac, essuya une larme de ses yeux encore beaux.

Concetta avait toujours intercalé quelques phrases dans le bourdonnement continu de la voix d'Angelica ; mais en entendant le nom de Tassoni elle se tut. Elle revoyait la scène, très lointaine mais claire, comme ce que l'on perçoit à travers une longue-vue à l'envers : la grande table blanche entourée de tous ces morts ; Tancredi près d'elle, disparu à présent lui aussi comme elle-même d'ailleurs, de fait, était morte ; le récit brutal, le rire hystérique d'Angelica, ses propres larmes non moins hystériques. C'est là qu'avait eu lieu le tournant de sa vie ; la route sur laquelle elle s'était alors engagée l'avait conduite jusque-là, jusqu'à ce désert qui n'était même pas habité par l'amour, disparu, ni par la rancœur, éteinte.

« J'ai appris les embêtements que tu as avec la Curie. Qu'ils sont ennuyeux ! Mais pourquoi ne m'en as-tu pas parlé avant ? J'aurais pu faire quelque chose : le Cardinal a des égards pour moi ; j'ai peur qu'il ne soit maintenant trop tard. Mais je travaillerai dans les coulisses. D'ailleurs, il ne se passera rien. »

Le sénateur Tassoni, qui arriva peu après, était un petit vieux alerte et très élégant. Sa richesse, qui était grande et ne cessait de croître, avait été conquise à travers des compétitions et des luttes ; au lieu de l'épuiser, celles-ci l'avaient maintenu dans un état d'énergie constant qui surmontait à présent les années et les gardait ardentes. Au cours des quelques mois de service dans l'Armée Méridionale de Garibaldi il avait pris une allure militaire destinée à ne jamais s'effacer ; uni à la courtoisie cela avait formé un philtre qui lui avait procuré d'abord beaucoup de tendres succès et qui maintenant, mêlé au nombre de ses actions, lui servait remarquablement à terroriser les Conseils d'Administration bancaires et cotonniers ; la moitié de l'Italie et une grande partie des pays balkaniques cousaient leurs boutons avec les fils de la société Tassoni & Cie.

« Mademoiselle », était-il en train de dire à Concetta assis près d'elle sur un tabouret bas qui eût convenu à un page et qu'il avait justement choisi pour cela, « mademoiselle, un rêve de ma jeunesse très lointaine se réalise aujourd'hui. Que de fois dans les nuits glacées des bivouacs sur le Volturno ou autour des glacis de Gaète assiégée, que de fois notre inoubliable Tancredi m'a parlé de vous ; j'avais l'impression de vous connaître, d'avoir fréquenté cette maison, ces murs où il passa sa jeunesse indomptée ; je suis heureux de pouvoir déposer, bien qu'avec tant de retard, mon hommage aux pieds de celle qui consola l'un des héros les plus purs de notre Rachat ! »

Concetta n'était pas habituée à la conversation avec des gens qu'elle ne connaissait pas depuis son enfance ; elle n'aimait pas trop la lecture ; elle n'avait donc pas eu la possibilité de s'immuniser contre la rhétorique et elle en subissait même le charme jusqu'à se retrouver sous son emprise. Elle fut émue par les mots du sénateur : elle oublia l'anecdote guerrière à moitié centenaire, elle ne vit plus en Tassoni le violeur de couvents, celui qui se moquait de quelques pauvres religieuses apeurées, mais un vieil et sincère ami de Tancredi qui parlait de lui affectueusement, qui lui portait, à elle, devenue une ombre, un message du mort transmis à travers les marécages du temps que les disparus peuvent si rarement franchir. « Et que vous disait de moi mon cher cousin ? », demanda-t-elle à mi-voix avec une timidité qui faisait revivre la jeune fille de dix-huit ans dans cet amas de soie noire et de cheveux blancs.

« Ah ! beaucoup de choses ! il parlait de vous presque autant qu'il parlait de donna Angelica ; elle était pour lui l'amour, vous, en revanche, vous étiez l'image de la délicieuse adolescence, de cette adolescence qui passe si vite pour nous, soldats. »

Le gel serra de nouveau le vieux cœur ; et Tassoni avait déjà levé la voix et s'adressait à Angelica : « Vous souvenez-vous, princesse, de ce qu'il nous a dit à Vienne il y a dix ans ? » Il se retourna vers Concetta pour expliquer. « J'étais allé là-bas avec la délégation italienne pour le traité de commerce ; Tancredi m'a reçu à l'ambassade avec son grand cœur d'ami et de camarade, avec son affabilité de grand seigneur. Il était peut-être ému de revoir un compagnon d'armes dans cette ville hostile et que de choses de son passé il nous raconta alors ! Dans une loge de l'Opéra, entre deux actes de *Don Giovanni*, il nous avoua avec son ironie inégalable un péché, un de ses péchés impardonnables, comme il disait, commis contre vous ; oui, mademoiselle, contre vous. » Il s'interrompit un instant pour donner le loisir de se préparer à la surprise. « Figurez-vous qu'il nous raconta comment un soir, au cours d'un dîner à Donnafugata, il s'était permis d'inventer une blague et de vous la raconter ; une blague de guerre en relation avec les combats de Palerme, dans laquelle je figurais moi aussi ; et comment vous y aviez cru et vous étiez sentie offensée parce que le récit du fait était un peu audacieux, selon l'opinion d'il y a cinquante ans. Vous l'aviez blâmé. "Elle était si charmante", disait-il, "tandis qu'elle me fixait de ses yeux furieux et que ses lèvres se gonflaient gracieusement de colère comme celles d'un jeune chiot ; elle était si charmante que si je ne m'étais pas retenu je l'aurais embrassée là devant vingt personnes et devant mon terrible cher oncle." Vous, mademoiselle, vous l'avez peut-être oublié ; mais Tancredi s'en souvenait bien, tant il avait de délicatesse dans son cœur ; il s'en souvenait aussi parce qu'il avait commis cette mauvaise action justement le jour où il avait rencontré donna Angelica pour la première fois. » Et il esquissa à l'adresse de la princesse un de ces gestes d'hommage avec la main droite qui s'abaisse dans l'air et dont la tradition goldonienne ne se conservait plus que chez les Sénateurs du Royaume.

La conversation continua quelque temps encore mais on ne peut pas dire que Concetta y prit une grande part. La révélation soudaine pénétra lentement dans son esprit et elle ne la tourmenta pas trop au début. Mais quand ses visiteurs eurent pris congé et furent partis, elle resta seule, elle commença à voir plus clair et donc à souffrir davantage. Les spectres du passé étaient exorcisés depuis des années ; ils demeuraient, naturellement, cachés partout et c'étaient eux qui donnaient de l'amertume à la nourriture, de l'ennui à la compagnie : mais leur vrai visage ne s'était plus montré depuis longtemps ; à présent il surgissait enveloppé dans le comique funèbre des malheurs irréparables. Il serait certes absurde de dire que Concetta aimait encore Tancredi ; l'éternité amoureuse ne dure que quelques années et non pas cinquante ; mais de même qu'une personne guérie depuis cinquante ans de la variole en porte encore les marques sur son visage bien qu'elle puisse avoir oublié les tourments du mal, elle portait dans l'oppression de sa vie actuelle les cicatrices de sa déception désormais presque historique, à tel point historique, d'ailleurs, qu'on en célébrait officiellement le cinquantenaire. Mais jusqu'à aujourd'hui, quand elle repensait, rarement, à ce qui s'était passé à Donnafugata en cet été lointain elle se sentait soutenue par un sentiment de martyre subi, de tort reçu, par l'animosité contre son père qui l'avait sacrifiée, par un sentiment poignant à l'égard de l'autre mort ; ces sentiments qui en avaient découlé et avaient formé le squelette de toute sa façon de penser se défaisaient eux aussi ; il n'y avait pas eu d'ennemis mais une seule adversaire, elle-même ; son avenir avait été tué par sa propre imprudence, par la colère impétueuse des Salina ; juste au moment où après des décennies les souvenirs ressuscitaient, il lui manquait à présent la consolation de pouvoir attribuer à d'autres son propre malheur, une consolation qui est le dernier philtre trompeur des désespérés.

Si les choses étaient telles que Tassoni les avait racontées, les longues heures passées en une savoureuse délectation de haine devant le portrait de son père, le fait d'avoir caché n'importe quelle photographie de Tancredi pour ne pas être contrainte de le haïr lui aussi, avaient été des stupidités ; pire, des injustices cruelles ; et elle souffrit quand il lui revint à l'esprit l'accent chaleureux, l'accent suppliant de Tancredi en train de prier son oncle de le laisser entrer dans le couvent ; ces mots-là avaient été des mots d'amour envers elle, des mots qui n'avaient pas été compris, mis en fuite par l'orgueil et qui, face à sa dureté, s'étaient retirés la queue entre les jambes comme des petits chiens battus. Du fond intemporel de l'être une douleur noire monta la souiller tout entière devant cette révélation de la vérité.

Mais était-ce là la vérité ? Nulle part la vérité n'a une vie aussi brève qu'en Sicile : le fait s'est passé il y a seulement cinq minutes et déjà son noyau originaire a disparu, camouflé, embelli, défiguré, opprimé, anéanti par l'imagination et les intérêts ; la pudeur, la peur, la générosité, la malveillance, l'opportunisme, la charité, toutes les passions, les bonnes comme les mauvaises, se précipitent sur le fait et le mettent en pièces ; en peu de temps il a disparu. Et la malheureuse Concetta voulait trouver la vérité de sentiments non exprimés mais seulement entrevus un demi-siècle auparavant ! La vérité n'y était plus ; sa précarité avait été remplacée par l'irréfutabilité de la peine.

Pendant ce temps-là Angelica et le Sénateur faisaient le court trajet jusqu'à la villa Falconeri. Tassoni était préoccupé : « Angelica », dit-il (trente ans plus tôt il avait eu avec elle une courte relation galante et il gardait l'intimité irremplaçable que confèrent quelques heures passées entre les mêmes draps), « je crains d'avoir blessé en quelque manière votre cousine ; avez-vous remarqué comme elle était silencieuse à la fin de la visite ? j'en serais désolé, c'est une dame très aimable. » « Je crois bien que vous l'avez blessée, Vittorio», dit Angelica, exaspérée par une double, bien que fantomatique, jalousie, «elle était follement amoureuse de Tancredi ; mais il ne lui a jamais prêté attention.» Ainsi une nouvelle pelletée de terre finit par recouvrir la tombe de la vérité.

Le Cardinal de Palerme était vraiment un saint homme ; et maintenant qu'il n'est plus là depuis longtemps les souvenirs de sa charité et de sa foi restent vivants. Quand il vivait, pourtant, les choses en allaient tout autrement : il n'était pas sicilien, il n'était même pas méridional ou romain et donc son activité de Septentrional s'était efforcée bien des années auparavant de faire lever la pâte inerte et lourde de la spiritualité sicilienne en général et du clergé en particulier. Aidé par deux ou trois secrétaires de sa région il avait eu l'illusion, les premières années, qu'il était possible d'écarter les abus, de dégager le terrain des pierres d'achoppement les plus flagrantes. Il avait dû vite se rendre compte que c'était comme tirer des coups de fusil dans de la ouate : le petit trou produit sur le moment était comblé après quelques instants par des milliers de fibres complices et tout restait comme avant, avec en plus le coût de la poudre, la détérioration du matériel et le ridicule de l'effort inutile. Comme pour tous ceux qui, à cette époque, voulaient réformer toute chose dans le caractère sicilien il s'était vite formé autour de lui une réputation d'imbécile (ce qui dans les circonstances de ce milieu était exact) et il devait se contenter d'accomplir des œuvres de charité passives qui ne faisaient d'ailleurs que diminuer encore sa popularité si jamais celles-ci exigeaient du bénéficiaire la moindre fatigue, par exemple celle de se rendre au Palais de l'Archevêché pour recevoir les aides.

Le prélat âgé qui le matin du quatorze Mai se rendit à la villa Salina était donc un homme bon mais n'ayant plus d'illusions ; il avait fini par assumer à l'égard de ses diocésains une attitude de miséricorde méprisante (parfois, après tout, injuste) qui le poussait à adopter des manières brusques et tranchantes l'entraînant de plus en plus dans le marais de la désaffection.

Les trois sœurs Salina étaient, comme on le sait, fondamentalement offensées par l'inspection de leur chapelle : mais, en âmes enfantines et, après tout, féminines, elles en goûtaient aussi à l'avance les satisfactions marginales mais indéniables : celle de recevoir chez elles un Prince de l'Église, de pouvoir lui montrer le faste de la maison Salina qu'elles croyaient en toute bonne foi encore intact, et avant tout la possibilité de voir tournoyer dans leur maison pendant une demi-heure une sorte de somptueux oiseau rouge et d'admirer les tons variés et harmonisés de ses diverses pourpres et le moiré des très lourdes soieries. Les pauvres femmes étaient pourtant destinées à être déçues même dans ce dernier modeste espoir : quand, descendues au bas de l'escalier extérieur, elles virent sortir de la voiture Son Éminence, elles durent constater qu'Elle s'était mise en tenue ordinaire : sur la sévère soutane noire seuls de minuscules boutons pourpres indiquaient son très haut rang ; malgré son visage de bonté outragée le cardinal n'était pas plus imposant que l'archiprêtre de Donnafugata. Il fut courtois mais froid et il sut montrer avec un mélange trop savant son respect pour la maison Salina et pour les vertus individuelles des demoiselles en même temps que son mépris pour leur incapacité et leur dévotion formaliste ; il ne répondit mot aux exclamations de Monseigneur le Vicaire sur la beauté du mobilier des salons qu'ils traversèrent, refusa d'accepter quoi que ce fût du somptueux rafraîchissement préparé (« merci, mademoiselle, rien qu'un peu d'eau : c'est aujourd'hui la veille de la fête de mon saint patron »), ne s'assit même pas. Il alla à la chapelle, s'agenouilla un instant devant la Madone de Pompéi, inspecta les reliques à la hâte. Mais il bénit avec une mansuétude pastorale les maîtresses de maison et leurs serviteurs agenouillés dans la salle d'entrée, et puis : « Mademoiselle », dit-il à Concetta qui portait sur son visage les marques d'une nuit d'insomnie, « pendant trois ou quatre jours on ne pourra pas célébrer le Service Divin dans la chapelle ; mais j'aurai soin de prévoir très vite une nouvelle consécration. À mon avis l'image de la Madone de Pompéi occupera dignement la place du tableau qui se trouve au-dessus de l'autel qui, d'ailleurs, pourra rejoindre les belles œuvres d'art que j'ai admirées en traversant vos salons. Quant aux reliques, je laisse ici don Pacchiotti, mon secrétaire qui est un prêtre très compétent ; il examinera les documents et vous communiquera les résultats de ses recherches ; et quand il décidera ce sera comme si j'avais décidé moi-même. »

Il se laissa avec bienveillance baiser l'anneau par tous, et, lourdement, remonta en voiture avec sa petite suite.

Les carrosses n'étaient pas encore arrivés au tournant des Falconeri que Carolina, serrant les mâchoires et les yeux lançant des éclairs, s'exclamait : « Pour moi, ce Pape est un Turc », tandis qu'on était obligé de faire respirer de l'éther sulfurique à Caterina. Concetta s'entretenait calmement avec don Pacchiotti qui avait fini par accepter une tasse de café et un baba.

Ensuite le prêtre demanda la clé de la caisse des documents, s'excusa et se retira dans la chapelle non sans avoir d'abord extrait d'un sac un petit marteau, une petite scie, un tournevis, une loupe et deux ou trois crayons. Il avait été élève à l'École de Paléographie du

Vatican, de surcroît il était piémontais : son travail fut long et soigné ; les serviteurs qui passaient devant la porte de la chapelle entendaient des petits coups de marteau, de menus grincements de vis et des soupirs. Trois heures plus tard il réapparut, la soutane très empoussiérée et les mains noires mais tout heureux et avec une expression de sérénité sur son visage à lunettes : il s'excusait parce qu'il portait dans les mains un grand panier d'osier : « Je me suis permis de m'approprier ce panier pour y placer les objets écartés ; puis-je le poser ici ? » Et il déposa dans un coin son machin qui débordait de papiers arrachés, de cartouches, de petites boîtes contenant des ossements et des cartilages. « Je suis heureux de vous dire que j'ai trouvé cinq reliques parfaitement authentiques et dignes d'être des objets de dévotion. Les autres sont là », dit-il en montrant le panier. « Pourriez-vous me dire, mesdemoiselles, où je puis m'épousseter et me laver les mains ? »

Il réapparut cinq minutes après, s'essuyant les mains avec une grande serviette sur le bord de laquelle dansait un Guépard en fil rouge. « J'ai oublié de vous dire que les cadres sont rangés sur la table de la chapelle ; quelques-uns sont vraiment beaux. » Il prit congé. « Mesdemoiselles, mes respects. » Mais Caterina refusa de lui baiser la main. « Et que devons-nous faire des choses qui restent dans le panier ? » « Absolument ce que vous voulez, mesdemoiselles ; les garder, ou les jeter aux ordures ; elles n'ont aucune valeur. » Et comme Concetta voulait que l'on prépare une voiture pour le ramener : « Ne vous donnez pas cette peine, mademoiselle ; je déjeunerai chez les Oratoriens, là, à deux pas. Je n'ai besoin de rien. » Et ayant replacé ses petits instruments dans son sac, il s'en alla d'un pas léger.

Concetta se retira dans sa chambre ; elle n'éprouvait absolument aucune sensation : il lui semblait vivre dans un monde connu mais étranger qui avait déjà cédé toutes les impulsions qu'il pouvait donner et qui ne consistait plus désormais qu'en de pures formes. Le portrait de son père ne représentait que quelques centimètres carrés de toile, les caisses vertes quelques mètres cubes de bois. Peu après on lui apporta une lettre. L'enveloppe était bordée de noir avec une grosse couronne en relief : « Très chère Concetta, j'ai appris la visite de Son Éminence et je suis heureuse que quelques reliques aient pu être sauvées. J'espère obtenir que Monseigneur le Vicaire vienne célébrer la première messe dans la chapelle reconsacrée. Le sénateur Tassoni part demain et se rappelle à ton *bon souvenir**. Je viendrai vite te voir et en attendant je t'embrasse affectueusement ainsi que Carolina et Caterina. Ton Angelica. » Elle continua à ne rien sentir : le vide intérieur était complet ; seul du petit tas de fourrure s'exhalait un brouillard de malaise. C'était la peine d'aujourd'hui : même le pauvre Bendicò insinuait des souvenirs amers. Elle sonna. « Annetta », dit-elle, « ce chien est vraiment trop poussiéreux et piqué par les vers. Emportez-le, jetez-le. »

Tandis que la carcasse était traînée au-dehors, les yeux de verre la fixèrent avec l'humble reproche des choses que l'on écarte, que l'on veut annihiler. Quelques minutes plus tard ce qui restait de Bendicò fut jeté dans un coin de la cour que l'enleveur de la voirie visitait chaque jour : au cours de son vol par la fenêtre sa forme se recomposa un instant : on aurait pu voir danser dans l'air un quadrupède aux longues moustaches et la patte droite antérieure semblait lancer une imprécation. Puis tout s'apaisa dans un petit tas de poussière livide.

FIN

Table analytique

Première partie

Rosaire et présentation du Prince, 9 – Le jardin et le soldat mort, 13 – Les audiences royales, 16 – Le dîner, 20 – En voiture pour Palerme, 23 – En allant chez Mariannina, 27 – Le retour à San Lorenzo, 29 – Conversation avec Tancredi, 31 – Dans l'Administration : les fiefs et les raisonnements politiques, 34 – À l'Observatoire avec le Père Pirrone, 41 – Détente au cours du déjeuner, 46 – Don Fabrizio et les paysans, 48 – Don Fabrizio et son fils Paolo, 49 – La nouvelle du débarquement et de nouveau le Rosaire, 50.

Deuxième partie

Voyage pour Donnafugata, 55 – L'étape, 56 – Précédents et déroulement du voyage, 58 – Arrivée à Donnafugata, 63 – À l'église, 65 – Don Onofrio Rotolo, 67 – Conversation dans la salle de bains, 70 – La fontaine d'Amphitrite, 77 – Surprise avant le dîner, 80 – Le dîner et réactions diverses, 83 – Don Fabrizio et les étoiles, 88 – Visite au monastère, 90 – Ce que l'on voit d'une fenêtre, 93.

Troisième partie

Départ pour la chasse, 97 – Soucis de Don Fabrizio, 99 – Lettre de Tancredi, 102 – La chasse et le Plébis-

cite, 107 – Don Ciccio Tumeo s'emporte, 117 – Comment on avale une couleuvre, 129 – Petit épilogue, 139.

QUATRIÈME PARTIE
Don Fabrizio et don Calogero, 143 – Première visite d'Angelica, 146 – Arrivée de Tancredi et Cavriaghi, 152 – Arrivée d'Angelica, 157 – Le cyclone amoureux, 161 – Détente après le cyclone, 171 – Un Piémontais arrive à Donnafugata, 176 – Un petit tour dans le village, 179 – Chevalley et Don Fabrizio, 181 – Départ à l'aube, 194.

CINQUIÈME PARTIE
Arrivée du Père Pirrone à San Cono, 199 – Conversation avec les amis et l'herboriste, 202 – Les ennuis familiaux d'un Jésuite, 212 – Résolution des ennuis, 216 – Conversation avec l'« homme d'honneur », 219 – Retour à Palerme, 220.

SIXIÈME PARTIE
En allant au bal, 225 – Le bal : entrée de Pallavicino et des Sedàra, 228 – Mécontentement de Don Fabrizio, 233 – La salle de bal, 236 – Dans la bibliothèque, 239 – Don Fabrizio danse avec Angelica, 242 – Le souper ; conversation avec Pallavicino, 244 – Le bal s'étiole, on rentre à la maison, 249.

SEPTIÈME PARTIE
La mort du Prince, 255.

HUITIÈME PARTIE
Visite de Monseigneur le Vicaire, 271 – Le tableau et les reliques, 275 – La chambre de Concetta, 279 – Visite d'Angelica et du sénateur Tassoni, 282 – Le Cardinal : fin des reliques, 290 – Fin de tout, 294.

ADDENDA
AU *GUÉPARD*

Fragment A
(à placer au début de la IVe partie)

À un abattement généralisé et profond, à un abattement pour ainsi dire métaphysique de son maître, l'affection d'un chien peut apporter un véritable soulagement ; mais lorsque les raisons du tourment sont circonscrites et précises (une lettre pénible à écrire, un paiement qui arrive à échéance, une rencontre désagréable à affronter) il n'y a pas de frétillements de queue qui tiennent ; les pauvres animaux essaient, encore et encore, continuent à s'offrir à l'infini, mais rien n'y fait ; leur dévouement s'adresse à des sphères supérieures et générales de l'affection humaine et leurs propositions tombent dans le vide contre des malheurs individuels ; un chien danois à caresser ne console pas d'une couleuvre à avaler.

L'un des premiers signes de la sérénité reconquise de Don Fabrizio fut donc la reprise de ses rapports fraternels avec Bendicò ; l'on put de nouveau admirer le spectacle de l'homme gigantesque qui se promenait dans le jardin avec son chien-colosse. Le chien espérait apprendre à l'homme le goût de l'activité gratuite, lui inculquer un peu de son dynamisme ; l'homme eût aimé que la bête arrivât à apprécier, à travers l'affection, sinon vraiment la spéculation abstraite, au moins le plaisir de l'oisiveté élégante et aristocratique ; aucun des deux, on le comprend, ne parvenait à rien, mais ils étaient quand même contents car le bonheur consiste à rechercher des buts et non à les atteindre ; c'est du moins ce que l'on dit.

Fragment B
(à insérer entre la VIe et la VIIe partie)

Le « Canzoniere » de la maison Salina

Pendant les années qui suivirent immédiatement la formation du Royaume d'Italie et avant 1866 qui marqua la première crise de ce royaume, annonciatrice d'autres crises plus graves, la famille du Prince de Salina parvint à atteindre ce mince équilibre que l'on peut obtenir dans ce monde fluctuant.

En 1863 Don Fabrizio atteignit sa cinquantième année et, comme la sagesse de cette époque le conseillait, il se considéra vieux et irrémédiablement destitué ; destitué, bien entendu, en ce qui concernait les manifestations érotiques, mondaines et même scientifiques ; pour ce qui avait à voir, au contraire, avec l'*imperium* familial, celui-ci fut en revanche plutôt intensifié que diminué, à la suite, justement, du resserrement du front d'assaut.

La princesse Maria Stella suivit en cela aussi l'exemple de son mari ; elle le suivit même à tel point qu'elle revêtit l'uniforme des vieilles dames de l'époque ; et on ne la vit plus que dans des vêtements où les soies gris fumée ou feuille morte disparaissaient presque sous de larges festons de dentelles noires ; son visage, dans lequel cependant les yeux brûlaient d'un feu juvénile, était toujours encadré par les grands rubans de la *capote**, un certificat de naissance que les modistes délivraient et qui était l'équivalent du drapeau que les bateaux de guerre amenaient en ce temps-là, quand le feu ennemi les avait rendus incapables de manœuvrer.

Paolo, l'aîné, le duc de Querceta, semblait avoir quitté, du point de vue affectif, sa propre famille et s'être fait adopter par ses chevaux ; ceux-ci passaient lentement des noms normands et chevaleresques en vogue sous la monarchie bourbonienne à d'autres à la résonance anglo-saxonne. « Rufus », avec son appellation en même temps royale et anglaise, marqua cette transition ; après lui, « Swiftsure », « Destroyer » et « Lady-Fair » se disputèrent l'affection du jeune noble. Sous des robes et des noms différents ils restaient pourtant toujours les mêmes sales bêtes arrogantes, ombrageuses et au sang jamais très certain qui, oubliant les soins filiaux de Paolo, mirent plus d'une fois en danger la vie même de leur enfant. Au cours de ces années, Paolo commença aussi à faire la cour à l'une de ses cousines Màlvica, Annina ; cette cour avait peut-être obtenu le consentement des chevaux mais certainement pas celui de Don Fabrizio qui souleva à cette occasion la question préjudicielle sicilienne à tout mariage des fils, renforcée cette fois par l'usure que le nom de Màlvica avait depuis longtemps exercé sur ses nerfs paternels. La cour trouva, malgré tout, son issue avec lassitude et déboucha sur un mariage qui fut contracté quelques années plus tard.

Les autres fils grandissaient et les plus âgés devenaient même des hommes et se risquèrent dans de petites orgies timorées palermitaines, ou, tout au plus, napolitaines. Autour des demoiselles, bien que belles et très jeunes, commençait à s'accumuler la cendre impalpable, bleuâtre et tiède, qui présage l'état de vieille fille.

Après de longues fiançailles dont la durée était justifiée par la jeunesse extrême d'Angelica, Tancredi finit par se marier et, chargé des petits sacs de toile et de la double bénédiction guépardesque et sédarienne, il voyagea pendant un an, avec son épouse, à travers toute l'Europe : Paris, Baden-Baden, Venise, Londres et Spa virent ce petit couple fascinant et dépensier ; la beauté, à vrai dire exceptionnelle, de la princesse toute jeune lui conquit, platoniquement, bien des cœurs pourtant difficiles ; la distinction malicieuse et les traits d'esprit de l'époux conduisirent plusieurs femmes, qu'elles fussent comtesses ou femmes de chambre, à des capitulations moins platoniques.

Pendant ce temps, à la villa Falconeri on accomplissait de grands travaux de restauration, dirigés par Don Fabrizio et financés par don Calogero, et à leur retour les deux tourtereaux trouvèrent un nid dans lequel les divans de *peluche** et les figurines de Minton ne parvenaient pas à cacher tout à fait la noblesse des anciennes proportions mais mirent définitivement en fuite les fantômes des héritages et des huissiers qui avaient trop longtemps endeuillé ces lieux. Tancredi était encore trop jeune pour aspirer à des charges politiques précises, mais son activité et sa fortune récente le rendaient partout indispensable ; il militait dans la tendance avantageuse d'« extrême gauche de l'extrême droite », un magnifique tremplin qui devait lui permettre par la suite des acrobaties admirables et admirées ; mais l'activité politique intense était savamment masquée chez lui par une nonchalance et une légèreté d'expression qui lui ralliaient tout le monde.

Le Père Pirrone se trouva impliqué dans des querelles de sa famille, compliquées et dangereuses ; nous sommes heureux de dire qu'il sut démêler ces situations embrouillées avec la sagesse et la bonté auxquelles il fallait s'attendre de la part d'un prêtre aussi vénérable ; et même que, de l'observation de ces misères humaines, il sut tirer quelques intéressantes conclusions d'ordre général.

Le palais de Donnafugata continuait à dresser la volupté baroque de ses volutes et de ses jets d'eau au cœur le plus profond de la noire misère sicilienne ; sous l'administration modernisée de don Calogero Sedàra, député et maire, la commune s'enrichissait d'écoles édifiées uniquement de premières pierres et d'égouts creusés par des affiches.

Chevalley de Monterzuolo, quant à lui, avait obtenu une promotion et une mutation à Grosseto, après une année de résidence à Girgenti et deux à Trapani ; avant de quitter la Sicile il était allé saluer le Prince et lui exprimer sa reconnaissance personnelle pour sa perspicacité.

Dans ce climat de sérénité transitoire, la poésie avait fleuri dans la maison Salina. Que cela ne paraisse pas étrange : il y a un siècle la production littéraire, quoique médiocre, justement parce qu'elle était médiocre, n'était pas, comme aujourd'hui, détachée de la masse du commun des mortels et réservée à quelques initiés aux jargons et aux mystères allusifs ; beaucoup de personnes, bien qu'elles eussent une culture sommaire, concentraient dans des strophes très mesurées leurs émotions, sans aspirations éditoriales mais non sans une secrète envie d'éternité comme on peut en conclure de la conservation presque toujours jalouse des textes. On ne peut cacher que le contenu de la grande majorité de ces poésies était d'une obscénité surprenante ou bien scatologique jusqu'à l'asphyxie ; mais un certain nombre de ces œuvres cachées révèle, à travers de pitoyables inexpériences, un sentiment fort et exquis souvent insoupçonné de celui qui connaît la biographie ou les portraits des auteurs. En lisant certains de ces poèmes de quatrième ordre, on a parfois le sentiment de rencontrer une grande âme en train de se débattre dans une prison fermée dont les murs sont cimentés par les faibles capacités et le manque de fréquentation des grands poètes ; comme, pour l'exprimer autrement, un feu forcé de brûler entre des fagots humides qui produit beaucoup de fumée et très peu de flammes sans cesser pour autant d'être un très noble élément ; cette même sensation que l'on éprouve en lisant les sonnets de Michel-Ange ou les tragédies d'Alfieri ; ou, si l'on désire se mettre à l'abri des foudres académiques, en lisant les vers italiens de Milton et ceux de Goethe.

Comme conséquence de l'une de ces farces issues des bombardements aériens qui font disparaître des objets précieux mais révèlent le contenu de débarras oubliés, l'on retrouva, gisant au milieu des décombres et recouverte des tristes gravats des écroulements, une chemise de gros papier bleu avec sur la couverture le titre ironique, espérons-le, de « "Canzoniere" de la maison Salina ». Elle contenait un fascicule assez mince imprimé à Palerme (« sur les presses de E. Pedone Lauriel – 1863 ») portant sur son frontispice : « Ode pour la glorification de l'Illustre Maison des Princes de Salina-Corbera et pour la célébration du cinquantième anniversaire de Son Excellence Don Fabrizio Corbera, prince de Salina etc., composée et dédiée par le Très Révérend Père Saverio Pirrone S. J. » Il y avait ensuite de nombreux feuillets de format inégal et de papiers différents tous couverts de l'écriture élégante de Don Fabrizio ; une trentaine de sonnets (vingt-sept, pour être précis) ; et en plus, quelques feuillets eux aussi écrits par le Prince, avec, au bas, l'annotation « œuvre du cher Tancredi ».

Nous reportons ici intégralement l'ode du Père Pirrone, certainement pas pour sa valeur poétique mais parce qu'elle est apte à éclairer le milieu social dans lequel le Jésuite fit éclore les fleurs modestes mais émouvantes de sa rhétorique.

Nous regrettons au contraire de ne pas pouvoir publier l'ensemble des sonnets de Don Fabrizio ; les difficultés que les griffes du Guépard rencontrèrent pour dévider les complications de la pelote prosodique et métrique de son époque se révèlent souvent insurmontables. La plupart de ces sonnets, qui devaient sembler très clairs à leur auteur, seraient tout à fait incompréhensibles pour un lecteur de nos jours tant il y a de bizarreries syntaxiques, de chevilles et de syllabes par excès ou par défaut. Puisque nous estimerions irrévérencieux d'exposer une figure respectable à tant de titres aux moqueries d'un public qui préfère l'obscurité dans la poésie seulement quand elle est préméditée et non pas, comme dans ce cas, lorsqu'elle vient d'une pathétique difficulté d'expression, nous avons préféré exercer une sévère censure et présenter seulement les quelques poésies les moins gâtées de tares ; elles révéleront un aspect inattendu de la personnalité de Don Fabrizio, qui, on l'espère, le fera aimer davantage à ceux qui ont pérégriné à travers les landes stériles de ces pages.

Le nombre des poésies de Tancredi est si petit qu'il n'a pas été nécessaire d'en faire un choix ; elles sont d'ailleurs d'un contenu plus léger et éclairent bien l'aspect extérieurement fascinant de ce « héros de notre rachat ».

Nous sollicitons l'indulgence du lecteur car nous avons été obligé d'alourdir le texte avec quelques notes indispensables pour éclaircir les nombreuses allusions familiales et personnelles de ces toutes petites œuvres.

Ode pour la glorification de l'Illustre Maison des Princes de Salina-Corbera et pour la célébration du cinquantième anniversaire de Son Excellence Don Fabrizio Corbera prince de Salina, duc de Querceta, marquis de Donnafugata, etc., composée et dédiée par le Très Révérend Père Saverio Pirrone S.J.

Tout début est piètre
sur la boule terrestre,
Adam naît du limon,
de la chenille le papillon,

Pierre dans l'eau harassé
était juste un pêcheur,
dans une étable est né
même le Rédempteur.

Rome puissante et sainte
eut en un vil laboureur
qu'à présent l'histoire exalte
de son premier sillon le traceur.

À Manresa dans l'humilité
dans une caverne et dans l'obscurité
fut la flamme allumée
annonce de gloire et d'éternité[1].

1. Le Poète exalte les humbles origines de sa Compagnie de Jésus. Ce fut en effet dans l'antre de Manresa en Espagne qu'Ignace de Loyola conçut l'organisation de son ordre. *(Note de l'auteur)*

Empereurs, rois et nobliaux
des brigands les plus brutaux
de soudards des armées
de capitaines déshonorés

D'eux ont été accouchés
ceux que le Temps pare de beauté,
leur donnant l'immortalité
comme d'une étoile étant nés.

Celui qui règne en Lutèce
sur le trône des Rois Saints,
il est bien d'un troupeau corse
toujours le fils incertain[1].

Ô de Salina toi lignée
toi seule illustre et aimée,
presque divine tu es née
de lumière couronnée !

Tu te montres dans les histoires
le front déjà orné
de splendides mémoires,
aux royaumes, aux amours enlacée.

Sur le Palatin auguste
formé de Titus le vertueux
et de Bérénice l'envie
ton origine fut hardie[2].

1. Le Poète reflète ici l'aversion du Clergé contre Napoléon III qui avait permis l'annexion d'une grande partie des États pontificaux au Royaume d'Italie et fait allusion à la naissance illégitime présumée de l'Empereur. *(Note de l'auteur)*

2. Dans cette strophe et dans celles qui suivent on fait référence à la tradition qui veut que la maison Salina ait été

Tu tires de la pieuse Judée
l'amour pour le Dieu vrai,
de Rome presque la divinité
l'honneur fort et la sévérité.

Les amours furent illustres
qui en toi prirent leur source,
ceux qu'en des futurs temps
les poètes iront chantant.

Et Cornélius dans sa gravité
en trois paroles ramassées
des mensonges pervers a dit
mais lourds de tragédie [1].

Et ce Racine auguste
qui en France versifia
et par son zèle illustre
Jansénius répudia

Et de sa Lyre tira
de ces amours insignes
par le Monde admirés des chants
loués qui ne versent de sang [2].

---

engendrée par les amours de l'Empereur Titus et de la reine Bérénice. *(Note de l'auteur)*

1. Le « Cornelius », c'est Tacite qui « en trois brèves paroles » (*invitus invitam dimisit*) résuma le drame de ces amours. Le Poète admire ces paroles mais les estime « des mensonges pervers » en ce qu'elles contrastent avec sa propre thèse des noces advenues entre les amants. *(Note de l'auteur)*

2. Le « Racine auguste » [en italien, « Il "Rasinio industre" »] est Jean Racine que le Poète, en bon Jésuite, loue avant tout pour

Mais déjà dans les antres
les envieux sans foi
disent dans les ténèbres :
« Le prêtre n'est pas là ! »

Qu'en leur gorge le mensonge soit ravalé !
Que pour leur déshonneur les impies
soient exposés au pilori !
Voici que je leur ai dévoilé

la sublime vérité
qui grandit le chaste laurier
et la fondation sauvée
parfaite de cette lignée !

---

sa répudiation (présumée) des doctrines jansénistes. La tragédie *Bérénice* de Racine est aussi louée comme la plus modérée et la seule du poète français où l'on ne verse pas le sang. *(Note de l'auteur)*

[Les sonnets de Don Fabrizio]

Sous le soleil d'août compacte et lisse
pareille à un bloc l'eau de la citerne
en marbre vert, là, repose,
contre le choc du sirocco ultime digue.

Mais non, au contraire. Par une issue étroite
le bien caché en secret se disperse ;
il coule inutile et seule une sotte vaine
brillance du gravier s'illumine.

Lent le niveau descend et de plus en plus montre
ce qui, mortel, visqueux, obscène
repose sur son fond : boue, vermine et spasmes

d'un soleil qui se noie et toutes nos tristes
faiblesses qui remontent et affleurent :
ce qui fut salut n'est à présent que miasme.

Quand en un vieux cœur l'Amour descend
il avance lentement et dans le triste encombrement
de larmes mêlées aux espérances ensevelies
doit ouvrir son chemin ; et d'horribles momies [1]

d'affections flétries [2] barrent toutes ses pistes.
Il s'installe enfin, ses bandeaux arrachés :
il n'a plus dans les yeux qu'un rictus offensant
et non, comme il en eut, des voluptés entrevues.

Tyran en sa jeunesse, bourreau en sa vieillesse,
non plus de vie mais de mort porte message,
il suscite peines, honte, querelles et horreurs.

Je souffre, pleure, je peste, et lui, il me dédaigne ;
me déchire me torture et m'enchaîne,
fier il me suivra sur les noirs rivages.

1. Au-dessus de « momies » l'auteur écrit « larves » sans indiquer de préférence. *(Note de l'auteur)*

2. Au-dessus de « flétries » l'auteur écrit « mortes » sans indiquer de préférence. *(Note de l'auteur)*

POSTFACE
DE GIOACCHINO LANZA TOMASI

Giuseppe Tomasi di Lampedusa n'eut pas la possibilité de donner le bon à tirer pour l'édition de ses œuvres. En avril 1957, on découvrit qu'il souffrait d'une tumeur aux poumons, à la fin du mois de mai il entreprit un voyage de la dernière chance à Rome où il mourut le 23 juillet. Depuis un an, il essayait d'obtenir que *Le Guépard* fût publié. Le roman avait été présenté à la maison d'édition Mondadori et avait été refusé ; il avait été proposé à l'éditeur Einaudi, et quelques jours avant son décès, l'auteur avait reçu une autre lettre de refus. L'écrivain croyait fermement dans la valeur de son œuvre. Avant de partir pour Rome, Tomasi di Lampedusa avait rédigé deux lettres-testaments, l'une adressée à sa femme, Alessandra (Licy) Wolff Stomersee [1], et l'autre à moi-même, son fils adoptif [2]. Le 30 mai, il avait

1. Psychanalyste, fille de Boris Wolff Stomersee et d'Alice Barbi, une interprète célèbre de lieder, proche de Johannes Brahms dans les dernières années de la vie du compositeur. *(Note de Gioacchino Lanza Tomasi, comme toutes les notes qui suivent, sauf mention contraire)*

2. Gioacchino Lanza di Assaro, faisait partie de l'entourage de jeunes hommes proches de Lampedusa pendant les dernières années de sa vie. Cousin lointain de Lampedusa, celui-ci l'adopta en 1956. Professeur d'histoire de la musique et organisateur musical, aujourd'hui surintendant du théâtre San Carlo de Naples.

aussi écrit à Enrico Merlo[1]. La lettre à Enrico Merlo et celle qui m'était adressée ont été retrouvées en 2000 par Giuseppe Bianchieri, neveu de la princesse Alessandra, dans un volume des *Voyages du capitaine Cook*. La princesse avait pris l'habitude, à l'imitation de son mari, de se servir des livres pour dissimuler des papiers secrets. Et parfois, l'un comme l'autre perdaient leurs documents, et même des billets de banque qu'ils avaient ainsi cachés : oublier le volume avait le même effet qu'aurait aujourd'hui le fait d'oublier un mot de passe.

La lettre à Enrico Merlo accompagnait un exemplaire dactylographié du *Guépard* avec une brève description des correspondances entre les personnages réels et ceux du roman. Les indications sont sans ambiguïté, hormis pour Tancredi, qu'il dit avoir dessiné à partir de mes traits physiques et de la carrière politique de deux sénateurs, Francesco et Pietro Lanza di Scalea. Francesco s'était exilé en Toscane et avait été sénateur sur nomination royale après l'Unité ; il avait aussi milité dans la gauche modérée et s'était présenté sans succès aux élections pour être maire de Palerme. Son fils Pietro avait été ministre de la Guerre dans le cabinet Facta et ministre des Colonies dans le premier cabinet Mussolini. Politique de profession, sous-secrétaire aux Affaires étrangères à l'époque de la guerre de Libye (1911), il était passé de la gauche modérée à la droite. Il répondait donc à ce que Tomasi écrira dans le chapitre inachevé du *Guépard*, intitulé « Le "Canzoniere" de la

1. Enrico Merlo, baron de Tagliavia. Conseiller à la Cour des comptes pour la Région sicilienne, il fait partie de la liste restreinte des amis cultivés de Lampedusa ; c'étaient aussi les seuls qui lui reconnaissaient cette qualité. Merlo et Lampedusa se rencontraient presque tous les jours au café Caflish.

maison Salina » : « Tancredi était encore trop jeune pour aspirer à des charges politiques précises, mais son activité et sa fortune récente le rendaient partout indispensable ; il militait dans la tendance avantageuse d'"extrême gauche de l'extrême droite", un magnifique tremplin qui devait lui permettre par la suite des acrobaties admirables et admirées ; mais l'activité politique intense était savamment masquée chez lui par une nonchalance et une légèreté d'expression qui lui ralliaient tout le monde. »

À l'époque de l'écriture manuscrite, l'ampleur de la correspondance était déterminée par la taille de la feuille pliée en quatre. On avançait jusqu'à épuiser cette mesure et on était souvent obligé d'écrire la dernière phrase et la signature en travers. Pour un auteur qui explique à un Sicilien cultivé et compétent le sens de son roman, la lettre adressée à Merlo est une communication laconique. Plus précisément, une manifestation d'*understatement*, élevée au rang de modèle de comportement en même temps éthique et esthétique.

Monsieur le Baron
Enrico Merlo di Tagliavia
S. M. [en mains propres]

Le 30 mai 1957

Mon Cher Enrico,
dans la serviette en cuir tu trouveras l'exemplaire dactylographié du « Guépard ».
Je te prie d'en prendre soin parce que c'est le seul exemplaire que je possède.
Je te prie aussi de le lire attentivement parce que chaque mot a été pesé et beaucoup de choses ne sont pas dites clairement mais seulement par allusion.

Il me semble qu'il présente un certain intérêt parce qu'il montre un noble sicilien dans un moment de crise (dont il n'est pas dit que ce soit seulement celle de 1860), comment il y réagit et comment s'accentue le déclin de la famille jusqu'à la débâcle presque totale : tout cela, cependant, vu de l'intérieur, avec une certaine participation de l'auteur et sans aucune hostilité, comme l'on en trouve au contraire dans les « Viceré »[1].

Il est superflu de te dire que « le prince de Salina » est le prince de Lampedusa, Giulio Fabrizio, mon arrière-grand-père : tout est vrai : sa taille, les mathématiques, sa fausse violence, son scepticisme, sa femme, sa mère allemande, son refus d'être sénateur. Le Père Pirrone est lui aussi authentique, même dans son nom. Je crois que je les ai faits l'un et l'autre plus intelligents qu'ils ne l'étaient.

Tancredi est, physiquement et dans ses manières, Giò : moralement, un mélange du sénateur Scalea et de Pietro, son fils. Angelica, je ne sais pas qui elle est, mais rappelle-toi que Sedàra, comme nom, ressemble beaucoup à « Favara ».

Donnafugata, en tant que village, est Palma ; en tant que palais, il s'agit de Santa Margherita.

Je tiens beaucoup aux deux derniers chapitres : La mort de Don Fabrizio qui a toujours été *seul* bien qu'il eût une femme et sept enfants ; l'affaire des reliques qui scelle tout est absolument authentique et j'en ai été témoin moi-même. La Sicile est ce qu'elle est ; celle de 1860, d'avant et de toujours.

Je crois que l'ensemble ne manque pas d'une poésie mélancolique particulière.

1. Roman de Federico De Roberto, *Les Princes de Francalanza*, traduit en français par N. Bauer, Paris, Stock, 2007 (1993). *(NdT)*

Je pars aujourd'hui ; je ne sais pas quand je reviendrai ; si tu veux m'écrire tu pourras le faire à cette adresse :
Chez Madame Bianchieri
Via S. Martino della Battaglia 2
Rome

Avec mes plus chères salutations,
Ton
Giuseppe

[Au dos de l'enveloppe]

Fais attention : le chien Bendicò est un personnage très important et il est presque la clé du roman.

La lettre-testament peut être utile pour saisir le talent de l'écrivain : conforme au style de ce genre de lettres, elle révèle en même temps une habileté d'écriture qui unit la puissance de la communication affective et un contrôle attentif du lexique et de la phrase. Les lectures stendhaliennes avaient formé un disciple.

Pour Giò

Mai 1957

Mon Très Cher Gioitto,
je souhaite, même lorsque le rideau sera baissé, que ma voix te parvienne pour te dire combien je te suis reconnaissant de la consolation que ta présence m'a apportée dans ces deux ou trois dernières années de ma vie qui ont été très pénibles et sombres mais qui, si toi et la chère Mirella[1] n'aviez pas été là, auraient été vraiment tragiques. Notre existence, celle

1. Mirella Radice, fiancée, puis épouse de son fils adoptif, Gioacchino Lanza di Assaro.

de Licy et la mienne, était sur le point de se dessécher complètement entre les soucis et l'âge, lorsque votre affection, votre présence constante, et même votre charmante existence ont laissé entrer un peu de lumière dans notre grisaille. Je t'ai beaucoup aimé, Gioitto ; je n'ai jamais eu d'enfants mais je crois que je n'aurais pu les aimer plus que je t'ai aimé.

[...]

Ce genre de lettres s'achève d'habitude en demandant pardon pour les torts que l'on a faits ; je dois dire pourtant que j'ai beau chercher dans ma mémoire, je ne me souviens vraiment pas de t'avoir fait aucun mal ; si ta mémoire se souvenait de quelque chose, crois bien que cela a été involontaire ; de toute façon, je te demande quand même de me pardonner.

Je voudrais aussi te prier d'essayer de faire publier le « Guépard ».

Je te prie de dire à Giovanna, à Casimiro et à Lucio[1] que je leur suis très reconnaissant, vraiment beaucoup, pour l'affection constante que j'ai toujours trouvée chez eux : la Piana a été une des rares oasis de lumière de mes très sombres dernières années ; et dis-leur aussi que je les prie de reporter sur toi et sur Mirella l'affection qu'ils avaient pour moi.

Je te prie de faire lire cette lettre à Licy.

Et je prends congé en vous embrassant, Mirella et toi, avec toute l'affection possible et en formulant tous mes vœux les meilleurs pour votre bonheur.

1. Giovanna, Casimiro et Lucio Piccolo di Calanovella, cousins au premier degré du côté maternel de Lampedusa. Casimiro était amateur de peinture et de photographie, Lucio de composition et de poésie. Lucio fut découvert par Eugenio Montale. Son œuvre poétique est éditée chez Mondadori et chez Scheiwiller et a été traduite en anglais, *Collected poems of Lucio Piccolo*, translated and edited by Brian Swann and Ruth Feldman, Princeton University Press, Princeton, 1972.

En ces jours de la fin mai, il écrivit aussi son testament. Celui-ci est accompagné d'une lettre intitulée :

> Dernières volontés de caractère privé — le testament se trouve dans une enveloppe séparée.

C'est le texte plein de colère d'un homme certain de sa mort.

> Je désire, et je veux, qu'on ne fasse aucune sorte de faire-part de ma mort, ni à travers la presse ni d'une autre manière. Les funérailles doivent être les plus simples possible, à une heure peu commode. Je ne désire aucune fleur ni personne qui m'accompagne en dehors de ma femme, de mon fils adoptif et de sa fiancée.
>
> Je désire que ma femme ou mon fils annoncent par lettre ma mort à l'ingénieur Guido Lajolo [1] (rua Everlandia – 1147 São Paulo, Brésil).
>
> Je désire que tout ce qui est possible soit fait pour que le « Guépard » soit publié (le texte valable est celui qui a été recueilli dans un seul gros cahier manuscrit) ; cela ne signifie pas évidemment qu'il doit être publié aux frais de mes héritiers ; je considérerais cela comme une grande humiliation.
>
> S'il était publié, un exemplaire dédicacé devrait être envoyé à chacune des personnes dont voici la liste : Madame Iliascenko, Lolette, l'oncle Pietro, Corrado Fatta, famille Piccolo, Francesco Agnello, Francesco Orlando,

1. Guido Lajolo, ingénieur et compagnon de captivité de Lampedusa dans le camp de Szombathely pendant la Première Guerre mondiale. Il avait émigré au Brésil. En 1953, ils s'étaient rencontrés à Palerme et ils étaient restés liés par correspondance.

Antonio Pasqualino [1], et Guido Lajolo, l'ingénieur. Et aussi Bono, l'avocat, et Ubaldo Mirabelli et Monsieur Aridon [2].
Je demande à tous ceux que j'ai pu offenser de me pardonner et je déclare en toute honnêteté que j'écris sans rancune envers qui que ce soit, même envers ceux qui m'ont tenacement nui et offensé.
Mais je déclare aussi que, parmi les personnes vivantes, je n'aime que mon Épouse, Giò, Mirella. Et je prie que l'on ait tous les égards possibles pour Pop [3] à laquelle je suis très attaché.
Je crois qu'il n'y a rien d'autre à dire : si j'ai oublié quelque chose je suis sûr que mes héritiers l'accompliront d'eux-mêmes, suivant l'esprit de mes dernières volontés.
Giuseppe Tomasi di Lampedusa
Palerme, le 24 mai 1957.

Ces dernières volontés de caractère privé sont apparues au cours de la préparation d'une édition de la

1. Ljudmila Iliascenko, amie d'enfance de la princesse Lampedusa. Olga Wolff Stomersee Bianchieri, surnommée Lolette, sœur de la princesse. Pietro Tomasi della Torretta, oncle de Lampedusa. Ambassadeur d'Italie à Londres de 1922 à 1927. L'écrivain avait l'habitude de séjourner à l'ambassade et c'est là qu'il rencontra sa future femme. Corrado Fatta della Fratta, historien et grand ami de Lampedusa. Francesco Agnello et Antonio Pasqualino faisaient partie du cercle de jeunes gens proches de Lampedusa dans les dernières années de sa vie. Francesco Orlando a été l'élève préféré de Lampedusa, qui écrivit pour lui *Letteratura inglese* [Littérature anglaise] et *Letteratura francese* [Littérature française], une série de cours qu'il lui lisait deux fois par semaine à partir de 1954.

2. Avocat de Misilmeri, père de deux patients de Licy Lampedusa. Ubaldo Mirabelli, historien d'art et journaliste. Giuseppe Aridon, administrateur de l'héritage Lampedusa pour l'écrivain et pour sa cousine Carolina Tomasi.

3. La petite chienne des Lampedusa.

correspondance de l'écrivain et de sa femme. Elles mettent fin aux nombreuses recherches sur le texte du *Guépard* approuvé par l'auteur.

Critique épisodique de littérature française et d'histoire vers les années 1926-1927 dans *Le Opere e i Giorni*, un mensuel culturel publié à Gênes, Lampedusa avait ensuite abandonné la plume. Son état de léthargie dura jusqu'au colloque qui eut lieu à San Pellegrino Terme pendant l'été de 1954. Il y avait accompagné dans le salon du Kursaal son cousin Lucio Piccolo qui, présenté par Eugenio Montale, était reçu dans la république des lettres. Vue de près, cette république ne lui était pas apparue composée de demi-dieux. Mais l'activité poétique et le sort heureux de Lucio Piccolo, le fait de sortir de sa solitude pendant deux ou trois jours à San Pellegrino, les leçons qu'il donnait l'après-midi à Francesco Orlando, lui aussi à cette époque poète et narrateur, se traduisirent en autant d'incitations à l'action. Dès la fin de 1954 il recommença à écrire et, pendant les trente mois qui lui restaient à vivre, Lampedusa écrivit presque tous les jours, indépendamment du succès que le sort lui refusa de son vivant. Quand il mourut en juillet 1957 il avait en chantier un deuxième roman, *I gattini ciechi* [Les Chatons aveugles] ; il aurait peut-être ajouté un ou plusieurs chapitres à son *Guépard*.

Le roman parut à l'automne de 1958 édité par Giorgio Bassani, et l'exactitude du texte ne fut pas mise en doute jusqu'en 1968, lorsque Carlo Muscetta, professeur de littérature italienne à Catane, annonça avoir relevé des centaines de divergences, parfois même importantes, entre le manuscrit et le texte imprimé. Le problème qui se posa alors concernait autant l'authenticité de l'édition Bassani que l'autorité des différentes sources. Cette question avait déjà été soulevée par Francesco Orlando qui, dans son *Ricordo di Lampedusa*[1], rappelle qu'il existe trois versions du *Guépard*. La première, manuscrite, avait été rédigée dans plusieurs cahiers (1955-1956) ; la deuxième, en six parties, fut dactylographiée par Francesco Orlando et corrigée par l'auteur (1956) ; enfin, un exemplaire autographe en huit parties datant de 1957 et portant en frontispice la mention : *Le Guépard (complet)*, me fut confié par l'auteur avant son départ pour Rome.

Des trois versions, la première doit certainement être écartée en tant que texte définitif. Les cahiers manuscrits n'ont pas été retrouvés jusqu'à aujourd'hui dans les papiers de la famille, et l'état du texte est d'ailleurs dépassé par la version dactylographiée que l'auteur dicta à Francesco Orlando et avec laquelle il essaya d'obtenir la publication de son roman dès le mois de mai 1956. D'abord cinq, puis six parties furent adressées au comte Federici des éditions Mondadori avec une lettre d'accompagnement de Lucio Piccolo. Cette version obtint donc, bien que provisoirement, le « placet » de l'auteur. Elle est soigneusement corrigée et présente quelques ajouts autographes : la numérotation des pages et des parties ; la situation temporelle avec l'indication du mois et de l'année qui se trouve au début de chaque partie ; le remplacement de quelques mots. L'examen de cet exemplaire confirme mes souvenirs quant à l'ordre de rédaction. Au moment de commencer, Lampedusa m'avait dit : « Ce seront 24 heures de la vie de mon arrière-grand-père, le jour du débarquement de Gari-

1. Francesco Orlando, *Ricordo di Lampedusa*, [Souvenir de Lampedusa], Milan, Scheiwiller, 1962 (puis Turin, Bollati Boringhieri, 1996).

baldi » ; et, quelque temps après : « je ne sais pas écrire l'*Ulysses* ». Il aurait alors voulu se rabattre sur un schéma en trois étapes de vingt-cinq ans : 1860, le débarquement de Marsala, 1885, la mort du prince (la véritable date de la mort de son arrière-grand-père, je ne sais pour quelle raison avancée ensuite à 1883) ; 1910, la fin de tout. L'exemplaire dactylographié révèle que « La mort du Prince » était à l'origine la IIIe partie, et « La fin de tout » la IVe, en conclusion. Je suis sûr aussi que les *Ricordi d'infanzia* [*Les lieux de ma première enfance*, écrit autobiographique inséré dans *Le Professeur et la Sirène*], furent commencés après *Le Guépard*, et que probablement la richesse des souvenirs suscités par la reconstruction mentale de Santa Margherita, l'urgence du récit, ont fait déborder la matière au-delà des limites d'un schéma préétabli.

Au fur et à mesure qu'il avançait dans l'écriture, l'auteur était assailli par l'angoisse de la communication. Je transcris à partir de son agenda de 1956 les journées où est mentionnée l'« *Histoire sans nom** », comme le livre est désigné avant de s'appeler *Le Guépard*. Ce sont des notes personnelles où se révèle le déploiement des inquiétudes et des sentiments.

22 février – « Temps ensoleillé le matin. Serein et froid le soir. À 18 h 30 "the boys". Gioitto m'offre le "Lope de Vega". Et je lis avec lui *La moza de cántaro*. Écriture du roman. »

28 février – « Temps meilleur et presque beau. Au Massimo [1]. Aridon, auquel je lis la lettre de l'oncle Pietro. Apparition inattendue de Lucio. On a des nouvelles plus

1. La pâtisserie du Massimo était le premier bar de la tournée matinale.

rassurantes pour la via Butera. Chez M.[1] d'abord Fatta puis retour de Lucio, puis Agnello et enfin Gioitto averti d'avance. Avec lui et Lucio déjeuner chez Renato qui se passe bien et joyeusement. À la maison à 16 heures. Manque Orlando. À 18 h30 arrive Giò pour son analyse, pendant laquelle je peine à propos de mon Gros Prince.»

29 février – «Temps moyen vers une amélioration. Avant de sortir coup de téléphone à Corrao[2]. Après le Massimo je vais au palais Mazzarino[3] (pour une deuxième rencontre avec Lucio encore à Palerme). Avec Giò départ en train à 10h40. Arrivée à Sant'Agata et à 13 h15 à Capo d'Orlando. Maison déserte, habitée uniquement par un nouveau télescope et un globe terraqué. Peu après arrive Lucio. Après déjeuner longue sieste de Gioitto et après le lait de l'après-midi lecture de mon "*Histoire sans nom*"* qui est achevée après le déjeuner. Le succès est convenable sans aucun enthousiasme.»

1er mars – «Temps beau. Capo d'Orlando. À 18 heures arrive Daneu[4] qui reste dîner et s'en va à 21 h 15. Dans la soirée, re-lecture au grand public.»

7 mars – «Chez M. Aridon. Ensuite, longue écriture de l'"*Histoire sans nom*"*. À 18 h 30 Giò et Mirella. Ils me parlent tous les deux d'Agnello. Déjeuner avec les "boys" à la Pizzeria. Il paraît que Mirella s'est âprement plainte de Giò auprès de Licy jusqu'à menacer de le quitter.»

8 mars – «Temps beau dans la matinée; le soir petites pluies et coups de tonnerre. Chez M. Aridon. Puis j'achève là l'"*Histoire sans nom*"*. À 18 h 50 Orlando à qui je lis ce que j'ai écrit aujourd'hui.»

1. M. est mis pour Mazzara, le café où l'écrivain arrivait vers 10 heures.

2. Francesco Corrao, médecin et psychanalyste, élève de la princesse.

3. Le palais Mazzarino dans la via Maqueda, où j'habitais, appartenait alors à mon père, Fabrizio Lanza, comte d'Assaro.

4. Antonio Daneu, important antiquaire de Palerme.

17 mars – « Temps un peu voilé mais beau et chaud. Au Massimo, Aridon. Chez M. Corrado Fatta. À 16 heures Orlando à qui je lis beaucoup de Tomasi et un peu de *Werther*. À 19 heures (en retard) "the boys" qui m'apportent, elle, les tragédies de Della Valle, lui, une cravate. Mirella doit aller suivre un cours sur la Renaissance ; Gioitto voudrait lire Góngora avec moi, au lieu de quoi il subit la lecture de Tomasi. L'un comme l'autre extraordinairement affectueux. »

Les notes qui suivent se réfèrent au contraire à la version dactylographiée.

16 juin – « Chez M. Giò avec de mauvaises nouvelles au sujet de la santé de la mère de Mirella. À 15 h 30 départ de Licy pour Rome. Elle vient saluer Giò à la dernière minute. Avec lui chez Orlando où je recopie le manuscrit. À 18 h 30 Giò vient à la maison (*Las famosas asturianas*). Dans la soirée lecture du 1er chapitre du *Guépard* à Madame Iliascenko qui n'y comprend rien. »
26 juillet – « À 15 heures chez Orlando pour la copie du *Guépard*. À 17 h 30 à la clinique Noto pour un deuxième pansement au nez. À 21 heures arrivent "the boys" et nous allons dîner chez Spanò, tandis que Licy va dîner à la villa Igiea invitée par le Rotary en compagnie des Soroptimst. Après dîner nous allons nous aussi à la villa Igiea chercher Licy et ensuite chez Lo Monaco [1]. »
23 août – « À 11 h 15 je vais chez Orlando pour copier la dernière partie du *Guépard*. À 13 h 30 avec Orlando déjeuner à Castelnuovo, ensuite nous reprenons et complétons le

1. Pietro Emanuele Sgadari (Bebbuzzo), baron de Lo Monaco, musicologue et écrivain d'art. Il tenait salon et il fut l'élément catalyseur entre Lampedusa et le groupe de ses jeunes amis et disciples.

travail jusqu'à 17 h 50. Arrive Giò qui me ramène à la maison en voiture.»

Au cours de ces mois, l'exemplaire dactylographié fut lu aussi chez Bebbuzzo Sgadari et prêté à quelques amis, parmi lesquels Corrado Fatta et ma mère[1]. Personne n'y vit un grand roman, on en soulignait plutôt la correspondance avec les faits réels du Palerme d'autrefois, en montrant un mélange d'amusement et de rejet. Seuls les passages étrangers au caractère palermitain firent de l'effet: la rencontre avec Chevalley et la mort du Prince. De leur côté, Licy, et en partie ma mère, insensibles aux affections locales, furent frappées dès le début par la valeur littéraire.

Le 8 juin 1956, dans une lettre à sa belle-sœur Lolette Bianchieri la remerciant de lui avoir prêté un volume d'Apollinaire, Lampedusa mentionne les événements de la rédaction du roman et l'issue apparemment favorable de la première tentative de publication.

> En passant d'Apollinaire à un auteur bien inférieur, je suis heureux de te dire que mon «Guépard» (c'est ainsi qu'il s'appelle à présent) a été envoyé par Lucio Piccolo à Mondadori. À notre très grande surprise, on lui a répondu par retour du courrier avec une lettre très chaleureuse dans laquelle Lucio lui-même était remercié pour avoir signalé à l'Éditeur un texte si intéressant et on en promettait (implicitement) la publication; en prévenant cependant qu'il fallait encore beaucoup de temps en raison de la quantité d'engagements déjà pris. Je dois avouer que ma blâmable vanité est très satisfaite.

1. Conchita Ramírez de Villaurrutia. Fille d'un diplomate et historien espagnol, Venceslao Ramírez de Villaurrutia, ministre des Affaires étrangères dans le dernier gouvernement d'Alphonse XIII.

J'ai écrit un cinquième épisode à placer entre le dîner à Donnafugata et la mort du Prince. On y voit Don Fabrizio à la chasse en compagnie de l'organiste et ses considérations sur la politique et sur les changements de Tancredi. Certains passages sont agréables, d'autres beaucoup moins. Si mon ami Orlando qui est pour l'instant très pris par ses examens, arrive à le dactylographier à temps, je te l'enverrai par Licy ; à l'état de manuscrit, c'est illisible. Décidez avec Licy s'il faut en parler ou non à l'oncle Pietro.

D'autres lettres à sa femme entre juin et novembre 1956 nous permettent de suivre la succession accélérée de l'écriture. Et l'on se rend compte que le roman a vraiment été écrit dans des temps restreints, comme une série d'idées conçues et rédigées directement sur le papier.

Vendredi 29 juin 1956
À Licy.

... Je me félicite pour le succès scientifique que je communiquerai comme tu le veux. « After having both been the "scourge of the Woermannscher Partei..." we are on the way of being both "the scourge of italian publishers" ». *Quant à moi je suis en train d'écrire un épisode qui sera le numero 4 : il sera suivi par un N.° 5 (tentative d'adultère de Angelica étouffé par la Principessa pour l'honneur de la famille et l'affection pour Tancredi). Comme ça ce sera un véritable roman et « basta ». Ce que j'ai écrit depuis ton départ (première visite de Angelica après ses fiançailles, arrivée nocturne de Tancredi en coupé) n'est pas très mal : malheureusement, poétique.** [1]

1. Ce texte, ainsi que les autres suivis d'un astérisque, sont écrits directement en français et les variations de l'orthographe sont dans le texte original. *(NdT)*

Dimanche 8 juillet 1956
À Licy.

… Moi aussi j'ai été pris par un raptus pour mon « Gattopardo ». La nuit passée j'ai travaillé jusqu'à 3 heures de la nuit. Il s'agissait de faire comprendre en six lignes toutes les significations historiques, sociales, économiques et galantes du premier baiser (public) de Tancredi à sa fiancée Angelica. Je crois que cela n'est pas trop mal venu. Le chapitre est presque fini ; il sera très long : je n'ai plus qu'à écrire la conversation de Don Fabrizio quand on vient lui proposer de devenir sénateur.
Écris-moi et donne moi des nouvelles entières et authentiques.
Moi aussi avec affaires, mal au dos, « boys » et « Gattopardo », je me sens très fatigué.
Mille et mille bons baisers de ton M.[1] *qui t'aime**

Lundi 9 juillet 1956
À Licy.

… Demain j'irai chez Orlando pour faire taper le nouveau chapitre du « Gattopardo ». Je pense que c'est le meilleur ; la première partie est ennuyeuse mais j'ai essayé d'y mettre des tas d'idées sociales : la deuxième (les amours assez poussées de Tancredi et Angelica, leur voyages de découverte dans l'immense palais de Donnafugata) est très vivante, pas trop mal écrite comme style, mais je crains, d'un « snobisme » aigu, et peut-être un peu trop poétique. Le spectacle perpétuel des « goings on » des « boys » a produit en moi un attendrissement pour les « goings on » de

1. Le surnom affectueux de Giuseppe que lui donnait sa femme était Muri.

Tancredi et Angelica. Que dis-tu de la partie nouvelle que je t'ai envoyée ?
Va voir le médecin ! Et n'oublie pas
ton M. qui t'aime
*Et qui t'envoie mille baisers**

Mercredi 11 juillet 1956
À Licy.

... Mon « Gattopardo » est « practically » fini. Demain il sera aussi fini de taper. Il fait affreusement chaud.
Mille et mille baisers affectueux et amoureux
*De ton M. qui t'aime**

Jeudi 29 novembre 1956
À Licy.

*... Pendant que j'écrivais cette lettre-ci, chez Mazzara l'avocat Bono est venu pour me rendre le manuscrit du « Gattopardo ». Il était secoué par le plus violent enthousiasme : il m'a dit que jamais dans un livre il n'avait eu la sensation plus précise de la Sicile avec son grand charme et ses grands défauts. Il dit aussi que c'est d'une actualité brûlante et il prédit un grand succès de curiosité et de vente. À travers tout ceci on comprenait qu'il était surtout étonné parce que, évidemment, dans le tréfonds de soi-même, il me croyait un âne.**

Les mésaventures de la publication ont fourni un nouvel aliment au mythe romantique du génie incompris. À vrai dire, les lecteurs de Mondadori et Elio Vittorini lui-même, qui parcourut d'abord l'exemplaire dactylographié pour Mondadori, le lisant ensuite attentivement pour Einaudi, commirent une énorme erreur commerciale plus encore que critique : ils reconnurent, en effet, dans *Le Guépard* le talent d'un écrivain. La réponse personnelle de Vittorini arriva à Giuseppe Tomasi à Rome : « Comme compte rendu ce n'est pas mal, mais pas de publication », me dit-il le jour précédant sa mort. Si Vittorini était un homme de lettres en mesure de reconnaître un adversaire digne de considération, il soutenait aussi qu'il n'était pas l'homme qu'il fallait pour l'appuyer. Et pourtant il ne s'opposa pas radicalement au *Guépard*. Il signala à Mondadori de le surveiller, mais, comme me l'a raconté Vittorio Sereni, la malchance voulut que le bureaucrate de service, au lieu de répondre à l'auteur par une lettre écrite personnellement, renvoya l'exemplaire dactylographié à l'expéditeur avec les phrases générales d'usage. Les dix-huit mois qui passèrent entre l'envoi de l'exemplaire à Elena Croce, par l'intermédiaire de laquelle il parvint à Giorgio Bassani, à l'époque éditeur chez Feltrinelli, et sa publication dans la collection des « Contemporanei », n'auraient, après tout, pas été trop longs si la mort n'avait été plus rapide. La tragédie est humaine, non pas littéraire.

Si, comme le confirme la lettre à Enrico Merlo, la trace historique du roman est donnée par quelques références généalogiques et topographiques précises, encore plus présentes sont les intégrations dérivant d'une connaissance exhaustive des chroniques contemporaines. En particulier le comportement de Tancredi, sa façon pleine de brio de faire la révolution, se retrouvent dans les *Tre Mesi Nella Vicaria di Palermo* [Trois Mois dans le vicariat de Palerme] de Francesco Brancaccio di Carpino[1], l'un des textes les moins héroïques des chroniques garibaldiennes. Brancaccio et ses amis abordent

1. Francesco Brancaccio di Carpino, *Tre Mesi Nella Vicaria di Palermo, 1860*, Palerme, 1900.

la révolution de 1860 à la manière des jeunes gens de bonne famille d'aujourd'hui, excités par les motos de grosse cylindrée : quelques aventures, peu de combats, aucune discipline ; et, dans le cas de Brancaccio, le livre est l'occasion de nommer parmi ses amis fraternels une grande partie des gens titrés de l'île, qui sont vraiment nombreux. Mais, inévitablement, la réalité de Brancaccio est artificielle, autant que celle de Lampedusa est empirique. Des phrases comme « Je reviendrai avec le tricolore » appartiennent au Tancredi selon Brancaccio, si bien que l'auteur ressent à plusieurs reprises le besoin d'en dénoncer l'emphase et la justifie par l'opportunisme. Tancredi et Angelica, quand ils agissent personnellement en politique, sont les seuls personnages partiellement construits en dehors de la chronique et de la mémoire, mais chez un pragmatiste opiniâtre comme Lampedusa l'expérience est irremplaçable. Il était capable de mettre parfaitement en scène les notes, insipides mais vraies, du journal de son arrière-grand-père, Giuseppe Tomasi (on y retrouve la journée scandée par les rosaires et les pratiques de dévotion, la passion pour les chevaux, et, disons-le, la grisaille de son fils aîné, Paolo) : c'étaient là des expériences dont il pouvait rapporter la vérité, mais il n'en était pas de même avec la hardiesse de spadassin de Brancaccio. Quand celle-ci imprègne le comportement de Tancredi, Lampedusa y ajoute une didascalie. Aux oreilles de ce grand réaliste, cela sonne faux et il convient d'y porter remède. À ce propos, la comparaison proposée par Moravia entre *Le Guépard* et *Les Confessions d'un Italien*[1] vient à notre secours, l'un comme l'autre décri-

1. *Le Confessioni d'un Italiano*, roman d'Ippolito Nievo (1831-1861) ; traduit en français par Michel Orcel, Paris, Fayard, 2006.

vant affectivement le crépuscule d'une civilisation. Mais Lampedusa fait retentir la sonnette d'alarme dès que la volonté de décrire est remplacée par la volonté de paraître, alors que Nievo peut s'abandonner à la rhétorique de la patrie et de l'amour pendant des chapitres entiers. Littérairement, Nievo est un grand citoyen vénitien et un mauvais Italien. Lampedusa, dont le roman a corrodé le culte de l'Unité autant que *Le mie prigioni* [Mes prisons][1] les mérites désormais regrettés de l'administration autrichienne, se tenait sur ses gardes. Il haït la rhétorique du Risorgimento plus que son idéologie, qu'après tout il partageait (en véritable stendhalien, il ne résistait pas à l'admiration pour les idéologies qui s'étaient révélées efficaces, et il était donc un admirateur secret de toutes les révolutions, y compris celle d'Octobre) ; c'est pourquoi, ayant la possibilité de décrire l'émergence de la nation italienne à partir d'une perspective temporelle où l'élan idéologique s'était désormais épuisé en tant de résultats indésirables, Lampedusa va essayer de corriger littérairement les fautes de goût que toute idéologie apporte inévitablement avec elle.

Ailleurs Brancaccio lui offre les coulisses d'un milieu. Par exemple, *La Bella Gigougìn*[2], chantée chez Brancaccio par les garibaldiens au moment de la prise de Milazzo, revient dans *Le Guépard* entonnée par des agents électoraux du continent pendant la campagne

1. Silvio Pellico, *Le mie prigioni* [*Mes prisons*, tr. de l'italien par A. de Latour, revu par A. Vuyet, Paris, Éd. de Septembre, 1990] : roman-journal sur la dureté de son emprisonnement dans la forteresse du Spielberg. Dans les livres de classe sur le Risorgimento on affirmait que *Le mie prigioni* avaient coûté à l'Autriche plus qu'une bataille perdue.

2. Chanson lombarde à sous-entendus libertins adoptée pendant le Risorgimento comme chanson patriotique.

pour le plébiscite. Mais les troubles du XIXe siècle ne peuvent entrer dans *Le Guépard* qu'à condition d'être tournés en dérision : la chanson présentée par Brancaccio comme un hymne de concorde nationale devient à Donnafugata un autre emblème de l'impossibilité de s'accorder des Siciliens et des envahisseurs. Réduites ainsi à des schémas, les émotions positives ne restent que dans les structures du roman, et elles interfèrent très rarement avec la description minutieuse de ce règne minéral, fait de fossiles animés et inanimés, auquel Lampedusa identifie la condition sicilienne. La découverte de Bassani et le refus de Vittorini ne sont donc pas des caprices d'hommes de lettres. Bassani est aussi un anatomiste des vaincus ; alors que le refus de la transcendance, même au niveau idéologique, est puissamment désagréable pour celui qui pense pouvoir contribuer au progrès du monde.

En mars 1958, Giorgio Bassani était venu à Palerme sur les traces du *Guépard*. L'exemplaire dactylographié en six parties avait déjà été composé, de même que l'épisode du bal, que la princesse avait fait transcrire. Bassani se demandait s'il avait un texte inachevé, peut-être incorrect, et le but essentiel de sa visite en Sicile était de remonter jusqu'aux sources. Je lui confiai alors le manuscrit de 1957. Il s'en servit pour retoucher ici et là les épreuves des sept parties déjà composées, et comme source exclusive pour la Ve partie, « Les vacances du Père Pirrone ». La princesse ne lui avait pas livré cet intermède paysan, car, se fondant sur un revirement verbal de l'auteur, elle pensait qu'il devait être supprimé du roman. La première édition Feltrinelli (1958) du *Guépard* est donc menée à bien à partir des exemplaires dactylographiés – exception faite pour « Les vacances du Père Pirrone » –, puis confrontée avec le manuscrit de 1957 pour les variantes (en passant de l'exemplaire dactylographié au dernier manuscrit, l'auteur a apporté un très grand nombre de corrections et d'ajouts que Bassani a souvent repris) ; l'éditeur a ensuite intégré les paragraphes de la table analytique, en les plaçant au début de chacune des parties, et revu radicalement la ponctuation. Cette édition du roman est celle sur laquelle se sont fondées toutes les premières traductions.

En 1968, alors que l'œuvre avait déjà été traduite dans toutes les langues et que le film de Luchino Visconti était sorti, Carlo Muscetta remit en question cette édition en soutenant que le texte publié avait en quelque sorte été réécrit par Bassani. Muscetta avait reçu de ce dernier une photocopie du manuscrit et avait relevé des milliers de divergences, et même si ces dernières ne modifiaient pas fondamentalement le roman, il parut nécessaire de procéder à une nouvelle édition, collationnée sur le manuscrit de 1957. Celle-ci parut en 1969 et elle est devenue l'édition italienne de référence. Comme nous le savons à présent, elle répond aux dernières volontés de l'auteur.

La question de l'authenticité du texte du *Guépard* ne fut pourtant pas définitivement close avec la publication de cette édition. Le roman le plus populaire de l'après-guerre italien devint en effet l'objet d'étude préféré de certains philologues italiens, qui repérèrent 49 points de divergence entre le manuscrit et le texte imprimé (des écarts mineurs qui ne mettent pas en cause la compréhension du texte). En 1995, Mondadori a édité le « Meridiano Lampedusa » [1] qui contient tous les écrits

1. Collection des éditions Mondadori qui rassemble les *Œuvres complètes* d'un auteur. *(NdT)*

littéraires. Il s'y trouve un fragment initial de la IVe partie, dont Francesco Orlando parle dans son *Ricordo di Lampedusa*, supprimé ensuite par l'auteur. Dans le style de la « table analytique », il pourrait être intitulé « Don Fabrizio et Bendicò ». Ce fragment se trouvait dans un cahier format ministre qui portait l'en-tête autographe « Cahier n. 7 de la première rédaction ». Il a été retrouvé dans la bibliothèque de l'écrivain à Palerme et il est reporté ici en appendice comme « Fragment A ».

En 1998, Giuseppe Bianchieri, en rangeant les papiers de sa tante, la princesse Alessandra, a retrouvé divers matériaux autographes et dactylographiés en rapport avec *Le Guépard*, parmi lesquels le fragment d'une autre partie du roman que je connaissais. Ce fragment, reporté ici en appendice comme « Fragment B », a pour titre « Le "Canzoniere" de la maison Salina ». Dans le texte qui nous est parvenu, l'amour de Don Fabrizio pour Angelica ne semble pas évident. Mais « Le "Canzoniere" de la maison Salina » devait révéler la passion du Prince pour Angelica, passion masquée dans une suite de sonnets. Lampedusa avait aussi fait allusion devant moi à la trame d'un autre chapitre, dans lequel Don Fabrizio évitait un scandale en se présentant à un rendez-vous à l'Hôtel des Palmes entre Angelica et l'un de ses amants. Don Fabrizio y précédait l'amant, probablement le sénateur Tassoni, dont la relation avec Angelica est évoquée dans la VIIIe partie du texte publié, et il déjouait ainsi le guet-apens politico-mondain ourdi contre le couple. « Le Canzoniere » porte la date de 1863. Le chapitre à venir aurait été placé entre « Le Canzoniere » et « La mort du Prince », après la guerre de 1866 et à l'époque de la première candidature parlementaire de Tancredi. Le chapitre n'a jamais été écrit. Giuseppe m'en avait raconté la trame, s'amusant de son invention centrée sur une liaison à l'Hôtel des Palmes. Cet édifice, résidence bâtie par les

Ingham[1], avait ensuite été transformé en hôtel et était devenu le lieu préféré des amours citadines ; et les rencontres à l'Hôtel des Palmes faisaient encore partie de l'imaginaire érotique palermitain aux temps de la rédaction du roman. Par ailleurs, Giuseppe m'avait lu « Le Canzoniere », et je me souviens que la révélation du nom d'Angelica devait apparaître dans la conclusion sous la forme d'un artifice rhétorique quelconque, par exemple un acrostiche (il me semble qu'il devait émerger du texte un « *Angelica mia !* »).

« Le Canzoniere », tel qu'il nous est parvenu, n'est pas un ajout significatif au roman, et il est inachevé. Il aurait représenté un jeu littéraire, où la narration était suspendue pour se livrer à un exercice conduit sur quelques passages poétiques très aimés, en particulier les *Sonnets* de Shakespeare, en se référant pour la versification italienne aux sonnets de Michel-Ange (l'opinion de Lampedusa sur les sonnets de Michel-Ange était celle-ci : un contenu fort, une poésie médiocre). L'ode du Père Pirrone qui les précède est au contraire une parodie savante qui tourne en dérision la culture jésuitique en province à propos de l'« *affaire** » de Port-Royal et du légitimisme dogmatique de la lecture catholique correcte de l'histoire, dont le Père Pirrone fait étalage en exposant sa version réactionnaire d'événements tirés de l'Antiquité classique et des temps présents. La parodie est fondée sur une « canzonetta » composée par le vrai Père Pirrone pour le grand-père de Giuseppe – « canzonetta » que nous présentons ici pour éclairer le procédé parodique. Le Père Pirrone est aussi moqué pour son appréciation sur la *Bérénice* de Racine quant à l'absence de

1. Célèbres négociants en vins anglais. Ils avaient ouvert leurs caves en Sicile au temps du blocus napoléonien du commerce avec l'Angleterre.

cadavres. Le jésuite considère *Bérénice* comme la seule tragédie non sanguinaire de l'auteur, alors que Lampedusa en avait fait un commentaire bien différent dans sa *Littérature française*: « Les corps restent intacts, seules les âmes sont détruites », une situation que, en bon jésuite, le Père Pirrone survole. Le texte des deux sonnets reflète certains jeux poético-culturels auxquels Lampedusa et Lucio Piccolo aimaient se livrer au cours des après-midi passées à Capo d'Orlando. Il existe un cahier manuscrit de ces jeux qui comprend essentiellement des vers de Lucio Piccolo, transcrits sous la dictée par Lampedusa ou par moi, un fragment imitant la tragédie racinienne et une première rédaction, le plus souvent en vers, du ballet de Piccolo intitulé *Le esequie della luna* [Les Obsèques de la lune]. Ces deux derniers textes entrent dans la catégorie des « wicked jokes » qui étaient pratiquées à Capo d'Orlando. Les deux cousins se lançaient alors dans des tours et des pirouettes littéraires qui avaient comme cibles leurs amis et connaissances.

Les pièces retrouvées mettent en évidence dans l'écriture de Lampedusa la transformation continue de motifs tirés du quotidien en mises en scène humoristiques et sardoniques, moqueries polissonnes – qui n'étaient pas du goût de ceux dont on se moquait quand par hasard ils en prenaient connaissance, et que les habitués du clan des Lampedusa attribuaient à la terrible médisance des sœurs Cutò [1]. Je crois que la nature farceuse du chapitre,

1. Les sœurs Mastrogiovanni Tasca Filangeri di Cutò étaient Beatrice, mère de l'écrivain, Teresa, mère des frères Piccolo, Giulia, devenue par mariage Trigona de Sant'Elia, Lina, devenue par mariage Cianciafara, et Maria, célibataire. Leur mère, Giovanna Filangeri di Cutò, avait été élevée à Paris et les quatre sœurs avaient reçu une éducation plus internationale et sans préjugés que celle qui avait cours alors dans l'aristocratie palermitaine.

qui visait souvent le cercle le plus restreint de ses fréquentations, et la fatigue de l'écriture poétique ont conduit l'auteur à abandonner l'entreprise. La datation renvoie à l'automne de 1956. Le roman en six parties, celui adressé à Mondadori et ensuite à Einaudi et à Elena Croce, dactylographié par Francesco Orlando, circulait parmi les éditeurs, mais Giuseppe avait augmenté le texte avec la Ve partie («Les vacances du Père Pirrone») et la VIe («Le bal»), et il avait commencé la rédaction du «"Canzoniere" de la maison Salina».

Avec la découverte de ces pièces, l'histoire éditoriale du *Guépard* pouvait se dire achevée. En 2002, Feltrinelli en a tiré les conclusions en publiant une nouvelle édition. Cette dernière a rectifié les 49 erreurs relevées par les philologues et inclus en appendice les deux fragments destinés au roman. Cette édition présente donc plusieurs divergences par rapport à celle de 1958 à partir de laquelle avaient été faites les traductions dans les langues les plus importantes; celles parues après 1969, celle en chinois, par exemple, ont été réalisées à partir de l'édition conforme au manuscrit de 1957. Depuis 2005, l'édition de 2002 est la seule que Feltrinelli ait réimprimée et celle à partir de laquelle ont été élaborées les nouvelles traductions en allemand, en grec, la première traduction en coréen et celle en français, présentée ici.

Gioacchino Lanza Tomasi

« Canzonetta » composée par le vrai Père Pirrone pour le grand-père de Giuseppe Tomasi di Lampedusa

Au Duc de Palma
pour le huitième anniversaire de son mariage

Prosterné en prière vers l'autel
J'adressais des vœux au ciel
Pour qu'il choisît pour moi l'épouse
Parmi les âmes très candides
Sous le voile en des terres recluses
La plus pure, la plus gracieuse.

Et dans mes pensées, désirant,
Je parcourais les maisons,
Où d'aimables demoiselles
Par leurs dons différents
Attiraient l'affection
Des cœurs les plus nobles.

Lorsqu'en des rayons de pureté
Et d'angelots entourée
Je vois vers moi descendre
La Mère des Élus,
Ma Mère très aimable,
Marie, la secourable.

Elle me dit : ô des Tomasii
Fils tout à fait heureux,
Cesse de vainement tourner
Ton regard vers la terre
Admire l'épouse choisie
Que le Ciel veut te donner.

Et voici qu'un pur esprit
Des traits mortels a pris.
Que de grâces et de dons
Il accueille en son sein !
Avec quelle secrète affection
M'a-t-il tendu sa main !

Et pour la huitième fois aujourd'hui
Le soleil son orbite acheva
Depuis que la Vierge s'adressa
Avec ces mots qu'elle m'a dits,
Et depuis ce jour bienheureux
Je suis l'époux le plus heureux.

20 avril 1875

NOTE DU TRADUCTEUR

L'histoire du *Guépard* s'inscrit dans l'aura et dans l'écho d'une éternité qui n'appartient qu'au Prince. Le sentiment de cette éternité est sans doute d'ordre dynastique et historique, enchâssé dans un mode de pensée partagé par l'aristocratie sicilienne – encore qu'elle ne soit ni unanime ni uniforme à cet égard. C'est une éternité qui exclut l'immortalité, cette dernière n'étant qu'une affaire d'humains, confondue parfois avec les histoires de sainteté qui apparaissent dans le roman. Dans *Le Guépard*, l'éternité est une abstraction du Prince qui en dessine constamment le cadre mental et affectif. Une éternité qui débute par le «*Nunc et in hora mortis nostræ*», sans énoncer pourtant quelque chose en commun et en partage : «*mortis nostræ*» n'est ici qu'un pluriel de majesté grandiose, et mourir dans ce pluriel n'est pas un mourir tout entier, n'est pas un vrai mourir. La même tentative, vaine cette fois parce que sollicitée par la récupération d'un passé qui ne peut plus être immortel – et encore moins éternel –, est signifiée par les péripéties finales que traversent les reliques saintes férocement revendiquées par les trois filles du Prince ; et la mise en scène de cet événement recadre alors, par le bas, l'orgie de volonté dynastique d'éternité.

Le mot revient très souvent et tout, dans le roman, a la cadence d'une éternité qui glisse dans les failles que le

Temps lui a suavement préparées. Les fuites de Tancredi et Angelica dans le palais de Donnafugata décrivent les ravages du passé que le présent impose de payer en tribut à l'éternité, et la présentation de l'appartement de l'aïeul, le Duc-Saint, n'en est qu'un des nombreux paliers, qu'une des étapes significatives: «La dernière pièce donnait sur un petit balcon d'où l'on dominait l'étendue jaune des fiefs se chevauchant les uns les autres, tous plongés dans une lumière triste.» Cette étape – cette lumière – place l'éternité hors toute mesure, hors même les règles de la chrétienté, s'identifiant avec l'abîme narcissique de la volonté de sainteté éternelle. Et encore, dans les salons, à travers les fresques des plafonds, dans les statues des fontaines et des jardins, l'éternité est représentée par un motif culturel central – les divinités de l'Olympe – qui trace les origines mythiques où est peinte l'inépuisable «ataraxie» de ce qui continue sans jamais être traversé par l'idée de sa fin: la mort n'est que le lot du soldat, inconnu, évoqué dans le premier chapitre, ou peut être racontée par la description d'un tableau de Greuze. Une «ataraxie» à laquelle seule l'Histoire met un point momentanément final, comme il est souligné avec une ironie féroce dans la description du salon du prince Ponteleone: «Au plafond les Dieux, penchés sur leurs sièges dorés, regardaient en bas souriants et inexorables comme le ciel d'été. Ils se croyaient éternels: une bombe fabriquée à Pittsburgh, Penn., leur prouverait le contraire en 1943.»

Même la promenade et la chasse n'arrivent pas à effacer des yeux du Prince cette forme d'éternité qu'est la continuité: «[…] le maquis […] accroché aux pentes d'une colline, était encore dans le même état d'enchevêtrement aromatique où l'avaient trouvé les Phéniciens, les Doriens et les Ioniens quand ils débarquèrent en Sicile, cette Amérique de l'Antiquité. Don Fabrizio et Tumeo montaient, descendaient, glissaient, étaient déchirés par les ronces comme un Archédamus ou un Philostrate quelconques avaient été fatigués et égratignés vingt-cinq siècles plus tôt ; ils voyaient les mêmes plantes, une sueur tout aussi poisseuse trempait leurs vêtements, sans arrêt le même vent indifférent, marin, agitait les myrtes et les genêts, répandait l'odeur du thym. »

Et il y a, enfin, la puissance du sentiment de l'éternité dans le motif qui retrace la douceur et la tendresse où s'épuisent toutes les raisons et les volontés du Prince, un motif en propre, sa propriété absolue et inaliénable : les étoiles, le « bonheur incompréhensible » qu'elles accordent, la contemplation des étoiles, l'« harmonie des étoiles et de l'éternité », première parmi toutes, Vénus, « l'inatteignable ». C'est l'un des fils essentiels de l'enchaînement de ses réflexions, de sa réflexion, son aboutissement, là où il plonge « dans sa propre région de certitude éternelle » qui redit la « pérennité de l'enfance ». En ce sens, le Prince, dans le chapitre consacré à sa fin – pris dans les vitesses des dernières méditations –, est emporté par la houle et le déferlement, par des énergies qui se situent en dehors de l'humain, plus encore que par ses défaillances physiques. La dernière figure, féminine, en face de lui à ce moment-là, l'atteste, et renvoie, de surcroît, en parallèle, à la fin du Professeur dans la nouvelle *Lighea* (*Le Professeur et la Sirène*) : le Prince, comme le Professeur, disparaît dans le fracas d'engloutissements lustraux qui miment des renaissances.

Aussi l'Histoire effleure-t-elle à peine le roman. Les dates apposées – mai, août, octobre, novembre 1860, puis 1861, 1862, ainsi que les fragments de 1883 et

1910 – sont intérieures à l'Histoire, sans jamais vraiment la formuler : à peine un contour. Des faits, des événements, des changements, des intrigues d'une politique très réaliste et décidée, ne reste que la poussière dorée qui parvient jusqu'aux yeux de celui qui observe des astres. *Le Guépard* commence comme si tout, c'est-à-dire l'Histoire elle-même, était déjà fini. L'affaire du Sud, ce n'est que Garibaldi et son débarquement, mais rien n'est dit selon les mots de l'Histoire ; et elle s'achève, dans le roman, par les allusions du colonel Pallavicino à un Garibaldi blessé plus tard dans l'Aspromonte. Rien, ou presque, n'est dit de l'attitude calculée du roi de Sardaigne devenu roi du Piémont, du comte Cavour, son Premier ministre, l'un et l'autre ayant su habilement transformer le surplus de réalisme qui aurait pu les gêner en rayonnement aveuglant d'épopée et de gloire. La meilleure façon, pour eux, d'engloutir dans ce même réalisme politique les républicanismes dangereux de Mazzini ou de Garibaldi, ou, un peu plus tard, les très nombreuses révoltes de tout le Sud contre un régime, piémontais devenu italien, qui ne tient pas ses promesses de libération et qui réprime sans hésiter.

Les faits : le royaume des Deux-Siciles, réunissant les couronnes de Naples et de Palerme et incluant aussi, outre la Sicile et la Campanie, les Abruzzes, le Molise, la Basilicate, les Pouilles et la Calabre, est créé en 1816 par les Bourbons de Naples qui peuvent compter sur l'appui des Anglais ; ce qui explique, dans le roman, la présence des bateaux anglais dans le port de Palerme et la visite des officiers anglais à la terrasse de sa villa que le Prince raconte à Chevalley. Le retour des Bourbons abroge la Constitution très modérée de 1812, octroyée par le régime précédent, qui avait supprimé les privilèges féodaux et avait permis, grâce à de modestes réformes, la formation d'une petite bourgeoisie. Contre les Bourbons, qui refusent d'instituer un gouvernement constitutionnel contrairement à ce qui a déjà eu lieu dans le royaume de Sardaigne, naissent des mouvements de révolte noyés dans le sang par les troupes bourboniennes. La contrebande et le banditisme s'installent dans l'île, accompagnés du contrôle illicite des eaux et de l'assèchement des nappes phréatiques dû en partie aussi à la destruction, moins d'un siècle auparavant, des surfaces boisées, ce qui provoque l'accroissement d'un climat aride : la sécheresse, l'accablement que donne le soleil sicilien, est un des leitmotive du Prince. En 1847, depuis Malte, le Sicilien anti-bourbonien Francesco Ferrara soutient la nécessité de l'autonomie de la Sicile au sein d'une fédération d'États italiens, ce qui est à l'origine d'importantes insurrections à Palerme et en Sicile en 1848 et en 1849, insurrections évoquées dans le texte. D'autre part, à la suite de la deuxième guerre d'indépendance contre l'Autriche en 1859, le royaume de Sardaigne s'agrandit, incluant désormais, outre la Sardaigne et le Piémont, la Ligurie, la Lombardie, la Toscane et l'Émilie-Romagne ; d'où l'idée, républicaine et démocratique au départ, prônée par Mazzini et suivie par Garibaldi – ils avaient ensemble proclamé la république à Rome en février 1849 –, puis reprise par Victor-Emmanuel, d'une unification à laquelle manquaient encore le royaume des Deux-Siciles, la Vénétie et l'ensemble des États pontificaux. Or, déclarer directement la guerre à Naples contre les Bourbons, alliés aux Autrichiens, ou occuper les États pontificaux, protégés par Napoléon III, aurait déclenché des interventions étrangères inopportunes. Il fallait que l'insurrection naisse « spontanément » dans ces territoires, ce qui a lieu à Palerme en avril 1860 : ce sont « les “mouvements” du Quatre Avril », tels qu'ils sont rappelés dans le roman.

Garibaldi, qui jouissait d'une estime italienne et internationale illimitée, avait entre-temps recueilli de l'argent pour acheter des armes, secrètement aidé en cela par le roi Victor-Emmanuel lui-même. Dans la nuit du 5 au 6 mai 1860, il part de Quarto, un petit port près de Gênes, embarquant sur deux bateaux, le *Piemonte* et le *Lombardo*, un millier de volontaires en chemise rouge, « les Mille » (1089, exactement). Il débarque le 11 mai à Marsala où il bat une première fois l'armée bourbonienne à Calatafimi sous le mot d'ordre « L'Italie et Victor-Emmanuel ! », avec à ses côtés, entre autres, les Siciliens Rosolino Pilo et Francesco Crispi : ce dernier avait déjà participé aux révoltes contre les Bourbons en 1848 et il s'assurera, grâce à l'épopée garibaldienne, une très importante, autant que discutable, carrière politique dans le futur royaume d'Italie. La bataille décisive des garibaldiens a lieu à Milazzo, le 20 juillet, et oblige les troupes de François II, dit Franceschiello, dernier roi des Deux-Siciles, à quitter l'île ; en moins d'un mois, la Sicile est aux mains de Garibaldi. Malgré la volonté réelle de celui-ci de libérer les plus pauvres de leur misère en abolissant les taxes sur les farines et en promettant des redistributions de terres, les garibaldiens interviendront lors des révoltes paysannes et des occupations de terres en réprimant les soulèvements : dans l'épisode du Père Pirrone chez les siens, il est fait allusion aux insurrections de la Basilicate et de la Terre de Labour. Après Milazzo, Garibaldi entreprend son irrésistible marche vers le nord, en traversant la Calabre où les villes tombent les unes après les autres, et arrive à Naples le 7 septembre 1860, déterminant la fuite de François II à Gaète, ainsi que le démembrement de son armée – un des héros de la victoire de Gaète, Enrico Cialdini, qui avait déjà participé à la guerre d'indépendance du Piémont en 1848-1849, est cité par Tomasi di

Lampedusa au cours des réflexions du Prince durant la chasse. Le succès fulgurant de Garibaldi préoccupe Cavour et le roi Victor-Emmanuel, qui craignent la prise de Rome et, de là, le rejet de la « cause italienne » de la part des classes bourgeoises de la péninsule et de l'opinion internationale : il fallait donc que Victor-Emmanuel intervînt personnellement. Entre-temps, avec l'accord de Napoléon III, une armée piémontaise occupait les Marches et l'Ombrie qui appartenaient aux États pontificaux et, lorsque Garibaldi vainc définitivement les bourboniens le 2 octobre lors de la bataille du Volturno – à laquelle fait allusion Tassoni quand il parle de Tancredi avec Concetta dans le dernier chapitre –, le roi Victor-Emmanuel, à la tête de ses troupes, descend vers le sud afin de bloquer l'avancée du général. Ils se rencontrent le 26 octobre à Teano, près de Caserte, où Garibaldi remet au roi les territoires conquis, en renonçant à tout pouvoir et en demandant seulement que les garibaldiens soient incorporés dans l'armée régulière avec les grades qu'ils ont obtenus, sans que cela lui soit cependant accordé. Entre-temps, le 21 octobre, avait été organisé le plébiscite décidant de l'annexion au Piémont du royaume des Deux-Siciles : cet épisode est central dans *Le Guépard*, évoqué par le Prince au cours de la chasse avec don Ciccio Tumeo, et détermine l'ensemble complexe des cohérences rationalistes de Don Fabrizio et de ses sentiments sur le présent et le futur de l'époque, largement nourri de son savoir sur le passé. Les plébiscites pour l'annexion des Marches et de l'Ombrie auront lieu le 4 et le 5 novembre. Le royaume d'Italie est alors institué – il lui manquait encore la Vénétie, Trente, Trieste, le Latium avec Rome – et, le 17 mars 1861, le Parlement de Turin proclame Victor-Emmanuel II roi d'Italie. Plus tard, en 1862, Garibaldi tentera pour la deuxième fois de s'emparer de Rome, sans obtenir le soutien du gouvernement qui bloque ses troupes dans l'Aspromonte où il est gravement blessé à un pied. C'est cet épisode que raconte le colonel Pallavicino à la soirée du bal, en incluant dans son récit les noms de quelques villes où s'était exercée la répression piémontaise : Garibaldi prendra ensuite celui-ci comme général dans la troisième guerre d'indépendance contre l'Autriche en 1866, qui permettra l'annexion de la Vénétie. Le récit explique indirectement l'attitude cynique de Tancredi à l'égard des garibaldiens de même que la phrase plus qu'opportuniste et prévoyante qui lui est attribuée : « Si nous voulons que tout reste tel que c'est, il faut que tout change », qui aurait pu être dite par n'importe quel arriviste aristocrate ou bourgeois, tel un Sedàra, justement. C'est le moment particulier où le Prince, s'arrachant à l'éternité de son Olympe, comprend la logique et la stratégie d'une pensée camouflée en sentiment politique, en aspiration héroïque, et reflète ensuite cette compréhension dans tous ses actes et ses pensées. C'est ce qui explique rétrospectivement le grand discours politique, apparemment passéiste, qu'il tient à Chevalley : où il n'est pas question de fatalisme inné ou culturel ou historique, lié à une hypothétique « nature des choses », qu'on lui a attribué. Comme chez Verga, il y a chez Tomasi di Lampedusa le sentiment déterminé et politique de la nature que les hommes se sont forgée en butant contre la complexité des résistances auxquelles ils ont dû faire face, sans vaincre, laissant à l'Histoire la responsabilité de tout ce qu'elle n'a pas su ou n'a pas voulu transcrire : la mort, en somme, comme le dit le Prince, de la « bonne foi » ; et le roman s'arrête, symboliquement, à la date de 1862, le reste n'étant plus que le fruit de conséquences historiquement prévisibles.

La langue de Tomasi di Lampedusa est claire, il n'utilise jamais de mélanges dialectaux, les mots en dialectes, peu nombreux, sont ceux d'une langue antique qui ne décrit pas des situations psychiques, mais nomme uniquement des objets d'usage, poids, mesures, contenances : aussi, quand cela était possible, les mots ont été rendus dans le corps même de la langue de réception, précédés de l'original, pour ne pas alourdir le texte par des notes, pour que reste l'écho de termes qu'on n'utilise plus, pour que reste l'écho d'une langue où le français fut langue. Il resterait quelques précisions : «*Noi siamo zingarelle*» (p. 63-64), de même que «*Amami Alfredo*» (p. 66), sont des airs de *La Traviata* de Giuseppe Verdi, tandis que «*Tu che a Dio spiegasti l'ale*» (p. 266) est un air de *Lucia di Lammermoor* de Gaetano Donizetti ; «*zzu*» (p. 113) est la forme dialectale de «*zio*», oncle, avec laquelle on s'adresse souvent à des gens plus âgés, sans qu'ils fassent partie obligatoirement de la famille ; «*Le magnifiche sorti e progressive*», «Les splendides destins et les progrès» (p. 113) est un vers célèbre de *La Ginestra* (*Le Genêt*) de Leopardi ; la «*lupara*» (p. 125) est un fusil à canon scié qui permet une explosion plus dilatée des projectiles, utilisé couramment par la mafia; «Montecitorio» est la Chambre des députés et la «Consulta», le ministère des Affaires étrangères (p. 151) ; le «maggiolino» (p. 280), enfin, du nom d'un sculpteur sur bois lombard, Maggiolini, indique une manière de marqueter le bois en le brunissant au feu.

Reste que l'écriture de Lampedusa a quelque chose de baroque pour la simple raison qu'elle est démesurée dans l'étalage de ce qu'elle dit, qu'elle déborde en quelque sorte, par de très longs phrasés, la mesure habituelle de ce qu'une phrase est académiquement censée être dans sa syntaxe, dans son lexique, dans sa ponctuation, dans ses majuscules et ses minuscules. Mais il y a une autre raison, plus furtive et secrète : elle est prise, malgré tout ce qu'on peut en dire, dans l'inachèvement, et ce qu'elle vole, dans sa furtivité, c'est la vie qui lui reste, la puissance de souffle dont elle peut encore disposer. J'ai essayé de garder ce secret furtif qui n'appartient qu'à l'auteur et qui en modèle comme une manière ou une matière d'éternité. Je veux ici rendre hommage à la précieuse version de Fanette Pézard que cette traduction ne souhaite ni effacer ni contrarier, peut-être accompagner ; de même que je souhaite remercier Danielle Dubroca pour l'attention de sa relecture et de ses conseils.

Jean-Paul Manganaro

TABLE GÉNÉRALE

Le Guépard 7
Table analytique du Guépard 295

Addenda au *Guépard* 297
Fragment A 299
Fragment B (Le « Canzoniere » de la maison Salina) 303

Postface de Gioacchino Lanza Tomasi 317

Note du traducteur 347

RÉALISATION : PAO ÉDITIONS DU SEUIL
IMPRESSION : CPI BRODARD ET TAUPIN À LA FLÈCHE
DÉPÔT LÉGAL : MAI 2010. N° 102919 (57255)
IMPRIMÉ EN FRANCE

Envie de prolonger le plaisir ?

La collection
« Les Grands romans »
de Points, pour
les amoureux
de la grande Histoire
et des belles histoires.

La Couturière

1920 : Dans un Brésil déchiré par les coups d'État et les révoltes populaires, le gouvernement et des bandes de brigands s'affrontent sans merci pour le contrôle de l'arrière-pays.
Le jour où sa sœur Luzia est enlevée par l'un de ces bandits, l'apprentie couturière Emilia perd sa seule famille. Pour échapper à la pauvreté, elle se résigne à un mariage sans amour avec un notable de la capitale. Mais lorsque Luzia prend le parti de ses ravisseurs et devient l'un des criminels les plus recherché du pays, Emilia comprend que son destin et celui de sa sœur sont irrémédiablement liés...

Ouest

Aux tréfonds des terres de l'Ouest, le garde-chasse Lambert découvre son nouveau maître : le jeune l'Aubépine. Il ne parle que de révolution. Lambert bougonne et se ronge les sangs : les dettes s'accumulent, les fermiers et les terres deviennent sauvages. Et puis, il y a toutes ces femmes que le baron ramène... et qui repartent terrorisées. Dans la région, on prétend qu'il est dérangé...

La Rose pourpre et le Lys

TOME I

Dans les bas-fonds de Londres, à la fin du XIXe siècle, les hommes ne jurent que par Sugar, une prostituée sulfureuse et cultivée. William Rackham, riche héritier, en tombe éperdument amoureux et décide de l'entretenir. Sugar est sauvée de la misère, et bien décidée à ne plus y retourner. Mais face à la médiocrité d'une petite-bourgeoisie moralisante, parviendront-ils à braver les interdits ?

TOME II

Plusieurs mois ont passé depuis le jour où William Rackham a franchi la porte de la chambre de Sugar. Il délaisse un peu sa maîtresse, qui s'est mis en tête de l'espionner pour mieux connaître sa vie. Elle fait ainsi la connaissance d'Agnes, la femme neurasthénique de William qui la prend pour son ange gardien...

8 €

8,50 €

« La Rose pourpre et le Lys *est une magistrale bacchanale, un roman qui réinvente le* XIXe *siècle avec les mots du* XXIe*, à la proue de la nouvelle garde de la littérature britannique.* »

L'Express

Même le mal se fait bien

Appartenir à la folle lignée des Tricotin qui compta dans ses rangs le fameux Charlemagne, révolutionnaire et tête brûlée, est un honneur dont Marcello se serait bien passé. Pourquoi arpenter terres et mers quand on pourrait rester tranquillement à végéter parmi les araignées ? Mais la dernière volonté du paternel de Marcello l'oblige à renouer avec le gène familial de la bougeotte…

Les Adieux à la reine

1810. Vienne est une ville ruinée et humiliée par la victoire de Napoléon. Agathe, ancienne lectrice de Marie-Antoinette, se souvient des derniers jours de la reine à Versailles après la prise de la Bastille, et particulièrement de ce jour où la famille royale est abandonnée de ses plus proches amis.
Avec une écriture fébrile et minutieuse, elle restitue le faste de la Cour, savamment orchestré par cette reine si controversée...

Une passion indienne

La véritable histoire
de la princesse de Kapurthala

1908 : la superbe danseuse andalouse Anita Delgado épouse le maharajah de Kapurthala. 1925 : la « cinquième épouse » se sépare de son mari et quitte l'Inde. Entre ces deux dates, Anita aura vécu une passion tumultueuse à l'origine d'un des plus grands scandales de l'Empire britannique. Une plongée étourdissante dans les fastes d'un monde emporté par l'Histoire, entre conte de fées moderne et roman vrai d'une femme libre.

La Beauté du monde

Sensuelle, rayonnante et fière avec sa carabine à l'épaule, Osa salue un chasseur au teint d'ébène. Son mari, Martin, immortalise l'instant, l'œil rivé au viseur de sa caméra. Le couple vedette, les amants aventureux ont choisi le Kenya pour révéler au monde l'Afrique sauvage, vierge, paradisiaque. Ils rapportent aux États-Unis les premiers films animaliers et un parfum de légende.

Le Hussard

Frédéric et Michel, deux jeunes et fougueux hussards, s'apprêtent à mener leur première grande bataille. La tête pleine d'idéaux, ils rêvent de gloire et d'héroïsme. Après tout, ne se battent-ils pas aux côtés de l'empereur Bonaparte ? Ils se voient déjà vainqueurs de ce peuple espagnol d'un autre temps, encore sous le joug de l'Église et de la royauté...
Un récit férocement romanesque, bariolé et savoureux, par l'auteur du *Maître d'escrime* et de *La Peau du tambour*.

Collection Points Les Grands Romans

P8. La Marche de Radetzky, *Joseph Roth*
P46. La Ville des prodiges, *Eduardo Mendoza*
P52. La Maison du guerrier, Dar Baroud, *Louis Gardel*
P76. Pour la plus grande gloire de Dieu, *Morgan Sportès*
P87. L'Alliance, tome 1, *James A. Michener*
P88. L'Alliance, tome 2, *James A. Michener*
P117. Le Tarbouche, *Robert Solé*
P231. Ceux de 14, *Maurice Genevoix*
P260. Le Guépard, *Giuseppe Tomasi di Lampedusa*
P280 Dixie, *Julien Green*
P301. Dieu et nous seuls pouvons, *Michel Folco*
P305. L'Homme à la vie inexplicable, *Henri Gougaud*
P306. Bélibaste, *Henri Gougaud*
P387. Les Seigneurs du thé, *Hella S. Haasse*
P396. Le Médecin de Cordoue, *Herbert Le Porrier*
P452. La Femme de chambre du *Titanic*, *Didier Decoin*
P524. L'Expédition, *Henri Gougaud*
P546. L'Aurore des bien-aimés, *Louis Gardel*
P562. La Poussière du monde, *Jacques Lacarrière*
P660. Nu couché, *Dan Franck*
P740. Les Bûchers de Bocanegra, *Arturo Pérez-Reverte*
P753. Le Soleil de Breda, *Arturo Pérez-Reverte*
P868. Le Seul Amant, *Éric Deschodt, Jean-Claude Lattès*
P874. L'Opéra de Vigàta, *Andrea Camilleri*
P974. Les Feux du Bengale, *Amitav Ghosh*
P991. Les Étoiles du Sud, *Julien Green*
P992. En avant comme avant !, *Michel Folco*
P1047. Le Grand Roman indien, *Shashi Tharoor*
P1077. Les Turbans de Venise, *Nedim Gürsel*
P1128. Les Adieux à la reine, *Chantal Thomas*
P1290. La Dormeuse de Naples, *Adrien Goetz*
P1334. L'Amandière, *Simonetta Agnello Hornby*
P1388. Le Gentilhomme au pourpoint jaune
Arturo Pérez-Reverte
P1458. Sisyphe, roi de Corinthe.
Le Châtiment des dieux I
François Rachline
P1459. Le Voyage d'Anna, *Henri Gougaud*
P1460. Le Hussard, *Arturo Pérez-Reverte*
P1461. Les Amants de pierre, *Jane Urquhart*
P1462. Corcovado, *Jean-Paul Delfino*
P1500. La Tante marquise, *Simonetta Agnello Hornby*
P1501. Anita, *Alicia Dujovne Ortiz*

P1568. La Rose pourpre et le Lys, tome 1, *Michel Faber*
P1569. La Rose pourpre et le Lys, tome 2, *Michel Faber*
P1570. Sarnia, *Gerald Basil Edwards*
P1571. Saint-Cyr / La Maison d'Esther, *Yves Dangerfield*
P1586. Femme en costume de bataille, *Antonio Benitez-Rojo*
P1587. Le Cavalier de l'Olympe. Le Châtiment des dieux II *François Rachline*
P1588. Le Pas de l'ourse, *Douglas Glover*
P1627. Equador, *Miguel Sousa Tavares*
P1628. Du côté où se lève le soleil, *Anne-Sophie Jacouty*
P1629. L'Affaire Hamilton, *Michelle de Kretser*
P1630. Une passion indienne, *Javier Moro*
P1674. L'Époux divin, *Fransisco Goldman*
P1689. En la forêt de Longue Attente. Le roman de Charles d'Orléans, *Hella S. Haasse*
P1696. La Sœur de Mozart, *Rita Charbonnier*
P1697. La Science du baiser, *Patrick Besson*
P1700. Dans l'ombre du Condor, *Jean-Paul Delfino*
P1732. Persée, prince de la lumière. Le Châtiment des dieux III *François Rachline*
P1733. Bleu de Sèvres, *Jean-Paul Desprat*
P1765. L'Œuvre des mers, *Eugène Nicole*
P1805. L'Amante du pharaon, *Naguib Mahfouz*
P1851. Rescapée, *Fiona Kidman*
P1900. Tango, *Elsa Osorio*
P1901. Julien, *Gore Vidal*
P1917. La Religieuse de Madrigal, *Michel del Castillo*
P1918. Les Princes de Francalanza, *Federico de Roberto*
P1919. Le Conte du ventriloque, *Pauline Melville*
P1936. Les Rescapés du Styx, *Jane Urquhart*
P1968. Pampa, *Pierre Kalfon*
P1973. La Statue du commandeur, *Patrick Besson*
P1983. Toutes ces vies qu'on abandonne, *Virginie Ollagnier*
P2048. La Pension Eva, *Andrea Camilleri*
P2049. Le Cousin de Fragonard, *Patrick Roegiers*
P2090. Même le mal se fait bien, *Michel Folco*
P2091. Samba Triste, *Jean-Paul Delfino*
P2104. Les Pays lointains, *Julien Green*
P2131. Jubilee, *Margaret Walker*
P2150. Treize Lunes, *Charles Frazier*
P2180. Corsaires du Levant, *Arturo Pérez-Reverte*
P2191. L'homme qui voulait voir Mahona, *Henri Gougaud*
P2198. Ambre, vol. 1, *Kathleen Winsor*
P2199. Ambre, vol. 2, *Kathleen Winsor*
P2220. Last Station (Une année dans la vie de Tolstoï), *Jay Parini*
P2230. J'ai vécu 1 000 ans, *Mariolina Venezia*

P2231. La Conquistadora, *Eduardo Manet*
P2232. La Sagesse des fous, *Einar Karason*
P2259. La Montagne en sucre, *Wallace Stegner*
P2260. Un jour de colère, *Arturo Pérez-Reverte*
P2261. Le Roi transparent, *Rosa Montero*
P2285. Tarabas, *Joseph Roth*
P2315. Luz ou le temps sauvage, *Elsa Osorio*
P2316. Le Voyage des grands hommes, *François Vallejo*
P2338. La Servante insoumise, *Jane Harris*
P2366. La Couleur du bonheur, *Wei-Wei*
P2370. Le Sang des Dalton, *Ron Hansen*
P2373. L'Agent indien, *Dan O'Brien*
P2383. Robin des bois, prince des voleurs
Alexandre Dumas
P2388. L'Ile du lézard vert, *Eduardo Manet*
P2402. Si loin de vous, *Nina Revoyr*
P2403. *Kim Lefèvre* – Les Eaux mortes du Mékong
P2423. La Couturière, *Frances de Pontes Peebles*
P2424. Le Scandale de la saison, *Sophie Gee*
P2425. Ursúa, *William Ospina*